사랑의
꿈

사랑의 꿈

손보미
연작소설

문학동네

차례

밤이 지나면

정신 나간 여자. 외숙모는 그 여자에 대해 그렇게 말했다. 아니, 처음에는 그저 맞장구를 친 것에 가까웠다. 하지만 결국에 외숙모는 좀더 과격한 단어를 사용하기로 한다. 맞아, 완전 정신이 나가버렸다니까. 미친 여자야. 미친년. 그리고 나서야 외숙모는 혼자 거실에서 티브이로 〈그림 명작 동화〉나 〈작은 숙녀 링〉 같은 만화 영화를 보고 있던 내 존재를 기억해내고는 큰 소리로 묻곤 했다. "아이쿠, 너 내 말 들었니?" 내가 고개를 가로저으면 외숙모는 부엌 식탁에 모여 앉은 '정신이 나가지 않은' 동네 아주머니들과 '정신 나간' 여자—혹은 기타 등등—에 관한 대화로 다시 돌아갔다. 나는 티브이를 보는 척하며 싫증이 날 때까지 그녀들의 대화를 엿들었다. 외삼촌 부부와 함께 살기 시작한 이후로 티브이를 보는 것에 제약을 받은 적이 없었다. 우리 부모님이었다면 그 시간에 어린이를 위한 과학책 같은 걸 읽으라고 했을 것이다.

그해에, 그러니까 열 살이었던 그해 7월 말에 나는 경기도의 작은 마을에 사는 외삼촌 부부에게 맡겨졌다. 그 집에서 지내는 몇 년 동안 외숙모는 가끔 내가 그곳에 있다는 사실 자체를 잊어버린 것처럼 굴곤 했다. 종종 식탁 위에 밥이 두 공기만 놓인 적도 있었다. 내가 부엌에 들어가면 외숙모는 나를 빤히 바라보다가 그릇을 하나 더 꺼내 밥을 담았다. 그런 것 때문에 외숙모가 미안해한 적은 없었다. 내가 열두 살이 되었을 때는 이렇게 말했다. "네 밥 정도는 니가 담는 게 어떻겠니?" 나는 깜짝 놀랐는데, 그 말투에 이루 말할 수 없는 위엄이 서려 있었기 때문이다.

외삼촌 부부에게 맡겨지기 전, 그러니까 열 살이 되기 전에는 외삼촌이 있다는 사실조차 알지 못했다. 외삼촌은 작은 키에 몸이 아주 딴딴했고 피부는 얼룩덜룩했으며 사투리를 썼다. 나는 그가 너무 늙어 보인다고, 엄마의 오빠가 아니라 아빠 정도로 보인다고 생각했다. 그게 그렇게 부당한 판단은 아니었을 것이다. 엄마와 외삼촌의 나이 차는 열다섯 살이었기 때문이다. 외숙모 역시 키가 작은 편이었지만 딱 벌어진 어깨에 언제나 위풍당당하게 걸었고, 가끔은―위풍당당한 걸음에 걸맞지 않게―입술을 삐쭉거렸다. 외삼촌만큼 나이들어 보이지는 않았는데 실제로 외삼촌보다 열 살가량 어렸다.

외삼촌 부부에게 맡겨지고 나서 처음 몇 주 동안 나는 잠을 잘 이루지 못했다. 겨우 잠에 들더라도 한밤중에 불쑥 눈이 떠지기 일쑤였다. 그럴 때면 온몸은 땀으로 젖어 있고, 나는 방금 전까지 꾼 꿈을 전혀 기억하지 못한다. 그리고 혼란스러워진다. 여기가 어디지? 그 당시 나는 부엌에 딸린 조그만 방을 혼자 썼다. 방이 두 개 더 있었는데 하나는 외삼촌 부부가 썼고, 다른 하나는 아무도 사용하지 않았다. 얼마 지나지 않아서 나는 그곳이 외삼촌 부부의 아들—내 외사촌—이 쓰던 방이라는 걸 알게 되었다. "걔는 서울에 있는 대학을 다니고 있어. 방학에도 공부하느라 바빠서 못 오지만 언제 갑자기 올지 모르니까 방을 청소해두는 거야." 외숙모는 그 방을 들락날락했지만 외삼촌은 절대 그러는 법이 없었다. 외숙모는 언제나 외삼촌이 집에 있을 때만 그 방에 들어갔고, 외삼촌은 그걸 못 본 척했다. 두 사람의 그런 태도에는 뭔가 웃기면서도 처량맞은 느낌이 있었다. 처량맞은 코미디. 두 사람 다 내게 뭐라고 한 것도 아닌데 나는 그 방에—몰래라도—들어갈 엄두를 내지 못했다.

부엌에 딸린 방을 썼다고 해서 외삼촌 부부가 나를 소홀하게 대했다는 의미는 아니다. 방은 좁을지언정 누추하지 않았다. 외삼촌 부부는 어린 왕자가 프린트된 벽지를 새로 발라줬고, 기린이 그려진 침구—나는 그게 유치하다고 생각했다—와 싱글 침대를 준비해줬으며, 스탠드가 딸린 그럴듯한 책상도 사주었다. 밤에 잠을 잘 이루지 못한다는 점, 그리고 외숙모가 아침식사를 준비하는 소리 때문에 일찌감치 잠에서 깨어나야 한다는 점을 제외한다면 거의 모든 게 완벽했다.

그해 여름, 나는 오전에 티브이에서 방영해주는 어린이용 프로그램이 끝나면 마당 한쪽 그늘에 의자를 놓고 앉아서 해가 아주 뜨거워지기 전까지 꾸벅꾸벅 졸곤 했다. 그런 나를 발견하면 외숙모는 말했다. "병든 닭 같아, 너." 나는 밤에 잠을 잘 이루지 못한다는 사실을 외숙모에게 알려줄 수는 없다고 느꼈다. 어둠을 무서워한다는 사실은 더더군다나. 물론 나는 '밤'이 불가해한 대상이 아니라는 걸 이미 알고 있었다. 어둠을 비정상적으로 두려워하는 나를 염려한 엄마가 밤은 아무것도 아니라고, 그저 지구가 자전한 결과로 나타나는 자연스러운 우주의 이치라고 몇 번이나 설명해줬기 때문이다. "지구 반대편의 사람들은 지금 환한 햇빛 아래에서 점심도 먹고 공원에서 산책도 하고 있어." 그후로 나는 밤에 깰 때마다 지구 반대편의 사람들을 떠올리려고 애썼지만, 그런다고 해서 어둠에 대한 두려움이 완전히 사라지는 건 아니었다.

외삼촌 집에 간 지 얼마 안 되었을 때, 오줌이 마려워서 잠에서 깬 적이 있다. 불과 몇 주 전까지는 한밤중에 깨면 엄마를 부르곤 했었다. 엄마! 엄마! 엄마! 서너 번쯤 부르면 엄마가 왔고 전등 스위치를 올린 후에 나를 화장실로 데려다주었다. "우리 공주님, 언제 어른이 될래?" 하지만 이곳에는 엄마가 없다는 사실을 나는 잘 알고 있었다. 외숙모나 외삼촌을 부를까? 그건 말도 안 되는 생각 같았다. 어둠 속에서 혼자 화장실까지 가는 것 역시 불가능한 일처럼 느껴졌다. 참을 수 있을 때까지 참아보자고, 그러다보면 아침이 올 거라고 나 자신을 달랬지만, 요의가 어찌나 간절하던지 내 몸에서 빠져나간 다른 내 몸이 화장실에 가서 팬티를 내리고 변기 위에 앉는 환각까지 볼 지경이었다. 나는 변기 위에서 오줌을 누기 바로 직전에야 가까스로 환각에서 빠져나올 수 있었다. 팬티에 오줌을 조금 지린 것도 같았다. 선택을 해야만 했다. 어둠 속에서 이불 아래를 더듬거려 침구가 젖지 않은 걸 확인한 다음 나는 서랍에서 꺼낸 새 팬티를 움켜쥔 채 눈을 질끈 감고―대체 눈은 왜 질끈 감았던 걸까?―살금살금 걷기 시작했다. 그러다가 문득, 외삼촌 부부의 방문 밖으로 새어나오는 목소리를 듣게 된다. 방문 아래 틈으로 비쳐 나오는 희미한 불빛. 외숙모는 이렇게 말한다. 외상 후 스트레스, 그러니까 트라우마를 겪고 있는 거라고. 외숙모의 말투에 걱정이나 우려, 공모의 감정 같은 건 깃들어 있지 않다. 다만 나는 그 말투에서 어떤 종류의 몰이해를, 그리고 그 단어에 스며 있는 불길한 기운을 어렴풋이 알아차린다. 나는 있는 힘을 다해 다리를 꼬고 오줌을 참으며 외삼촌의 대답을 기다린다. 외삼촌은 아무 말이 없다. 고개를 끄덕이는 걸까? 아니면 고개를 저을까? 정적. 더이상 오줌을 참을 수 없어 화장실로 달려가는데, 너무나도 부산스럽게 움직인 탓에 깜짝 놀란 외숙모가 나와서 이렇게 묻는다. "뭘 하고 있니? 손에 든 그건 뭐야?"

얼마 전 외삼촌의 장례식에서 나는 문득 외삼촌이 외상 후 스트레스라는 단어의 의미를 알아차리지 못했을 가능성을 떠올려보게 되었다. 아, 외삼촌이라면 분명히 그랬으리라.

외삼촌은 공장에서 가구 만드는 일을 했다. 그는 사시사철 피부를 벅벅 긁어댔고 가끔은 피도 났다. 그래서 여름이 되면 반소매 티와 반바지 아래로 드러난 상처와 딱지를 볼 수 있었다. 매일 저녁 외숙모가 보습 크림을 건네주었지만 외삼촌은 제대로 바른 적이 없었다. 옆에서 이렇게 해라 저렇게 해라 잔소리를 하던 외숙모는 결국 직접 외삼촌의 다리와 팔뚝에 보습 크림을 발라주기 시작했다. 그게 훨씬 마음 편하다는 듯이. 그 일은 내가 그 집에 사는 동안 거의 매일 저녁 반복되었는데, 그때를 제외하고 두 사람이 서로를 만지거나 다정하게 이야기를 나누는 모습은 거의 본 적 없었다. 가끔씩 외숙모는 크림을 내밀며 "너가 발라드려볼래?"라고 물었고 나는 고개를 흔들었다. 외삼촌은 말수가 많지 않았다. 다른 사람들과의 교류도 별로 없어서 일터가 아니면 집에 머물렀다. 외숙모에게 무언가를 물어보는 법도 잘 없었다. 엄마는 수다쟁이는 아니었지만 질문을 많이 하는 편이었다. 아빠를 쫓아다니며 이런저런 질문들을 던졌는데—특히 내가 외삼촌 집으로 오기 한두 달 전에—내 기억에 아빠가 속시원하게 대답한 적은 없었다. 그 기억이 어찌나 강렬했던지 한동안 나는 남자 어른들은 말하는 걸 싫어하는 부류인 게 틀림없다고 결론을 내렸을 정도였다. 엄마는 말로 내뱉을 수 없는 생각이라면 머리와 마음속에서 영원히 지워버려야 한다고 주장했다. "그게 양심이라는 거야!" 외숙모는 수다쟁이였지만 외삼촌의 과묵함 때문에 상처를 받은 것 같지는 않았다. 나는 그 이유를 찾아냈는데, 외숙모가 엄마처럼 질문을 던지는 타입이 아니었기 때문이다. 외숙모는 진정한 수다쟁이였다. 그건 외숙모가 마치 독백을 하듯 혼자서도 어떤 이야기든 술술 해낸다는 의미이기도 했지만, 동시에 다른 사람들로 하여금 외숙모가 자기 내장에 있는 것까지 다 끄집어내고 있다고 착각하게 만든다는 점에서도 그랬다.

외삼촌은 일요일에는 하루종일 잠을 자다가 오후 늦게 슬슬 방 밖으로 나왔다. 온몸을 벅벅 긁으면서. 나를 발견하면 시간대에 맞지 않는 인사를 했다. "잘 잤나?" 하지만 애초에 내 대답을 기대하는 건 아니었다. 외삼촌은 무심히 나를 지나쳐서 뉴스 채널로 티브이를 돌렸다. 뉴스를 보다가 종종 불같이 화를 낼 때가 있었다. 그때만큼은 외삼촌도 과묵하지 않았다. 외삼촌은 요즘 애들은 국가에 대한 충성심이 없고 어른에 대한 공경심도 부족하며 진짜 무서운 게 뭔지 모른다고, 저런 애들은 감옥에 가는 걸로도 부족하다고 말했다. "공부하라고 새빠지게 돈 벌어서 대학에 보내놨더니 저런 빨갱이 짓이나 하고 다니나!" 그는 그게 설사 자기 자식이라도 용서하지 않을 거라고 했다. 그래도 분이 안 풀리면 옆에 앉아 있는 나를 쳐다보며 말했다. "니는 나중에 절대 저래 하지 말거라." 그러면 부엌에서 저녁식사를 준비하던 외숙모의 꾸민 듯한 목소리가 들려왔다. "얘, 외삼촌한테 물 좀 갖다드려!"

일요일 아침이나 점심 식사는 나와 외숙모 둘만 할 때가 많았다―그럴 때는 종종 식탁 위에 밥이 한 공기만 올려져 있었다―. 밥을 먹는 동안 나는 외숙모의 말을 듣고 있다는 표시로 고개를 끄덕거렸다. "너네 외삼촌은 훌륭하신 분이야. 가구를 만드는 게 보통 힘든 일이 아니거든. 항상 피곤하시지…… 게다가 만성습진에 걸렸어. 그건 나라에 충성을 다했다는 증거이기도 하단다. 얘, 근데 너 습진이 뭔지 아니?" 나는 고개를 흔들었다. 외숙모는 그다음 문장을 이어가기 전에 잠깐 망설였다. "외삼촌이 병에 걸렸기 때문에 나를 만나서 결혼을 할 수 있었던 거야. 내가 간호대학을 나와서 바로 취직한 병원에 너네 외삼촌이 입원을 했거든." 두 사람이 만난 건 1969년 겨울이었고, 그들은 일 년 후 결혼했다. '병'이라는 게 만성습진을 지칭하는 건 아니었다. 당연히 그것도 포함했겠지만, 좀더 심각한 부상이 있었다. 그때 외삼촌은 베트남에서 돌아온 직후였다. "나중에 기회가 되면 외삼촌에게 가구 만드는 걸 구경시켜달라고 말하자꾸나―외숙모는 외삼촌에게 한 번도 그런 말을 한 적이 없었다―. 너네 외삼촌은 기술자야. 기술자는 굶어죽을 걱정을 할 필요가 없단다."

물론, 외숙모도 기술자였다. 그녀는 외삼촌과 결혼한 후 병원을 떠났지만 그 기술은 계속 써먹었다. 그게 바로 외숙모네 집에 사람들이 복작대던 이유였다. 어떤 경로로 그런 게 가능했는지 모르겠는데 외숙모는 싱크대 서랍 안에 병원에서 사용할 법한 온갖 약품과 주사기 같은 걸 넣어두고 자물쇠로 걸어 잠근 후 열쇠를 항상 몸에 지니고 다녔다. 외삼촌에게 발라주던 크림도 거기에서 꺼낸 것이었다. 동네 아주머니들은 단체로 거실에 주르르 누워 외숙모의 '집도'―그녀들은 눈을 감고 죽은듯이 누워 있다가 아주 가끔씩 아야, 아야, 하고 신음소리를 냈다―를 받았다. 외숙모는 집도가 끝날 때까지 내게 방에 들어가 있으라고 했는데, 나는 방으로 들어가는 척하면서 부엌에 숨어 그 장면을 엿보곤 했다. 그녀들의 팔에 링거 바늘을 꽂거나 혹은 얼굴에 주사기로 무언가를 주입할 때 외숙모의 표정은 진지하고 열성적이었다. 몰입. 나는 외숙모의 표정에 완전히 넋을 잃곤 했다. 집도가 끝나면 여자들은 얼빠진 얼굴로 일어났고, 정신을 차린 후에는 모두 부엌으로 몰려가 다과를 먹으며 수다를 떨기 시작했다. 그러면 방금 전까지 집 안을 메웠던 진지하고 심각한 분위기는 온데간데없이 사라져버렸다. 나를 처음 봤을 때 아주머니들은 내게 관심을 기울였는데 그건 그녀들이 다른 온갖 사람들―특히 정신 나간 여자―을 대하는 그런 방식은 아니었다. 그녀들은 비유적인 단어를 몇 개 던졌을 뿐이었다. "아, 쟤가 개구나." 외숙모는 구슬리듯 말했다. "소리 내서 인사 좀 해봐라." 나는 그냥 고개만 꾸벅했다. 그녀들은 약간은 안됐다는 표정으로 나를 바라보다가 외숙모에게 말했다. "자기, 정말 대단하다. 남이나 다름없잖아." 나는 그렇지 않다고 생각했다. "엄마의 오빠라면 너에게도 가족이나 마찬가지야." 엄마는 그렇게 말했었다.

그해 8월 말에 나는 새로운 초등학교로 전학을 갔다. 교무실에서 담임선생을 만난 외숙모는 내게 잠깐만 복도로 나가 있으라고 했다. 나는 외숙모가 무슨 이야기를 하려는지 알고 있었다. 우리 엄마와 아빠에 대한 이야기. 그 당시 어른들은 내 앞에서 절대로 내 부모에 대해 언급하지 않았다. 그런 걸 시도하는 사람은 전혀 없었다. 외숙모는 선생에게 이런 말도 덧붙였을 것이다.

"지난달에 저희 집에 온 후로 한마디도 하지 않았어요. 하지만 말을 못 알아듣는 건 아니에요."

내가 다시 교무실로 들어갔을 때, 선생과 외숙모 사이에는 조금 어색한 기류가 흘렀다. 선생은 자신의 옷소매 끝을 만지작거리며 나를 내려다보았다. 이윽고 외숙모가 약간 언짢다는 말투로, 그렇지만 이 말을 하지 않으면 안 된다는 듯 입을 열었다.

"책도 많이 읽었고 산수도 잘하고, 똑똑한 애예요."

선생은 양해를 구한 후 잠시 교무실을 비웠다. 시간이 얼마나 지났을까? 교무실로 돌아온 선생이 나만 데리고 교실로 갔다. 교실 분위기는 어수선했다. 선생은 나를 새로 전학 온 친구라고 짤막하게 소개한 후 두번째 분단 맨 앞자리에 가서 앉으라고 했다. 가방을 책상 고리에 걸고 교과서와 필기구를 꺼내는 동안 나는 옆에 앉아 있는 여자애의 시선을 계속 느꼈다. 성비 불균형 때문에 남자애들끼리 짝을 이룬 경우는 있었지만 여자애들끼리 앉은 건 그애와 내가 유일했다.

　―안녕, 나는 영예은이라고 해. 앞으로 잘 도와줄게.

　그애는 그렇게 적힌 쪽지를 내밀었다. 나중에 안 사실이지만 그애는 원래 사귀고 있는 남자애 옆에 앉아 있다가 선생에게 특명을 받고 내가 교실로 들어오기 직전에 자리를 옮긴 것이었다. 학급위원 중 한 명이었고, 그중에서도 유일하게 떠드는 사람을 칠판에 적을 자격이 있는 아이였다. 아침마다 엄마에게 머리카락을 어떤 식으로 묶어달라고 요구할 줄 알았고 색깔 있는 스타킹을 신었으며 방과후에는 피아노 학원이나 영어 학원에 갔다. 때때로 심술궂은 남자애들이 그애의 권력에 도전했지만 결국은 그애의 집요함과 악착같음에 굴복하고 말았다. 나는 쪽지를 읽고 아무런 반응도 하지 않았다. 쉬는 시간에 말을 걸어왔을 때에도 마찬가지였다. 영예은은 자존심이 상했는지 며칠 후부터는 말을 거는 걸 아예 그만두었지만 나를 공개적으로 미워하거나 밉상스럽게 굴지도 못했다.

　왜냐하면 나는 언제나 선생의 시야에 있었기 때문이었다.

　주시.

선생의 관심은 나로서는 좀 놀라운 것이었다. 학교에서 선생을 만난 후로 외숙모는 집도를 받으러 오는 아주머니들에게 그녀에 대한 정보를 은근슬쩍 물어보곤 했다. 외숙모가 개인적인 궁금증 때문에 '고객'들에게 다른 사람의 정보를 얻으려고 교묘하게 애쓴 적은 단 한 번도 없었다. "애, 그런 게 직업윤리라는 거야." 외숙모는 그해 여름 자신의 직업윤리를 완전히 배반한 셈인데, 만약 세월이 흐른 후에 내가 그 점을 언급했다면 이렇게 대답했을 것이다. "딱 한 번이야. 딱 한 번은 안 한 거나 마찬가지지." 어쨌든 외숙모는 선생이 삼십대 후반이라는 것, 그리고 결혼을 하지 않았다는 것을 알아냈다. 나는 얼마 지나지 않아 외숙모가 왜 선생에 대한 정보를 얻으려고 애썼는지 알게 되었다. 저녁식사를 하다가 외숙모가 갑자기 분통이 터진다는 식으로 이렇게 말했기 때문이다. "아니 글쎄, 그 선생이 뭐랬는지 알아요? 우리가 애를 잘못 대하고 있다는 거예요. 애가 말을 안 하는 게 우리 탓이나 마찬가지라나? 얼마나 딱딱거리던지." 그리고 덧붙였다. "성격이 그러니까 노처녀가 됐지." 하지만 외숙모가 만약 선생이 내게 기울이는 노력을 알았다면 뭐라고 했을까? "너무 헌신적인 여자들은 인기가 없어." 이렇게 말했을까? 그때는 비혼이라는 단어조차 없던 시절이었다. 선생은 전혀 딱딱하게 굴지 않았다. 오히려 나를 돕고 싶어서, 그러니까 내 말문을 트이게 하고 싶어서 안달이 난 사람 같았다. 그녀는 쉬는 시간마다 나를 교무실로 불러서 이런저런 질문을 던졌다. 나는 조그만 의자에 불편한 자세로 앉아서 질문에 고개를 젓거나 끄덕거렸다. "책 읽는 거 좋아하니?" "수업은 어렵지 않니?" "햄버거 좋아하니? 선생님이랑 햄버거 먹으러 갈래?" 내가 고개를 내저으면 그녀는 메뉴를 바꿨다. "아니면 치킨? 그것도 아니면 피자? 그것도 아니면 떡볶이?" 나는 메뉴 나열이 영원히 끝나지 않을까봐 아찔한 기분이 들기까지 했다. 언젠가 선생은 어색하게 웃으며 말했다. "나는 어릴 적에 할머니랑 함께 살았어. 그건 불행한 일이 아니야. 그러니까 나는 너가 빨리 말을 했으면 좋겠구나. 세상에, 넌 병에 걸린 거나 마찬가지인데, 왜 니네 외삼촌은 너를 그냥 두는 걸까?" 선생이 그 말을 했을 때, 나는 전학 온 첫날 나를 잠깐 교무실에 남겨둔 선생이 교실에서 아이들에게 이렇게 말하는 모습을 상상했다. "오늘 전학 오는 친구는 병에 걸렸어요. 여러분이 잘 도와줘야 해요." 하지만 그러지는 않았을 것이다. 그렇게까지 극적으로 말하지는 않았을 것이다. '병'이라는 단어를 사용했을 리도 없다.

어쨌거나―불행까지는 아니더라도―나를 곤란하게 만드는 건 바로 그녀가 내게 보이는 관심, 그것 자체라는 걸 그녀는 전혀 모르는 것 같았다. 영예은은 내 태도에 자존심이 상할 대로 상했고, 내가 선생의 관심을 독차지했기 때문에 자신이 아주 딱한 처지가 되었다고 느끼고 있을 게 분명했다. 게다가 내가 말을 하지 않는다는 사실―내가 아무런 요구도 하지 않는다는 것, 불만이나 슬품이나 분노, 혹은 기쁨을 표시하지 않는다는 것─이 반 아이들 사이에서 좀 이상한 방식으로 받아들여지고 있는 것 같았다. 영예은은 결국 나를 미워하거나 괴롭히거나, 심지어 좋아하는 것조차 최종적으로는 소용없는 일이라고 느끼게 될 터였다. 그건 내가 예상하거나 바란 일은 아니었지만, 그 상황을 즐기고 있었다는 사실을 부인하기도 어렵다.

한번은 이런 일이 있었다.

10월 말 무렵의 체육 시간이었다. 체육은 남자 선생이 따로 가르쳤는데 때때로 그는 우리들에게 운동을 시켜놓고 어디론가 사라져버리곤 했다. 그날도 그는 주전자에 든 물로 운동장에 거대한 사각형을 그려주고 피구를 하라고 지시한 후 사라졌다. 분위기가 이상하게 흘러간 건, 내가 수비팀에 속하게 되었을 때였다. 공격팀에 있던 영예은과 그애의 무리가 나에게만 공을 던지기 시작했다. 영예은이 머리를 굴린 것이었다. 신체적 고통을 받은 내가 만천하에 감정을 드러내고 입 밖으로 소리를 흘리는 것, 그게 바로 영예은의 목표였다. 나는 그걸 알 수 있었다. 그래서 나는 어금니를 꽉 깨물고 아무 소리도 내지 않으려고 노력했다. 마치 그애들 앞에서 소리를 내면 내가 죽어 없어지기라도 하는 것처럼. 아, 내가 정말로 그런 생각을 했었을까? 지금 돌이켜보면 그때 나는 어떤 욕구를 느끼고 있었다. 마음속 깊은 곳에서부터 부추김당한 충동. 아무런 소리도 바깥으로 흘리지 않는다면 다른 사람이 될 수 있으리라는 막연한 소망. 하지만 대체 어떤 다른 사람?

시간이 지나자 공격팀에 있던 거의 모든 아이들이 나만 공격하기 시작했다. 더이상 영예은의 마수 때문이 아니었다. 그건 그애들의 자발적인 행동이었다. 다른 아이들도 내 입에서 소리가 흘러나올지, 아니면 그런 일은 절대로 일어나지 않을지 순수하게 궁금했던 것이다. 나는 입을 앙다물고 공을 피해 다녔지만 결국에는, 얼마 지나지도 않아서, 누군가가 던진 공에 얼굴을 정통으로 맞았고 악 하는 외마디 비명과 함께 자리에 주저앉았다. 이마가 찢어져서 피가 뚝뚝 떨어졌다. 신체는 통제를 벗어난다. 그 장면을 떠올리면 이 문장이 자연스럽게 따라온다. 신체는 결국에는 통제를 벗어난다. 마치 이 문장이 세계의 온갖 진실을 담고 있다는 듯이, 약간은 오만하고 건방지게.

나는 두 손으로 이마를 부여잡고 울지 않으려고 애썼다. 하지만 입에서 자꾸 울음소리가 새어나왔다. 패배감을 느꼈지만, 그렇다고 나를 둥글게 둘러싼 아이들에게서 승리감의 기색을 찾을 수 있는 것도 아니었다. 나는 이런 식으로 말하고 싶은 충동을 느낀다. 그애들 역시 나와 마찬가지로 패배감을 느꼈을 거라고. 영예은의 무리를 제외한 다른 애들은 내가 일종의 시험에 들었다고 판단했고 내가 그 시험에 통과하기를 간절하게 바랐다고 말이다. 영예은 역시 승리감을 느끼지는 못했을 것이다. 피를 흘린 건—그 누구도 원하지 않은—너무 과도한 반응이었다.

어딘가에서 농땡이를 부리고 있던 체육 선생이 아이들을 제치며 내게 다가왔다. 그는 얼빠진 표정으로 내 이마를 살펴보며 괜찮으냐고 물었다. 나는 새어나오는 울음을 틀어막으려 노력했고, 여전히 말은 하지 않음으로써 최소한의 자존심을 지키려고 애썼지만, 반 아이들은 내게 불합격 도장을 꽝꽝 찍은 후 하나둘씩 멀어져갔다. 나는 이제 완전히 위엄을 잃어버린 아이, 고통에 굴복한 그저 그런 아이가 되어버렸다.

외숙모는 열흘 정도 나를 학교에 보내지 않겠다고 선언했다. 이마를 꿰매준 의사가 그다지 심한 상처는 아니라고 말했을 때—"애들이 놀다가 뭐 이 정도는 다칠 수 있죠"—외숙모는 불쾌감을 숨기지 않았고 며칠 후에는 학교로 찾아가 이런 일이 벌어진 것에 대해 담임선생에게 항의했다. 그러니까 이 사건에서 유일하게 승리감을 느낀 사람이 있다면 그건 바로 외숙모였으리라. 집에서도 외숙모의 대응은 신속하게 이루어졌다. 피구 사건에 대해서 일절 묻지 않았고—어차피 나는 아무 대답도 안 했겠지만—외삼촌에게도 대답을 강요하지 말라고 주의를 주었다. 외숙모는 아침마다 내가 좋아하는 코코아를 타주었고 식사는 침대로 가져다주었다. 이 시기에 외숙모는 한 번도 내 존재를 잊어버린 적이 없었던 셈이다. 심지어 매일 밤 내 이마에 크림—외삼촌에게 발라주던 것과는 다른 종류의—을 발라주기까지 했다. "여자애 얼굴에 흉이 지면 안 되는데. 쯧쯧." 외삼촌이 내게 호통을 친 적이 있긴 했다.

"말 안 할 거가? 니 평생 그렇게 입다물고 살 거가? 아가 왜 저 모양 저 꼴이고?" 그 당시 어른들은 나에 대해 이런 식으로 말했다. "유별난 애야." 그래서 말도 하지 않고 감정도 표출하지 않는 거라고. 어쩌면 태어날 때부터 비정상적으로 심약했던 건지도 모른다고. 세상에는 그렇게 태어나는 사람들이 있는데 그런 건 어쩔 수가 없다고. 그들—외숙모를 포함해서—은 내 앞에서 트라우마라는 단어는 쓰지 않았지만 비정상이라는 말은 시도 때도 없이 사용했다.

피구 사건이 있고 얼마 지나지 않아서, 그러니까 11월 초에 내가 그 여자—동네 아주머니들이 정신 나간 여자라고 부르는—를 따라나섰을 때, 어떤 사람들은 그 여자가 나의 '비정상적으로' 약한 마음을 이용한 거라고 말했다.

좀더 과격하게 표현하는 걸 좋아하는 사람들은 그 정신 나간 여자가 말도 '못하는' 나를 '납치'했다고 말했다.

사람들이 잘 몰랐던 것은—'잘 몰랐다'는 표현은 너무 평이하다. 어떻게 해야 더 극적으로 말할 수 있을까?—내가 완전히 입을 다물고 있었던 시기는 그해 여름 한두 달뿐이었다는 사실이다. 폭포수처럼 문장들을 뱉어냈던 것은 아니지만 그래도 하고 싶은 말을 충분히 하고 있었다. 내 대화 상대가 되었던 게 바로 그 여자였다. 정신 나간 여자, 미친 여자, 그러니까, 미친년.

그녀를 처음 만난 건 9월 중순쯤의 일이었다. 방과후 집으로 돌아가는 길에 음료수를 사 마시려고 들어선 작은 식료품점에서였다. 2학기가 시작되고 처음 몇 번은 외숙모가 나를 데리러 왔고, 길이 대충 익숙해진 이후부터는 혼자 하교를 했다. 같은 동네에 사는 아이들과 어울려서 집으로 돌아가기도 싫었고 그렇다고 나만 떨어져서 멀뚱하게 걷고 싶지도 않아서 나만의 길을 찾아내려고 애쓰던 중이었다. 집에 조금 늦게 들어가도 외숙모는 별로 신경쓰지 않았기 때문에 나는 이 골목 저 골목 찾아다니며 일부러 멀리멀리 돌아가곤 했다. 덕분에 그즈음에는 매일 밤 지쳐서 잠에 들었고, 중간에 깨어나는 경우도 거의 없었다.

마을 한쪽에서는 고층 아파트를 올리는 공사가 한창이었다. 예전에 그곳은 논밭이었고 개울이 흘렀으며 소를 키우기도 했다고 외숙모는 말했다. "여름마다 아들을 데리고 개울물에 수영을 하러 갔었단다." 외숙모에게 집도를 받으러 오는 아주머니들 중에 그 아파트로 이사할 예정인 사람들이 있었다. 그런 아주머니는 선망의 대상이었다. "화장실이 두 개야." 그 아파트가 화제로 나올 때마다 외숙모는 부루퉁한 표정을 지으며, 부러운 티를 내지 않으려고 노력했다. 지금은 그 지역 일대가 모두 고층 아파트 단지가 되었다. 물론 외숙모와 외삼촌이 살던 곳도 시간이 많이 흐른 후 고층 아파트로 변했고 두 사람은 그곳으로 이사했다. 그 여자는 당시 공사장 근처에서 식료품점을 운영하고 있었다. 이리저리 돌아다니다가 동네에 정착한 게 삼 년 전이라고 했다. 그 얘기가 나오면 아주머니들 중 한 명은 꼭 이렇게 말했다. "그전에 어디서 뭘 했는지 알 게 뭐야?"

그녀의 가게는 너무 조그마해서 계산대와 물품 진열대를 제외하면 성인 세 사람이 똑바로 서 있기조차 어려울 지경이었다. 가게 안에는 아이들이 먹을 만한 과자와 병 음료, 그리고—다른 곳에서는 구하기 힘든—각종 레토르트식품과 스파게티 소스, 향신료 들이 있었다. 그래서 뒤에서는 그녀를 정신 나간 여자라고 비웃으면서도 가게를 방문하는 사람들이 있었다. 새로운 삶의 형식을 바라는 사람들, 이를테면 고층 아파트로 이주할 사람들. 사람들은 그렇게 구입한 식재료로 만든, 이국에서나 볼 법한 초록색 파스타나 올리브 오일을 곁들인 토마토 요리가 차려진 식탁에 빙 둘러앉아 음식을 먹으며 그녀의 존재 같은 건 눈곱만큼도 떠올리지 않았을 것이다.

나는 아주머니들의 말을 엿들으며 그녀에 대한 정보를 알게 되었는데, 그녀가 이혼을 했고 자식이 죽었는데, 그녀가 죽인 거나 마찬가지라는 것—대체 어떻게?—이었다. 그리고 동네 남자들을 '꼬시려 든다'는 것. 외숙모는 욕설을 내뱉은 후에는 내게 그 말을 들었냐고 되묻곤 했지만, 그런 말—꼬신다든가 바람을 피운다든가—을 할 때에는 별로 거리끼는 기색이 없었다. 내가 그 의미를 파악하지 못할 거라고—잘못—판단했기 때문이었다. 게다가 외숙모는 그런 주제에 그다지 흥미를 느끼는 것 같지 않았다. "우리 남편은 그럴 걱정이 없어." 딱 한 번 외숙모가 그렇게 말한 적이 있었는데, 다른 아주머니들이 까르르 웃었고 외숙모는 얼굴이 빨개져서 고개를 숙이고 절레절레 흔들기만 했다. 외숙모가 대화에 적극적이 되는 순간—그래서 미친년이라는 말을 내뱉게 되는—은 따로 있었다. 그건 그 정신 나간 여자가 예지몽을 꾼다는 이야기가 나올 때였다. 자주는 아니었지만 사람들은 그녀의 가게에 찾아가서 예지몽에 대해 물어보거나 혹은 예지몽을 꿔달라고 부탁했다. 그것에 대해 아주머니들은 언제나 두 편으로 갈렸다. 그녀가 진짜로 예지몽을 꾼다는 쪽과 거짓말에 불과하다는 쪽. 외숙모는 당연히 후자였다.

"비과학적이야. 난 학교에서 의학을 공부했잖아. 꿈은 그냥 자신의 소망이 반영되는 것일 뿐이야. 예지몽이라는 거 자체가 있을 수가 없어. 그 여자는 거짓말쟁이야."

그러면 다른 편의 누군가가 지지 않겠다는 듯이 그녀가 맞힌 꿈의 내용이라며 이런저런 이야기를 늘어놓았다.

"아니, 예지몽을 꾼다면 본인은 왜 그러고 산대? 꿈으로 로또 번호라도 좀 보든가."

외숙모의 말에 아주머니들은 고개를 끄덕이고는 다른 주제로 넘어갔다. 그리고 그 주제는 다음번에 다시 식탁 위에 올라와서 똑같은 식으로 반복되었다. 그런 이야기들을 들으면서 나는 그녀의 모습을 상상해보곤 했다. 나는 그녀가 라푼젤처럼 길게 기른 머리를 뒤로 땋아내렸을 거라고 생각했다. 아랫단이 치렁치렁한 스커트를 입고 손가락마다 반지를 끼고 있을 거라고, 아주 마르고 약간 신경질적인 아름다움을 품고 있을 거라고 생각했다. 입술은 붉게 칠하고 눈썹은 아주 새까말 거라고도. 하지만 실제로 본 그녀는 상상과는 완전히 달랐다. 그녀는 살짝 통통한 체형에 머리카락은 남자아이처럼 아주 짧았으며 신경질적으로 보이지도 않았다. 입술에 붉은색 립스틱을 발랐지만 눈썹이 새까맣지는 않았다. 쇄골이 드러나는 튜닉 블라우스에 무릎 바로 위까지 내려오는 딱 달라붙는 반바지를 입고 있었는데, 그런 걸 입은 여자 어른을 그 이전에는 본 적이 없었다. 담임선생보다 나이가 들어 보였지만, 어떻게 보면 훨씬 더 어린 것처럼 느껴지기도 했다.

내가 냉장고에서 오렌지주스를 하나 꺼내 쥐고 먼지가 쌓인 계산대 위에 올려놓자, 그녀가 이죽거리는 말투로 물었다.

"너 그 집 애구나. 말을 안 한다는."

바로 그때가 그녀가 '그 여자'라는 사실을 깨달은 순간이었다. 어쩌면 그녀가 나에 대한 예지몽을 꾼 건지도 모른다는 생각이 들었고 갑자기 가슴이 콩닥거리기 시작했다. 비과학적인 생각, 거짓말쟁이.

"외삼촌네 집에는 왜 왔어?"

이번에는 실망했는데, 왜냐하면 그녀가 만약 예지몽을 꿨다면 내가 외삼촌네 집에 온 이유를 응당 알고 있어야 했기 때문이었다. 아무런 대답을 하지 않았지만 그녀는 별로 상관도 없다는 듯이 계산도 하지 않은 오렌지주스의 뚜껑을 따서 건네주었다.

"니네 엄마랑 아빠는 어디에 있는데?"

나는 건네받은 오렌지주스를 단숨에 입안으로 털어 넣은 후 대답했다.

"돌아가셨어요."

그녀는 내가 말을 했다는 사실에 별로 놀라지 않는 것 같았다. 이상하게도 나 역시 나 자신이 누군가 앞에서 입을 열었다는 사실이 예삿일처럼 느껴졌다.

"둘 다?"

나는 고개를 끄덕였다.

"너도 장례식에 갔었니?"

"네."

내가 대답하자 그녀가 씩 웃었다.

아주 찰나에 불과했지만 그녀는 그 순간, 분명히 씩 웃었다. (당연히) 즐거움과는 거리가 멀었고 난처함을 담은 웃음도 아니었다. 무언가 얕잡아보거나 업신여기는 것에 가까웠다. 혹은 비열함에.

그날 집으로 돌아온 나는 외숙모의 얼굴을 보자마자 죄책감을 느꼈다. 그녀를 만난 것과 그녀에게 내 목소리를 들려준 것, 그 모든 것이 다 외숙모에 대한 배신이었다. 나는 다시는 그녀를 만나지 않으리라고 다짐했다.

하지만 불과 며칠 후 나는 다시 그 여자를 찾아갔다. 외숙모와 외삼촌이 싸운 다음날이었다. 그 전날 밤에 외삼촌은 소리를 질렀고—"그 자식한테 또 연락하면 가만 안 둔다 했나 안 했나!"— 외숙모는 울었다. 그런 일이 벌어지면 며칠 동안 집안일은 중지되곤 했다. 나는 아침밥을 굶은 채로 학교에 갔고 저녁에는 외삼촌이 끓여주는 라면을 먹었다. 외삼촌에게 크림을 발라주는 건 말할 것도 없이 중지, 세탁기를 돌리는 것도 중지, 설거지도 중지. 하지만 집도를 해야 하는 날이 되면 외숙모는 설거지를 하고, 세탁기를 돌리고, 청소를 하고, 다과를 준비했다. 아주머니들은 그 집에서 누군가 소리를 지르거나 울었으리라는 느낌은 전혀 받지 못했을 것이다. 나중에 안 사실이지만, 외삼촌 부부가 아들과 그런 식의 불화를 겪는다는 것 역시 동네 사람들은 전혀 몰랐다. 사람들은 내 외사촌이 공부를 너무 잘해서—이건 사실이었다—외국 대학에 유학 갔다고—이건 거짓말이었다—알고 있었다. "그래서 내가 돈을 많이 벌어야 한다니깐." 외숙모는 그렇게 너스레를 떨었다. 그 집에서 지내는 몇 년 동안 나는 두 사람의 다툼이 외사촌의 생일 즈음마다 일어나는 연중행사라는 것을 알게 되었고, 그런 일이 일어날 때면 그저 할일을 하면서 그 분위기가 끝나기만을 기다렸다. 언제부터인가 외숙모는 그런 다툼이 있을 때마다 하소연을 하기 시작했다. "내가 꿈꾸던 결혼생활은 이런 게 아니야." 외숙모가 보기에 내가 '여자'가 되어간다고 판단했을 즈음—열다섯, 혹은 열여섯 살 무렵—일 것이다. 외숙모는 내게 동질감을 느끼고 있었는데, 그걸 깨달았을 때 나는 수치심이 들었다. 외숙모가 내게 동질감을 느낀다는 사실만큼 나를 수치스럽게 만들었던 건, 바로 나 자신이 한때 입을 다물고 있던 어린 여자아이였다는 사실과 납치'당한' 적이 있다는 사실이었다. 문득 그 시절이 떠오르면 나는 몸이 부르르 떨리곤 했다. 마치 불시의 침입이라도 받은 사람처럼.

두번째로 그녀를 찾아갔을 때 외숙모와 외삼촌의 싸움에 대해 이야기한 건 아니었다. 잠깐 들러서 오렌지주스를 하나 얻어 마셨을 뿐이었다. 여전히 나는 외숙모에게 죄책감을 느꼈고, 그녀를 방문하는 건 그때가 정말 마지막이 되리라고 생각하고 있었다. 하지만 절대 그렇게 되지 않았다. 마지막은커녕 그후로도 나는 몇 번이나 그녀의 가게에 찾아갔고, 한 시간 정도 이야기를 나누다가 집으로 돌아가곤 했다. 그리고 가끔 그녀가 이렇게 묻는 상상을 했다. 예의 그 이죽거리는 말투로. "니네 엄마랑 아빠는 왜 돌아가셨어?" 나는 이런 식으로 대답할 생각이었다. "엄마랑 아빠가 대판 싸우셨거든요. 저는 밤마다 자는 척을 했지만 사실은 싸우는 소리를 다 듣고 있었어요. 그날 엄마는 내가 깰 것 같다면서 아빠한테 밖에 나가서 이야길 하자고 했어요. 두 사람은 차 안으로 들어갔어요. 거기에서는 아무리 소리를 질러도 다른 사람들이 듣지 못할 테니까. 그러다가 아빠가 너무 흥분해서 차를 운전하는 바람에 사고가 난 거예요." 그런 대답을 떠올리면서 나는 어두운 밤, 텅 빈 도로를 질주하는 아빠의 코발트색 차를 머릿속으로 그려보곤 했다. 무언가에 부딪히고, 에어백이 터지고, 뒤집어진 차에서 엄마의 머리카락이 아래로 흘러내리는…… 하지만 그런 이야기를 털어놓을 기회는 없었다. 그녀는 그런 걸 묻지 않았다. 다만 이런 질문들을 던졌다. "애들이 너 싫어하지?" "부모님한테 맞아본 적 있니?" "커서 되고 싶은 게 있어?" 그녀는 나와의 만남을 다른 누구에게도 발설하지 않았고 내가 가면 가게문을 닫고 '잠시 외출 중, 곧 돌아옵니다'라고 적은 종이를 붙여놓았다. 그리고 계산대 뒤편에 있는 작은 방으로 나를 데려갔다. 조그마한 화장대, 그 위의 얼룩들, 개지 않은 이불과 무질서하게 걸려 있는 옷가지들. "아휴, 지저분해라." 엄마라면 그렇게 말했을, 정신없는 여자.

내가 그녀에게 외숙모와 외삼촌이 싸웠다는 사실을 털어놓은 건 그녀를 만나고 한 달 정도가 지났을 때였다.

"그러니까, 니네 외삼촌이랑 외숙모가 싸웠단 말이지? 외삼촌이 외숙모를 때렸니?"

"아니요."

그녀는 유리병에 든 자몽주스를 따라주며 약간 실망한 듯한 표정을 지었다.

"그럼 별일도 아닌 거야. 나는 맞은 적도 있어."

"누구한테요?"

"남편한테."

"그래서 이혼한 거예요?"

"그래서 그런 건 아니고. 너 그게 묻고 싶지? 내 자식이 죽었냐고?"

"아닌데요."

즉각적으로 대답하고 나서야 아주머니들이 떠들어댔던 말—그녀가 자식을 죽였다는—을 떠올릴 수 있었다. 놀랍게도 그녀를 만난 이후로 나는 한 번도 그 사실을 떠올려본 적이 없었던 것이다. 호기심과 두려움이 동시에 피어올랐지만 두 가지 감정을 모두 떨치고 싶어서 세차게 고개를 저었다.

"난 아기를 낳아본 적이 없단다."

그녀가 우쭐거리듯 말했기 때문에 나는 금방 어리둥절해졌다.

"어쨌든, 니네 외삼촌이랑 외숙모는 아들에게 버림받았어. 그래서 서로를 미워하는 거야."

나는 그녀가 뭔가를 잘못 알고 있다고, 두 사람은 서로를 미워하지 않는다고 말하고 싶었지만 어쩐지 그러면 안 될 것 같았다.

"왜 버림받았는데요?"

"니네 외사촌은 정신이 똑바로 박혔는데, 니네 외삼촌은 좀 이상한 사람이거든."

"외숙모는 외삼촌이 나라를 위해서 베트남에 가서 싸웠다고 했어요. 훌륭하신 분이라고요."

"그래? 하지만 니네 외숙모는 불법 시술자잖니."

지금의 나라면 그녀의 말이 논리에 어긋난다고 지적했을 것이다. 외숙모가 불법 시술자인 것과 외숙모가 외삼촌이 훌륭하다고 말한 것 사이에는 아무런 연관이 없다고. 그런 식으로 손쉽게 어떤 사실관계들이 성립하는 건 아니라고. 아, 정말로 내가 그런 식으로 말을 할 수 있을까? 논리에 어긋나는 것은 진실이 아니라고? 어쨌든 그 당시의 나는 그녀가 그런 말을 했을 때 낙담했고 속이 상했다. 무언가 잘못되었다고 느꼈지만, 반박할 마땅한 말이 떠오르지 않아서 답답했다. 내가 입을 다물고 있자 그녀가 나를 슬쩍 바라보았다.

"말 안 할 거야?"

나는 고개를 숙이고 가만히 있었다.

"나한테도 말을 안 할 거니? 다른 사람들에게 하듯 나를 대할 거야?"

이제 그녀의 말투에서 이죽거림은 사라졌고, 심지어 약간 애원하는 느낌마저 들었다.

"너를 곤란하게 하거나 마음 상하게 하려는 게 아니야. 하지만 생각해봐. 내가 어떻게 이런 사실들을 다 알고 있겠니? 니 외숙모네 사정을 아는 사람이 이 동네에, 아니, 이 하늘 아래에 나 말고는 아무도 없는데. 알겠어? 니네 외숙모가 나를 찾아왔었다고. 자기 아들이 공부는 안 하고 온갖 데모에 참여하다가 구치소에 들어간 것만 몇번째인지 모르겠다고. 앞으로 어떻게 될지 좀 알고 싶다고 나를 찾아왔었단 말이야. 나에게 예지몽을 부탁하러 여기에 왔었다고."

"외숙모가 그랬을 리 없어요. 외숙모는 의학을 공부했단 말이에요."

내가 소리치자 그녀는 심술궂게 말했다.

"뭘 그럴 리가 없어? 내가 꿈 내용을 니네 외숙모한테 말해줬는데? 당신들 아들은 당신들을 떠날 거고, 죽기 직전에나 다시 볼 수 있을 거라고."

그 당시 나는 겨우 열 살에 불과했지만, 외숙모의 말─"아니, 예지몽을 꾼다면 본인은 왜 그러고 산대?"─에 누구도 반박할 수 없는 사실이 포함되어 있다는 걸 알고 있었다. 다른 모든 의견들은 얼씬거리지 못하게 만드는 강력한 진실. 그리고 나는 가끔 그녀의 가게, 그 작은 방에서 새어나오는 불길하면서도 들뜬 기운─섹스와 관련된─을 느끼고 있었다. 무신경한 단어 선택과 이죽거리는 말투, 균형이 맞지 않는 화장과 옷차림, 그리고 정신없는 방과 여러 번의 이주가 그녀의 삶을 대변하고 있다는 걸 알고 있었다. 그럼에도 불구하고 나는 그녀를 찾아가는 걸, 그녀에게 내 목소리를 들려주는 걸 멈출 수 없었다.

그녀로부터 외숙모가 자신을 찾아왔었다는 이야기를 들은 후로 나는 외숙모를 볼 때마다 그런 장면을 떠올렸다. 외숙모가 그 여자―자신의 입으로 미친년이라고 명명한―앞에 무릎을 꿇고 앉아서 "제발 예지몽을 꿔주세요. 부탁입니다" 하고 애걸복걸하는 장면을. 그런 장면을 상상하는 건 몸서리치게 싫은 일이었지만, 일단 한번 떠올리고 나면 그 상상에서 빠져나오기가 어려웠고 가슴께가 무지근해지는 느낌에 사로잡혔다. 나는 더이상 외숙모의 집도를 몰래 엿보지 않았다. 엿보기는커녕 집도가 시작되면 그와 관련된 그 어떤 소리나 분위기가 나를 침범하지 못하도록 방문을 꼭 닫아버렸다. 이유를 설명할 수는 없지만, 그후로 외숙모가 내 몫의 밥그릇을 챙기는 걸 잊어버리고 부엌에서 영문을 모르겠다는 듯이 나를 쳐다볼 때에는 마음속 깊이 안도감을 느꼈다. 하지만 피구 사건이 일어난 뒤에는 그런 일말의 안도감마저 사라져버렸다. 매일 아침 외숙모가 코코아를 타줄 때면, 식사시간마다 죽 같은 걸 만들어서 방으로 가지고 올 때면, 혹은 매일 밤 내 이마에 크림을 발라줄 때면, 그리고 그 말―"여자애 얼굴에 흉이 지면 안되는데. 쯧쯧"―을 할 때면 나는 속이 울렁거렸고 괴로운 마음이 들었다. 괴로움은 학교로 다시 돌아갈 날이 다가올수록 강력해져서 나를 거의 잡아먹을 지경이었다. 나는 또다시 밤에 잠을 잘 이루지 못했고, 어둠 속에서 두려움에 벌벌 떨었다. 더이상 외숙모를 대면하고 싶지도, 학교로 돌아가고 싶지도 않았다.

그게 바로 내가 그녀—정신 나간 여자, 미친 여자, 미친년—를 따라나선 이유였다. 그녀를 따라나섰다. 이렇게 말하는 게 적절할까? 그녀가 나를 납치하도록 내버려두었다? 이 표현은 본질에서 훨씬 멀어진 듯한 인상을 준다. 그렇다면 이 표현은 어떤가? 내가 그녀를 부추겼다. 그런 일이 가능했을까? 하지만 바로 그게 실제로 일어난 일이었다. 학교로 돌아가기 며칠 전 오후, 나는 몰래 집에서 빠져나와 그녀의 가게를 찾아갔다. 그리고 그녀 앞에 무릎을 꿇고, 제발 나를 데리고 어디론가 떠나달라고, 사라지게 해달라고, 외숙모와 외삼촌과 담임선생과 영예은으로부터 멀어지게 해달라고 애걸복걸했다. 그때 그녀는 뭐라고 말했더라? "알았어, 내가 그렇게 해줄게." 그렇게 말했던가? "그건 범죄야"라고 했던가? "후회할 거야"라고 했던가? 아, 아니다. 그녀는 이렇게 말했다. "알았으니까 그만 울고 화장실 가서 얼굴 좀 씻어. 못 봐주겠다."

내가 경찰에 의해 외삼촌과 외숙모의 품으로 돌아간 건 그러고 나서 채 열 시간도 지나지 않아서였다. 외삼촌은 약간 붉어진 눈으로 나를 내려다보며 이마를 긁적였고, 외숙모는 다른 누구도 듣지 못하게 내 귀에 대고 속삭였다. 불안정하고 신경질적인 목소리로. "그 여자가 너를 만졌어?" 나는 그게 무슨 의미인지 몰랐고, 곧 잊어버렸다. 그리고 최근에 아무 맥락도 없이 그 질문을 다시 떠올리게 되었는데, 처음에는 놀라웠고 그다음에는 너무 당혹스러운 나머지 웃음이 나왔다. 대체―다른 사람도 아닌―외숙모가 어떻게 그런 식의 생각을 할 수 있었단 말인가?

　그녀는 문을 닫고 짐을 꾸리기 시작했다. 간단한 세면도구와 빵이나 초콜릿 같은 먹을거리, 속옷과 두꺼운 스웨터, (의아하게도) 커다란 욕실 타월 여러 장, 그리고 약간의 현금. 그녀는 그것들을 챙기는 동안 아무 말도 하지 않았다. 때때로 엄청나게 화가 난 사람처럼, 가슴속에서 활화산이라도 터진 것 같은 표정을 지었지만 그런 순간을 제외하면 대체로 감정을 찾아볼 수 없었다. 그녀는 내가 막연하게 생각했던 것보다 훨씬 더 차분했고, 침착했으며, 계획적이었다. 마치 이런 일을 예상하고 있기라도 한 사람처럼. 예지몽을 꾼 걸까? 아닐 것이다. 그녀는 자주 이곳저곳을 떠나 다녔기 때문에―그리고 때론 야반도주를 해야 했기에―짐 싸는 일에 능숙한 것뿐이었으리라. 그녀가 차분하고 침착하고 계획적이라는 사실이 어떤 면에서는 나를 두렵게 만들었지만 그렇다고 떠나고 싶다는 생각이 흐려지는 건 아니었다. 나는 떠나야 한다고, 그 어떤 것도 무를 수 없다고 느꼈다. 왜냐하면 내가 무릎을 꿇고 애걸복걸했기 때문에. 게다가 내가 떠난다 한들 그게 뭐가 그렇게 큰일이겠는가? 외숙모와 외삼촌은 우리 엄마와 아빠가 아니고, 거기는 우리집도 아닌데. 나는 그냥 '여기'에서 '저기'로 옮겨가는 것뿐인데. 그녀는 커피포트에 물을 끓여서 컵라면을 만들어주었다.

당분간은 차에서 생활해야 하니 따뜻한 국물을 먹을 수 없을 거라고, 그러니까 지금 든든하게 먹어둬야 한다고.

비가 내리고 있었다.

"비가 오는 건 좋은 징조야. 하늘이 너를 돕나보다."

하지만 그녀의 말투—이죽거리는 듯한—때문에 그 말이 희망적으로 들리지는 않았다. 해가 완전히 지고 근처 아파트 공사장의 인부들이 모두 다 퇴근한 걸 확인한 후에 그녀는 커다란 가방을 들었고 내게도 배낭을 하나 메게 했다. 그녀는 두꺼운 점퍼에 청바지 차림이었고, 나는 잠옷 위에 초록색 카디건을 입고 있었다. 슬리퍼가 아닌 운동화를 신고 있다는 게 그나마 다행이었다. 불과 몇 시간 만에 대기는 아주 차가워져 있었다. 그녀와 나는 우산도 쓰지 않고 비를 맞으며 가게 뒤쪽으로 걸어갔다. 놀랍게도 거기에는 자동차가 있었다. 빨간색 티코.

"아줌마 차예요?"

"그럼 누구 차겠니?"

그녀는 나를 조수석에 태운 후 안전벨트를 매라고 했다.

그녀가 차를 출발시키자, 갑자기 엄청난 긴장감이 몰려왔다. 불확실한 설렘, 약간의 흥분감, 그리고 어쩌면, 자기기만적인 감정. 나는 낡은 와이퍼가 끼익거리며 움직이는 소리를 듣다가 어느새 꾸벅꾸벅 졸기 시작했다. 그리고 무슨 일이 있었더라? 잠에서 깼을 때 주위는 완전히 깜깜했고, 우리는 넓은 도로—나중에 알고 보니 거기는 고속도로의 나들목 부근이었다—위를 달리고 있었다. 비는 그쳤고, 우리가 탄 차를 제외하고 도로에는 차가 한 대도 없었다. 또 무슨 일이 있었더라? 덜컹거림, 무언가가 못마땅하다는 듯한 그녀의 신음소리, 그리고 고무줄을 끝까지 잡아당겼다가 놓아버린 것 같은 느낌. 나중에 들은 바로는, 빗물에 미끄러진 차가 중앙분리대를 받았다고 했다. 한 가지 분명하게 기억하는 건 자동차가 중앙분리대에 부딪혔을 때 내가 시간을 감각했던 방식이다. 시간은 순차적으로 흐르지 않았다. 부딪히기 전에 나는 이미 우리가 부딪혔다고 느꼈고, 그러고 나서 진짜로 부딪힘이 일어났다. 마치 예지몽처럼. 그건 착각이 아니었다. 인식 다음에 꽝 하는 충돌, 그리고 반동. 순간적으로 나는 내가 상상했던 아빠와 엄마의 사고 장면을 떠올렸다. 진짜 사고는 그런 식으로 일어나지 않는다. 그럼 어떤 식으로 일어나는 걸까? 나중에 사람들은 우리가 탄 차의 충돌을 '경미하다'고 표현했다. 그럼에도 불구하고 주위에서는 무언가 잔뜩 소진되어버린 듯한 지독한 냄새가 났다. 체액, 축축한 느낌, 미약하지만 분명한 신체적인 훼손. 나는 그녀가 사고가 나는 순간 브레이크를 밟는 동시에 나를 꽉 끌어안았다는 사실을 깨달았다. 잠시 후 그녀가 손을 풀었다. 나는 그녀의 얼굴을 바라보았다. 전조등에서 뻗어나온 빛이 차 안으로 희미하게 비쳐 들었다. 체액은 내 것이 아니라 그녀의 것이었다. 그녀의 콧구멍에서 피가 흘렀고, 눈가의 핏줄도 터진 것 같았다. 그리고 눈물. 그건 누구의 눈물이었던가? 나는 가슴께가 뻐근하고 등이 아팠지만 놀랍게도 피는 한 방울도 나지 않았다. 긁힌 부분도 거의 없었다. 나는 울음을 터뜨렸다. "울지 마." 그녀는 이 정도 일은 아무것도 아니라는 듯이 글러브 박스에서 휴지를 꺼내 내 눈물과 자신의 피를 슥슥 닦아냈다. 그리고 자신의 머리통을 몇 번 긁더니 아주 잠시 동안 생각에 잠겨 있었다. 그녀는 자기 가방을 메고 차에서 내리고는 조수석의 문을 열었다. "내려. 니 가방은 그냥 두고."

범퍼가 완전히 찌그러졌지만 그 외에는 괜찮아 보였다. 반쯤 깨진 한쪽 전조등에서 나온 흐릿한 빛이 어둠 속에 번져 있었다. 주위는 믿을 수 없을 정도로 고요했다. 도로에는 군데군데 빗물이 고인 웅덩이가 있었다. 차가운 공기가 얼굴을 철썩철썩 때리는 것 같았고 몸이 벌벌 떨렸는데 추위 때문인지 아니면 다른 이유 때문인지 알 수가 없었다. 그녀는 내게 다친 곳이 있는지 묻지 않았다. 그저 따라오라고만 했다. 가드레일을 먼저 넘어간 후 내가 넘을 수 있도록 도와주었다. 그녀와 나는 잡초의 축축하고 거친 촉감을 느끼며 나란히 걸었다. 그녀는 내 손을 잡아주지 않았다.

저 멀리서 무언가 충돌하는 소리가 났기 때문에 그녀와 나는 잠깐 걸음을 멈추고 뒤를 돌아보았다.

무언가가 보일 리 없었다. 이것 역시 나중에 들은 말인데, 우리가 떠난 후 거기에 있던 티코를 미처 발견하지 못한 차들이 추돌 사고를 일으켰다고 했다(그 사고로 죽은 사람은 없었지만 심하게 다친 사람은 있었다). 그녀와 나는 말없이 어둠 속에 서서 서로의 얼굴을 바라보았다. 이윽고 거칠게 숨을 내쉬던 그녀가 절뚝거리며 다시 걸었고 나도 그녀를 따라갔다. 도로에서 멀어지면 멀어질수록 어둠의 농도는 짙어졌다. 입안에 얇은 막이 생긴 것 같았고 집중력이 흐트러지는 듯했다. 눈이 먼 것 같았고 방향감각이 사라지는 것 같았다.

그렇게 한참을 더 걷다 우리는 좁은 비탈길 위에 다다랐다. 오른쪽으로는 공터가 펼쳐져 있었다. 나무도 몇 그루 없었다. 여기가 어디지? 문득 그 방, 어린 왕자 벽지로 둘러싸인 그 방에서 밤중에 깨었을 때처럼 두려움이 나를 엄습했다. 여기가 어디지? 누구를 불러야 하지?

"아줌마."

"왜?"

그녀가 약간 쉰 목소리로 대답했다.

"어둠은 무서운 게 아니라고 우리 엄마가 그랬어요. 밤은 아무것도 아니라고."

"뭐라고?"

"몰라요? 밤은 지구가 자전하니까 생기는 거예요. 그러니까 지구 반대편에서는 사람들이 깨어 있어요. 거기는 낮이거든요. 여기는 밤, 거기는 낮."

"그걸 누가 몰라."

나는 그녀가 여전히 이죽거리고 있지만 발음이 미묘하게 뭉개 졌다는 사실을 알아차렸다. 잠시 후 그녀는 진심으로 놀랐다는 듯 이 덧붙였다.

"아, 너 지금 무서운 거구나?"

하지만 그녀의 그런 반응은 얼마나 이상한 것인가? 나는 살고 있던 곳을 충동적으로 뛰쳐나온, 교통사고를 당해서—피 한 방울 안 흘렸다 해도—울음을 터뜨린, 겨우 열 살짜리 여자애였는데.

"근데 그게 무슨 소용이니. 너는 거기가 아니라 여기에 있는데."

그녀가 한숨을 쉬며 말했다.

"아무래도 잠깐 쉬었다 가야겠다."

그녀는 가방에서 커다란 욕실 타월을 몇 장 꺼내 나무 앞에 깔 았다. 그리고 신음소리를 내면서 아주 천천히 그 위에 앉고는 내 게도 앉으라고 했다.

"차에 두고 온 가방에 초콜릿이랑 빵이 들어 있는데."

그녀는 내가 그 가방을 들고 걷기 힘든 상태라는 걸 질책이라도 하는 듯이 말했다.

"저게 뭔지 아니?"

그녀는 아까까지는 우리 오른쪽에 있었고 이제는 우리가 마주 보게 된 공터를 가리켰다.

"공동묘지야. 엄청나게 많은 사람들이 죽어서 묻혀 있는 곳. 무 섭지?"

나는 무덤들을 보지 않으려고 애썼다. 대신 저멀리 새까만 하늘과 잿빛 구름, 그리고 머리 위로 높이 뻗어 있는 기다랗고 앙상한 나뭇가지를 바라보았다. 숨을 내쉴 때마다 입김이 나왔다.

"저 소리 들려? 들개가 우는 소리야. 들개는 너를 죽일 수도 있어. 너가 죽게 된다면 그건 지금이 밤이라서가 아니야. 그건 너가 바로 지금 여기에 있어서야."

그녀는 힘이 부치는지 계속 숨을 몰아쉬었다. 나는 침을 꿀꺽 삼키고 슬금슬금 움직여서 그녀의 옆에 딱 달라붙었다. 그녀의 심장박동이 느껴졌다. 너무 빨리 뛰는 것 같았지만 판단할 수 없었다. 그리고 열기. 바닥에 깔아놓은 타월이 무색하게 젖은 흙의 차가운 촉감이 고스란히 온몸에 전달되고 있는데도 그녀에게서는 쇠약한, 그러나 사방으로 마구 분출되는 듯한 열기가 느껴졌다. 그녀는 가방을 뒤져서 보풀이 일어난 커다란 스웨터를 몇 벌 건네주었고 나는 그걸로 상체를 둘둘 말았다. 흘러나오는 콧물을 스웨터로 쓱쓱 닦았다. 이가 딱딱 부딪쳤고, 몸이 아픈데 어디인지 콕 집어 말할 수가 없었다. 나는 벌을 받고 있는 걸까? 하지만 무엇에 대해? 나는 그녀의 계획을 몰랐다. 우리는 계속 떠나갈까? 아니면 나를 집으로 데려다줄까? 그렇다고 그녀에게 어디로 갈 거냐고 물어볼 수도 없었다. 그녀가 멀리 떠날 거라고 대답하든, 아니면 나를 외삼촌네 집으로 데려다줄 거라고 하든, 그 모든 대답이 나를 궁지에 몰아넣을 거라고, 모욕스러운 감정 속으로 밀어넣을 거라고 느꼈기 때문이었다. 내가 뭘 원하는지도 잘 알 수가 없어서 그녀가 그런 걸―"너 어떻게 하고 싶니?"―물어볼까봐 두려운 마음마저 들었다.

"무섭지?"

나는 고개를 숙인 채로 가로저었다.

"무서우면 무섭다고 말해도 되는데."

나는 그녀가 왜인지 망설이고 있다는 인상을 받았다. 내게 무언가를 원하는 듯한 느낌도.

"뼈가 부러진 것 같아요."

"안 부러졌어. 엄살 좀 부리지 마."

"그걸 어떻게 알아요?"

나는 너무 애처롭게 들리지 않기를 바라며 물었다.

"그냥 다 알아."

"나에 대한 예지몽을 꿨으니까요?"

그녀가 고개를 돌려 나를 바라보았다. 내 입에서 그런 말이 나온 게 아주 의외라는 듯이. 어둠 속에서 그녀의 부푼 코는 마치 그녀의 얼굴에 속하는 게 아닌, 기괴하고 독자적인 생명체처럼 보였다.

"그래."

그녀가 대답했다.

"어떤 꿈을 꿨어요?"

"당연히 너에 대한 건 모두 다."

그녀는 갑자기 자신만만해진 것 같았다.

"그럼 우리 엄마랑 아빠가 죽지 않았다는 것도 꿈에 나왔어요?"

그 순간 나는 왜 그런 말을 했던 걸까? 엄마와 아빠가 이혼을 했고 두 사람 다 나를 키우기를 거부했다는 사실을, 두 사람이 서로에게, 혹은 내게 했던 말들—"당분간은 너와 같이 살 수가 없어" "엄마의 오빠라면 너에게도 가족이나 마찬가지야"—을 그녀가 이미 알고 있다고 믿었던 걸까? 아니면 정반대로, 그녀가 그런 걸 전혀 모르고 있을 거라고, 그래서 그녀에게 창피를 주고 싶다고 생각했던 걸까? 그것도 아니면 그녀가 내 말을 듣고 그저 씩 웃어주기를 바랐던 걸까? 비열하게, 무언가를 업신여긴다는 듯이?

"아."

그녀의 반응은 그게 전부였다. 그녀는 웃지도 않았고, 깜짝 놀랐다거나 무언가를 확증받고 싶어한다는 느낌도 주지 않았다. 하지만 단조롭고 낮은 목소리에는 어떤 감정이 묵직하게 남아 있었다. 분명히 그랬다. 잠시 후 그녀가 입을 열었다.

"당연히 알고 있었지. 하지만 안타깝게도 너에게 뭔가를 얘기해줄 수는 없겠구나."

"왜요?"

"너가 나한테 처음에 거짓말을 했잖아? 그래서 너에겐 아무것도 알려줄 수가 없어. 그게 규칙이야."

그녀의 대답을 들었을 때, 처음으로, 그리고 아주 명백하게 그녀를 상처 입히고 싶다는 생각이 들었다. 부지불식간에 솟아오른 것이 분명했지만 그건 마치 오래전부터(대체 언제부터?) 내가 품고 있던 임무 같았다. 그녀가 애초에 내 부탁을 들어주지 말았어야 했다고, 아무리 내가 애걸복걸했더라도 그래서는 안 됐다고, 따지고 보면 사고를 낸 건 명백하게 그녀의 실수이므로 어떤 수치심이든 모욕감이든 그녀만 감당하면 되는 것이라고, 나는 생각했다. 지금 돌이켜보면 그건 참 이상한 일이었다. 초겨울의 차갑고 어두운 밤에 교통사고—비록 경미하지만—를 당한 후, 어딘지도 알 수 없는 공동묘지 근처에 앉은 채로, 의지해야 하는 단 한 사람을 그토록 순식간에 미워할 수 있게 된다는 것이. 그런 식으로 어둠에 대한 두려움이 순식간에 아무것도 아닌 게 되어버린다는 것이.

"우리 외숙모는 아줌마가 진짜로 예지몽을 꾼다면 그렇게 엉망으로 살지 않을 거라고 말했어요."

그녀는 숨을 한 번 크게 들이마시고는 잠시 동안 그 숨을 간직했다. 드디어 숨을 내뱉은 그녀가 말했다.

"그러언 사람들이 있어."

어느새 그녀의 말투에서는 이죽거림이 사라져 있었다. 그녀는 마치 꿈을 꾸는 사람처럼, 공중으로 흩어져버리는 것을 애써 낚아채려는 사람처럼 말하고 있었다. 나는 더이상 그녀의 말에 대꾸하지 않겠다고 다짐했지만, 결국 이렇게 물어볼 수밖에 없었다.

"어떤 사람이요?"

"특별하안 재능으 가진 사라믈 질투하느 사라암."

"우리 외숙모가요?"

"아아니. 니네 외숙모가 그렇다느은 건 아니고오. 대부부은 사람들이 그래애. 나르을 두려워하거드은……"

"사람들이 아줌마를 두려워한다고요?"

"혹시이라도 너가아 죽으며언 니네에 엄마나아 아빠가 후회하알 거라느은 생각은 하지도오 마아. 너어가 그러케 되더어라도 니네 엄마라앙 아빠느은 너어를 결국엔 잊어버리이고 말 테니까아."

그녀의 말투는 완전히 뭉개져버렸다. 마치 모래성 주위를 살살 긁는 게임을 하다가 갑자기 모래성 전체를 무너뜨린 것처럼. 그녀가 나를 바라보았다. 여전히 무언가를 망설이는 사람처럼. 나는 덜컥 겁이 났다. 그녀가 갑자기 오른손으로 내 왼손을 꽉 잡았다. 그녀의 손은 너무 뜨거웠다.

"얘…… 너느은…… 아아프로…… 상상도오…… 하지이…… 못하안…… 그러언…… 삶으을…… 살……게…… 될 거어야…… 그으러니까……"

그 순간 그녀의 몸이 짐짝 무너지듯 내 쪽으로 기울어졌다. 나는 너무 깜짝 놀라 숨도 제대로 쉴 수 없었다. 겁에 질린 채로 주위를 둘러보았다. 그녀가 죽었을지도 모른다고 생각했지만 지금 돌이켜보면 내가 그 상황을 정확히 실감하지는 못했을 것이다. 하지만 무엇을 실감했어야 하는 걸까? 그녀의 딱딱한 몸, 희미한 숨결, 습기를 품은 차가운 공기와 어디선가 들리는 정체를 알 수 없는 소리…… 내 손을 잡고 있던 그녀의 악력이 점점 약해졌다. 어느새 비구름은 완전히 사라졌고, 어두운 하늘에는 별이 하나둘씩 보이기 시작했다. 우주의 이치. 내 앞에 펼쳐진 수많은 묘지들. 문득 그런 생각이 들었다. 그녀가 죽으면 누가 그녀의 묘지를 만들어줄까? 누가 그녀의 시체를 가지고 갈까? 내가 약간이라도 움직이면 그녀에게 끔찍하고 잔인한 일이 벌어지기라도 할 것처럼, 마치 그게 전적으로 나의 권능에 달려 있는 양, 나는 꼼짝하지 않기로 결정했다. 비과학적인 생각, 거짓말쟁이. 나는 그녀에게 거짓말을 했다. 엄마와 아빠가 교통사고로 죽었다고. 나는 그들이 어떤 의미에서는 죽은 거나 마찬가지라고 생각했다. 아, 하지만 이 얼마나 어리석은 생각인가? 그들은 죽지 않았는데. 엄마 아빠와 함께했던 마지막 몇 달은 엉망진창이었다. 대부분의 사람들은 이해하지 못하리라. 모든 것이 부스러지듯이 망가지던 시기와 엄마가 내게 "우리 공주님, 언제 어른이 될래?"라고 다정하게 말을 건네던 시기가 일치한다는 것을. 감당하기 어려울 정도의 증오와 믿을 수 없을 만큼의 사랑이 같은 공간을 차지할 수도 있다는 사실을. 그날 밤, 아빠는 코발트색 자동차 안에서 잠이 들었고, 잠옷 차림으로 나간 엄마는 아빠를 깨워서 조수석으로 밀어넣은 후 차를 출발시켰다. 그리고 얼마 가지 못해 가로등을 들이받았다. 에

어백 덕분에 크게 다친 사람은 없었지만 그들은 그 일로 서로가 서로를 공격할 수 있다는 사실을 (드디어) 깨달았다. 그건 마음과 관련된 문제가 아니었다. 신체와 관련된 문제였다. 서로에게 신체적인 위해를 끼치는 게 그렇게까지 어려운 일은 아니라는 사실. 그건 한쪽 발로 자동차 액셀을 밟는 것만큼이나 손쉬운 일이었다. 아직까지도 나를 놀라게 하는 것은 내가 엄마와 아빠가 차라리 죽은 거라면 좋겠다고 생각했다거나, 혹은 그녀에게—즉, 가족이 아닌 다른 사람에게—그들이 죽었다고 천연덕스럽게 거짓말을 했던 사실이 아니다. 여전히 나를 깜짝 놀라게 하는 건, 내가 엄마와 아빠의 장례식에 갔었다고 말했다는 사실이다.

어둠.

어둠에 대한 나의 비정상적인 두려움이 되살아나기 시작했다. 어둠 속에 도사리고 있는 사악한 기운이 금방이라도 나와 그녀를 공격할 것만 같아서—그리고 어렴풋이 나는 그 공격이 정신적인 것에 국한되지 않으리라고 예감했다—몸이 덜덜 떨렸지만, 그래도 움직이지 않고 그 상황을 견디기로 했다. 그게 그녀를 위해, 그녀를 살아 있는 상태로 남게 하기 위해 할 수 있는 최선의 일이라고 느꼈기 때문에. 내 손은 여전히 그녀의 반쯤 풀린 손 안에 있었다. 나는 눈을 감은 채로—도대체 왜 이럴 때마다 우리는 눈을 감는 걸까?—엄마의 말을 떠올리기로 했다. 선택의 여지가 없었다. 지구 반대편의 사람들은 지금 환한 햇빛 아래에서 점심도 먹고 공원에서 산책도 하고 있어. 곧이어 내 머릿속에서 그녀의 목소리가 들려왔다. 이죽거리는 목소리로. 근데 그게 무슨 소용이니. 너는 거기가 아니라 여기에 있는데. 나는 소스라치게 놀랐다. 왜냐하면 그녀가 '우리'가 아니라 '너'라고 말했다는 사실을 새삼스럽게 깨달았기 때문에. 눈을 떠야 할지 말아야 할지 모르겠다고 생각하며, 나는 한쪽 어깨로 전해져오는 그녀의 묵직한 무게를 의식하고 있었다. 차가운 공기 때문에 볼이 얼다못해 불에 덴 듯 뜨거워지는 기분을 느끼며, 하지만 여전히 눈을 감은 채로 나는 흐느꼈다. 그러면서도 그녀의 손이 내 손을 놓치지 않기를 간절하게 바랐다. 무언가가 다가오는 느낌이 들었다. 부스럭거리는 소리, 감은 눈 속으로 비쳐 들어오는 환한 빛. 죽은 사람들이 다가오는 걸까? 눈을 뜨자, 내 앞에는 휴대용 랜턴을 든 경찰들이 서 있었다.

"얘, 괜찮니?"

그들이 내 얼굴에 랜턴을 비추었다. 여전히 내 손은 그녀의 손 안에 있었다. 나는 거의 소리를 지르듯이 말했는데, 지금 돌이켜 보면 그건 한 치의 거짓도 섞이지 않은 완전한 진실이었다. 우연히 발설되고야 만 진실.

"길을 잃었어요!"

부모님은 그 사실을 아주 나중에 알게 되었다. 나는 고등학교 2학년 때부터 엄마와 함께 살기 시작했는데. 엄마는 입버릇처럼 말하곤 했다. "나는 결혼이랑은 잘 맞지 않았어. 알잖아, 여자들이 결혼하면 어떻게 되는지. 너는 절대로 결혼하지 마." 하지만 엄마는 내가 대학교에 입학하던 해에 재혼을 하겠다고 통보했다. 나는 아빠와 엄마를 억지로 한자리에 불러모은 후, 혼자 살고 싶다고 말했다. 그리고 덧붙였다. "제가 납치당한 적이 있다는 걸 알고 있어요?" 그때가 바로 내가 처음으로 그 일을 입에 올린 순간이었다. 외숙모와 외삼촌은 나를 발견한 처음 며칠을 제외하면 그 일을 언급하지 않았는데, 그들은 마치 그런 일이 일어난 적이 없는 것처럼 굴었다. 내 입으로 아빠와 엄마에게 뒤늦게 전달된 이야기 속에서 나는—그 당시 마을 어른들이 떠들어댔던 것처럼—속임수에 넘어간 가련한 아이였고, 그녀는 말 그대로 미친 여자였다. 아빠는 그런 일이 일어났다는 사실을 알지 못했던 걸 창피하게 여겼고, 엄마는 외숙모가 그 이야기를 전해주지 않은 걸 언짢아했다. 마치 나와 자신 사이에 생긴 미묘한 긴장감이 외숙모 탓이라도 된다는 듯이. 최근에 엄마는 이렇게 말한 적이 있다. "난 정말 몰랐어. 내가 왜 그런 이야기를 안 해줬냐고 물었더니 니네 외숙모 말로는 너가 진짜 이상할 정도로 멀쩡했다는 거야." 어쨌거나 외숙모가 엄마에게 한 말은 사실이었다. 나는 약간의 타박상과 미열이 있었을 뿐이었다. 그다음날, 나를 진찰해준 의사는 별 상처가 없다고, 아이를 너무 과잉보호한다고, 호들갑을 떤다는 식으로 말했고, 외숙모는 완전히 폭발하고 말았다. "얘가 어떤 일을 당했는지 아세요?" 의사는 이런 보호자는 징그러울 만큼 많이 봐왔다는 듯이 태연하게 대답했다. "모르겠는데요." 하지만 내가 어떤 일을 '당했는지' 알게 된 의사는 결국 외숙모에게 정중하게 사과했고, 외숙모는 기어코 나를 입원시켰다.

퇴원하기 사흘 전쯤에, 담임선생이 같은 반 아이들을 몇 명 데리고 병실을 찾아왔다. 선생은 드디어 '병'이라는 단어를 사용했으리라. "그애는 병에 걸렸어요. 문병을 가야 해요." 반 아이들 중 몇 명은 편지를 써왔고 누군가는 털실로 직접 만든 열쇠고리를 선물로 주었다. 그애들 중 영예은은 없었다.

"고마워."

애들은 내 목소리를 듣고 슬며시 웃었다. 업신여기거나 얕잡아보는 웃음이 아니라, 천진하게 나를 용인하는 듯한 웃음. 시간이 많이 흐른 후에 나는 그게 선생의 작품이라는 것과 그애들이 그렇게 웃음 지었을 때 가장 기뻐했을 사람도 뒤에서 우리를 지켜보던 선생 자신이라는 사실을 알게 됐다. 그때 내가 알았던 사실은 이제 나도 그애들의 세계로 흘러가게 되리라는 것이었다. 함께 고무줄놀이를 하고, 다투고, 질투하고, 눈물을 흘리고, 억지를 부리는 세계로.

영예은이 찾아온 건 이틀 후였다. 그애는 외숙모에게 잠깐만 나가주시면 안 되겠느냐고, 나와 단둘이 이야기를 하고 싶다고 말했다. 외숙모는 별일도 다 있다는 듯이 못마땅한 표정을 지었지만, 결국은 그애가 원하는 대로 해주었다.

"난 선생님이 시켜서 온 거야. 선생님한테 내가 왔었다고 말해 줄 거야?"

나는 이불을 목 부근까지 끌어당기고, 링거액이 투약되고 있는 팔이 영예은에게 잘 보이도록 한 후 애매모호하게 대답했다.

"글쎄."

병실을 다녀간 친구들을 통해 내가 말을 한다는 사실을 이미 들었을 텐데 영예은은 놀라움을 감출 수 없다는 듯한 표정을 지었다. 하지만 그런 놀라움은 금세 사라졌다.

"그럼 선생님한테 내가 병문안을 안 왔었다고 말할 거야?"

"모르겠어."

"너 정말 못됐다. 완전 못돼처먹었어. 여기까지 오는 게 얼마나 힘든 일이었는지 알아?"

나는 이불을 머리까지 끌어올렸다. 잠시 후 이불을 내렸을 때 영예은은 여전히 거기, 내 침대 앞에 서 있었다. 나는 다시 이불로 얼굴을 덮었다. 그녀가 내게 못됐다고 말해줘서 약간은 속시원한 느낌이 들었다.

"너 알아? 내가 너 때문에 얼마나 슬픈 일을 당했는지? 너가 전학을 오기 전에 난 내 짝이랑 잘 사귀는 중이었는데, 너랑 짝이 되면서 걔랑 헤어졌어. 알겠어? 아웃 오브 사이트, 아웃 오브 마인

드! 알아듣겠냐고!"

나는 다시 이불을 끌어내리고 영예은을 바라보았다. 자신의 불이익과 고통을 주장하는 그애의 목소리는 자신만만했지만, 나와 눈이 마주치고, 내 이마의 꿰맨 자국을 보게 되자 양심의 가책을 느끼는 것 같았다. 그애는 결국 패배를 인정한다는 듯, 들릴락 말락 한 목소리로 말했다.

"미안하다."

그 말을 듣자 이상하게도 갑자기 눈물이 났다. 눈물을 흘린다는 사실을 숨기고 싶은 기분조차 들지 않았다. 얼굴을 타고 내려간 눈물이 내 목을 적셨다. 눈물은 그치지 않았고, 배꼽 근처에서 뜨거운 무언가가 부글부글 끓어올라서 가슴속을 헤집어놓는 것 같았다. 누군가의 뺨을 때리고 싶다는 생각이 들었다. 나는 울면서 그애에게 말했다.

"괜찮아. 너는 앞으로 상상도 하지 못한 그런 삶을 살게 될 거야."

영예은은 얼떨떨하지만, 무언가 아주 무서운 말을 들은 사람처럼 한동안 나를 내려보았다.

외삼촌은 말년에 당뇨병으로 고통받다가 얼마 전에 합병증으로 돌아가셨다. 외숙모는 그게 전쟁에 참전해 얻은 병 중의 하나라고 말했다. "그래도 너네 외삼촌은 참전한 걸 후회한 적이 없다니까." 그건 사실이었다. 내가 그 집에 사는 동안 외삼촌에게 가장 많이 들었던 말은 이것이었다. "느그들—외삼촌은 이 말을 할 때마다 언제나 복수형을 사용했다—은 그때 베트남에서 무슨 일이 있었는지 모른다 아이가. 내는 거기서 느그들은 상상도 못할 것들을 맨날 봤다. 그래서 거기 간 걸 후회하느냐고? 아니다, 내는 내가 그런 일을 겪었다는 걸 다행이라고 생각한다. 내는 진짜 무서운 게 뭔지 아니까. 그런 시절이 없었으면 내 인생은 아무것도 아니었을 거다."

그 집을 떠난 이후로 나는 외숙모와 가끔 통화를 했는데, 그때마다 외숙모가 전화를 끊으려고 하지 않아서 애를 먹곤 했다. 몇 년 전, 외숙모는 외사촌과 왕래를 시작했다고 알려주었다. 외숙모의 말에 의하면 외사촌은 이미 결혼을 해서 아들이 두 명이나 있다고 했다. "고아도 아니고 무슨 결혼을 그렇게 한다니?" 그래도 손자들을 보는 건 좋은 일이라고 했다. "니네 외삼촌은 아직도 아들이랑은 말을 안 해. 손자들만 가뭄에 콩 나듯 만나는 거지 뭐." 외삼촌은 죽기 직전에 자신들이 살던 아파트를 아들에게 상속했다. 외숙모는 계속 그곳에 거주할 예정이지만 미리 상속을 한 게 잘한 짓인지는 모르겠다고 했다. 나는 그 이야기를 장례식장에서 들었다. "네 외삼촌은 나한테 한마디 상의도 없이 그렇게 한 거야. 아들 없는 셈 치고 살겠다고 큰소리칠 때는 언제고." 외사촌은 군말 없이 외삼촌의 결정에 따랐다고 했다.

나는 장례식장에서 외사촌을 처음 만났다. 외삼촌이 늘 했던 말―내 자식이라도 절대 용서하지 않겠다던―이 떠올랐다. 나는 외사촌이 자신의 아버지에 대해 어떻게 생각하고 있는지 궁금했지만 그런 걸 물을 배포는 없었다. 결국 나는 이렇게 말했다.

"외삼촌이 돌아가셔서 슬프시겠어요."

그러자 그는 내가 무척 큰 결례를 저지르기라도 한 것처럼 한동안 나를 바라보았다.

"가족이니까 그런 거야. 넌 우리 가족이 아니니까 잘 모르겠지."

가족이 아니니까.

요즘도 나는 문득 한밤중에 잠에서 깰 때가 있다. 더이상 어둠을 무서워하지는 않지만, 여전히 어리둥절한 기분으로 이렇게 생각할 때는 있다. 여기가 어디지? 시간이 좀 지나면 나는 내가 어디에 있는지 정확하게 알아차리게 된다. 어둠 속에서 돌이킬 수 없는 실수나 후회를 떠올릴 때도 있다. 하지만 아침이 되면 그런 것들은 깡그리 잊어버리게 되리라. 마치 어떤 잘못이나 실수도 저지른 적이 없다는 듯이, 뻔뻔하게.

지금 이 글을 쓰는 동안, 나는 약간 참담한 기분이 든다. 내가 그 시절의 일에 대해 그녀의 입장에서는 단 한 번도 생각해본 적이 없다는 사실이 떠올랐기 때문이다. 우리가 함께 길을 떠났던 날 밤, 그녀 역시 갈팡질팡했고 두려웠지만 자존심을 세우고 있었을 가능성에 대해. 그녀 역시 자신이 무엇을 하고 있는지 전혀 알지 못했을 가능성에 대해. 아, 하지만 이 순간에도 나는 여전히 그런 식으로는 생각하고 싶지 않다. 엄마와 아빠에게 내가 납치'당했었다'고 말한 후, 나는 내가 불리한 상황에 놓여 있다고 느낄 때면 언제 어디서든 그리고 누구에게든 거리낌없이 그 이야기를 꺼내곤 했다. 부모님에게 말한 버전대로. 그러면 얼마간은 내가 원하는 대로 상황이 돌아갔다.

그러니까, 지금 이 세상에 그 시절의 일을 제대로 알고 있는 사람은 그녀와 나밖에 없는 셈이다. 문득 그런 궁금증이 든다. 그녀는 지금 어디에서 누구에게 그 시절의 일에 대해 뭐라고 말을 하고 있을까? 그런 말을 한 적이나 있을까?

외삼촌의 장례식에 다녀온 후 그동안 잊고 있던 그녀와의 기억들을 우후죽순처럼 떠올리게 되었는데—그게 바로 내가 지금 이 글을 쓰고 있는 이유 중 하나다—그중에는 어떻게 그런 걸 잊어버릴 수 있었을까 싶은 것도 있다. 이를테면 이런 것. 그때, 그녀는 경찰에게 나를 집으로 돌려보낼 생각이었다고, 그저 나에게 멀리 떠나고 있는 것 같은 착각을 주려고 했을 뿐이라고 말했다. 물론 이건 그 당시 외숙모에게 전해들은 것이었고 나는 그후로 그녀를 만나지 못했다. 그녀는 그 일이 있은 후 동네를 떠났다. 외숙모네 식탁에서 그녀가 화제에 오르는 일도 점차로 사라졌고, 종내는 아무도 그녀에 대한 이야기를 꺼내지 않게 되었다. 그때 나는 외숙모가 자신의 비밀을 알고 있는 유일한 사람이 동네를 떠나서 홀

가분해한다고 느꼈다. "너 때문이 아니야. 그런 사람들은 한곳에 정착할 수가 없어." 아마도 그 당시의 나를 상처 입힌 말은 바로 이것이었으리라. 너 때문이 아니야.

물론 그녀와 나 사이에 있었던 자질구레한 일들도 떠올랐다. 어떻게 보면 기억하고 있는 게 오히려 부자연스러운 장면들. 그중 하나는 이것이다. 그녀를 두번째로 찾아간 날―외숙모와 외삼촌이 싸운 다음날―나는 가게 뒷방에 앉아서 과자를 먹으며 새로 생기는 아파트에 대해 이야기했었다. "화장실이 두 개래요." 그녀는 이죽거리며 대답한다. "내가 그런 걸 모를 것 같아?" 그리고 덧붙인다. "화장실이 왜 두 개씩이나 필요한 거야? 가족이면 같은 변기를 사용해야지." 나는 '변기'라는 단어를 듣고 웃음이 터진다. 엄마와 아빠는 변기라는 단어를 사용한 적이 없었다. 엄마와 아빠는 언제나 '양변기'라는 단어를 사용했다. 거기서 고작 한 글자를 뺐을 뿐인데, 객관적인 용도를 설명하는 단어가 무언가 지저분하고 오염된 것, 우스꽝스러운 것으로 전락해버리는 듯했다. 그녀가 놀라서 말한다. "너 그렇게 웃을 줄도 아는구나." 그러고 나서 그녀는 변기라는 단어를 몇 번이나 반복한다. 변기, 변기, 변기…… 지저분하고 오염된 것, 우스꽝스러운 느낌이 점점 퇴색되고 아무런 특색도 지니지 못한 것이 되어버려서 더이상 내가 웃지 않을 때까지, 그녀는 경솔하고 무자비하게 그 단어를 반복한다. 기어코 그 단어에 거대한 구멍이 뚫리고 텅 비어버려서 우리 모두―나,

그, 그녀, 그리고 당신들 모두—가 그녀를 외면하고 눈을 감아버리게 될 때까지.

불장난

"남자들이란 항상 골칫거리지."

　남자애들 사이에서 유행하는 놀이에 대해 말하자 그녀는 그렇게 대답했다. 그녀의 대답에 나는 의구심을 느꼈던 것 같다. 혹은 그녀가 진짜 의도를 숨기고 있다고 여겼거나. 그때 나는 열두 살이었고, 여자애들끼리 모여서 시도 때도 없이 이런 이야기를 나누곤 했다. 남자애들은 더러워. 바보, 멍청이들. 이 세상에서 없어졌으면 좋겠어. 모조리 다. 발언 속에 포함된 경멸은 언제나 진실된 것이었다. 우리가 그들―남자애들―에게 지나치게 몰두하고 있다고 느껴질 때도 있었지만 즐거움과 흥분은 어디까지나 이야기를 나누는 행위 자체에서 기인한 것이지 이야기의 대상과는 전혀 관련이 없었다. 아, 아니다. 그런 건―혐오의 대상에게서 즐거움을 느끼는 건—절대로 일어나서는 안 되는 일 중 하나였다.

내가 그녀의 말에 의구심을 가졌던 이유는, 그 말을 한 사람이 다름 아닌 그녀라는 사실, 오로지 그것 때문이었다.

그녀는 운전중이었고, 과속방지턱을 넘어가는 동안에도 속도를 줄이지 않아서 우리의 몸은 차 안에서 꿀렁하고 요동쳤다(안전벨트를 매지 않아도, 어린아이들을 카시트에 앉히지 않아도, 어른들이 아무데서나 담배를 피워도 누구도 신경쓰지 않던 시절이 있었다. 놀랍게도 그런 시절이 분명히 존재했다). 조심성 없는 운전 습관 때문에 그런 일은 빈번하게 발생했지만, 그녀는 한 번도 괜찮냐고 물어본 적이 없었다. 나를 덜 걱정해서가 아니라, 그녀에게 그 정도의 물리적 충격은 그다지 크게 다가오지 않았기에 다른 사람들도 그럴 것이라고 지레짐작해서였다.

그녀의 운전 습관은 나이가 든 후에도 여전했다.

"그때, 어머님 운전 실력이 총알택시 기사 뺨쳤다니까. 나 토할 뻔했어."

몇 달 전 나는 남편과의 결혼생활에 종지부를 찍었는데, 아직 부부였던 시절, 남편이 아무런 맥락도 없이 갑자기 그때 일을 끄집어낸 적이 있다. 나는 좀 의아했다. 그는 그녀가 운전하는 차를 딱 한 번 타봤을 뿐이었다. 칠 년 전, 그러니까 아직 결혼을 하기 전의 일로 처음으로 그가 우리 부모님 집을 방문한 날이었다. 그는 토요일 오후에 고속철도를 타고 서울에 와서 함께 저녁식사를 하고 그날 바로 돌아가는 것으로 일정을 짰다. 주말 내내 시간을 내는 게 불가능할 정도로 여유가 없어서는 아니었다. 아, 물론 그는 바빴다. 언제나 그랬다. 우리가 처음 만났을 때, 그는 기획재정부 소속 공무원이었다. 대기업에 취직한 친구들과 비교하면 일의 강도는 비슷한데 연봉은 형편없다고 그는 자주 말했다. "그냥 대기업에 들어갈 걸 그랬어." 실수했다는 듯한 표정과 자책하는 듯한 말투 속에는 자신은 무엇이든 선택할 수 있었다는 자신감, 그리고 최종 선택에 대한 은근한 만족감이 포함되어 있었다. 물론 그는 진짜 감정을 숨길 의도가 없었다. 그건 그가 말하는 방식일 뿐이었다. 그는 그게 허위의식이나 가식과는 상관이 없다고 믿었고, 매너―하나의 형식이라고만 생각했다. 나는 그게 그의 고질적인 특질은 아니라고 여겼던 것 같다. 어쩌면 그저 미숙하고 순진한 부분이라고 여겼는지도 모른다. 하지만 다른 식으로 받아들였다 할지라도, 그와 결혼하지 않을(더 정확하게 말해서 그와 사랑에 빠지지 않을) 이유가 되지는 않았을 것이다.

　여하튼 그날 일정을 그렇게 짠 것은 다른 이유 때문은 아니었고, 어디서 하룻밤을 자야 할지 그가 끝내 결정을 내리지 못해서였다. 그는 결혼도 하기 전인데 여자친구의 부모님 집에서 잠을 자는 건 이상하다고 여겼다. 그 당시 나는 직장 근처에서 혼자 살고 있었다. "내 오피스텔에서 자면 되잖아?" 그는 내 얼굴을 한동안 쳐다보았다. "나는 자기네 부모님을 만난 날 밤에 자기랑 같은 방에 머물고 싶지 않아." 그리고 덧붙였다. "근처 호텔에서 혼자 자는 것도 이상한 것 같아. 그런 건 얼빠진 자식들이나 하는 짓 같 거든. 자기는 어떻게 생각해?"

그날 저녁식사 자리에서 나와 그는 아버지와 그녀의 맞은편에 나란히 앉아 있었다. 처음에 그녀는 다소 긴장한 것처럼 보였지 만, 그런 분위기는 곧 사라졌다. 시간이 조금 지나자 그녀는 활력 이 넘치는 모습으로 친근하게 그에게 말을 걸기 시작했다. 그러는 동안 아버지는 별말 없이 그를 지그시 바라보고만 있었다.

늘 그랬다. 손님들이 집에 오면 늘 그랬다는 말이다.

열한 살 때의 이사—내 생애 첫번째 이사였다—이후로 가끔 아버지의 회사 동료, 부하 직원, 대학 동창 부부가 집으로 초대되 었다. 일회성인 경우도 있었고, 꽤 지속된 경우도 있었다. 부부 동 반 모임! 처음 손님이 집에 오던 날, 그녀는 낮부터 부산스럽게 준 비하며 믿을 수 없다는 듯 그 말을 몇 번이나 반복했다. (순전히 남편 때문에) 난생처음 만나게 된 여자 어른들 사이에는 미묘한 기류가 흘렀다(남자 어른들은 이런 기류를 알아차리지 못하거나 관심이 없거나, 혹은 애써 무관심한 척했다). 어떤 여자들—보통 은 아버지 부하 직원의 아내들—은 대충 분위기를 맞추다가 측은 하다는 표정으로 남몰래 내게 미소를 보내기도 했고, 어떤 여자들 은 열성적이고 과장되게 그녀에게 친밀감을 표시했다. 무언가 언 짢다는 듯이 신랄하고 인색하게 굴며 안주인의 흠을 찾으려고 애쓰는 여자들도 있었다(이런 경우, 그녀들의 남편은 아버지와 동등한 위치에 있었다). 나조차 알아차릴 지경이었건만, 그녀는 순진무구한 표정을 지으며 시종일관 생글거리다가 맥락도 없이 내게 말을 걸곤 했다. "우리 딸, 잘 먹고 있어?" 손님들이 있을 때면 그녀는 이름 대신 꼭 우리 딸, 이라고 불렀다. 하지만 대부분의 경우—신랄하고 인색하게 굴던 여자들조차—, 식사가 끝나갈 때쯤이 되면 미묘한 긴장감은 맥없이 사그라들었고 심지어 어떨 때 그들—여자들—은 아주 오랫동안 알아온 친구처럼 보였다.

그녀와 아버지는 손님이 오기 전 어떤 역할을 맡을지 미리 약속이라도 한 사람들 같았다. 그녀는 끊임없이 말을 하고 매력을 발산하며 눈길을 끌고, 아버지는 내내 점잖은 미소를 지으며 사람들에게 자신의 관심을 골고루 나누어준다. 아버지는 과묵하게 굴었지만 적절한 때 재치 있는 농담을 던질 줄 알았다. 아버지는 이런 말을 했다. 아내는 내 진정한 대변인이야, 우리는 이심전심이야, 나는 말을 할 필요조차 없어, 기타 등등. 그녀를 숭배하는 듯한 아버지의 목소리 주위로, 그전까지 마구 흩어져 있던 자신감과 권위의 조각들이 한꺼번에 일렬로 줄을 서는 것 같았다. 그러면 그녀는 자신의 기다란 머리카락을 아버지와 맞닿지 않은 어깨 쪽으로 모조리 넘겨버리고는—마치 머리카락이 아버지와의 사이를 갈라놓는 장벽이라도 된다는 듯—아버지의 팔에 자신의 팔을 완전히 밀착시켰다. 나는 항상 그걸 못 본 척했다.

평소에 아버지는 전혀 과묵하지 않았다. 말을 할 필요가 없는 건 더더군다나 아니었다. 그녀는 아버지의 대변인이기는커녕 아버지의 마음을 다 아는 것 같지도 않았다. 만약 그랬다면 아버지가 왜 그토록 시시콜콜하게 원하는 것을 끊임없이 말해야 했단 말인가? 주말 동안 아버지는 소파에 앉아서 그녀에게 이것저것 요구했다. "나 물이 마시고 싶은데"라든지, "리모컨이 내 가까이 있으면 좋겠는데"라든지, "저녁은 일곱시 십 분 전에 먹고 싶어"라든지 등등. 아버지의 태도에서 요구 사항을 하달하는 사람의 권위라고는 찾아볼 수 없었다. 그 대신 조바심과 초조함, 흐릿한 열의 같은 게 느껴졌다. 그녀는 요구 사항을 군말 없이 들어줄 때도 있었지만, 이렇게 말할 때가 더 많았다. "그게 정말 지금 당장 필요한 건지 다시 생각해봐줄래요?" 그러면 아버지는 자못 심각한 표정으로 한동안 눈을 감고 있다가, 결국은 이렇게 대답했다. "당신 말이 맞아. 지금 당장 필요한 건 아닌 것 같아." 그런 아버지를 보면서 그녀는 약간 극적으로 두 눈썹을 치켜올렸다.

"그럴 줄 알았다구요."

그러므로 사람들 앞에서 자신은 한 번도 원하는 것을 입 밖에 낸 적이 없다고, 그럴 필요조차 없다고 아버지가 말했을 때 나는 좀 의아한 기분이 들었는지도 모른다. 그렇다고 심각하게 받아들이거나 아버지가 특별히 거짓말을 한다고 여긴 것도 아니다. 나중에 사춘기의 폭풍 한가운데에 서게 되었을 때 나는 아버지의 온갖 행동들을 떠올리며 머릿속 재판을 거행했지만, 사람들 앞에서 아버지가 보여준 그런 태도는 한 번도 심판대에 오르지 않았다.

손님들과의 식사가 얼추 마무리되면 아버지는 내게 이제 그만 들어가서 자라고 했다. 나는 내가 방으로 들어가면 아버지가 찬장 깊숙이 숨겨둔 양주와 작은 잔들을 꺼내리라는 사실을 알고 있었다. 나는 아버지가 술 마시는 모습을 본 적이 없었다. 아버지는 흡연가였지만 우리집에는 재떨이가 없었고, 담배나 라이터가 내 눈에 띈 적도 거의 없었다(다른 집은 아버지가 집안에서 담배를 피우는 게 일상적이었다). 길거리는 담배를 피우는 사람들로 차고 넘쳤다. 함께 걷다가 그런 사람들을 목격하면 아버지는 다른 길로 돌아가는 것을 택했다. 버스나 식당에서 담배를 피우는 사람을 목격하면 어떻게 했겠는가? 아버지는 두 손으로 내 눈을 가렸다.

눈을 가린다—아버지의 커다란 두 손이 급박하게 내 눈앞에 드리워진다.

티브이 드라마에서 남녀가 포옹하는 장면이 나오거나, 외국영화에서 주인공들이 키스를 나눌 때에도 아버지는 내 눈을 가렸다. 그런 세계—하지만 그게 어떤 세계란 말인가?—가 나에게 접근하는 것을 막겠다는 듯이. 하지만 그것—접근 금지—이 어떻게 가능했겠는가? 아버지의 바람대로 되었다면 그때 내가 그들이 술을 마시리라는 사실, 그들이 담배를 피우리라는 사실, 그들이 (아이들 앞에서는 절대 말하지 않을) 특별한 단어들을 내뱉으리라는 사실을 어떻게 알 수 있었겠는가? 접근 금지가 가능하지 않다는 사실을 아버지가 알지 못했다는 게 말이나 되는가? 내가 그 세계를 이미 알고 있다는 사실을 아버지가 몰랐다는 게 말이 되는가?

하지만, 그만 들어가서 자라는 아버지의 말에 나는 언제나 군말 없이 따랐다. 여자들은 꼭 한마디씩 거들었다. "아휴, 착하기도 해라." 그런 말을 들으면 두피 위로 벌레가 기어가는 기분이 들었다. "동생이 갖고 싶지 않니?" 이런 질문을 받을 때도 비슷한 기분이 들었다. 그런 질문 역시 여자들 중 한 명이 던졌고, 나머지 어른들─여자 남자 할 것 없이─은 안 그런 척하면서 내 대답을 기다렸다. 내가 끝까지 입을 다물고 있으면, 그들은 애가 아직 어려서 그렇다고 말했다.

한번은 이런 일이 있었다. 언제나처럼 나는 손님들이 있는 식탁을 떠나 세수와 양치질을 한 다음, 곧바로 방으로 들어가 불을 껐다. 이불을 목까지 끌어올리고 어둠 속에서 천장을 바라보았다. 눈을 감지는 않았다. 눈을 감으면 진짜로 잠들어버릴 수도 있었으므로(이미 몇 번 그런 경험이 있었다). 매번 그녀는 내 방문을 살짝 열고서 가느다란 빛에 의지해 내가 잠들었는지 확인하곤 했다. 나는 눈을 감고 자는 척을 하다가 문이 닫히는 소리가 들리면 침대에서 빠져나왔다. 그러고는 방문 앞에 쭈그리고 앉아 밖에서 나는 소리를 들으려고 애를 썼다. 내 방은 부엌에서 가장 멀리 떨어진 곳에 있었다. 내 귀에 도착하는 건 적당히 뭉쳐지고 굴려진 음파들의 덩어리에 불과했지만 어렴풋이 감지되는 무언가가 분명히 있다고, 나는 느꼈다. 지금 돌이켜보면 그 당시 나를 정말로 매혹시켰던 것은 내가 금지당하는 대상이라는 사실 그 자체였는지도 모른다. 접근 금지 딱지가 붙어 있다는 것, 그러니까 아버지가 그 딱지를 '그런' 세계가 아닌 나 자신에게 붙여놓았다는 것. 나는 어둠 속에서 내 신체 전부가 거대한 귀가 되었다고 상상했다. 신체는 언제나 정신을 지배하는 법이어서, 그런 상상이 작동되기 시작하면 나는 그 흐리터분한 덩어리 속에서 독자적인 음절들을 구분 짓고 하나씩 차례대로 골라잡을 수 있었다. 쾅, 하고 잔을 테이블에 내려놓는 소리, 무언가가 쏟아지는 소리, 냉동실에서 꺼낸 얼음을 통에 붓는 소리, 사람들의 뭉개지는 말소리. 그러다가 나는 아버지가 이렇게 말하는 것을 듣게 되었다.

"내 아내는 내가 원하는 걸 말하지 않아도 모두 다 알아차린단 말이야."

음파들의 덩어리 속에서 특정한 음절을 건져올리려고 노력할 필요도 없을 정도로, 아버지는 뭉개진 발음이긴 했지만 쩌렁쩌렁하게 집안이 울릴 만큼 커다란 목소리로 말했다. 그 말은 아버지가 자주 했던 말과 별반 다를 게 없었는데도 낯설고 이상한 느낌을 품고 있었다. 과묵함을 뚫고 나오는 권위나 자신감도 찾아볼 수 없었고, 평소 그녀에게 무언가를 요구할 때처럼 성마른 조급함도 찾아볼 수 없었다. 아버지의 목소리에 뒤이어 무모하게 무언가를 잔뜩 헝클어뜨리는 듯한 웃음소리가, 키득거리는 사람들의 웃음소리가 들렸다. 문득 두려운 마음이 들었는데, 이유를 설명할 수는 없지만 나는 그게 웃음소리(그중에서도 그녀의 웃음소리) 때문이라고 생각했다. 그러다 순식간에 웃음소리는 사라졌고—마치 길을 걷다가 구멍에 쑥 빠지는 것처럼—갑작스러운 정적이 찾아왔다. 나는 그들이 그 시각 방안에 잠들어 있을 이 집의 어린 딸을 의식했다는 사실을 알아차렸다. 나는 얼른 침대에 누워서 눈을 감은 채로 어른들 중 누군가 나를 확인하러 오기를 기다렸다. 누구라도 와서 내가 그들의 말을 엿들은 적이 없다는 걸 보증해주기를 바랐다. 보증. 그래, 나는 그것을 바랐다. 하지만 아무리 기다려도 아무도 오지 않았고, 그 사실 때문에 다소 처참하고 부끄러운 마음이 들었다.

번쩍, 하고 눈을 떴을 때는 한밤중이었다. 방금까지 꿈을 꾼 것 같은데, 내용이 기억나지 않았다. 부엌으로 간 나는 텅 빈 식탁 위에 코를 대고 킁킁거리며 냄새를 맡았다. 어떤 냄새도 나지 않았기 때문에 실망감을 느꼈다(대체 무엇을 기대했던 걸까?). 설거지통은 깨끗했고 그릇과 술잔들도 이미 다 찬장 안으로 들어간 후였다. 그 모든 것들이 흔적도 없이 말끔하게 치워진 것이다. 나는 거실 한가운데 서서 그녀와 아버지가 함께 잠들어 있을, 그러니까 꽉 닫힌 안방 문을 한동안 바라보았다. 다시 방으로 돌아온 나는 일부러 엉금엉금 침대 위로 기어올라갔다. 그때 문득, 조금 전 꾸었던 꿈의 일부가 떠올랐다. 사실 일부라고 하기에도 민망한 수준이었다. 내가 떠올린 것은 꿈속에서의 나의 모습, 그것뿐이었다. 나는 거대한 귀 모양을 하고 있었다. 거대한 귀에 손과 발이 달려 있었는데, 꿈속의 나-거대한 귀는 아주 조잡하고 초라하며 볼품없었다.

그 조잡하고 초라하고 볼품없는 귀가 꿈속에서 어떤 소리를 들었는지 꿈 밖의 (더이상 거대한 귀가 아닌) 나로서는 기억해낼 재간이 없었다.

시간이 지나면서 손님들이 집을 방문하는 일은 점차 줄어들었다. 교류가 완전히 끊어진 건 아니었지만 어느 정도 시들해지긴 했다. 그녀가 몸이 아프다는 말을 입에 달고 살던 시기가 바로 그 즈음이었다. 병원에서는 아무런 이상이 없다고 하는데도 그녀는 자신의 백혈구 수치를 걱정하거나 족저 근막염이나 부비동염 같은, 그 당시의 나로서는 들어본 적도 없고 어디가 아픈 건지 상상도 할 수 없는 병명을 들먹였다. 우리는 주말마다 아버지가 운전하는 차를 타고 병원으로 갔다. 나는 집에 있겠다고 했지만 그녀는 우리 모두 함께 가야 한다고 주장했고 병원 앞에 도착하면 보란듯이 내게 말했다. "넌 차에 있어." 나는 뒷좌석에 앉은 채로 그들이 함께 병원에 들어갔다가 나오는 걸 지켜봐야만 했다. 집으로 돌아올 때 그녀는 자기가 운전을 하겠다고 우겼다. "몸을 좀 써야겠어." 어불성설이었다. 그런 이유라면 걸어가는 편이 훨씬 낫다는 말이 목구멍까지 올라왔지만, 덜컹거리는 차 안에서 나는 입을 다물었다.

아버지는 퇴직한 후로 일 년에 한두 번쯤, 그녀와 여행을 떠났다가 돌아왔다. 집에서 아버지가 시시콜콜한 요구 사항을 늘어놓으면 그녀가 그것의 가불가 판정을 내리는 일은 계속되었다. 적어도 내가 그 집을 나와서 따로 살기 전까지는 그랬다. 둘 사이에 흐르던 극적이고 무엇인가 샘솟는 듯한 기운은 사라졌지만, 우스꽝스러울 정도로 진지한 아버지의 표정과 야릇하게 씰룩거리는 그녀의 눈썹은 그대로였다.

그날, 그를 처음으로 우리집에 데리고 간 날, 끝도 없이 질문 세례를 던지는 그녀와 입을 다문 채 그를 바라보는 아버지를 보며 나는 그들이 그 옛날, 손님들과 식탁에 둘러앉던 그 시절로 돌아가려는 시도를 하고 있는 게 아닌가 하는 의심이 들었다. 아버지와 그녀가 나와 그를 이용해서 자신들의 특정 시기를 반복하려는 공모를 했을지도 모른다는 그런 의구심. 내 머릿속으로 주름이 잔뜩 파인 아버지와 아직은 주름이 파였다는 표현이 어울리지 않는 그녀가 마주하고 킬킬거리는 장면이 떠올랐다. 그런 장면이 떠오르자, 그들이 실제로 공모를 했는지 안 했는지는 더이상 중요하지 않았다. 나는 그저 내 상상력 때문에 짜증이 났다. 그랬다. 상상력, 언제나 그게 문제였다.

기차표를 예매해놓았다고, 돌아갈 시간이 되었다고 그가 말했을 때, 그녀는 미래의 사위를 택시에 태워서 보낼 수는 없다며 기차역까지 데려다주겠다고 했다.

"좋은 생각이네. 당신이 운전을 하면 되겠네."

아버지는 한 번도 그녀가 운전하는 차에서 불편한 기색을 내비친 적이 없었다. 평소 확고하게 지니고 있던 안전에 대한 기준이 온데간데없이 사라지고 그녀의 운전 스타일에 맞춰 새롭게 조정되는 것 같았다.

마력. 그런 식으로 알게 모르게 타인의 신체-마음을 조종하는 그녀의 능력을 나는 마력이라고 불렀다.

그날, 그녀는 사십 분은 걸릴 거리를 이십오 분 만에 주파했다. 그는 그녀가 운전하는 차를 처음 타본 사람들이 어정쩡하게 내뱉는 말, 예컨대 "운전을 정말 잘하시네요" 혹은 농담하듯 "와, 진짜 너무 험하게 운전하시네!" 따위의 말은 입에 올리지도 않았다. 정신이 없어 보이긴 했지만 끝까지 사윗감으로서의 예의를 지켰다.

기차역에 둘만 남았을 때, 그가 이렇게 말했던 기억이 난다.

"어머님 연세가 어떻게 되신다고 했지?"

그후로 그는 한 번도 그녀의 운전에 대해 언급한 적이 없었는데 몇 년이나 지난 후에야 불쑥 그런 말을 꺼낸 것이다. 어머님의 운전 실력이 총알택시 기사 뺨쳤다고. 나는 그때 뭐라고 했던가? 그

즈음 나는 남편이 하는 말에 일일이 반응하지 않으려고, 그저 농담처럼 받아들이려고 노력하는 중이었다. 그래서 이렇게 대답했다. "쓸데없이 뺨을 왜 쳐?" 그는 무슨 말인지 모르겠다는 표정을 지었다. 지금도 나는 궁금하다. 그저 그는 재미있는 일화를 불현듯 떠올린 것에 불과했을까? 아니면 그녀의 운전 습관을 계속 마음에 품고 있다가 이때다 싶은 시점에 의도적으로 그 얘기를 던졌던 것일까? 그런 식으로 그녀의 무신경하고 성급한 태도를 내 앞에 들이밀면서 이렇게 말하고 싶었던 것일까?

당신은 정말 무신경해. 어머님을 닮아서 그런가봐. 피는 못 속인대잖아.

정말로 그런가? 아니면 (그가 자주 말했던 것처럼) 내가 모든 것을 너무 극적이고 과장되게 생각하고 있는 것일까? 그러니까, 아버지에게 "다시 생각해봐줄래요?"라고 말하며 눈썹을 움직이던 그녀처럼?

하지만 여기에는 두 가지 오류가 있다. 무엇보다 그녀는 무신경하지 않았다. 경솔한 데가 있었다고는 말할 수 있을 것이다. 하지만 나는 경솔하다고 표현하지도 않을 것이다. 대범하다는 표현은 어떨까? 아니면…… 무모하다고? 그랬다. 그녀는 무모했다. 오래전, 그녀는 자신보다 열두 살이나 많은 남자, 그것도 자신이 근무하는 학교에 재학중인 아홉 살짜리 딸의 아버지—유부남—와 열렬한 사랑에 빠졌었다. 이게 바로 두번째 오류이다. 아홉 살짜리 딸, 그게 바로 나였다. 그러니까 그녀와 나는 피 한 방울 섞이지 않은 사이인 것이다. 우리집에 처음 왔을 때 그는 이미 그 사실을 알고 있었다.

그러므로 이것은 다분히 의도된 나의 오류이다.

아버지와 사랑에 빠졌을 때 그녀는 스물일곱 살이었고, 학교에 부임한 지 몇 년밖에 되지 않은 초짜 교사였다. 일 년 동안 이어진 둘의 사랑은 비밀에 부쳐지다가 내가 열 살이 끝나갈 무렵 꼬리가 밟혔다. 그리고 한 달도 지나지 않아 그녀는 학교를 그만뒀는데, 자의적인 선택이었는지 아니면 공식적인 처벌이나 조치의 결과였는지는 모르겠다. 사람들은 그녀가 내 담임선생이었다고 알고 있었지만, 그건 사실이 아니었다. 심지어 나는 학교에서 그녀의 얼굴을 본 기억도 없었다. 나중에 벌어진 일들을 고려하면 그녀가 내게 학교 선생으로 각인되지 않은 건 불행 중 다행이었다. 그녀는 아버지와 결혼한 이후로 자신이 한때 선생이었다거나 하는 말을 한 번도 꺼내지 않았다. 하다못해 내 학업에 도움을 주려는 그 어떤 시도조차 한 적이 없었다. 자신의 과거가 마치 이제는 효용을 다한, 징그러움만 남은 허물이라도 되는 것처럼.

그뒤로 모든 일이 일사천리로 흘러갔다(혹은 그렇게 보였다). 특별한 소란 없이(이것 역시 그렇게 보였다는 의미이다) 어머니와 아버지는 이혼을 했고, 그다음 해 1월 말에 그녀가 우리집으로 들어왔다. 결혼식 같은 세리머니도 없이 아버지와 그녀가 법적으로 부부가 된 후, 원래 거주지에서 꽤 거리가 있는 동네로 이사를 했다. 내가 전학을 하는 건 당연한 수순이었다. 이 모든 사안—이혼, 재혼, 이사, 전학—은 내가 모르는 사이에, 나의 의지와는 아무런 상관도 없이 이루어졌다. 어머니와 아버지는 주말부부였는데, 아버지의 불륜 사실이 발각되자마자 나는 어머니가 있는 지방으로 보내졌기 때문이었다. 둘의 주말부부 생활이 시작된 건 내가 일곱 살 때, 그러니까 어머니가 지방에 있는 대학에 전임교원으로 채용되고서부터였다. 어머니의 짐을 옮기던 날, 아버지와 함께 교수 아파트에 갔던 기억이 난다. 임시 거처. 처음에 그곳을 그렇게 부른 건 어머니였고("여보, 여기는 임시 거처일 뿐이야"), 그후로 아버지와 나 역시 그렇게 부르곤 했다("엄마, 내일 임시 거처에 안 가면 안 돼? 우리집에 함께 있으면 안 돼?").

아버지의 불륜이 들통나고 내가 그곳에 머물게 되었을 때, 어머니는 더이상 임시 거처라는 단어를 사용하지 말라고 했다. "이제부터 여기가 내 집이야." 어머니는 그렇게 말했다.

겨울방학이 끝나고도 나는 계속 어머니 집에서 지내야 했다. "이건 네 부모가 함께 결정한 일이야." 이혼한 이후 어머니는 필요하다고 판단될 때면 그런 식으로 아버지와 자신을 묶어 삼인칭으로 부르곤 했는데 그때마다 나는 좁고 긴 구멍에 끼어서 옴짝달싹하지 못하는 듯한 기분을 느꼈다.

봄방학이 끝나기 며칠 전, 어머니는 이제 많은 것들이 바뀌게 될 거라며 마음을 단단히 먹으라고 했다. "엄마는 너에게 사과하고 싶지 않구나. 사과를 받고 싶다면 니네 아빠에게 받으렴." 하지만 단호한 태도는 순식간에 무너졌고 곧바로 어머니는 이렇게 덧붙였다. "무슨 일이 있어도 난 영원히 너의 엄마야."

　어머니는 일 년 동안 외국 대학에 교환교수로 가게 되었을 때도 공항에서 똑같은 말을 했다.

　난 영원히 너의 엄마야.

　"너네 엄마는 야망이 있는 여자였어." 이혼 직후, 아버지는 어머니에 대해 그렇게 말했다. 비난하는 투는 아니었던 것 같다. 다만 '야망'이라는 단어와 '여자'라는 단어를 한 문장에 둘 때, 아버지는 영원히 출입을 거부당한 대륙에 몰래 발을 디디려는 사람처럼 보였다. 긴장되고 조심스럽지만, 그러지 않고는 못 배기겠다는 듯한 태도. 발언을 한 직후에는 이루 말할 수 없는 뿌듯함을 느끼겠지만, 곧이어 자신이 느끼는 감정 때문에 어리둥절해지고 말 것이다(아니다, 아버지는 한 번도 어리둥절해하지 않았다). 물론 아버지에 대한 어머니의 발언도 있었다. "난 너네 아빠한테 미리 다 이야기했었어. 그 대학에 지원할 거라고. 채용되면 지방에 가서 살아야 할지도 모른다고. 니네 아빠는 알았다고, 나를 응원한다고 했어. 그런데 내가 채용 소식을 전하니까 뭐라 그랬는지 아니?" 어머니는 내 대답을 기다리지도 않고 말을 이었다. "뭐라고? 이러는 거야. 믿을 수 없는 일이 벌어진 것처럼! 니네 아빠는 내가 채용될 거라곤 눈곱만큼도 믿지 않았던 거야!" 어머니의 분노나 증오에는 아버지의 배덕보다는, 자신을 '진심으로' 지지한 적이 없으면서 그런 척을 했다는 사실이 훨씬 더 큰 지분을 차지하고 있는 것처럼 보였다.

서로에 대한 노골적인 언급은 이혼 직후 한동안 불타올랐다가 서서히 사그라들었고 결국에는 꺼져버렸다. 한 톨의 불씨도 남지 않은 것 같았던 어느 날, 오랫동안 품고 있던 궁금증을 해결하지 않고는 안 되겠다는 듯 뜬금없이 불쏘시개를 꺼내든 건 그녀였다. 그녀는 내게 어머니의 집이 어떻냐고 물었다. "텔레비전이 없어요." 그 말을 듣자 그녀가 대답했다. "아, 나 너네 엄마가 어떤 사람인지 알 것 같아." 비하나 빈정거림의 뉘앙스는 아니었다. 그녀는 정말로 뭔가 깨달음을 얻은 것 같았고 그날 이후 다시는 어머니의 집에 대해 묻지 않았다. 만약 소파가 없다는 말까지 했다면 그녀는 어떤 반응을 보였을까? 어머니의 집 거실 중앙에는 커다란 책상이 하나 있었다. 나는 그게 식탁이라고 생각했지만, 어머니는 언제나 책상이라고 지칭했고 나에게도 그렇게 부르라고 했다. 아버지와 어머니의 이혼 후 방학이 되면 나는 어머니의 집에서 머물렀다. 어머니의 책상은 발코니 통창을 마주보고 있었는데, 나는 거기에 앉아서 바깥 풍경을 바라보곤 했다. 창밖으로는 높게 자란 나무들이 사방으로 가지를 뻗고 있어서 여름방학 때는 눈부신 초록을, 겨울방학 때는 앙상한 가지를 볼 수 있었다. 안경을 쓰고 머리를 아무렇게나 질끈 묶은 어머니는 책상 앞에 앉아서 두꺼운 책을 읽고, 연필로 뭔가를 표시하고, 포스트잇을 붙이고, 컴퓨터 자판을 두드렸다.

사람들은 내가 그 시기에 무척 혼란스러웠거나 상처를 받았으리라고 생각했다. 하지만 내가 느낀 혼란스러움은 사람들이 상상하는 그런 식은 아니었다. 이를테면 어머니는 일을 할 때마다 내게 읽을 책을 주었다. 책이라면 아버지와 그녀가 사는 집에도 많았다. 종류는 달랐다. 아버지의 집에는 주로 동화책이나 명작 소설 전집이 있었지만, 어머니는 나를 위해 백과사전이나 역사 만화책을 사두었다. 내가 원하는 것은 귀신이나 미스터리를 다룬 책이었지만 두 집 그 어디에도 그런 책은 없었다. 한번은—열한 살 때의 일인데—요절한 러시아 발레리나의 일대기를 다룬 책을 사달라고 그녀에게 요청한 적이 있었다. 그녀는 그때 세탁실에 앉아서 손빨래를 하는 중이었다. 나는 그녀 앞에 쭈그려앉아서 말했다. "러시아 발레리나의 사랑을 다룬 책이에요." 나는 일부러 '사랑'이라는 단어를 강조하고 그녀의 반응을 기다렸다. 하지만 그녀는 손빨래를 멈추지 않은 채 이렇게 대답했을 뿐이다. "그런 책에는 아무런 교훈이 없잖니." 나는 순순히 물러났다. 어쨌든 내게는 어머니가 있었으니까. 어머니는 내가 책을 사달라고 한 사실에 만족스러워하며 곧바로 나를 데리고 서점으로 갔다. 하지만 표지를 봤을 때는 고개를 흔들며 의구심에 찬 목소리로 말했다. "글쎄다…… 네가 읽기에는 너무 부적절한 것 같구나." 나는 전혀 부적절하지 않다고, 어머니를 설득시키기 위해 안간힘을 썼다. "어린 여자애가 발레리나가 되려고 열심히 노력하는 내용인데? 발가락이 너무 길어서 토슈즈를 신기도 힘들었지만 결국 세계적인 발레리나가 되는 이야기라고!" 서점 한가운데에 서서 이런저런 설명을 늘어놓는 동안 나는 이런 의문이 들었다. 책을 사줄 어른이 남들의 두 배(물론 정확히 두 배는 아니었다. 1.5배!)인 거나 마찬가지인데, 왜 원하는 것을 하나도 가질 수 없단 말인가? 왜 이들은 내가 이렇게 얕은수를 쓰게 만든단 말인가? 나는 이루 말할 수 없는 수치심을 느꼈다. 바로 이게 내가 느낀 혼란스러움과 상처의 정체였다.

전남편은 내가 그 모든 변화를 극적인 갈등 없이 받아들였다는 사실을 믿지 못했다(그건 '비정상적'이라고 표현했다). 부모님이 주말부부 생활을 하는 동안, 그리고 이혼을 한 후, 내가 어머니가 아닌 아버지와 함께 살았다는 사실에도 (다른 많은 사람들이 그런 것처럼) 놀라워했다. (이혼 전) 어머니가 지방에 내려가 있는 동안 아버지와 생활하는 게 그리 어려운 일은 아니었다. 정말 그랬다. 출근 시간이 내 등교 시간보다 한 시간 정도 빠른 아버지 때문에 일찍 학교에 도착해서 빈 교실에 있어야 하는 것도, 하교 후에 집으로 와서 도우미 아주머니가 차려놓은 점심을 먹고 이 학원 저학원을 다니는 것도, 저녁에 집에서 혼자 숙제를 하거나 티브이를 보거나 어머니와 통화를 하는 것도(어머니는 내게 자신의 수업 일정표를 주며 통화할 수 있는 시간을 알려주었다) 모두 익숙했다. 물론, 나는 얼른 주말이 되기를, 그래서 어머니가 돌아오기를 바랐고 어머니는 한 번도 빠짐없이 돌아왔다.

주말 아침에는 예외 없이 모두 다 늦잠을 잤고, 아침식사는 늘 걸렀다. 어머니가 요리를 하는 경우는 없었다. 그렇다고 아버지가 하는 것도 아니었다. 우리는 치킨이나 중국 음식, 혹은 분식을 시켜 먹었다. 음식을 주문하는 아버지와 어머니 사이에는 미묘한 신경전이 있었는데, 나중에서야 나는 두 사람이 서로에게 오기를 부리는 중이었다는 사실을 알게 되었다("누가 먼저 배달 음식에 질리는지 두고 보자고"). 하지만 어머니가 근무하는 대학의 방학이 시작되면 그런 신경전과 배달 음식은 사라졌다. 어머니가 직접 요리를 했기 때문이다. 6월 중순부터 8월 말까지, 그리고 12월 중순부터 2월 말까지. 요리뿐만 아니라 모든 집안일이 어머니의 손에서 이루어졌다. 어머니는 일찍 일어나서 앞치마를 매고 아침식사를 만든 뒤 나를 깨웠다. 다 함께 식사를 한 후에 출근하는 아버지를 배웅했다. 어머니는 매일 장을 봤고 식재료를 남기는 일도 잘 없었다. 나는 저녁마다 식사 준비를 도와야 했다. 조금이라도 하기 싫은 기색을 보이면 어머니는 이렇게 말했다.

"너도 같이 먹을 건데 조금은 돕는 게 낫지 않아? 그게 억울해?"

그런 단어를 쓴 적도 없는데, 언제나 어머니는 억울하냐고 물었다. 어머니와 내가 애써 저녁식사를 준비했는데 아버지가 직장 동료들과 술을 마시느라 늦게 귀가할 때가 있었다(어머니가 지방에 있을 때에는 그런 일이 절대 없었다). 그러고 나면 며칠 동안 어머니와 아버지 사이에는 냉랭한 기운이 감돌았다. 내가 제일 원하지 않았던 건, 외식 전날에 아버지가 늦게 들어오는 것이었다. 가끔, 주말 저녁이 되면 나비넥타이를 맨 직원이 서빙해주는 레스토랑에서 외식을 했는데, 나는 거기에 갈 날만을 손꼽아 기다렸기 때문이었다.

내가 여덟 살이었던 때, 여름방학이 시작된 주에 아버지가 일요일날 외식을 하러 나가자고 말했다. 그런데 금요일 밤에 아버지가 늦게 귀가하는 바람에 아버지와 어머니는 목소리를 낮춘 채 새벽까지 계속 다투었고 둘 사이의 냉랭한 기운은 일요일 아침까지 사라지지 않았다. 나는 혹시라도 둘 중 한 명이 홧김에 외식을 취소할까봐 내내 초조한 마음이 들었다. 하지만, 정작 문제는 둘의 싸움이 아니었다. 오전부터 내리던 부슬비가 오후에는 장대비가 되더니 결국엔 사나운 비바람으로 변한 것이었다. 내가 고집을 부린 탓에 외출이 취소되진 않았지만, 아파트 현관에서 주차장까지 걸어가는 동안 바람에 우산은 어디론가 날아가버렸고 우리는 흠뻑 젖은 채로 차에 올라야만 했다. 운전대를 잡은 아버지의 손에서 물방울이 뚝뚝 떨어져 자동차 시트가 젖었다. 전면창으로는 물폭탄이 쏟아지는 것 같았다. 차가 움직이자 와이퍼는 힘겹다는 듯이 구슬픈 소리를 냈다. 빗줄기 너머 거리의 모습은 분간되지 않았고, 급기야 천둥번개가 치기 시작했다. 우르르 쾅쾅쾅, 천둥이 칠 때마다 누군가 내 심장을 향해 바위를 집어던지는 것 같았다. 퍼붓는 빗줄기와 온몸을 때리는 듯한 천둥소리. "이래도 꼭 가야겠어?"라는 어머니의 물음에도 물러서지 않았던 나는 라디오에서 동부간선도로를 통제한다는 소식이 흘러나왔을 때, 더이상 고집을 부릴 수 없다는 사실을 받아들여야만 했다.

다시 주차장으로 돌아온 후, 나는 어머니의 손을 잡고 비에 고스란히 노출된 채 아파트 현관까지 뛰어갔다. 그런데 현관의 센서등이 켜지지 않았고, 엘리베이터도 작동하지 않았다. 아파트 전체가 정전이 된 것이었다. 물을 뚝뚝 흘리며 힘겹게 어두운 계단을 올라가서(우리집은 오층이었다) 드디어 당도한 집안은 어두컴컴했고, 서늘하다못해 차가운 기운이 감돌았다. 어머니가 어둠 속에서 더듬거리며 가져다준 수건으로 머리카락을 닦는 동안("꼼꼼히 닦아. 여름 감기에 걸리지 않게"), 아버지는 라이터를 켜서(그때가 아버지가 내 앞에서 라이터를 켠 처음이자 마지막 날이었다) 이곳저곳을 뒤지다가 양초를 찾아냈다.

양초 세 개.

어머니가 맞은편에 놓인 식탁 의자를 끌어왔고 우리는 사 인용 식탁 한쪽에 다닥다닥 붙어앉았다. 아버지는 양초에 불을 붙이고 접시에 촛농을 떨어뜨려 초를 세웠다. 접시 위에 일렬로 세워진 세 개의 촛불은 황포한 비바람이 창문을 두드리며 울부짖을 때마다 이리저리 흔들렸다. 천둥번개가 번쩍이며 어둠을 가르는 초여름 밤, 도시는 악랄한 방식으로 침식되어가고 있는 것 같았다.

"무서워."

내가 말하자 어머니는 나를 꼭 안아주었다.

"창문이 부서질 것 같아."

어머니의 품속에 안겨 속삭이듯 말하자 아버지가 내 머리를 쓰다듬었다.

"괜찮을 거야."

어머니가 양초 하나를 들고 냉장고를 뒤지기 시작했다. 양파와 당근, 파 같은 채소와 복숭아와 자두 몇 개가 있었다. 아버지는 생 당근을 씹었고 나는 복숭아와 자두를 하나씩 먹었는데, 아무것도 먹지 않았을 때보다 상황이 더 나빠졌다.

"배고파."

아버지가 냉동실에서 만두를 발견했지만 무용지물이었다. 전자레인지가 작동되지 않았기 때문이었다.

"기다려봐."

자신만만하게 (또다시) 라이터 불에 의지해서 다용도실로 간

아버지는 휴대용 버너를 가지고 왔지만, 그것 역시 무용지물이었다. 부탄가스가 없었던 것이다. 어머니는 냉동실을 더 뒤져보았다. 그리고 냉동실 안쪽에서 언제 사다났는지 알 수 없는 떡국떡을 발견했다.

"이게 왜 여기에 있어?"

어머니가 기가 찬다는 듯이 말했고 아버지는 어깨를 으쓱거렸다. 어머니는 젓가락으로 떡 하나를 집어 촛불 위에 갖다댔다. 아버지가 말했다.

"그래서 되겠어?"

아버지의 빈정거림이 무색하게 떡은 서서히 구워졌다. 잠시 후, 어머니는 찬기가 가신 떡을 내 입에 넣어주었다. 여전히 딱딱하긴 했지만 나는 곡물의 고소한 맛을 느끼며 꼭꼭 씹어 넘겼다. 어느새 아버지도 젓가락을 가지고 와서 떡을 다른 촛불 위에 굽기 시작했다.

"나도 해보고 싶어."

내 말이 끝나자마자 아버지는 단호하게 대답했다.

"위험해서 안 돼."

어머니와 아버지는 떡을 구워서 번갈아가며 내게 먹여주었고, 간간이 자신들의 입에도 집어넣었다. 도시에 미친듯이 비가 쏟아지고 (조금 과장하자면) 전봇대도 뽑아버릴 것 같은 바람이 창문을 계속 흔드는 동안, 우리 가족은 별말도 없이 서로에게 몸을 딱 붙인 채 떡을 구웠다. 가끔 하늘이 무너져내릴 것처럼 천둥번개가 치거나 창문이 심각하게 덜컥였지만 우리는 떡을 굽고 씹는 데에만 열중했다. 그때, 옆에서 훌쩍거리는 소리가 났다.

"엄마, 울어?"

"울어? 왜?"

아버지가 놀라서 묻자, 어머니가 여전히 훌쩍이며 대답했다.

"아, 지금 너무 행복해서 그래."

그 말은 진실이었을 것이다. 어머니는 정말로 그 순간 행복했을 것이다. 어둠 속 미약한 촛불을 앞에 두고 두려움을 애써 숨긴 채 떡을 씹으면서, 어머니는 가족의 유대감을, 자신이 진정으로 있어야 하는 곳에 있는 것 같다는 안정감을 느꼈을 것이다. 어머니 자신을 짓누르고 있던 (말로 내뱉기도 싫고 인정하고 싶지도 않았을) 복합적인 감정들이 한순간 사라지는 느낌을 받았는지도 모른다. 하지만 동시에 어머니는 그날, 그 모든 감각들이 하나의 허상에 지나지 않는다는 점 역시 깨달았을지도 모른다. 정전과 비바람과 천둥소리를 뚫고 자신에게 도달한 안도감과 해방감은 일시적인 것에 불과하다고. 임시 거처는 그곳이 아니라 바로 이곳이라고. 그것이 자신이 선택한 삶이며, 정해진 시간이 지나면 이곳을 떠날 예정이기 때문에 그 모든 것을 완수할 수 있었다는 사실 역시 깨달았을지도 모른다. 훗날 자신이 머물고 있던 공간을 임시 거처가 아닌 '집'이라고 마침내 지칭할 수 있게 되었을 때, 어머니는 이날을 어떤 식으로 떠올렸을까? 떠올리긴 했을까?

　배덕의 찌꺼기와 흉허물을 피해서(놀랍게도 어느 정도는 성공했다고 말할 수 있다) 새로 살게 된 아파트의 이름은 정우맨션이었다. 각기 다른 방향으로 뻗어 있는 복도식 건물 세 개가 중앙의 원형 공간에서 만나는 약간 특이한 구조의 아파트였다. 각층 복도 끝에 있는 두꺼운 철문을 열면 외부 계단과 이어지는 층계참이 나왔다. 층계참을 둘러싼 벽의 높이는 내 가슴께 정도였다. 외부 계단은 구층의 작은 옥상과 꼭대기 층인 이십오층의 큰 옥상까지 이어졌다. 우리집은 삼층이었다. 나는 가끔 층계참으로 나가서 도로를 지나가는 자동차를 바라보거나, 벽에 기대앉아 있곤 했다(그러면 밖에서는 내가 보이지 않았다). 옥상에 올라가본 적은 없었다. 옥상뿐만 아니라 다른 층에는 아예 가본 적이 없었다. 내가 거주하지 않는 층에 가면 누군가 벌컥 문을 열고 소리칠 것만 같았다. "너, 여기 층에 사는 애가 아니잖니? 너는 불청객이구나?"
　내가 '맨션'의 뜻을 물었을 때 아버지는 대답했다. "고급스럽다는 뜻이야." 어머니의 대답은 이랬다. "허울 좋은 말이지 뭐." 그녀가 (아주 잠깐이었지만) 어머니의 집에 관심을 가졌던 것과 반대로 어머니는 그 집─아버지와 나와 그녀가 살던─에 관심이 없었다. 하지만, 아버지에 대한 언급을 안 하게 된 이후에도 가끔 어머니가 그녀에 대해 말할 때가 있었다. "정말 어리석은 여자야.

대단치도 않은 남자 때문에 직업까지 헌신짝처럼 버리다니. 직업을 버리는 건 삶을 버리는 거나 마찬가지야." 이 말 속에는 그녀를 비난하기보다는 내게 교훈을 주려는 의도가 다분했던 것 같다. 어머니는 나를 보며 경고하듯이 말했다. "남자에게 미치면 여자가 그렇게도 되는 거다. 알겠니?" 아버지가 이 말을 들었다면 이중으로 분노했을 것이다. 어머니가 그녀를 모욕했다고 여길 것이기 때문에. 그리고 내 앞에서 그런 표현―남자에게 미치다―을 사용했다는 사실 때문에.

아버지와는 다른 관점이긴 했지만, 나도 어머니의 말이 얼토당토않다고 생각했다. 직업을 버리는 게 어떻게 삶을 버리는 것과 같을 수가 있단 말인가. 동시에, 바로 이게 (그녀가 운전하는 덜컹거리는) 차 안에서 "남자들이란 항상 골칫거리지"라는 말을 들었을 때 내가 의구심을 가진 이유였다. 그녀 자신이 바로 남자에게 미친 여자였기 때문에. 그녀라면 남자애들에 대해 다른 식으로 말하리라고 여겼기 때문에.

그리고 (드디어) 솔직히 고백하건대, 그녀가 그 말을 했을 때 내가 느낀 감정이 오직 의구심뿐이었다고 이야기하는 것은 진실이 아니다.

전학을 가고 일 년이 지난 뒤, 그러니까 내가 5학년이 되었을 때, 우리 반에는 숙직실을 청소하는 여자애 그룹이 있었다(어떻게 그애들이 숙직실 청소를 도맡게 되었는지는 모르겠다). 그애들이외에는 아무도 숙직실 앞을 얼씬거리지 않았다. 마치 그 장소가 그애들에게만 허용된다는 무언의 규칙이라도 있는 것처럼. 여섯 명 정도 되는 그 그룹에서 중심인 애의 이름은 양우정이었다. 양 우정은 얼굴이 작고 동그랬으며 안경을 쓰고 다녔다. 눈, 코, 입이 오밀조밀한 편이었고, 키가 크고 팔다리가 길어서 전체적으로 시원시원한 인상을 주었다. 양쪽 귀에는 작고 반짝거리는 스터드 귀걸이를 하고 왼쪽 손목에는 가죽 시계를 찼다. 형광색 모자를 색깔별로 몇 개나 가지고 있었고, 1교시가 시작되면 모자를 벗어서 가방걸이에 걸어두었다. 모자를 쓰지 않는 날에는 허리까지 내려오는 곱슬머리를 위로 바짝 틀어올려 묶거나 길게 땋아서 늘어뜨렸다(양우정과 어울리는 다른 애들도 모두 액세서리를 했고, 형광색 모자와 색깔이 들어간 스타킹을 가지고 있었다). 양우정은 기가 죽는 법이 없었다. 담임선생은 삼십대 후반의 여자였는데, 어딘가 달갑지 않다는 듯이 우리를 대했고 항상 불만스러워 보였다. 수업시간에 열의 없이 던지는 선생의 질문에 양우정은 매번 손을 번쩍 들었다. 대개는 틀린 답이어서 선생은 깐깐하고 쌀쌀맞은 태도로 대답했다.

"틀렸어, 하지만 잘했다. 생각을 말로 표현하는 건 어쨌든 용감한 일이니까."

양우정은 조금도 민망해하지 않았고, 수긍한다는 듯 고개를 끄덕였다. 대부분 틀린 대답을 하는 것과는 별개로 나는 양우정이 우리와 다르다고. 그러니까 우리가 모르는 어떤 것을 알고 있다고 생각했다. 이를테면, 가지고 놀고 있던 공기를 남자애들이 낚아채서 달아나거나 고무줄을 끊어버리면 우리는 소리를 지르며 난리를 쳤다. 자동적으로 튀어나오는 새된 목소리와 붉어지는 볼. 하지만 양우정은 남자애들의 장난에 우리처럼 반응한 적이 없었다. 학기초에 남자애들이 괜히 양우정 곁을 얼씬거리며 이런저런 장난을 쳤을 때, 양우정은 시시하다는 듯이 그애들을 비웃었다. 분노하거나 아연실색하는 기색도 없이, 그저 맹렬하게 조롱하는 듯한 표정을 지으면서. 누군가 자신의 브래지어 끈을 잡아당겼을 땐 냉정한 표정으로 또박또박 이렇게 말했다.

"내 브래지어를 잡아당기면 니 기분이 좋아져? 그런 거니? 그렇게 좋으면 너네 엄마 것도 잡아당겨보지 그러니?"

싸늘하다못해 너무 우아해서 기품이 느껴질 정도였다. 마치 여왕님처럼, 그러니까 죄인의 무릎을 꿇리고 그걸로도 모자라 장갑으로 뺨을 찰싹찰싹 때리는 여왕님처럼. 결국 시간이 지나자 남자애들은 양우정 근처에는 얼씬도 하지 않게 되었다. 평정심. 양우정은 그걸 유지할 줄 알았다. 그런 건 아무나 할 수 있는 게 아니었다. 아닌가? 모르겠다. 어쨌든 우리는 못했다. 나는 그런 건 노력한다고 되는 게 아니라고, 타고나는 여자들이 있고 그들은 선택받은 존재나 마찬가지라고 생각했다.

나와 친구들은 못하는데 양우정(과 그애의 친구들)이 할 수 있는 것이 또 있었다. 성숙한 남자들과 어울리는 것. 물론 당시에는 '성숙하다'라는 단어를 떠올리지 못했다. 그때는 그저 이렇게 표현했다. 중학생 오빠들. 어느 날, 방과후에 고무줄놀이를 하려고 운동장 구석에서 (남자애들이 끊어먹은) 고무줄을 이리저리 묶어가며 남자애들에 대한 성토(남자애들은 더러워. 바보, 멍청이들, 이 세상에서 없어졌으면 좋겠어. 모조리 다)를 하고 있을 때, 갑자기 친구들 중 한 명이 목소리 톤을 바꾸고는 은근하게 말했다. 대단한 비밀의 전달자라도 되는 양, 한껏 으스대면서. 애들아, 나 양우정네 무리 봤어, 걔네가 중학생 오빠들이랑 노는 걸 봤다구. 뒷이야기가 너무 궁금했던 우리는 그애가 으스대는 것에 적당히 장단을 맞춰주면서 그애를 중심으로 동그랗게 모여섰다. 돌이켜보면 매번 그랬다. 남자애들에 대한 이야기는 언제 어디서고 어떤 식으로든 할 수 있었다. 밥을 먹다가, 화장실을 가다가, 고무줄놀이를 하다가, 수업시간에 쪽지를 주고받다가 기타 등등. 하지만 양우정에 대한 이야기를 할 때는 하던 일을 멈추고 목소리를 낮춰야 했다. 그리고 이야기가 끝나면 언제 그런 것에 관심을 두었냐는 듯이 원래 하던 일로 돌아갔다. 그랬다. 다들 돌아갔다. 그게 핵심이었다.

(비밀의 전달자인) 그애는 부모님과 시내에 나갔다가 양우정 무리가 중학생 오빠들과 패스트푸드점에서 햄버거를 먹고 있는 장면을 봤다고 했다. 중학생이라고 해봤자 그저 두세 살 차이에

불과했지만, 그 차이가 우리에게는 숫자로는 도저히 환산할 수 없는, 현실을 넘어서는 어떤 의미를 가지고 있었다. 학교 안에서는 우리보다 겨우 한 살 많을 뿐인 6학년들이 어른인 것처럼 거들먹거리며 다녔고, 실제로 6학년들이 야! 하고 우리를 부르기라도 하면 오금이 저렸다. 진짜 어른들 앞에서는 아무렇지도 않은데 어른 흉내를 내는 가짜 어른 앞에 서면 마음이 졸아들었다.

"중학생 오빠들이랑 걔네랑 뭘 하고 있었는데?"

내 질문에 그애는 히죽 웃으며 우리를 둘러보았다. 무언가 대단한 걸 보기라도 한 걸까? 나와 다른 친구들은 숨을 죽이고 그애의 입에서 나올 말을 기다렸다. 그애는 고개를 빳빳이 들고 뽐내듯이 말했다.

"날라리짓 하고 있던데?"

다른 친구가 숨을 몰아쉬면서 가로채듯 물었다.

"날라리짓? 그게 뭔데? 뭐 어떤 거?"

"손잡고 뽀뽀하는 거!"

친구들 사이에서 알 수 없는 탄성이 흘러나왔다. 내가 물었다.

"양우정이 중학생 오빠랑 손잡고 뽀뽀하는 걸 봤어?"

잠시 동안 정적이 감돌았다. 그애는 머뭇거렸지만, 어쨌든 뽐내는 말투는 포기할 생각이 없는 것 같았다. 그애는 나를 나무라듯이 말했다.

"야, 햄버거집에서 누가 뽀뽀를 하냐? 남들이 못 보는 곳에서

하는 거지."

우리를 감싸고 있던 팽팽한 열의가 한순간에 느슨해졌고 몸을 딱 붙이고 만들었던 원의 간격이 벌어졌다. 누군가 실망했다는 투로 말했다.

"별것도 아니잖아."

"별게 아니라고?"

그애는 어이가 없다는 듯이 물었다. 엄밀하게 말하면 별게 아닌 건 아니었다. 나는 어른 없이 시내에 가본 적조차 없었다. 하지만 그 정도로는 헐거워진 우리의 원을 다시 긴밀하게 만들기엔 턱없이 부족했다. 그애는 한숨을 쉬고 어쩔 수 없다는 듯 말했다.

"그러다가 임신을 할 수도 있어."

임신, 이라는 말에 다시 우리의 몸이 서로에게 딱 붙었고 빈틈은 사라졌다.

"너네 엄마가 그렇게 말했어?"

내가 물었다.

"아니. 이건 나 혼자 생각해낸 거야."

"임신이라니!"

"우웩."

역겹다는 듯이 우리는 고개를 흔들다가 곧이어 영문도 모르는 채로 웃음을 터뜨렸다. 햄버거를 먹는 것과 임신이 어떤 식으로 연결되는지 알 수 없었지만, 어쨌든 우리는 그런 식의 결론—임신과 우웩—에 다다른 것이 무척 흡족했다. 그즈음 우리 사이에서 임신이라는 단어는 그런 식으로 (우리가 절대 알지 못할 성과 관련된) 사안을 이어붙이는 동시에 절단 내는 식으로 사용되곤 했다(물론 우리 자신이 임신의 결과로 태어났다는 생각은 하지 않았다).

그후로도 양우정 무리가 중학생 오빠들과 함께 있는 모습은 여기저기서 목격되었고, 그 소식이 들려올 때마다 우리는 하던 일을 멈추고 몸을 딱 붙이고 선 후 원을 만들었다. 양우정은 친구들과 같이, 때로는 혼자 중학생 오빠들과 어울렸다. 패스트푸드점과 지하상가의 옷가게, 놀이공원에서(우리는 햄버거와 임신과 우웩, 새 옷과 임신과 우웩, 바이킹과 임신과 우웩을 연결한 후에야 이야기를 끝냈다), 그리고 심지어는 숙직실에서.

"숙직실이라고?"

그날, 학교 앞 문방구로 향하던 우리는 걸음을 멈추고 근처 골목으로 우르르 들어가서 원을 만들고 섰다. 얘기를 꺼낸 그애는 양우정 무리가 숙직실을 청소하는 동안, 중학생 오빠들이 어른들 몰래 그곳으로 들어가서 함께 티브이를 보고 음악을 듣는다고 말했다.

"어깨에 손을 올리기도 하고, 손을 꽉 잡고 있기도 하고."

"그걸 누가 봤는데?"

"옆 반 내 친구가. 한 번이 아니라고 했어. 여러 번 봤다고 했어."

"숙직실로 들어간 사람들이 중학생 오빠들인 걸 어떻게 알아?"

다른 친구들이 떨떠름한 표정으로 나를 바라보았다. 평소라면 그쯤에서 입을 다물었겠지만, 그날은 그러고 싶지 않았다.

"니 친구가 그전에 양우정이 중학생 오빠들이랑 있는 걸 봤어?"

그애는 생각에 잠겼다가 대답했다.

"그건 아닐걸."

그 남자애들이 중학생이라는 걸 알려면 그들은 교복을 입고 있어야 했다. 나는 그들이 교복을 입은 채로 운동장을 가로지르는 모습을 그려보았다. 학교 정문에는 경비실이 있었고 경비 아저씨가 상주하고 있었다. 경비 아저씨가 아니더라도, 초등학교 운동장에 교복을 입은 남자애들 몇 명이 어슬렁거리는 걸 어른들이 못 볼 리가 없었다.

"사복을 입고 있었나보지!"

사복을 입고 있었다면 얼굴도 모르는데 그 남자애들이 (발육이 빠른) 초등학생인지, 중학생인지 어떻게 안단 말인가? 내 물음에 그애가 소리치듯 말했다.

"그럼 넌 내 친구가 거짓말을 했다는 거야?"

그날, 내 집요한 질문 때문에 우리는 숙직실과 임신과 우웩을 연결시키지 못했고, 원을 둘러싼 기운도 흐지부지해져버렸다. 원을 풀고 어색하게 골목을 빠져나가는 친구들에게서 아쉬움, 그리고 나에 대한 마땅찮음이 느껴졌지만 문방구로 걸어가는 동안 양우정과 관련된 사안들은 (언제나 그랬던 것처럼) 희미해져갔다.

문방구에 도착해 과자들이 빽빽이 놓인 진열대 앞에 섰을 때에는, 양우정과 관련된 사안들—나에 대한 못마땅함도 포함해서—은 완전히 힘을 잃은 후였다. 친구들은 바구니를 하나씩 들고 과자를 고르는 데에 정신이 팔려버렸다. 그러니까, 그애들은 돌아간 것이었다.

하지만 나는 아니었다. 나는 그 이야기가 끝난 후에도 거기에 머물러 있었다. 언제나 그랬다.

친구들이 각자 구입한 여러 종류의 불량식품들을 나눠가며 맛보는 동안에도, 내 머릿속에서는 양우정과 중학생 오빠가 사라지지 않았다. 얼굴도 모르는 중학생 오빠를 어떻게 떠올린단 말인가? 그런 일이 가능한가? 가능했다. 나는 테이블에 나란히 앉아서 서로의 팔을 완전히 밀착시킨 채 비비고 있는 (기다란 머리카락을 한쪽으로 모조리 넘겨버린) 양우정과 중학생 오빠의 모습을 떠올릴 수 있었다. 그리고 나는 내가 이런 장면을 떠올렸다는 사실을 절대로 입 밖에 내서는 안 된다고 생각했다. 친구들 중, 떠올린 장면을 감춰야 할 필요성을 느끼는 아이가 나 말고 또 있을까? 없을 것이다. 그애들은 아무런 문제 없이 자신의 상상을 사방팔방 떠들 수 있을 것이다. 양우정이 중학생 오빠들이랑 손잡는 걸 상상해봤어! 뽀뽀할 땐 서로를 껴안았겠지? 내가 떠올린 장면은 (어떤 의미에서는) 하잘것없었지만, 나에게는 그 무엇보다도 불경하게 느껴졌다. 용서받을 수 없는 일처럼 여겨지기도 했다. 발설할 수 없는 장면을 품고 있는 사람이 나뿐이라는 생각이 들 때마다 마음이 조여드는 것 같았고 화가 났다. 누구에게? 왜? 알 수 없었다.

여름방학이 다가오자 우리를 속박하던 질서의 일부분이 힘없이 허물어졌다. 담임선생은 자주 자율 학습을 시켰고, 종례 시간이 되면 청소를 다 하고 가라는 말만 남기고 제일 먼저 교실을 떠났다. 체육 선생은 우리에게 피구 경기나 줄넘기를 시키고 교무실로 들어가버렸다. 나는 가끔 수업에 참여하지 않고 스탠드에 가만히 앉아서 멍하니 운동장을 바라보곤 했다. 교복을 입은 중학생 오빠들이 정문을 지나 운동장을 어슬렁거리며 가로지르는 모습을 그려보면서. 숙직실은 일층 중앙 로비 뒤편, 후문으로 이어지는 통로 구석에 있었다. 나는 상상 속에서, 신발을 신은 채 중앙 로비로 저벅저벅 들어가는 중학생 오빠들의 뒷모습을 볼 수 있었다. 그 상상 속에서 나는 양우정의 무리에게는 눈길도 주지 않았다.

여느 날처럼 체육 선생이 피구 경기를 시키고 사라진 날, 나는 일찌감치 공에 맞아 탈락한 후 아이들로부터 멀리 떨어져나왔다. 그리고 학교 건물로 걸어갔다. 중앙 로비를 통과하지는 않았고 건물을 크게 돌아서 후문과 통하는 공터로 갔다. 여름이었는데도 해가 잘 들지 않아서인지, 아니면 무언가가 쏟아진 건지 땅바닥이 축축했다. 곳곳에는 용도를 알 수 없는 콘크리트 덩어리, 종이 상자, 쇠꼬챙이(그런 게 왜 거기에 있단 말인가?) 등등이 너저분하게 널려 있었다. 공터 가장 안쪽에 커다란 소각장이 있었는데, 겉면에는 그을린 흔적이 남아 있었고 안에는 타다 남은 종이와 쓰레기들이 있었다. 그리고 그 근처에는 담배꽁초들이 버려져 있었다. 그곳을 둘러보다가 문득, 중학생 오빠들이 정문을 통하지 않았을 수도 있겠단 생각이 들었다. 공터 뒤쪽에 있는 초록색 철문은 대개 잠겨 있었지만 일주일에 두 번, 소각장에서 불을 피울 때는 열어두곤 했으므로. 나는 하릴없이 철문을 밀어보았고(하지만 열리지 않았고), 소각장 주위를 어슬렁거리다가 숙직실이 있는 건물의 후문 쪽으로 들어갔다.

상단에 작은 반투명 창이 달린 낡은 목재 문. 문은 (예상했다시피) 잠겨 있었다. "남자들이란 항상 골칫거리지." 어째서였을까? 그 순간 갑자기 그녀의 말이 떠오른 것은. 그녀가 지칭한 '남자들' 속에는 아버지도 포함돼 있을까? 나는 고개를 흔들었다. 친구는 내가 숙직실과 관련된 이야기를 믿지 않는다고 했지만 그건 사실이 아니었다. 오히려 철석같이 믿었다. 다만 친구들이 전해주는 이야기에서 허점을 발견하면 애가 탔다. 돌이켜보면 그 당시 나는 양우정에 대한 소문들이 완전무결한 사실, 조금의 빈틈도 없는 완전한 진실의 모습을 하고 있기를 바랐던 것 같다. 아무도 이의를 제기할 수 없는 것. 그래, 내가 바란 건 바로 그런 것이었다. 하늘에는 여름해가 높게 걸려 있었고, 저 멀리서 공에 맞아 소리를 지르는 아이들의 목소리가 들려왔다. 그 목소리 중에는 양우정의 것도 있었으리라.

여름방학을 일주일 정도 앞둔 날, 친구들과 집으로 향하다가 나는 교실에 책을 두고 온 것 같다고, 갔다 와야 할 것 같다고 말했다. 무슨 책이냐는 질문에도, 같이 가주겠다는 말에도, 돌아올 때까지 기다리겠다는 말에도 나는 고개를 저었다. 그러고는 몸을 돌려 빠르게 걷기 시작했다. 등뒤에서 친구들의 목소리가 들려왔다. "너 요새 정말 이상해! 우리가 싫어졌어? 다른 친구가 생겼어? 너랑은 절교야!" 나는 절대 고개를 돌리지 않았다.

정문으로 들어간 나는 조금의 망설임도 없이 운동장을 가로지른 뒤 학교 건물을 빙 돌아 공터로 갔다. 그날은 소각장에서 쓰레기를 태우는 날이어서 초록색 철문이 열려 있었다. 나는 낑낑거리며 철문을 닫은 후(대체 왜?), 쓰레기를 태운 연기와 매캐한 냄새를 품고 있는 소각장을 지나 숙직실 쪽으로 갔다. 주위에 아무도 없는 걸 확인하고 숙직실의 낡은 목재 문에 가까이 다가갔다. 그리고 문에 바짝 귀를 갖다댔다. 마치 내 몸이 거대한 귀가 된 것처럼. 문 너머, 분명하지는 않지만 애써 노력하지 않아도 분간할 수 있는 소리들이 있었다. 정체를 알 수 없는 팝송, 간헐적인 박수 소리, 가끔씩 내지르는 탄성. 이윽고 나는 문에서 귀를 뗐다. 그저 귀를 뗐을 뿐인데, 아주 조금만 멀어졌을 뿐인데, 그 모든 소리가 흔적도 없이 흩어져버렸다.

나는 손잡이를 힘껏 잡아당겼다.

눈앞에 펼쳐진 건, 숙직실 안의 그들이 아니라 또다른 낡은 목재 문이었다. 나에게는 첫번째 문을 열 배포는 있었지만 두번째 문을 열 배포까지는 없었다. 두 개의 문 사이에 끼인 나. 들어가는 것과 나가는 것. 둘 다 너무 손쉬운 일이었건만, 나는 누군가 나를 밧줄로 꽁꽁 묶어서 거기에 던져놓은 것 같은 무력감, 선택권을 잃어버린 듯한 박탈감을 느꼈다. 그러다가 어느 순간 '진짜' 숙직실 문이 열리고 양우정이 모습을 드러냈을 때, 나는 안도했다. 양우정은 내가 나가야 할지 들어가야 할지 판결을 내려줄 수 있는 유일무이한 사람이었으므로. 양우정은 문을 조금만 연 채 나를 바라봤다. 음악소리가 들려오다가 갑자기 툭 끊겼다. 양우정의 긴 머리카락은 마구 헝클어져 있었고, 인중에는 땀이 맺혔으며, 숨이 찬지 약간 헉헉거렸다.

"너…… 여기서 뭐하는 건데?"

양우정은 문을 조금 더 열고는 바깥으로 몸을 더 내밀었다. 그애는 한쪽 어깨를 드러낸 반팔 셔츠와 허벅지까지 내려오는 청스커트를 입고 있었다. 방 안쪽에서 열기가, 흐릿하지만 분명한 열기가 느껴졌다.

"왜? 뭐야? 누군데?"

누군가 문을 활짝 열었다. 방은 길고 좁은 직사각형 모양이었는데, 예상보다 꽤 컸다. 노란색 장판과 촌스러운 벽지가 보였고, 가구라고는 작은 티브이와 장롱, 좌식 책상이 전부였다. 그리고 탈

탈거리며 돌아가는 낡은 선풍기와 카세트.

중학생 오빠들은 없었다.

양우정과 양우정의 친구들뿐이었다. 숙직실 청소를 도맡아 하는 그애들. 원래도 멋쟁이들이었지만, 그 안에 있는 그애들의 차림은 멋스러운 걸 넘어서 약간은 요상해 보일 지경이었다. 이상한 모양으로 틀어올려서 묶었거나 머리통에 딱 달라붙게 오일로 빗어 넘긴 머리, 머리통을 덮고도 남을 커다란 리본, 발목까지 내려오는 (누가 봐도 어른용인) 기다란 꽃무늬 원피스, 허벅지가 드러나는 짧은 바지와 배꼽이 보이는 크롭 티…… 양우정은 나를 위아래로 훑더니 말했다.

"들어와."

마침내 판결이 내려졌고, 나는 순순히 따랐다. 방안의 다른 애들에게서 나를 향한 놀라움과 적대감이 동시에 느껴졌다. 엉거주춤 안으로 들어간 나는 구석의 장롱 옆에 붙어섰다. 그제야 방의 좁은 쪽 벽에 커다란 전신 거울이 걸려 있는 게 눈에 들어왔다. 대체 이런 게 왜 여기에 있는 걸까? 하지만 그걸 누구에게 물어본단 말인가? 그애들조차 이곳의 주인이 아닌데. 양우정은 내 존재 따위는 아랑곳하지 않고 경쾌하게 박수를 한 번 쳤다.

"처음부터 다시 시작하자!"

무얼 시작한단 말일까? 그애들은 겸연쩍다는 듯이 서로의 눈치를 살피다가 양우정이 자신감 넘치는 걸음으로 거울이 걸린 벽의 맞은편으로 가자 일제히 그쪽을 바라보았다. 진지하게 거울에 자신을 비춰 보던 양우정은 머리카락을 마구 헝클어뜨렸고 한쪽 셔츠를 좀더 내렸다. 그러자 쇄골의 아랫부분이 완전히 드러났다. 양우정이 그러는 동안 방안을 감돌던 어색함은 점점 엷어졌다. 다른 애들도 자신의 옷차림과 머리 모양을 가다듬은 뒤, 양우정의 뒤쪽에 일렬로 섰다. 누군가가 (아까 흘러나오던) 음악을 틀었다. 양우정은 감미로운 목소리의 남자 가수가 부르는 팝송에 맞춰 두 손을 각각 양쪽 허리에 얹은 후, 엉덩이를 좌우로 움직이며 성큼성큼 걸어나갔다. 그동안에도 거울 속 자신에게서 한 번도 눈을 떼지 않았다. (거리가 멀지 않기 때문에 금방) 거울 앞에 도달한 그애는 이리저리 포즈를 취하다가 반대편으로 몸을 휙 돌린 다음 고개만 살짝 젖혀 거울 속 자신과 눈을 맞추었다. 그런 후에 아까처럼 엉덩이를 흔들며 원래 자리로 돌아갔다. 마치 그 촌스럽고 낡은 방이 패션쇼 런웨이고, 자신은 모델이라도 된다는 듯. (가상의) 런웨이를 침범하지 않으려 애쓰며 어수선하고 산만하게 벽에 다닥다닥 붙어서 있던 다른 애들도 자신의 차례가 되자 한 명씩 진지하고 거만한 표정으로 포즈를 취하며 걸어나갔다.

그건 너무 처량하고, 궁상맞고, 우스꽝스러운 흉내처럼 보였다.

하지만 그애들은 음악에 맞춰 걸어나갔다가 걸어들어오는 것에 열중했다. 음악의 템포가 바뀌면 걸음걸이도 달라졌다. 방안의 공기는 뜨겁고 탁해졌고, 모호하고 순진무구한 흥분이 떠돌았다. 그애들의 이마와 목덜미, 그리고 겨드랑이에 땀방울이 맺혔다. 나는 땀에 젖은 양우정의 셔츠가 상체에 딱 달라붙어서 가슴의 굴곡이 드러난 것을 볼 수 있었다. 음악에 맞춰 계속 걷던 애들 중 한 명이 스텝이 꼬였는지 넘어질 뻔하자 웃음과 탄식, 박수가 터졌다. 그애들은 아무리 힘이 들어도 절대로 멈추지 않겠다는 서약서라도 쓴 것처럼 쉬지 않고 걷고 또 걸었다.

드디어 음악이 끝났을 때, 모든 어설픈 흉내가 끝났을 때에야, 나는 내 이마와 목덜미, 겨드랑이 역시 땀으로 젖었다는 사실을 깨달았다. 양우정이 길고 숱 많은 자신의 머리카락을 손으로 털며 다가왔고, 다른 애들은 호기심과 미심쩍음이 뒤섞인 표정으로 나와 양우정을 바라보았다.

"어때, 너도 해볼래?"

나는 하얀색 반팔 셔츠에 베이지색 면바지를 입고 있었다. 그때까지만 해도 내 옷을 고르는 건 전적으로 어머니의 역할이었다.

"셔츠를 벗어봐."

양우정이 말했다. 셔츠 안에 민소매 티를 입고 있긴 했지만, 가족이 아닌 다른 사람 앞에서 옷을 벗어본 적은 없었다. 그렇지만 이번에도 나는 순순히 그애의 말을 따랐다. 그러지 않을 도리가 없었다. 나는 그제야 (그때까지도 메고 있던) 가방을 바닥에 내려놓고 셔츠 단추를 풀기 시작했다. 내 노란색 민소매 티를 보고 양우정은 잠시 고민하는 것 같았다. 누군가 말했다.

"앞부분을 바지 속에 넣어줘."

양우정은 내 티의 앞부분을 바지 안에다 집어넣고 뒷부분만 삐져나오게 했다. 바지 밑단을 접어보라고 말했는데, 내가 하는 모습이 탐탁지 않았는지 무릎을 꿇고 앉아 밑단을 접어주었다. 그애의 정수리를 내려다보는 동안 어떤 존재가 내 몸을 완강하게 움켜잡고 집요한 힘으로 이리저리 흔드는 것 같은 기분을 느꼈다. 나는 두 발바닥에 힘껏 힘을 주었다. 양우정은 별일도 아니라는 듯 두 손을 털고 일어나 자신의 손수건을 내 머리에 둘러서 헤어밴드처럼 묶어주었다. 양우정의 손길이 조금 닿았을 뿐인데, 나는 그전과는 전혀 다른 사람이 된 듯했다.

"벽에 가서 서봐."

그건 하나도 어렵지 않은 일처럼 느껴졌다. 멋지게 포즈를 잡고서, 음악이 끝날 때까지 절대 멈추지 않고, 바들거리거나 넘어지지 않으며 걷는 것도 쉽게 해낼 수 있을 것 같았다. 나는 열 번이라도, 백 번이라도, 천 번이라도 그 궁색한 (가상의) 런웨이를 왔다갔다할 수 있을 것이다. 제발 멈춰줘! 라는 애원을 들을 때까지, 아니 그런 애원을 듣는다 해도 멈추지 않을 것이다. 오, 그래, 양우정이 애걸복걸해도 멈추지 않을 테다! 나는 커다란 전신 거울에 비친 나─머리에는 화려한 손수건을 두르고, 팔을 훤히 드러낸 채 멋들어지게 밑단을 접은 바지를 입고 있는─를 바라보며 뽐내듯 고개를 치켜들었다.

어느새 그애들 중 한 명이 음악을 틀었고, 방안으로 기타와 드럼이 두드러지는 팝송의 전주가 퍼져나갔다. 나는 손가락으로 허벅지 옆을 두드리며 신중하게 박자를 맞추었다. 발을 내디딜 적절한 타이밍을 찾는 게 중요했다. 하지만 전주가 끝나고 남자 가수의 달콤한 목소리가 시작될 때까지도 나는 여전히 손가락으로 박자만 맞추고 있었다. 대체 왜? 마치 땅에 발바닥이 붙어버린 것 같은 느낌, 온몸이 마비된 것 같은 기분이 들었다. 그러니까, 손가락만 제외하고. 나는 손가락으로 박자를 맞추는 것을 멈출 수가 없었다. 저주에 걸린 걸까? 이렇게 여기에 붙박인 채로 영원히 손가락을 까닥거리게 되는 저주. 하지만 누가 내게 저주를 건단 말인가? 이상한 일이었다. 방금 전까지만 해도 그 모든 것들이 식은 죽먹기처럼 여겨졌는데, 갑자기 나를 둘러싼 풍경의 의미가 반전된 것 같았다. 이제 내가 걸어나가는 건 절대로 할 수 없는 일이 되어버렸고, 그건 세상 그 누구도 부정할 수 없는 단 하나의 진실처럼 느껴졌다.

"걸어야지!"

음악을 뚫고 양우정의 목소리가 들렸지만 나는 그쪽으로 고개를 돌릴 수도 없었다. 양우정의 말투에는 실망의 기미도, 격려의 의도도 포함되어 있지 않았다. 즐거움. 그뿐이었다. 숨길 수도 없고 숨길 생각도 없는, 냉혹할 정도로 순수한 즐거움. 그애는 한번 더 소리쳤다.

"걸으라니까!"

그러자 다른 애들도 소리를 지르기 시작했다.

걸어! 걸어! 걸어!

반복되는 단어는 나 대신 박자를 맞추려고 허공에 발을 디디는 것 같았다. 나는 드디어 손가락을 멈출 수 있었다. 그리고 몸을 돌려서 바깥으로 통하는 첫번째 문을 열었다. 신발에 급하게 발을 밀어넣은 후 두번째 문도 열어젖혔다. 빠른 속도로 공터로 빠져나오면서, 나는 놀라움을 느꼈다. 그 와중에도 가방과 셔츠를 챙겨 나왔다는 사실 때문에. 저주를 깨뜨리고 도망치는 데 성공한 것 때문에. 아닌가? 그 반대인가? 치밀한 계획이나 용기, 혹은 배포 따위도 없이 도망치는 것, 그 자체가 바로 저주인가? 세상이 무너져내릴 것 같던 그 순간에도 나는 챙겨야 하는 걸 조금도 잊지 않았다. 잊지 않은 것, 그 사실 때문에 굴욕감을 느꼈다.

저멀리 양우정이 소리치는 게 들려왔다.

"정말 한심하다! 최악이야!"

양우정이 숙직실로 돌아가고 난 후에도 나는 계속 걸었다. 걸음을 멈춘 건 내 머리에 여전히 양우정의 손수건이 둘려 있다는 사실을 깨달았을 때였다. 나는 붙박인 듯 한동안 거기에 서 있다가 소각장 쪽으로 되돌아갔다. 그리고 손수건을 벗어서 소각장에 던져버렸다.

무슨 일이 있어도 난 영원히 너의 엄마야, 라는 말을 남기고 어머니가 (일 년 예정으로) 외국으로 떠난 게 바로 그해 여름의 일이었다. 나는 이 소식을 출국 이틀 전에야 알게 되었다. 출국일은 방학식 전날이었다. 그날 아버지는 나를 학교에 보내는 대신, 한 시간가량 운전해서 공항까지 데려다주었다. 공항에서 만난 어머니는 겨울방학에 놀러오라고 말했다. "너네 부모가 그렇게 하기로 결정했어." 나는 멀찍이 앉아 멀뚱거리고 있는 아버지를 돌아보았다.

다음날 아침, 나를 깨우러 온 그녀에게 몸이 아파서 학교에 갈 수 없을 것 같다고 말했다. 이불을 머리끝까지 덮고 있어서 그녀는 내 표정을 볼 수 없었다. 그녀는 이불을 끌어내리려고 애쓰면서 물었다.

"안 더워?"

나는 이불을 꽉 잡고는 땀범벅이 된 채 네, 라고 대답했다.

"방학식 날인데 친구들이랑 안 놀아?"

수업이 일찍 끝나는 방학식 날에는 학교 운동장에 남아 늦게까지 친구들과 노는 게 일종의 원칙이었다. 하지만 그즈음 나는 외톨이 신세였다. 친구들의 원성을 뒤로하고 학교로 돌아간 이후로 따돌림을 당하고 있었던 것이다. 양우정 무리는 원래도 내게 관심이 없었고 그날 이후로도 마찬가지였다. 심지어 양우정은 손수건에 대해서 일언반구도 없었다. 내 몸에 닿은 것은 필요 없다는 듯. 나는 손수건을 버린 걸 후회했다. 하지만 가지고 있었다 한들 내가 뭘 할 수 있었겠는가? 양우정 무리가 나를 조소하거나 업신여기는 기색을 조금이라도 보였다면, 손수건을 내놓으라고 말했다면 나는 자존심이 덜 상했거나 괴로움을 덜 느꼈을 것이다.

그녀는 그런 상황을 하나도 몰랐다. 인기척이 느껴지지 않았을 때 나는 이불을 목 부근까지 끌어내렸다. 그녀는 여전히 침대 옆에 서서 미심쩍다는 표정으로 나를 내려다보고 있었다. 그리고 한숨을 한 번 쉬었다.

"그래, 아빠에게는 비밀로 하자. 하루 일찍 너만의 방학을 시작하는 것도 나쁘진 않을 테니까."

그녀는 아프다는 내 말을 믿지 않았다. 다만 전날 어머니가 떠난 것 때문에 내가 낙담했으리라고, 그러므로 기분을 맞춰줄 필요가 있겠다고 여긴 것 같았다. 물론 그건 사실이었다. 나는 어머니가 떠난 것 때문에 실망했다. 게다가 나는 어머니의 집에 갈 날만을 손꼽아 기다리고 있었다. 거기에는 여러 이유가 있었지만, 무엇보다 방학 때만이라도 나 자신이 전혀 다른 곳에 속해 있길 바랐다. 그게 유일한 탈출구였다. 그리고 (그녀는 믿지 않았지만) 몸이 좋지 않은 것도 사실이었다. 며칠 전부터 밤마다 무언가가 흉곽을 옥죄는 것같이 답답했고, 토할 듯한 기분이 들었다. 하지만 그런 말을 그녀(나 아버지)에게 할 생각은 추호도 없었다. 배가 고프지 않냐고 그녀는 물었고 내가 고개를 흔들자 방에서 나갔다. 나는 다시 이불을 얼굴까지 끌어올리고 잠에 들었다.

잠에서 깨어났을 때, 그녀는 외출을 한 뒤였다. 식탁 위에는 그녀가 남겨놓은 메모가 있었다. 아무렇게나 죽 찢은 노트, 대충 흘려 쓴 글씨. '제발 밥은 남김없이 다 먹어라.' 그 옆으로 랩을 씌워둔 호박죽이 있었다. 나는 그걸 열어보지도 않고 그대로 안방 쪽으로 갔다. 안방 문은 (언제나 그렇듯) 닫혀 있었다. 아버지와 어머니가 함께 살 때 안방 문은 항상 열려 있었고 내가 원할 때마다 드나들 수 있었다. 하지만 이제는 누가 그러라고 시킨 것도 아닌데, 용건이 있으면 노크부터 했다(실질적으로 따져본다면 노크를 한 적조차 별로 없었다).

문을 열자 커다란 침대 위에 하얀색 시트가 깔려 있었고, 폭신해 보이는 이불은 반으로 접힌 채였다. 동침하다. 나는 그 단어를 떠올렸다. 안방의 작은 발코니로 통하는 통창이 활짝 열려 있었는데, 발코니에는 커다란 초록색 잎이 가득한 화분들이 몇 개나 늘어서 있었다. 약간 과장하자면 마치 정글처럼. 어머니는 화분을 키우지 않았다. 가끔 생화를 화병에 꽂아두는 정도였다. 나는 화장대 거울에 비친 내 모습을 애써 외면하면서 그녀의 화장품들을 만져보다가 옷장을 열어서 이것저것 살펴보았다. 주위는 적막했고, 무언가 부글부글 끓어오르기 직전의 완강하고 고집스러운 침묵 같은 것이 감돌았다. 안방에서 나온 나는 거실 발코니로 갔다. 거실 발코니와 안방 발코니는 문 하나를 사이에 두고 이어져 있었다. 그녀는 거실 발코니에 화분 대신 작은 원형 테이블과 의자 두

개를 들여놓았다. 나는 발코니 위쪽 창문을 열고, 의자에 무릎을 구부리고 앉아서 저멀리 놀이터를 바라보았다. 내게 절교 선언을 한 친구들 중에는 정우맨션에 사는 애들이 있었고 그애들은 방학 내내 놀이터를 점령할 것이었다. 그런 생각을 하자 또다시 흉곽을 옥죄는 느낌이 살아났다. 나는 얼른 창문을 닫고 테이블에 머리를 댔다. 거실 전체가 한눈에 들어왔다.

소파 아래에 무언가가 있었다.

무언가가 있다.

나는 벌떡 일어나서 소파 앞으로 갔다. 그 앞에 엎드린 후 밑으로 손을 집어넣었다. 그리고 일부분이 반짝이는 작은 물체를 끄집어냈다. 왜 이게 여기에 있는 걸까? 그건 아버지의 라이터였다. 가스가 반쯤 남은 연두색 싸구려 라이터. 아버지의 라이터를 본 건, 몇 년 전 정전이 된 그날 이후 처음이었다. 나는 라이터를 내 방 속옷 서랍 가장 아래 칸에 숨겨두었다.

그날 저녁, 몸이 아프다고 말하고(이건 거짓말이었다) 일찌감치 침대에 누운 나는 라이터가 소파 밑에 떨어져 있었던 이유를 따져보기 시작했다. 아버지가 거기에 숨겨둔 것일까? 무언가를 숨기기에 소파 밑이 적당한 장소인가? 고개를 저었다. 그건 아닌 것 같았다. 그보다 아버지가 왜 자신의 집에서 라이터를 숨겨야 한단 말인가? 그렇다면 숨긴 게 아니라 실수로 잃어버린 것일까? 어떻게 그런 물건―내 앞에 절대 드러내서는 안 된다고 판단한 물건―을 그렇게 쉽게 잃어버릴 수가 있는 걸까? 나에게 어떻게 그럴 수가 있단 말인가? 이런저런 가능성을 다 따져봐도 결론은 하나였다. 아버지가 말도 안 되게 허술했다는 것. 나는 아버지의 그 허술함 때문에, 나를 라이터에 노출시킨 그 무신경함 때문에 화가 났고 서글픈 기분마저 들었다.

다음날, 아침밥도 먹지 않고 늦은 시간까지 누워 있는 나에게 그녀가 와서 한마디했다.

"꾀병 좀 그만 부려. 너가 그러고 있으면 내가 욕을 먹는 거야."

이 집에서 누가 그녀를 욕한단 말인가? 내가 아무런 대답도 하지 않자 그녀는 문을 쾅 닫고 나갔다. 나는 그녀가 외출할 때까지 방안에서 꼼짝도 하지 않을 생각이었다. 내게는 계획이 있었다. 현관문이 열렸다가 닫히는 소리가 났을 때에야 침대 밖으로 빠져나왔고, 책장에서 한 장도 쓰지 않은 (내가 가지고 있던 것 중 가장) 두꺼운 스프링 노트를 꺼냈다. 그런 후에는 숨겨놓은 라이터도 꺼냈다.

부엌에는 이번에도 그녀가 차려놓은 식사와 메모가 있었다. '다른 건 모르겠는데 밥은 좀 먹어라, 제발.' 나는 일단 스프링 노트는 식탁 위에 올려두고, 그녀의 메모지와 라이터를 챙겨 싱크대 앞으로 갔다. 개수대 안은 텅 비어 있었고 물기 하나 남아 있지 않았다. 나는 조심스럽게 엄지손가락으로 라이터의 부싯돌을 돌렸다. 처음에는 잘 되지 않았지만, 곧 탈칵 소리와 함께 불길이 솟았다

가 사라졌다. 나는 부싯돌을 돌리는 것에 익숙해질 때까지 몇 번
더 반복해보다가 마침내 메모지에 불을 붙였다. 무언가가 타들어
가는 건, 생각만큼 너저분하거나 혼란스럽게 보이지 않았다. 불길
은 종이의 가장자리부터 야금야금 그을렸고(그녀의 글씨가 거꾸
로 사라져갔다), 가느다란 연기가 피어올랐다. 그리고 냄새. 탁한
기운이 응축된 듯한 매캐한 냄새가 조급하게 콧속을 파고들었다.
종이가 모조리 타버릴 때까지 절대 손에서 놓지 않을 생각이었지
만, 열기를 견디지 못한 나는 종이를 개수대 안으로 집어던져버릴
수밖에 없었다. 불길은 한순간에 불쑥 타오르는가 싶더니 곧 (내
가 아무런 일도 하지 않았는데 스스로) 사그라들었다. 그다음에
나는 스프링 노트를 몇 장 찢어서 한꺼번에 불을 붙였다. 처음에
는 잠잠하게 타오르던 불길이 순식간에 (아까보다 더 심하게) 화
르르 치솟았고, 깜짝 놀란 나는 (이번에도) 종이를 개수대 안으로
집어던졌다. 그리고 재빨리 수도꼭지를 틀었다. 그러자 불길은 힘
을 발휘한 적도 없다는 듯이 일순 꺼져버렸다. 남은 재와 종잇조
각들이 물길을 타고 배수구 안으로 흘러들어가는 걸 보면서 생각
했다.

물이 없는 곳으로 가야 해.

처음에는 발코니를 떠올렸다. 하지만 우리집은 삼층이고 바깥
에 있는 누군가에게 발각될 가능성이 다분했다. 나는 노트와 라이
터를 챙겨서 집밖으로 나갔다. 아파트 복도 끝, 외부 계단의 층계

참 정도면 괜찮을 것 같았다. 정작 그곳에 도착했을 땐 사람들이 너무 손쉽게 들락날락할 수 있는 장소라는 생각이 들었다. 라이터를 주머니에 집어넣고 층계참 벽에 기대어 섰다. 여름의 기운을 흡수한 시멘트의 열기가 고스란히 등으로 전달되었다. 나는 고개를 들어서 강렬한 태양빛 사이로 끝도 없이 위로 이어지는 것 같은 계단을 바라보았다. 나는 그 계단을 걸어올라가기로, 구층 옥상까지 가보기로 마음먹었다. 계단을 올라가는 동안 점점 숨이 가빠오고 뒷덜미가 땀으로 젖어갔지만, 견딜 만하다고, 포기하면 안 된다고 나 자신을 다독거렸다.

구층 옥상 문은 잠겨 있었다.

내려가야 할까? 닫힌 문 앞에 우두커니 서서 주머니 속 라이터를 만지작거리던 나는 이십오층의 (진짜) 옥상까지 올라가봐야 한다고 느꼈다. 돌이켜보면 그건 합리적인 결정은 아니었다. 구층 옥상 문이 잠겨 있는데 (더 위험하다고 여겨지는) 이십오층 옥상 문이 열려 있을 리가 없지 않은가. 그때까지 이런저런 가능성을 신중하게 고려했음에도 그 순간에는 그런 당연한 사실조차 떠올리지 못했던 것이다. 심지어는 엘리베이터를 탈 생각도 하지 못했다.

이십오층의 옥상 문 앞에 도달했을 때, 두 다리는 후들거리고 머리통은 뜨거웠으며 온몸은 땀투성이였다. 시뻘게진 얼굴로 숨을 헉헉거렸지만 그러한 신체적 반응 이외에 별다른 망설임은 없었다. 반사적으로 그저 손잡이를 돌렸을 뿐이다. 그러자, 문이 열렸다. 나는 당황하지도 흥분하지도 않았던 것 같다.

옥상은 정우맨션의 세 개 동에 모두 걸쳐져 있어서 규모가 상당했다. 그 앞에 서서 거대한 공백 같은 하늘을 바라보다가 나는, 이 세상에 종말이 왔고 살아남은 건 나 혼자뿐이라는 착각에 빠졌다. 하지만 그건 금방 빠져나와야 하는 착각, 망상에 불과했다. 옥상 안쪽으로 가니까, 도시의 정경이 눈에 들어왔다. 저멀리 늘어선 높은 건물들의 스카이라인과 길게 이어진 도로, 그 위를 달리는 자동차들과 다닥다닥 붙은 낮은 건물들, 그 사이로 보이는 골목의 모양 같은 것들. 하지만 가장자리에 다가갈수록 시선이 가려졌다. 난간대가 내 어깨 높이여서 바로 아래를 볼 수 없었기 때문이었다.

옥상에는 용도를 알 수 없는 물건이 꽤 많았다. 안테나와 지팡이 모양의 우수관들, 거대한(정말로 거대해서 마치 건물처럼 보일 정도였다) 굴뚝 몇 개, 요란한 소리를 내며 돌아가는 환풍기…… 기계가 돌아가는 소리가 일정하게 들려왔다가 멈췄다가를 반복했다. 위쪽은 지상보다 바람이 더 많이 부는 것일까? 열기를 품은 바람이 끊임없이 불어와 머리카락을 이리저리 날렸다. 정신을 쏙 빼놓을 듯이 뜨거운 바람이었다. 시간이 지날수록 햇살은 점점 더 강렬해졌다. 나는 거대한 굴뚝이 만들어놓은 그늘 아래로 들어갔다. 직사광선은 피할 수 있었지만 살갗의 뜨거움은 여전했다. 목이 마르고 배가 고팠다. 그녀가 남겨놓은 (그리고 내가 태워버린)

메모가 떠올랐다. 다른 건 모르겠는데 밥은 좀 먹어라, 제발. 그제야 내가 계속해서 들고 있던 노트의 무게감이 느껴졌다. 땀 때문에 스프링 부분이 미끌거렸고, 놓치지 않으려고 (무의식적으로) 지나치게 꽉 잡은 탓에 손바닥에는 스프링 자국이 나 있었다.

나는 굴뚝 벽을 마주한 채로 쭈그리고 앉았다. 그렇게 해야 조금이라도 바람을 막을 수 있을 것 같았다. 몸을 한껏 웅크린 채 노트에서 찢은 종이를 한 손에 쥐고 다른 손으로는 라이터의 부싯돌을 돌렸다. 바람 때문인지 불이 잘 붙지 않았고, 이마를 타고 내려온 땀방울이 자꾸 눈을 찔렀다. 바닥에 놓아둔 노트가 바람에 좌라락 넘어갔다. 나는 부싯돌을 돌리는 걸 멈추지 않았다. 잠시 후 겨우 불이 붙었지만 금방 훅, 하고 꺼져버렸다. 라이터에 불이 붙는다 해도 들고 있는 종이가 바람에 날리는 통에 제대로 불을 붙일 수도 없을 것 같았다. 나는 종이를 한쪽 발로 밟고 있다가 불길이 타오르는 순간 재빨리 라이터를 종이에 갖다대기로 했다. 몇 번의 시도 끝에 드디어 종이에 불이 붙었는데, 솟아오르는 불길 때문에 나도 모르게 종이에서 발을 떼버렸고, 종이는 바람에 날려 허공으로 솟아올랐다가 금방 옥상 바닥으로 내려앉았다. 나는 그쪽으로 뛰어갔지만 도착하기도 전에 종이는 또다시 바람에 날아갔다. 나는 가만히 서서 옥상 너머로 날아가는 종이를 바라보기만 했다.

아주 짧은 찰나에 불과했지만 분명히, 불길은 허공에서 살아 있었다. 햇볕이 쨍쨍 내리쬐는 여름날 오후에 내가 열기에 열기를 더한 거라고, 그건 아주 대단한 일이라는 생각이 들었다. 허공에서 맹렬하게 타오르던 불! 그 장면은 눈앞에서 선명하고 집요하게 계속해서 떠올랐다. 다시 해봐, 다시 해봐, 하고 나를 부추기는 것처럼. 온 사방에서 기타와 드럼 소리가 두드러지는 팝송의 전주 부분이 들려오는 것 같은 착각에 빠졌다. 나는 다시 굴뚝의 그늘 속으로 들어가 종이를 찢어내고 부싯돌을 돌렸다. 발로 밟은 종이에 불이 붙으면, 어느 순간 바람에 날아가도록 내버려두었다. 온몸이 땀범벅이 되고, 매캐한 연기 때문에 끊임없이 기침이 나고, 목이 마르고, 어지러웠지만 멈추지 않았다. 타들어가며 날아가는 종이를 보다가 문득 나 자신이 화상 한번 입지 않았다는 사실을 떠올렸다. 그러자 불길은 절대 내 신체나 정신에 위해를 끼칠 수 없으리라는 확신이 들었다. 불을 피우는 동안 명백히 나타나는 신체적 반응―기침, 목 아픔, 어지러움―이 있었지만 나는 그 어디도 아프다고 느끼지 않았다. 바로 지금 나는 그 모든 것―수치심과 굴욕감, 이물스러움과 꼴사나운 천진함 기타 등등―으로부터 보호받고 있다. 바로 지금 나는 그 어느 때보다 안전하다. 이것이 내가 무모하고 치명적이게 타들어가는 종이를 보며 끝도 없이 머릿속으로 되뇐 말이었다.

그해 여름, 나는 그렇게 틈만 나면 옥상으로 올라가서 불장난을 했다.

내가 했던 불장난에 대해 글을 쓴 적이 있다. 아주 오랜 시간이 흐른 후는 아니고, 중학교 2학년이었던 가을, 시에서 대대적으로 불조심 관련 글쓰기 대회를 개최했을 때의 일이다. 보통 글쓰기 대회는 학교 대표들을 백일장 장소로 모아서 진행했는데, 이때는 (이유는 알 수 없지만) 각 학교에서 자체적으로 시행하게 했다. 그렇게 학교별로 선별된 작품을 시의 담당 부서에서 심사한 후 수상자 세 명을 선정하는 식이었다(이후로 이 대회는 없어졌다). 그 전까지 나는 제대로 된 글을 써본 적이 없었다. 글쓰기 대회뿐만 아니라 교내에서 열린 각종 대회—그림이든 표어든 포스터든 뭐든—에 진지하게 참가해본 적도 없었다. 불조심 글쓰기에 대해서도 마찬가지였다. 하지만 마감을 하루 앞둔 날 밤에 샤워를 하다가 문득, 불장난에 대한 글을 써야 한다는 생각이 들었다. 그게 마땅히 내가 해야 하는 일, 거부할 수 없는 본분처럼 느껴졌고, 심지어는 조급증이 날 지경이었다. 물줄기를 맞으며 나는 문장들을 거의 다 떠올렸고, 그날 밤이 새도록 열두 살 여름, 옥상에서 했던 불장난에 대해 낱낱이 썼다.

놀랍게도 그 글은 학교의 대표 글 두 편 중 하나로 뽑혔다. 그리고 전체 대회에서는 은상으로 결정되었다(우리 학교의 다른 글은 아무 상도 받지 못했다). 그런 상황에 거부감을 가진 건 (당연하게도) 아니었지만 전혀 짐작도 못한 일이었다는 점에서 다소 곤혹스럽긴 했다. 선생들은 내가 누구인지 궁금해했다. 특히 국어 선생은 (수업에 활력을 불어넣어주기를 기대하며) 내게 질문을 던지곤 했는데, 대부분은 답할 수 없는 것들이어서 나는 우쭐거리고 싶은 마음과 당혹감 사이에서 갈피를 잃었다. 하지만 곧 나만의 방식을 찾아냈다. 특별히 고민을 한 것도 아닌데 자연스럽게 그렇게 되었다. 답을 알지 못하는 질문을 받을 때마다 나는 수줍어서 입을 뗄 수 없다는 식으로 웃어 보였고, 우연찮게 아는 게 나오면 용기를 내는 척하며 우물쭈물 대답을 했다. 선생은 내가 정답을 말할 것을 예상했다는 듯 고개를 끄덕였다.

한 달 후, 전교생 조례 시간에 나는 단상으로 나가서 상을 받았다. 교실로 돌아왔을 때 담임선생은 나를 교탁 앞으로 불렀다. 선생은 내가 상을 받게 된 상황을 누구보다 즐겼는데, 거기에는 아무런 선입견 없이 내 글을 선택한 자신의 안목에 대한 자부심이 깔려 있었을 것이다. 선생은 내가 진솔하게 글을 썼다고 말했다.

"좋은 글에는 진정성이 담겨 있고, 밝은 눈을 가진 사람이라면 누구나 그걸 알아볼 수 있단다."

어쨌든 그날의 주인공은 나였고, 그날만큼은 마음놓고 우쭐거릴 자격이 있었다.

"친구들 앞에서 너가 쓴 글을 한번 읽어보렴."

어째서였을까? 그 말을 듣는 순간 머릿속이 하얘졌다. 우쭐거리고 싶은 마음은 순식간에 자취를 감추었고, 그 글을 읽고 싶지 않다는 생각 말고 다른 건 떠올릴 수 없었다. 결단코 피하고 싶

은 일, 진저리치게 거부하고 싶은 일이 있다면 다름 아닌 바로 그
것—그 글을 내가 소리 내어 읽는 것—이었다. 내 생각을 전혀 눈
치채지 못한 선생은 심사위원들의 손을 거쳐 다시 돌아온 (다소
너덜너덜해진) 원고지를 허공을 향해 흔들었다. 영원히, 죽을 때
까지 그 원고지를 자랑스럽게 흔들어댈 준비가 되어 있다는 듯한
미소를 짓고서. 나는 패배한 병사처럼 무기력하고 비참한 마음으
로 원고지를 받아들었다.

"어서 읽어봐."

선생의 목소리에는 은근한 기대감이 감돌았다. 나는 아랫입술
을 깨물며 원고지를 눈으로 훑었다. 그랬다. 거기에는 그 시절 내
불장난이 기록되어 있었다. 우연히 아버지의 라이터를 발견한 일
부터 시작해서 옥상에 올라가 종이를 태운 것. 나중에는 옥상에
널려 있던 벽돌로 나만의 조그마한 소각로를 만들고 그 안에 종이
를 쑤셔넣어 불을 붙였던 것. 태울 만한 종이가 모자라게 되자 참
고서까지 모조리 태워버렸던 것. 그리고 마지막으로 불장난이 어
떻게 마무리되었는지에 대해서도.

'여느 날과 다름없이 미니 소각로에 종이를 마구 넣어 태우고
있었는데 어디선가 경비 아저씨가 고함을 치며 달려오는 것이 아
닌가! 나는 너무 놀라서 활활 타오르는 불을 그대로 둔 채 달아났
다. 뒤도 돌아보지 않고 우리집이 있는 삼층까지 단숨에 뛰어내
려갔다. 경비 아저씨에게 얼굴은 들키지 않았다. 그후, 옥상 문은

잠겼다. 나는 더이상 불장난을 할 수 없었다. 경비 아저씨 때문이기도 했지만, 내가 큰 잘못을 저질렀다는 사실을 알게 된 것이다. 만약 그때 들키지 않고 불장난을 계속했다면 어떤 일이 생겼을까?'

이건 사실이 아니다.

그해 여름, 옥상으로 올라가 나만의 작은 소각로를 만들고, 끝도 없이 종이를 집어넣고, 라이터로 불을 붙이고, 벽돌의 구멍 사이로 불길과 연기가 피어오르는 걸 지켜본 것은 실제로 있었던 일이지만, 경비 아저씨 때문에 도망친 적은 없었다. 경비 아저씨뿐만 아니라, 내가 그곳에서 불장난을 한다는 사실은 끝까지 그 누구에게도 발각되지 않았다. 그녀나 아버지는 내가 참고서를 다 태워먹었다는 사실도 알아차리지 못했다(교과서를 안 태운 게 그나마 다행이었다). 불장난을 끝내고 돌아오면 나는 언제나 그 흔적을 지우려고 오랫동안 샤워를 했다. 그런 후 무심한 표정으로 그녀와 아버지와 함께 식사를 하고, 티브이를 보거나 방에 들어가서 꼼짝도 하지 않았다. "쟤는 나를 미워해요." 그녀는 아버지에게 말했다. 그럴 때마다 아버지는 이렇게 대답했다. "아니야, 쟤는 자기 엄마에게 화가 난 거야." 그리고 마지못해 인정한다는 듯이 덧붙였다. "그리고 나에게도."

내가 그들에게 화가 났나? 처음에는 그랬을지 몰라도, 그런 감정은 점차 불장난의 열기 앞에서 힘을 잃어갔다. 다만, 나는 화난 기색을 유지하는 게 불장난을 완성하는 중요한 요소 중 하나라고 여겼다. 일종의 징크스처럼? 그래, 징크스처럼. 불장난을 하기 위해 이십오층까지 올라갈 때 절대 엘리베이터를 이용하지 않았던 것처럼. 불장난을 하는 동안 배가 고프고 어지러운 느낌을 유지하기 위해 아침밥은 절대 먹지 않았던 것처럼. 손바닥에 스프링 자국이 나도록 노트를 아플 정도로 꽉 쥐고 있었던 것처럼.

그렇다면, 그해 여름방학이 끝날 즈음에 불장난이 막을 내린 것은? 사실이다. 원래부터 가스가 별로 남아 있지 않았던 라이터의 불길은 시간이 지날수록 점점 힘을 잃어갔고, 때로는 아무리 힘차게 부싯돌을 돌려도 불길이 화르르 치솟지 않게 되었다. 나는 라이터가 소모품이라는 사실, 가스가 닳아 없어진다는 사실, 주기적으로 교체해야 한다는 사실을 알지 못했다. 그 사실을 알게 되었을 때, 처음에는 애가 탔고, 조금 시간이 지나자 짜증이 났으며, 나중에는 분한 마음이 들었다.

하루종일 비가 와서 옥상에 올라갈 수 없었던 날, 나는 침대 위에 누워서 그녀가 외출하기만을 기다렸다. 혹시라도 남아 있을 아버지의 무신경함의 흔적을 찾아서 집안 구석구석을 뒤져볼 계획이었다. 또다른 라이터를 찾으면 다시 한번 더 아버지를 원망할 생각이었다(한 번 그런 실수를 저지른 사람이 두 번은 왜 못하겠는가?). 그런데, 갑자기 그녀가 노크도 하지 않고 방문을 벌컥 열고 들어왔다. 그러고는 분통을 터뜨리듯이 이렇게 말했다.

"얘, 이번 방학에 너가 엄마 집에 못 가고 여기에 있어야 해서 너만 실망한 게 아니야. 나도 실망했어."

나는 엉거주춤 자리에서 일어나 앉았다. 그녀는 한숨을 쉬고는 고개를 도리도리 흔들었다.

"나는 너보다 훨씬 더 실망했어. 정말이야."

처음에는 영문을 알 수 없었지만 곧이어 속이 후련해지는 것 같 았다. 그리고 그때, 나는 그녀의 어떤 부분을 비로소 이해할 수 있 었다. 그저 자신의 경험을 관통해야만 세상을 명료하게 인지할 수 있는, 그리고 한번 결론을 도출하면 무슨 수를 쓰더라도 절대 수 정할 수 없는, 그런 종류의 사람. 그녀는 자신이 경험한 것 (이면 이 아니라) 바깥에 존재하는 세계는 기꺼이 포기할 준비가 되어 있었던 것이다.

그후로도 나는 지속적으로 옥상에 올라갔지만, 내 마음속 거의 모든 영역에 깃발을 꽂은 것 같았던 불장난의 기세는 어쩐지 조금 씩 약화되더니 어느 순간 푹하고 고꾸라졌다. 나는 옥상 난간대 에 등을 기대고 내가 만든 작은 소각로를 바라보며 라이터의 부싯 돌을 돌리는 시늉을 했다. 가끔씩은 벽돌로 디딤대를 만들어 거기 에 올라선 후, 난간대 바로 아래 펼쳐진 아파트 마당을 바라보기 도 했다. 주차된 자동차, 아파트 정문 너머의 가게들, 지나다니는 사람들…… 모두 장난감처럼 보였다. 아무리 더운 날이어도 놀이 터에서는 언제나 아이들이(내게 절교 선언을 한 친구들을 포함해서) 이리저리 뛰어다녔는데, 이상하게도 연속된 행위가 아니라 분절된 움직임처럼 보여서 나는 몇 번이나 눈을 비비곤 했다.

마지막으로 불장난을 한 게 언제였더라? 기억이 나지 않는다. 그렇다면 마지막으로 옥상에 올라간 건? 그것도 기억이 나지 않는다. 라이터 가스를 모조리 다 쓰지는 않았다는 건 기억하고 있다. 나는 (약간은 과잉된 감정 상태로) 작은 상자를 구해서 (미약하지만 여전히 기능이 살아 있는) 라이터를 넣은 후 자물쇠를 걸어두었다. 이런 생각을 한 기억도 난다. 양우정의 손수건을 그런 식으로 경솔하게 버려서는 안 됐었다고. 그것 역시 이런 식으로, 나 스스로 봉인해뒀어야 했다고.

2학기가 시작된 후에도 나는 여전히 외톨이로 지냈다. 흉곽이 조이는 느낌, 토할 것 같은 기분, 수치심과 굴욕감도 여전했다. 방과후에 혼자 숙직실로 가서 문에 가만히 귀를 갖다대기도 했지만, 그해가 끝날 무렵에는 그런 것—방문에 귀를 갖다대는 것—자체에 흥미를 잃어버렸다. 어쩌면 이런 식으로 덧붙일 수도 있으리라. 나는 타인의 방에서 일어나는 일이 아니라, 내 방 안에서 일어나는 일에 훨씬 더 관심을 가지게 되었다고. 하지만 그게 사실일까? 그 당시 나를 가장 놀라게 했던 건, 불장난을 하며 느꼈던 그 아연실색할 만큼의 쾌감과 과민할 정도의 선명한 감정들, 분명히 실체를 가지고 있었던 그 감각들(불장난과 관련된 그 모든 기승전결!)이 그저 허상에 지나지 않는다는 점이었다. 허상? 아니다. 허상은 아니었을 것이다. 다만, 그 무엇과도 바꿀 수 없을 것 같았고, 앞으로의 삶에 항구적인 영향을 끼치리라고 호들갑스럽게 기대했던 순간들이 그저 일시적이고 잠정적인 것에 불과하다는 사실에 나는 어쩌면 상처를 받았는지도 모른다.

마음을 가다듬고, 자포자기하는 심정으로 반 아이들 앞에서 더듬더듬거리며 가까스로 (진실과 거짓이 교묘하게 섞인) 글을 읽은 지 얼마 지나지도 않아 입이 바짝 말랐고, 손은 꼴사납게 덜덜 떨렸으며, 자꾸 기침이 나왔다. 결국, 선생은 충고하기 시작했다.

"좀더 크게 읽으렴."

"좀더 천천히 읽으렴."

"좀더 또박또박 읽으렴."

나는 주눅이 들었고 선생의 요구 사항과는 정반대가 되어갔다. 마침내 선생이 더이상 들어줄 수 없다는 듯, 최후통첩을 하듯 말했다.

"이리 줘, 내가 대신 읽어줄게."

나는 원고지를 꽉 잡은 채로 고개를 돌려 선생을 바라보았다. 선생은 안 주고 뭐하냐는 눈짓을 했다. 글을 직접 읽는 것보다 더 피하고 싶은 게 있다면 이 글이 다른 사람의 목소리를 통해 사방팔방으로 공개되는 것이었다! 다른 사람의 목소리로 내가 쓴 글의 내용을 듣는 것이었다! 그것이야말로 내가 피하고 싶은 최악의 고통이었다. 최악의 고통을 피하기 위해서는 자포자기만으로는 택도 없었다. 하나의 고통을 피하기 위해 다른 고통을 견뎌야 하는 것은 필수적인 사항이었다(이 얼마나 비효율적인 행위란 말인가?). 그러므로 나는 있는 힘껏, 그러니까 죽을힘을 다해 내 글을 읽어야만 했다. 그것이 내게 내려진 형벌이었다. 무엇에 대한 형벌이란 말인가? 글을 다 쓰고 났을 때, 내가 느꼈던 만족감을 기억했다. 그 글이 다른 누군가의 손에 들어가리라는 기대 때문에 안도했던 걸 기억했다. 한때의 굴욕을 손쉬운 안도와 거짓으로 무마하고자 했던 시도에 대한 형벌.

이상했다. 갑자기 내 안에서 기묘한 자신감이 스멀스멀 피어올랐다. 나는 선생을 완전히 무시하고 원고지에 시선을 고정한 채, 큰 목소리로 또박또박 글을 읽어내려갔다. 손의 떨림이 잦아들었고, 바짝 말랐던 입안은 침으로 부드러워졌다. 기침도 나오지 않았다.

"옳지, 이제 좀 잘하는구나."

선생이 또다시 경솔하게 끼어들었으므로 나는 잠시 멈추어야 했다. 심호흡을 한 번 한 후, 다시 글을 읽어내려가기 시작했다. 어떤 식으로? 원고지에 쓰이지 않은 부분들을 즉흥적으로 채워넣으면서! (원래 글에는 없었던) 싱크대에서의 불장난과 이십오층까지 걸어올라가는 동안 비 오듯 쏟아지던 땀에 대해, 그 여름 줄어든 몸무게와 옥상의 자세한 풍경에 대해, 그리고 기타 등등에 대해. 선생은 놀란 것 같았지만, 무슨 이유에서인지 나를 내버려 두었다. 글의 막바지에 나는 이런 문장을 추가했다. 정우맨션의 이십오층 옥상에 작은 소각로와 불탄 종이의 흔적이 여전히 남아 있으리라고. 이루 말할 수 없을 정도로 추저분하고 난잡하게(물론 이런 단어를 사용하지는 않았다. 기껏해야 내가 떠올린 표현은 '지저분하게'였다). 그래서 언젠가는 그게 꼭 발각되기를 원한다고. 누군가 우리집의 초인종을 누르고 불장난한 아이를 찾으러 왔다고 말하기를 바란다고.

나는 원고지를 덮었다. 선생의 표정이 미묘하게 변해 있었다. 아이들은 어리둥절해하며 내 얼굴과 선생의 얼굴을 번갈아 보았다. 그 순간, 나는 내가 세상의 비밀 하나를 알게 되었다고 느꼈다. 누구도 가닿지 못한 미지의 세계에 도달했다고. 그 세계는 터무니없이 치명적이고 통렬하면서 동시에 믿을 수 없을 정도로 연약해서 내 마음속에 꼭꼭 새겨두지 않으면 안 된다고. 그리고, 언제나 그렇듯이 그런 생각은 시간이 흐른 후에 착각, 기만, 허상에 불과하다는 판명이 날 것이었다.

하지만 다른 한편으로는 이런 생각이 든다. 때때로 삶에서 가장 큰 용기를 필요로 하는 건, 바로 그런 착각과 기만, 허상에 기꺼이 몸을 내주는 일이라고. 착각과 기만, 허상을 디뎌야지만 도약할 수 있는, 그런 삶이 존재한다고. 언젠가 모든 것을 한꺼번에 돌이켜보는 눈 속에서 어떤 사실들은 재배열되고 새롭게 의미를 획득

할 것이다. 불가피하게 진실이 거짓이 되고, 거짓이 진실이 되며, 허구가 사실이 되고, 사실이 허구가 되는 그런 순간들! 그러므로 이 여정 자체가 그 모든 것을 한꺼번에 돌이켜보는 눈의 진짜 효용이 될 것이다.

물론 이런 것들은 나중에서야 하게 될 생각이었고, 그날 소리 내어 「불장난」을 다 읽어낸 나는 고개를 뻣뻣이 들고 아이들을 둘러보며 선생의 처분만을 기다리고 있었다. 드디어 선생은 별수없다는 듯 입을 열었다.

"자, 박수."

성의 없고 산만한 아이들의 박수 소리를 들으며, 나는 이번에야 말로 마음껏 의기양양해하며 자리로 돌아와 앉았다.

사랑의 꿈

요양원에 가보자고 한 건 다른 누구도 아닌, 그녀 자신이었다. 그녀의 딸은 그저 소식을 알려줬을 뿐이었다. "할머니가 요양원에 들어가셨어요." 그 말을 하기 전에 딸은 시선을 내리깐 후 눈을 두어 번 깜빡거렸다. 갑자기 머릿속에 떠오른, 별것도 아닌 사실을 내뱉었을 뿐이라는 듯이. 그러고는 들고 있던 햄버거를 한입 베어 물었다. 그녀의 딸은 작년에 경기도에 있는 대학에 입학하면서 기숙사 생활을 시작했다. 아주 가끔 그녀는 운전을 해서 딸의 학교를 찾아갔고, 간단하게 햄버거나 카레, 베트남 음식 같은 것들로 저녁식사를 함께한 후 또다시 운전을 해서 집으로 돌아왔다. 그런 날은 적어도 두 시간은 차 안에 혼자 있는 셈이었다. 밀폐된 공간에서 운전대를 잡고 있으면, 갑자기 어떤 기억들이 덮쳐올 때가 있었다. 그녀는 그것을 피하지 않았다. 오히려 그런 일이 반복되면 반복될수록 과거의 어떤 순간들이 완전히 다른 빛깔로 채색되는 듯했고, 전혀 다른 시각으로 자신을 바라볼 수 있을 것 같다는 기분이 들었다. 그녀는 모나리자에 대한 이야기를 떠올렸다. 원래 모나리자는 눈썹이 그려져 있었는데, 어떤 이유로 지워진 거라는 이야기. 눈썹이 있었다는 증거도 다 있다고. 하지만 눈썹이 지워짐으로써 그림에 새로운 생명력을 불어넣었다고. 평소의 그녀라면 그런 이야기에는 아무런 의미도 없다고, 하나 마나 한 소리라고 치부했겠지만 어쩐지 혼자 운전을 할 때면, 특히 차가 드문드문 있는 어두운 도로를 끝도 없이 달릴 때면 그런 이야기에 자존심도 없이 매달리고 싶어졌고 실제로 그렇게 했다. 가끔은 씁쓸한 마음이 들었다.

"삼 개월 정도 되었어요"라고 딸이 덧붙였을 때, 그녀는 그애가 자신을 탐색하고 있다고, 혹은 자신을 시험하고 싶어하는 게 분명하다고 생각했다. 심드렁한 말투 속에는 제대로 추스르지 못한 조바심과 반감이 숨어 있었다. 반감. 하지만 그애가 왜 반감을 가진단 말인가? 그애가 대체 누구에게 반감을 가진단 말인가? 그게 마땅한 일인가? 그녀는 그애가 일부러 그러는 게 아니라는 걸 알고 있었다. 그건 그냥 본능에 가까웠다. 누군가를 시험에 들게 하고 싶어서 안달복달하며 덫을 놓지만, 정작 그런 후에는 아무도 그 덫에 걸려들지 않기를 간절하게 바라는 나약한 이율배반 같은 것.

그애는 일곱 살 때부터 여름마다 커다란 짐 가방을 싸서 남쪽 도시에 있는 친가로 갔고 거기에서 보름가량을 머물렀다. 한 달 동안 머물 때도 있었다. 딱 한 번, 그애가 열 살이었던 해의 여름에는 가지 않았다. 그녀가 결혼하기 전에, 그러니까 훗날—그래 봤자 일 년 후에 불과했다. 그녀가 스물두 살, 그가 스물다섯 살 때 그들은 결혼을 했고 그로부터 이 년 후에 딸을 낳았다—그녀의 남편이 되었다가 종내는 결국 남남이 되고 말 그 남자가 스물네 살이었을 때, 이런 말을 한 적이 있었다. "기차역 앞에서 택시를 타고 그냥 내 이름을 대면 우리집으로 갈 수 있다니까?" 그녀가 웃자 그는 정색했다. "웃기려고 한 말이 아닌데." 그 정도로 그의 집은 지역에서 알아주는 부자였다.

십 년 동안 그녀는 차를 몰고 다섯 시간을 달려서 남쪽 도시로 딸을 데려다줬고, 또 보름이나 한 달 후에 데리러 갔다. 무슨 첩보영화에 나오는 사람들처럼 그녀가 그애를 약속 장소에 데려다주면 운전기사가 (그애의 할머니가 타고 있을) 차로 데리고 가는 식이었다(물론 돌아올 때는 반대로 진행되었다. 그애의 할머니가 약속 장소에 그애를 데려다놓으면 그녀가 그애를 자신의 차에 태우는 식으로). 열두 살 때, 서울로 돌아오는 차 안에서 그애가 이렇게 말했다. "엄마, 증조할머니는 할아버지의 엄마죠?" 그녀는 그렇다고 대답했다. "증조할머니를 씻기는 걸 몇 번이나 봐야 했어요." 그녀는 그게 무슨 소리냐고 되물었다. "할머니는 증조할머니를 간호하러 오는 아줌마를 믿지 않거든요. 그래서 항상 그 아줌마를 감시하세요. 그리고 나는 할머니 옆에 앉아 있어야 하고요. 심지어 증조할머니를 씻길 때도요. 정말이지 그건 너무 끔찍해요." 그때 그녀는 뭐라고 했던가? "그냥 눈을 꼭 감고 있으면 되잖아." 언젠가 그애는 이런 말도 했다. "할아버지는 저를 미워해요. 저랑은 눈도 안 마주치려고 한다니까요." 그때 그녀는 이렇게 대답했다. "거짓말 좀 하지 마." 그애는 이런 말을 한 적도 있다. "엄마, 내가 삼촌을 사랑하는 걸 알고 있어요?" 그때는 뭐라고 했지? 아, 그때 그녀는 이렇게 대답했다. 무언가 더 질문하고 싶은 기분을 애써 억누르면서. "그러지 마. 제발, 부탁이다." 서울로 돌아오는 차 안에서 그애는 언제나 그녀를 들쑤시고 싶어서 안달이 난 사람처럼 굴었다. 도대체 왜? 그애는 할머니 집에 가는 걸 좋아했다. 심지어 열 살 여름에는 실망한 표정으로 이렇게 물었었다. "엄마, 나 이제 영원히 할머니네 집에 못 가요?" 그때 그녀는 아무 말도 하지 않았지만 속으로는 그렇게 되리라고 철석같이 믿고 있었다.

열여덟 살이 되었을 때 그애는 그녀에게 더이상 데리러 올 필요가 없다고, 혼자 기차를 타고 돌아올 수 있다고 말했다. "할머니가 기차역까지 데려다주실 거예요. 기차가 훨씬 빠르니까." 그녀는 서운함을 느꼈지만 솔직히 말해서 한편으로는 안심했다. 그러니까 돌아오는 차 안에서 그애가 놓는 덫을 이리저리 피해 다닐 필요가 없어졌다는 것에 대해.

"왜?"

"뭐라고요?"

"니네 할머니가 요양원에 왜 들어갔냐고."

"치매래요. 그래도 초기에 발견해서 다행이래요. 상태도 좋으신 편이고요."

그애는 햄버거를 내려놓으며 물었다.

"엄마, 치매 환자 본 적 있어요?"

있었다. 그녀의 할아버지가 치매 환자였다. 치매 판정을 받은 할아버지는 그녀가 열세 살 때부터 스무 살 때까지 그녀의 집에서 함께 살았다. 병원에서는 삼 개월을 넘기지 못할 거라고 했는데, 무려 칠 년을 더 살아낸 것이었다. 할아버지를 집으로 모신 건 그녀 아버지의 결정이었다. 요양원에는 보낼 수 없다고, 자식 된 도리가 아니라고 아버지는 말했다. 그렇다고 간병인을 매일 부를 수 있을 정도로 사정이 넉넉하지도 않았다. 그녀는 그때서야 처음으로 자신이 누리고 있는 것이 당연하게 주어진 게 아니라는 점에 대해, 그녀의 집이 돈 때문에 쪼들리고 있을 가능성에 대해 생각해보게 됐다.

할아버지를 둘러싼 공기가 있었다. 어둡고 축축한 공기, 비열하고 추잡한 공모를 하는 듯한 느낌. 왜 그렇게 느끼는지는 몰랐다.

한번은 어머니가 그녀에게 말했다. "점쟁이가 그러는데 니네 할아버지가 우리들의 기를 빨아먹고 산다는 거 있지. 그래서 돌아가시지 않는 거란다." 그 말을 들었을 때 그녀는 열여덟 살이었다. 어머니는 그녀에게 절대로 할아버지 방에 혼자 들어가지 말라고 신신당부를 했다. 그런 말을 듣지 않았더라도 그녀는 그 방에 들어가지 않을 생각이었다. 할아버지가 썼던 숟가락이나 밥그릇도 사용하지 않을 생각이었다. 하지만 어떻게 그걸 구분한단 말인가? 구분할 수 있었다. 초능력, 그녀는 그게 자신의 초능력이라고 생각했다.

할아버지는 돌아가시기 전 몇 달 동안 툭하면 집을 나갔다. 경찰이 집으로 전화를 걸면 부모님은 차를 몰고 할아버지를 데리러 갔다. 그녀가 동행한 적은 한 번도 없었다. 결혼하기 전, 그녀는 그에게 할아버지에 대해 이야기했다. 치매에 걸린 할아버지와 함께 살았었다고. 그러자 그는 빌 헤이스의 『불면증과의 동침』 중의 한 구절을 말해주었다. 몽유병에 걸린 사람이 자꾸 집밖으로 나가는 건 사실은 돌아갈 곳이 있어서라고, 누군가 자신을 찾아주기를 간절하게 바라기 때문에 그런 거라고. 그 이야기를 들었을 때 그녀는 로맨틱한 감정을 느꼈다. 하지만 결혼을 한 후에는 생각이 바뀌었다. 치매를 몽유병과 같은 것으로 해석해내는 능력이 이 남자의 본질이라고. 세부 사항을 외면하고 박탈시키는 능력. 그런 것도 초능력이라면 초능력이라고 할 수 있겠지. 그녀는 그런 말에 로맨틱한 감정을 느꼈던 자기 자신이 창피해졌다.

드디어 햄버거를 다 먹어치운 딸에게 그녀가 말했다.

"한번 가보고 싶구나."

그애가 영문을 모르겠다는 표정을 지었다. 그녀가 그런 말을 하리라고 전혀 예상하지 못한 것이었다. 그애가 어리둥절해하며 물었다.

"어디를요?"

"니네 할머니 보러."

그녀와 그가 이혼한다는 소식을 듣고 어떤 사람들은 이렇게 말했다. "걔네들이 어떻게 이혼을 해?" 정말 모르겠다는 듯 순진한 표정으로 질문을 던지는 사람들도 있었다(그런 사람들은 언제나 그런 표정을 지었다). "대체 왜?" 자기가 똑똑하고 냉소적이라는 사실에 자부심을 느끼는 사람들은 이렇게 말했다. "세상 일이 다 그렇다니까."

결혼하기 전에 그의 부모님이 학교로 그녀를 찾아온 적이 있었다. 그후로 그녀와 그를 직접 알지 못하더라도, 그저 그들과 같은 동아리이거나 같은 과이거나 혹은 같은 단과대에 속한 학생들이라면 그들의 러브스토리를 다 알게 되었다. 그의 어머니는 '정혼자'라는 단어를 입에 올렸다. 물론 다른 말들도 입에 많이 올렸다. (드라마나 영화가 아닌) 현실에서 실제로 정혼자가 있는 사람이 존재하리라고는, 그녀는 생각해본 적이 없었다. 그의 정혼자는 크게 무역업을 하는 집의 딸이라고 했다. 그녀는 그에게 '정혼자가 있었어?' 따위의 질문은 못할 거라고 생각했지만 의외로 그의 얼굴을 보자 그 말이 술술 나왔다. 너무 술술 나와서 그녀 자신도 깜짝 놀랄 정도였다. 그는 정혼자 같은 건 아무런 의미도 없다고 말하며 덧붙였다. "그런 건 개나 줘버려."

나중에 그녀가 이혼한다고 했을 때 그녀의 부모님은 이렇게 말했다. "정말이지 남부끄러워서 살 수가 없다." 사실 부모님은 그들이 결혼한다고 찾아갔을 때에도 똑같은 말을 했다. "결혼식도 안 올린다고? 정말이지 남부끄러워서 살 수가 없구나." 하지만 딸이 데려온 남자에게는 감히 아무 말도 하지 못했다. 왜? 어쨌거나 이제 그 남자가 딸의 보호자가 될 테니까. 실제로 그는 보호자의 역할을 잘 수행했다. 일단 그는 졸업을 하자마자 부모님과 인연을 끊고 전공을 살려 제약회사에 취업했다. 그녀는 그가 원래 살고 있던 작은 아파트로 들어갔다. 아파트는 그의 부모님의 것이었지만 뜻밖에도 그들은 그에게서 집까지 빼앗아가지는 않았다. 그들은 아들의 여자에게는 얼마든지 잔인하고 무자비하게 굴 수 있었지만 아들이 길바닥에 나앉을 가능성 앞에서는(그저 가능성일 뿐이었는데도) 완전히 겁에 질려버렸다. 그래서 그들은 자신들이 증오하는 그 여자가 자신들의 돈으로 일군 보금자리를 차지해야 하는 현실을 받아들일 수밖에 없었다. 마치 목숨을 지키기 위해 한쪽 팔을 내어주는 심정으로. 돌이켜보면 그건 놀라울 정도로 징그럽고 순도 높은 사랑이었다. 아들에 대한 사랑이 근본도 알 수 없는 비천한—그래, 이것도 그의 어머니가 그녀를 향해 퍼부었던 단어 중 하나였다—여자에 대한 증오를 이겨버린 것이었다. 그러므로 그녀와 그가 이혼한다고 했을 때, 그의 부모님은 한쪽 팔 이상의 것을 돌려받은 기분이 들었을 것이다.

이혼할 때 그는 그녀에게 집의 소유권과 양육권(그들의 딸은 세 살이었다)을 넘겨주었다. 그리고 매달, 쓰고도 남을 만한 양육비와 생활비를 보내주었다. 그녀는 돈을 벌 필요가 없었다. 하지만 그해, 그러니까 딸이 열 살이 되던 해에 그녀는 돈을 벌기로 결심했고 이리저리 수소문한 끝에 사립고등학교 행정실에 계약직으로 취직할 수 있었다.

그녀는 직장에서 친구를 사귀었고, 자주 누군가의 집에서 모였다. 열 명 정도 되는 여자들이 보름이나 한 달 간격으로 한집에 모여 저녁을 먹고(보통 중국 음식을 시켜 먹었다. 요리는 절대로 하지 않았다) 맥주를 마시는 모임이었다. 모임에는 결혼한 여자도 있었고 안 한 여자도 있었다. 남자들은 없었다. 아이가 있는 여자들의 남편은 다른 날짜를 정해서 자기들끼리 만났다. "놀기 위해서 번갈아가며 아이를 돌보는 거죠. 합리적으로 말이에요." 그녀는 돈을 조금 주는 조건으로 같은 아파트에 사는 중년 여자에게 딸을 맡겼다.

모임에서 어떤―그날 처음 본―여자가 그녀에게 왜 대학을 중퇴했느냐고 물은 적이 있었다. 그런 질문을 그날 처음 받은 건 아니었다. 하지만 그녀는 아주 오랜 시간이 흐른 후에도 절대 그날 밤을 잊지 않으리라 다짐했고 실제로도 그렇게 되었다.

　그해 겨울의 첫번째 눈이 내린 날 밤, 눈이 그친 후에는 날씨가 갑자기 푹해져서 골목길이 녹은 눈으로 반짝반짝 젖어 있던 밤.

　"임신을 했거든요." 그렇게 대답하고 그녀는 깜짝 놀랐다. 그전에 그런 질문을 받으면 그녀는 얼버무리듯이 이렇게 대답하곤 했었다. "사랑에 빠졌었거든요. 그러니까, 결혼을 할 만큼 말이에요." 그런데 그날은 다른 대답이 나와버렸던 것이다. 두 대답 모두 사실이었다. 결혼 후 휴학을 했던 그녀는 일 년 정도가 지났을 때 복학을 하려고 했다. 구체적인 준비도 거의 끝난 상태였다. 하지만 임신을 하는 바람에 그렇게 하지 못했다.

　그 모임에는 소설가도 있었다. 그녀는 그때나 지금이나 소설책은 거의 읽지 않았기 때문에 그 소설가가 얼마나 영향력이 있는지 어떤지 그런 것은 알지 못했다. 그런 것엔 관심이 없었다. 하지만 소설가가 결혼을 하지 않았다는 건 알았다. 그 시절에 그녀는 언제나 여자들을 그런 식으로 구분했다. 결혼을 한 여자와 안(못)한 여자, 아기가 있는 여자와 없는 여자. 언젠가 소설가는 거기에 모인 사람들에게 말했다. "어떤 사실은 그저 있는 그대로 쓰는 것만으로도 소설이 된답니다. 하지만 단 한 가지, 단 한 가지 사실에 대해서만은 절대로 써서는 안 돼요. 그러니까 그건 언제까지나 당신 마음속에만 있어야 해요." 소설가는 '마음'이라는 단어를 발음할 때 오른손을 자신의 가슴에 갖다댔다.

그녀는 그 말을 믿지 않았다.

그의 부모님은 그들의 딸에 대해서도 아무런 관심이 없었다. 경멸한다거나 증오하는 게 아니라 그야말로 무관심했다. 그가 부모님에게 아이 사진을 우편으로 보냈었는데(그녀는 그렇게 하는 것에 반대했다) 그대로 돌려보내졌다. 반송이 아니었다. 편지 봉투를 뜯지도 않고 다시 새로운 봉투에 넣어서 돌려보냈다. 정성을 들인 것이다. 그런 시답잖고 하찮은 행위 때문에 그녀는 상처를 받았다. 이혼한 후 그는 도심에 있는 오피스텔에서 혼자 살았다. 그리고 이 주에 한 번씩 딸을 보러 왔다. 그러다 반년 후에는 회사를 그만두고 남쪽 도시에 있는 본가로 내려갔다. "본가로 들어갈 거야." 그가 말했을 때 그녀는 자신이 그의 본가에 한 번도 가본 적이 없다는 사실을 깨달았다. 그의 집을 상상해본 적이 있었다. 커다란 정원과 높은 돌계단, 넓은 복도와 양옆에 늘어선 작은 문 같은 것들. 나중에 딸에게 물어봤을 때 딸은 집이 그렇게까지 으리으리하지는 않다고 대답했다. 그녀는 그애가 그 질문을 자신의 마음을 들쑤실 빌미로 삼을 거라고 예상했지만, 그애는 이렇게 대답했을 뿐이었다. "그냥 평범해요."

본가로 내려가고 삼 년 후 봄에 그가 갑작스러운 사고로 죽었다. 그녀는 자신이 그 소식을 몰랐으면 좋았을 거라고 생각했다. 하지만 그와 함께 연결된 관계가 너무 많았다. 그의 어머니는 그가 살아 있을 때 지불했던(그의 어머니는 정말로 지불이라는 단어를 사용했다) 돈을 계속해서 줄 생각이라고 말했다. "다만, 조건이 있어요. 손녀딸과 여름마다 함께하고 싶어요. 적어도 보름 정도는." 그들은 시청 앞 플라자호텔 로비의 카페에 앉아 있었다. 꼭 다문 입술과 우아하게 찻잔을 드는 손길, 쌀쌀함이 감도는 말투에서 미처 숨기지 못한 슬픔과 무기력함이 전해졌다. 그의 어머니는 그녀에게 꼬박꼬박 존대를 했다. 거기에 그 어떤 업신여김이나 경멸감 같은 것은 없었다. 정중하고 엄숙한 분위기, 그뿐이었다. 모든 게 너무 철두철미해서 그녀는 정신을 차릴 수가 없었다. 그녀는 자신의 앞에 앉아 있는 이 여자가 그때, 학교로 찾아와서 체면 따위는 벗어던지고 자신을 경멸하는 데 몰두했던 그 여자와 같은 사람이라는 걸 믿을 수가 없었다. 그의 어머니의 모습이 자신의 기억과 너무 달라서 혹시 예전엔 돈을 써서 대역을 보냈던 게 아닐까 의심이 들 정도였다.

아, 그랬다. 남자가 있었다. 그날 호텔에서 그의 어머니(아, 그녀는 여전히 그 여자를 어떤 식으로 불러야 하는지 알 수 없었다. 늙은 여자? 죽은 전남편의 어머니? 딸의 할머니?) 곁에 시종일관 서 있던 남자가 있었다. 몸통이 크고 머리를 짧게 자른 중년의 남자였다. 다리가 짧았지만 굵고 단단해 보였다. 여름에 어울리지 않는 까만색 긴팔 재킷을 입고 있었다. 더블브레스트. 그녀는 그 용어를 알고 있었다. 재킷 안에는 라운드 넥 티셔츠를 입고 있었다. 그녀는 당연히 그 남자가 운전기사이리라고 생각했다. 그의 어머니가 혼자서 기차나 고속버스를 타는 건 상상도 할 수 없었다. 직접 운전을 하는 것도 마찬가지였다(그래도 혼자 비행기를 타는 건 상상이 됐다). 하지만 그건 웃기는 생각이었다. 그녀 자신이 상상하지 못한다고 그런 일이 일어날 수 없는 건 아니었다. 아니, 오히려 그 반대였다. 지금 이 순간에도 그녀가 상상하지 못한 일들이 세계 도처에서 일어나고 있었다. 그녀 자신에 대해서도 그랬다. 그녀 자신이 할 수 있을 거라고는 한 번도 상상하지 못한 일들이 그녀의 내부에서 불쑥 솟아올랐다. 대부분은 이내 사그라들었지만 모든 게 그런 건 아니었다. 어떤 일들은 구체적인 모양을 갖추고 그녀의 삶을 향해 폭죽처럼 쏟아져 내렸다. 그리고, 어떤 불꽃들은 영구불변한 흔적을 남겼다.

게다가 그녀가 그의 어머니에 대해 뭘 안단 말인가?

이상한 일이었다. 딸과 함께 요양원을 방문해서 눈의 초점을 잃어버린 것 같은 노파(아, 그녀는 드디어 적당한 호칭을 찾아냈다)와 마주했을 때, 그녀는 대번에 그 남자를 떠올렸다. 그때 남자에게는 어떤 태도가 있었다. 그는 마치 땅에 붙박인 사람처럼 두 손을 앞으로 마주잡은 채 꼿꼿이 서 있었다. 강한 돌풍이 불어와도

휘청거리지 않을 수 있다고, 그저 노파 곁에서 무언가를 지켜낼 거라고, 그게 자신의 초능력이라고 뽐내기라도 하는 듯이. 그리고, 그의 목에 걸려 있던 십자가 목걸이. 어째서 그 순간 그게 떠올랐을까? 그날 호텔 카페에 앉아 있는 내내 그녀는 남자가 자신을 내려다보고 있다고 믿었다. 약간의 경멸을 담아, 혹은 업신여기는 듯한 표정을 짓고. 모든 이야기가 끝나고 나서 이제 그만 일어나자는 의미로 노파가 말했다. "더이상 나눌 말이 없네요, 그렇죠?" 마지막 그 질문─그녀가 감히 그렇지 않다고 대답할 수 있었을까?─이 그녀의 마음속을 어지럽게 맴돌았다. 자리에서 일어나기 전에 그녀는 용기를 내서 남자의 얼굴을 바라보기로 했다. 정말이지 엄청난 용기를 요하는 일이어서 다리가 덜덜 떨릴 지경이었다. 고개를 들었을 때, 십자가 목걸이가 눈에 들어왔다. 그리고 그다음에는 남자의 얼굴. 그녀에게는 아무런 관심도 없어 보이던 그 표정.

요양원이 너무 으리으리해서 그녀는 주눅이 들었다. 그녀가 상상하던 '본가'의 이미지와 비슷했다. 요양원은 도시 중앙에 위치해 있었는데 정문으로 차를 몰고 들어가자 어마어마하게 넓은 공간이 드러났다. 높은 건물들이 띄엄띄엄 세워져 있었고 차도를 제외한 모든 곳이 온통 초록색이었다. 넓게 펼쳐진 잔디밭과 커다란 분수, 그리고 나무들. 느티나무, 소나무, 플라타너스, 참나무, 너도밤나무, 아카시아나무, 이팝나무…… 그녀는 나무를 구분하지도 못하면서, 뭐가 뭔지도 모르면서, 그저 자신이 아는 나무들의 이름을 마음속으로 모두 읊조렸다. 객실도 아주 넓었다. 바닥에는 카펫이 깔려 있었는데, 어찌나 청소를 깔끔하게 해놨던지 옅은 상아색 털로 짜인 부분부분도 때 탄 곳 하나 없이 깔끔했다. 지금 객실에 있는 사람은 노파, 그녀, 그녀의 딸, 그리고 노파의 개인 간호사, 이렇게 네 명뿐이었다. 간호사는 여름인데도 긴팔 스웨터와 긴바지를 입고 있었다. 노파는 그녀가 마지막으로 봤을 때보다 살이 좀 붙은 것 같았다. 짧은 머리카락은 염색하지 않은 채로 작은 사파이어 귀걸이와 네이비색 여름용 니트 원피스를 착용한 노파는 멀뚱한 표정으로 창밖을 바라보고 있었다. 전면에 난 창밖으로는 사방이 온통 나무였다. 그들이 앞에 두고 앉은 테이블도 원목이었다. 나무의 질감이 그대로 살아 있었다. 그런 테이블이 객실 안에 일정한 간격을 두고 여러 개 놓여 있었다. 의자도 같은 재질의 나무로 만든 것 같았다. 세상에, 나무에 미친 사람들인가봐. 그녀는 약간 어지러운 기분이 들었다.

그녀의 딸은 이미 여러 번 이곳을 방문했었기 때문에 간호사와 안면이 있었다. 딸은 간호사에게 잠깐 셋만 있게 해달라고 말했다. 간호사는 나가기 전에 딸에게 무슨 말인가를 속삭인 후 그녀를 바라보고 가볍게 목례를 했다.

"뭐라고 했어?"

간호사가 나가자마자 그녀가 물었다.

"할머니가 요즘 필라테스를 안 하려고 하신다고요."

맙소사, 필라테스? 그녀는 어리둥절했지만 티를 내지는 않았다.

"그 말을 왜 귓속말로 하는 건데?"

딸은 어깨를 한 번 으쓱했다.

"모르죠 뭐."

딸은 제 할머니 옆에 앉아서 마치 마술을 부리는 사람처럼 손가락을 한 번 튕기고는 부드러운 목소리로 할머니, 하고 불렀다. 갑자기 정체를 알 수 없는 감정이 그녀의 전신을 꿰뚫고 지나갔다. 그녀는 자신이 예전에도 이런 감정을 느낀 적이 있다는 것을 기억했다. 그러니까 그때, 직장과 여자들의 모임에 나가는 것을 그만둔 뒤 다시 딸을 할머니 집으로 보내기 시작하고 사 년이 지나 딸의 증조할머니가 죽었다는 소식을 들었을 때, 그녀는 언젠가 딸이 했던 말―"증조할머니를 씻기는 걸 몇 번이나 봐야 했어요"―을 떠올렸다(몇 년 후 그애의 할아버지가 죽었다는 소식을 들었을 때에는 별 감정이 들지 않았는데, 그녀는 그게 자신이 그애의 할아버지에게는 아무런 감정을 가지고 있지 않았기 때문이라는 사실을 깨달았다. 그녀의 감정은 오직 그 집에 사는 여자들에게만 향해 있었다). 그리고―왜인지 알 수 없지만―곧 소설가의 그 말도 떠올랐다. "어떤 사실은 그저 있는 그대로 쓰는 것만으로도 소설이 된답니다. 하지만 단 한 가지, 단 한 가지 사실에 대해서만은 절대로 써서는 안 돼요. 그러니까 그건 언제까지나 당신 마음속에만 있어야 해요." 딸을 남쪽 도시에 있는 장례식장에 데려다주고 곧바로 돌아온 날 밤, 그녀는 책상 앞에 앉아서 노트와 펜을 꺼냈다. 그런 식으로 무언가를 써야 한다고 느낀 건 그날이 처음이었다. 하지만 그녀 자신이 겪은 일이 아니었으므로 그녀는 뭐가 진짜로 일어난 일이고 뭐가 아닌지, 그녀가 숨겨둬야 하는 단 한 가지 사실이 뭔지 몰랐다. 그래도 그녀는 썼다.

'……그곳에 머무는 동안 할머니는 언제나 나를 달고 다녔다. 심지어 간호 아주머니가 증조할머니의 몸을 씻길 때조차도 그랬다. 나는 할머니와 나란히 나무의자에 앉아서 병든 사람이 씻겨지고 닦여지고 말려지고 옷이 입혀지는 모습을 꼼짝없이 바라봐야만 했다. 그때마다 뾰족한 꼬챙이가 가슴 정중앙을 찌르는 것 같은 통증을 느꼈지만 그걸 할머니에게 말한 적은 없었다. 그 모든 과정에는 설명할 수 없는 우아함과 기품이 배어 있었고, 나는 그런 분위기를 망쳐서는 안 된다는 일종의 책임감을 느끼고 있었다. 게다가 통증은 믿을 수 없을 정도로 빨리 사그라들었다. 나중에 시간이 많이 흘렀을 때, 나는 할머니와 아주머니도 그런 통증을 느끼고 있었으리라고, 그랬기 때문에 그 행위에 우아함과 기품이 깃들 수 있었으리라는 사실을 깨달았다……'

거기까지 썼을 때 그녀는 자기 자신이 바보 천치가 된 것 같았다. 세상에, 대체 왜 이런 걸 쓰고 있는 거야? 그녀는 종이를 구겨서 쓰레기통에 버렸다. 그리고 몇 시간 후에 다시 꺼내서 갈기갈기 찢어버렸다. 그녀는 만약에 그 소설가를 다시 만나게 된다면 뺨을 갈겨버리겠다고 생각했다.

할머니, 라고 불린 노파는 마치 방금 깨어난 듯한 표정을 지었고, 곧이어 얼굴 위로 순식간에 온갖 감정들이 몰려들어오는 것처럼 보였다. 과부하, 그녀는 그 단어를 떠올렸다. 노파는 약간 머뭇거렸고, 그녀는 그것 때문에―왜인지는 모르겠지만―마음이 불편해져서 노파를 바라보는 걸 그만두었다. 어색한 침묵이 객실 안을 감돌았다. 드디어, 노파의 얼굴에서 감정들이 사라졌다. 노파는 마치 오 분 전까지 나누던 대화를 이어간다는 듯이 이야기를 시작했다. 약간 쌀쌀맞은 말투는 십몇 년 전 호텔 카페에서 마주 앉았을 때와 마찬가지였지만 미묘하게 다른 느낌이 났다. 당연히 그랬을 것이다. 당연히 다른 느낌이 났을 것이다.

"얘, 그러니까 그 여자는 말이다. 머리부터 발끝까지 온통 하얀색이야. 정말 눈이 아플 지경이라서 그 여자만 보면 난 짜증이 난다."

그 말을 하면서 노파는 손으로 자신의 짧은 머리칼을 한 번 쓰다듬었다. 약간 쑥스럽다는 듯, 소년 같은 태도로. 그렇지만 그런 태도도 순식간에 사라져버렸다. 노파는 그녀와 눈이 마주쳤지만 신경도 쓰지 않았다. 그녀의 딸은 자신의 엄마를 어떤 식으로 소개해야 할지, 아니면 소개하지 말아야 할지 판단할 수가 없었다.

그들은 그런 것들에 대해 의논조차 하지 않았던 것이다. 어떻게 그럴 수가 있었을까? 결국 딸은 엄마를 무시하고 제 할머니에게 집중하기로 했다. 마치 오 분 전까지 하던 대화를 이어받는다는 듯한 말투로 천연덕스럽게.

"다른 색이었으면 좋겠어요, 할머니?"

"글쎄다. 나는 다른 사람이 어떻게 옷을 입는지에 대해서까지 고심할 시간이 없어. 하지만 그 여자가 불쌍하긴 해."

"불쌍해요?"

여기까지 말한 그애가 갑자기 이렇게 질문했다.

"할머니, 4 곱하기 4는?"

"16."

느닷없이 끼어든다는 느낌, 기습적이라는 느낌은 전혀 없었다.

"왜 불쌍해 보이는데요?"

"아니 도통 자기한테 있었던 일을 기억을 못해. 내가 한번은 충고를 좀 해줬단다. 그런 식으로 옷을 입지 말라고 말이다. 하지만 그러면 뭐하겠니. 아마도 내 말을 기억 못하는 것 같아."

"하긴 그렇겠네요. 2 곱하기 8은?"

"16. 그 여자는 정말이지 아무것도 기억을 못해. 치매에 걸리면 아무것도 기억을 못한단다. 그래서 불쌍히 여기고 싶지만 그 옷차림만 보면 정말이지 짜증이 나."

노파와 딸은 그런 식으로 대화를 나누었다. 그들이 숫자를 발음하는 게, 그런 식으로 구구단 문제를 내고 답을 말하는 게 무척 자연스러워 보였다. 마치 노래를 하는 것처럼. 숫자를 말하는 노파는 절박하다거나 천진난만해 보이지도, 혹은 유머러스해 보이지도 않았다. 그녀는 노파가 한 번도 바깥세상에다 대고 자신이 여기에 있다고, 여전히 이 세계에 속해 있다고 항변할 필요가 없었으리라고, 그러므로 이 세계에 대해 얼마간은 경멸감이나 업신여기는 마음을 품고 살아왔으리라고 생각했다. 세상엔 그래도 되는 사람들이 있다고. 그녀는 문득 노파가 호텔 카페에서 했던 다른 말을 떠올렸다. "만약 당신이 다른 남자의 자식을 낳는다면 우리의 거래는 끝나는 거예요." 갑자기 떠올렸다는 건 명백한 거짓이었다. 그녀는 언제나 그 말을 마음속에 간직하고 있었다.

"게다가 아들도 기억 못해."

노파는 못마땅하다는 듯이 다시 한번 더 말했다.

"아이구, 맙소사, 자기 자식도 기억 못한다."

"누가요? 4 곱하기 5는?"

"20. 아니 그 여자, 아들이 셋인데 아무도 알아보지 못한다. 아무도 알아보지 못한다면 아들이 셋이나 있는 게 무슨 소용이냐. 차라리 없는 게 낫지. 나는 내 아들을 한 번도 잊어버린 적이 없다."

"맞아요. 할머니, 나 누군지 알아요?"

딸이 질문하자 노파가 어처구니가 없다는 표정을 지었다.

"애, 그러지 마라, 나를 시험하지 마라."

"흠, 죄송해요. 5 곱하기 7은?"

"35. 쇼핑을 좀 하고 싶구나."

"네, 오늘은 말고요, 간호사 선생님에게 한번 여쭤볼게요. 다음 번에 갈 수 있을 거예요. 3 곱하기 2는?"

"8."

그녀는 딸이 숫자를 바로잡지 않기를 바랐다. 모르는 척하고 그 냥 넘어가주기를. 하지만 딸은 답을 바로잡아줄 필요가 없었다. 왜냐하면 노파 자신이 잘못된 숫자를 내뱉었다는 걸 깨달았기 때 문에. 그녀는 노파가 허물어질까봐 걱정이 되었다. 물론 한편으 로는 그 모습을 보고 싶기도 했다는 건 말할 필요도 없으리라. 사 실은 그런 마음이 더 컸다. 그녀 스스로도 눈치채지 못한 사이에 은밀하고 음흉한 욕구가 마음속에서 파도치고 있었다. 노파는 무 엇이 맞는 숫자인지 도저히 알 수가 없어서 어금니를 꽉 깨물었 고―노파의 치아는 나이에 비해 여전히 튼튼했다―가벼운 분노 가 노파의 육체를 통과했다. 수치심은 아니었다. 그건 분명히 아 니었다. "그 여자는 맨날 하얀색 옷만 입어." 낮은 목소리로 그렇 게 읊조리던 노파가 퉁명스럽지만 호전적인 말투로 갑자기 그녀 에게 말을 걸었다. 순전히 자신이 분노했다는, 이 세상에 대한 어 떤 감정을 드러내고야 말았다는, 나 여기에 있어요! 라고 소리를 지른 것과 마찬가지인 행동을 했다는 사실을 숨기고 싶어서.

"내가 뭘 잃어버린 게 있어요?"

딸이 그녀 쪽으로 시선을 옮겼다.

"6이에요."

그녀는 노파의 얼굴을 똑바로 바라보며 대답했다. 딸은 고개를 흔들었다.

노파는 손으로 나무 테이블을 한 번 쓰다듬었다. 그리고 달갑지 않다는 듯이 말했다.

"정말 멍청한 여자네. 내가 잃어버린 건 그게 아닌데."

그녀는 노파가 잃어버린 건 도망칠 기회라고 생각했다. 그녀의 치매 걸린 할아버지는 인적사항이 적힌 팔찌와 목걸이를 벗어던지고는 시도 때도 없이 집에서 도망치곤 했다. 할아버지가 처음으로 집을 나갔을 때 경찰서에서 온 전화를 그녀가 받았었다. 부모님은 밖으로 나가 이리저리 수소문을 하는 중이었다. 수화기 너머에서 할아버지를 데리러 오라는 소리를 들었을 때, 그녀는 할아버지의 시체를 찾으러 오라는 말인 줄 알았다. 그녀는 이렇게 질문했다. 멍청하게도. "아, 할아버지가 돌아가신 건가요?"

하지만 여기에 사는 노인들이 할아버지처럼 자신의 방에서 도망친다 한들, 분명 저 어마어마하게 넓고 징그러운 나무숲에서 길을 잃을 것이다. 어쩌면 그들의 몸—아, 몸은 아닐 것이다. 절대 아닐 것이다. 그럼에도 그녀는 이런 식으로 생각하고 싶은 충동을 어쩔 수가 없었다—어딘가에 그런 게 부착되어 있을지도 몰랐다. 위치 추적 장치. 요양원의 관리자들은 인공위성의 도움을 받아 도망친 노인들이 어디에 있는지 대번에 알게 될 것이다. 모니터 안의 빨간 점을 보면서. 아, 그래, 깜빡깜빡거리는 빨간 점을 보면서.

　그녀도 도망치고 싶었던 적이 있었다. 그러니까 떠나고 싶었던 적이 있었다. 누구로부터? 그해에, 딸이 열 살이 되던 그해에 그녀는 앞으로 딸을 할머니네 집으로 보내지 않겠다고 선언했다. 더이상 돈은 필요 없다고, 뭐가 됐든 딸과 자신이 독립적으로 살아보겠다고 했다. 그녀에게는 믿는 구석이 있었다. 다른 무엇보다 돈, 그동안 모아둔(그녀는 매달 딸의 할머니가 보내오는 돈의 일부분을 저금했다) 돈이 있었다. 그녀는 그해 자신이 취직한 사립고등학교 행정실도 잊지 않았다. 처음에 자신만만해했던 것에 비하면 월급은 턱도 없이 적고 온갖 자질구레한 일을 도맡아야 하긴 했다. 자기 또래의 학교 선생들―특히 여자 선생들―을 보면 가끔 가슴 한구석이 찢어지는 것 같았다. 그녀의 삶에서 이미 사망 선고를 받은 어떤 것이 아주 잠시 동안 살아났다가 다시 죽임을 당하는 듯한 기분이었다. 그녀는 사람들에게 이혼했다고 하지 않고 남편이 죽었다고 말하고 다녔다. "제대로 된 결혼식도 올리지 못했어요." 그런 말을 덧붙일 때도 있었는데 그러고 나면 곧바로 후회가 되었다.

　그녀는 중고차도 한 대 샀다. 차에 대해서는 지식이 전혀 없어서 과학 선생의 도움을 받았다. 긴 팔을 느적느적 휘저으며 걷는 남자였다. 그는 열성적으로 그녀를 도와줬다. 그녀는 그를 전적으로 믿었고 그가 골라준 차를 구입하기로 마음먹었다. 사실 그녀는 그가 원하는 것이라면 무엇이든 하려고 이미 마음먹었었다…… 계획했던 것보다 훨씬 더 많은 돈을 썼지만 차는 그리 괜찮지 않았다. 솔직히 말하자면 엉망이었다. 과속방지턱을 넘어가거나 오르막길을 올라갈 때 차의 하부가 땅에 긁히는 소리가 났다. 학교 밖에서 과학 선생을 만난 날 그녀는 그것에 대해 이야기했다. "그건 당신이 운전에 서툴러서 그래요." 그녀는 창피했고 동시에 그에 대한 흥미를 완전히 잃어버렸다.

어느 주말에는 딸을 태우고 드라이브를 하는데 딸이 말했다. "할머니네 차는 이렇지 않았어요." 그 시기에, 그러니까 원래라면 할머니네 집에 있어야 하는 그해 여름 동안 그애는 그런 말을 입에 달고 살았다. 그녀가 간식으로 감자를 삶아 으깨줬을 때는 이렇게 말했다. "할머니네 집에서는 감자를 이런 식으로 먹지 않았어요"(대체 돈 많은 집에서는 감자를 어떤 식으로 먹길래? 그녀는 질문을 던지고 싶은 마음을 가까스로 억제했다). 그애를 데리고 실내 수영장에 갔을 때는 이렇게 말했다. "할머니네 집에서는 여름마다 진짜 바다에 갔는데." 도시락을 싸서 시내에 있는 공원에 갔을 때는 미지근해진 음료수를 마시면서 이렇게 말했다. "할머니네는 이동식 냉장고—아이스박스를 말하는 것이었다—가 있어서 밖에서도 차가운 음료수를 마실 수 있었어요." 그애가 할머니를 운운할 때마다 그녀는 짜증이 났지만 이동식 냉장고에 대해 말할 때에는 약간 절망적인 기분을 느꼈다. 자신이 조금만 더 세심하게 굴었다면 아이스박스 정도는 준비할 수 있었으리라는 생각 때문에. 어떤 날은 그런 사소한 생각이 하루종일 그녀의 가슴을 옥죄었다.

"애들은 정말 성가셔요. 쓸데없이 죄책감을 불러일으키잖아요. 가끔씩은 버리고 싶은 기분이 들죠?"

이렇게 말한 사람은 그녀와 행정실에서 같이 근무하던 여자였다. 아무런 악의도 느껴지지 않았고, 그렇다고 농담을 하는 듯한 뉘앙스도 아니었다. 그녀는 너무 깜짝 놀라서 그 여자에게 그런 이야기—자신의 딸을 비난하는 것—를 털어놓은 걸 후회했다(동시에 그녀는 생각했다. 내가 실제로 느끼는 감정의 절반도 털어놓지 않았는데?). 그 여자의 이름은 공주연—공주연은 어렸을 적 별명이 공주였다고 했다—이었다. 또래였고, 그녀보다는 조금 더 책임이 주어지는 일을 했다. 공주연 역시 계약직으로 들어왔지만 매년 계약을 갱신해서 일한 지 육 년째였다. "언제 그만두게 될지 모르는 처지긴 하죠." 그해 여름에 그녀를 모임에 데리고 간 게 바로 공주연이었다. 처음에 그녀는 공주연이 임신중이라고 생각했다. 배가 약간 나와 있기도 했지만 전체적으로 부어 있는 인상을 주었다. 그녀는 공주연이 임신중독증에 걸렸을 수도 있다고 생각해서(사실 그녀는 임신중독증에 대해 무지했다. 그저 팔다리가 퉁통 부은 여자들을 떠올리는 정도였다) 하마터면 병원에 가보라는 말을 할 뻔했다. 하지만 아니었다. 공주연은 임신은커녕 결혼도 하지 않았다. 공주연은 영원히 결혼할 생각이 없다고 말했다.

"나는 어리석은 여자들만 결혼을 한다고 생각했는데, 당신을 보니까 그런 것도 아니네요."

그 말을 들었을 때 그녀는 약간 으쓱해졌다.

나중에 공주연이 말하길, 자기는 어렸을 때에는 아주 말랐었는데 이십대 중반부터 급격하게 살이 쪘다는 것이었다. 병은 아니라고 했다. "그저 갑자기 찐 것뿐이에요. 특별히 아픈 곳은 없어요." 공주연은 팔목을 내보이며 만져보라고 했다. 점심시간이었고 다른 사람들은 모두 식사를 하러 나가서 행정실 안에는 그녀와 공주연만 남아 있었다. 그녀가 엄지손가락과 집게손가락으로 공주연의 팔목을 감싸자 두 손가락의 끝이 포개졌다. 몸에 비해서 팔목이 무척 가늘었다. "뼈는 가늘거든요." 그녀는 그때 처음으로 공주연의 얼굴을 자세히 바라보게 되었는데, 이목구비가 아주 예뻤다. 그녀는 공주연이 그렇게 예쁜 이목구비를 가졌다는 걸 사람들은 절대 알아채지 못할 거라고 생각했다. 공주연 자신조차도 모를 거라고. 하지만 그것 역시 아니었다. 다른 사람들은 몰라도 공주연은 잘 알고 있었다. 자신의 이목구비가 얼마나 예쁜지. 그 모임에 세번째인가 네번째로 갔을 때, 어떤 여자가 공주연을 눈으로 가리키며 그녀에게 물어본 적이 있었다.

"저이랑 얼마나 친해요? 저이 블로그에 들어가본 적 있어요?"

그녀는 고개를 흔들었다. 공주연이 블로그를 하는지도 몰랐다. 그날 밤 집에 돌아와 공주연의 블로그에 들어간 그녀는 깜짝 놀랐다. 눈, 눈만 찍은 사진이 너무 많았다. 공주연은 어떤 사진 아래에 이런 말도 적어놓았다. 미용실에 갔다가 미용사에게 미모로 유명세를 떨치고 있는 여자 배우를 닮았다고 들었는데 그런 말을 신물나게 들어서 지겹다고. 심지어 그 배우를 좋아하지도 않아서 약간 불쾌한 기분마저 들었다고. 그 배우를 싫어하는 이유는 연기를 너무 못하기 때문이라고. 마지막 문장은 이것이었다. '배우는 어쨌든 연기를 잘해야지, 외모 같은 건 그다지 중요하지 않아.' 모임에 나오는 여자들은 거의 다 그 블로그를 알고 있었지만, 누구도 대놓고 말하지는 않았다. 그건 아마도 모임을 처음으로 만들고 실질적으로 운영하는 사람이 바로 공주연이기 때문이었으리라. 모임 날짜와 장소를 정하고 사람들에게 연락하는 등의 자질구레한 일들을 모두 공주연이 했다. 그리고 그런 자질구레한 일이 공주연에게 권위를 부여했다. 모임에 가는 날이면 공주연과 그녀는 퇴근 시간이 지났는데도 행정실에 남아 있었다. 공주연은 제시간에 도착하는 걸 좋아하지 않았다. 사람들이 다 모일 때가 되면 그때서야 공주연은 그녀의 차를 얻어 타고 모임 장소로 출발했다. 그리고 모임이 끝나면 다시 그녀의 차를 얻어 타고 집 앞까지 갔다.

거기에 오는 아기 엄마들은 그 모임을 '탈엄'이라고 불렀다. 그녀가 물었다.

"탈엄이 뭐예요?"

그중 한 여자가 웃으면서 대답했다.

"우리는 일탈중인 엄마들이랍니다!"

그 모임에 가기 시작한 후로 그녀는 어째서 공주연이 그런 식으로 말했는지―"애들은 정말 성가셔요. 쓸데없이 죄책감을 불러일으키잖아요. 가끔씩은 버리고 싶은 기분이 들죠?"―알 수 있었다. '탈엄'들 때문이었다. 그녀들은 언제나 아기가 성가시다고 말했다. 마치 아기를 사랑하고 아기에게 헌신하는 것이 창피한 일이라도 된다는 듯이. 하지만 그녀들의 그 말에는 체념과 함께 만족감, 그리고 어쩔 수 없이, 이상한 방식의 우월감 같은 게 묻어 있었다. 아기가 없는 공주연이 똑같은 문장을 입에 올리면 좀 이상한 뉘앙스가 되어버렸다.

하지만 공주연이 던지는 대부분의 말은 사람들에게 효과적으로 다가갔다. 행정실에서는 아니었고, 그 모임에서만 그랬다. 공주연은 행정실에서는 조용하고 소심해 보였지만 모임에만 가면 완전히 달라졌다. 이를테면 모임의 분위기가 험악해질 때가 있었다. 전업주부라든지, 바람을 피운 남편이라든지, 모유 수유에 대한 이야기 같은 게 나올 때. 설익은 보호 본능(하지만 그 여자들이 누구를, 누구로부터 보호한단 말인가?)과 은밀한 피해 의식 사이에서 여자들은 우왕좌왕했고 결국은 미묘한 적개심이 그녀들을 둘러싼 공기를 팽팽하게 만들었다. 공주연은 그런 분위기를 순식간에 풀어버렸다. 대개 농담을 던졌는데 농담의 스펙트럼이 넓고 대범했다. "내가 자기네 집에 가서 남편을 교육시켜줄게. 아, 그러니까 집안일을 어떻게 하는 건지 말이야"라는 식으로 사람들을 웃게 만든다든가, "아, 나는 바람을 피우는 남편이라도 있었으면 좋겠어요"라고 자기 비하를 한다든가, 그것도 아니면 음담패설을 늘어놓았다("아, 나도 내 우유를 누군가에게 주고 싶네?"). 공주연의 농담은 실패하는 법이 없었다. 그녀는 만약 자신이 똑같은 농담을 던졌다면 사람들에게 미움을 받게 되었을 거라고 생각했다.

언젠가 그녀는 공주연에게 이런 말을 들었다. 모임이 끝나고 공주연을 집으로 데려다주는 길이었다.

"자기하고 나하고 공통점이 뭔지 알아요?"

공주연이 차창을 열자 바람—완전한 가을바람—이 차 안으로 들어와서 그녀의 머리를 헝클어뜨렸다. 그녀는 머리카락을 귀 뒤로 넘기면서 대답했다.

"거지같은 과장에게 매일 잔소리를 듣는 거?"

과장을 떠올리자 그녀는 자기도 모르게 으, 하는 소리를 냈다. 공주연이 웃으며 대답했다.

"음, 그것도 맞는 말이네요. 근데 아니에요."

"그럼 뭔데요?"

"우리 둘 다 웨딩드레스를 못 입어본 거."

그녀는 아무 말도 하지 않았다. 공주연이 또다시 질문을 했다.

"우리 둘의 차이점은 뭔지 알아요?"

그녀는 이번에는 그냥 고개를 저었다.

"당신은 사랑에 금방 빠지지만 난 그렇지 않다는 거."

그 말을 할 때 그들이 탄 차가 과속방지턱을 지나갔다. 공주연을 태우고 과속방지턱을 넘어갈 때면 차체의 하부가 평소보다도 더 세게 땅에 긁히는 것 같았다. 공주연은 그럴 때마다 이렇게 말했다.

"아, 내가 너무 무거워서 이러는 거예요?"

그날도 공주연은 그렇게 말했고, 그녀는 언제나처럼 그냥 웃었다. 원래 차에 문제가 있다는 말은 절대로 하지 않았다.

그녀는 그런 감정들―그 당시 여자들 사이의 공기를 팽팽하게 만들었던 주제들이 불러일으켰던 감정들―이 대부분 돈에서 비롯됐다고 생각했다. 경제적인 것이 정치적인 것이다. 그녀는 그 말을―딸이 열 살이었던―그해 여름이 끝날 무렵 티브이에서 들었다. 그 말을 한 건 어떤 경제학자였다. 그 시기 그녀는 돈 때문에 약간 골치가 아팠다. 아니, 사실은 무척 골치가 아팠다. 모든 것이 그녀의 예상보다 더 많은 비용을 필요로 했다. 차를 모는 것에 따르는 비용과 딸을 맡기는 비용은 그전에는 생각지도 못한 것들이었다. 사소하지만 모임에 따르는 비용도 있었다. 딸의 할머니에게 지원을 받지 않은 지 겨우 반년이 좀 넘었을 뿐인데, 모든 게 그녀의 예상과 아주 달랐다. 티브이에 나온 경제학자는 젊은 남자였다. 그녀는 그의 말이 무슨 의미인지도 모르면서 그에게 완전히 빠져버렸다. 저이가 쓴 책을 모조리 읽어봐야겠어, 그녀는 생각했다. 하지만 모조리, 라는 말은 가당치도 않았다. 그가 혼자 온전하게 써낸 책은 딱 한 권에 불과했다. '경제 속을 헤엄치다'라는 다소 유치하고 실망스러운 제목의 책이었다. 그래도 그녀는 학교에도 가지고 가서 틈이 날 때마다 읽었다. 공주연이 그게 무슨 책이냐고 물었을 때 그녀는 솔직히 대답했다.

"나도 잘 몰라요. 이 사진 좀 봐요. 굉장히 멋있지 않아요?"

딱 한 번이었다. 그런데도 공주연은 그 말을 잊어버리지 않았던 것이다. 그러고 싶지 않았지만, 이상하게 그후로도 그녀는 실제로는 절대 만날 수 없는 남자들을 사랑했다. 그리고 때때로는 피임법을 떠올렸다. 왜 그런지 몰랐다. 그녀는 그저 그런 생각에 속수무책으로 빠져들었다. 이 세상에 존재하는 모든 피임법들에 대한 생각에. 체외 사정이나 콘돔, 루프, 경구피임약, 정관수술…… 심시이는 딸이 옆에 있을 때도 생각을 멈출 수가 없었다. 물론 그런 시절은 이제 지나갔고 그녀는 더이상 그런 생각―피임법이라든지, 알지도 못하는 남자를 사랑한다든지 등등―을 하지 않는다. 그녀가 사랑했던 수많은 남자들은 이제 그녀의 머릿속에서 사라졌다. 하지만 그 말만은 여전히 그녀의 마음속에 남아 있었다. 경제적인 것이 정치적인 것이다. 이제 그녀는 자신이 그 문장의 의미를 안다고 느꼈다. 그럴 만큼 인생을 알게 되었다고. 이를테면 그 노파가 죽게 된다면 자신은 앞으로 딸에게 돈을 받아야 할지도 모른다는 사실을 그녀는 잘 알고 있었다. 누군가—그녀는 그 누군가에는 딸도 포함되리라고 생각했다—그 문장의 의미를 묻는다면 그녀는 허세를 부리는 것처럼 보이지 않기를 간절하게 바라며 이렇게 대답할 것이다. "그 말의 의미를 모른다니, 당신은 정말로 운이 좋은 삶을 살았군요."

그해 가을이 끝나갈 무렵의 어느 토요일, 그녀는 소파에 누운 채로 인형을 가지고 노는 딸의 뒷모습을 바라보고 있었다. 그즈음에 그녀는 언제나 피곤했다. 모임에 나가는 건 절대 빠지지 않았지만 쉬는 날에는 대개 침대나 소파 위에 누워 있었다. 주말에도 딸은 주중에 그애를 돌봐주는 아주머니네 집에 가서 하루종일 놀고 올 때가 많았다. 그녀는 문득 이상한 생각이 들었다. 왜 오늘은 아주머니네 집에 가지 않은 거지? 그애에게는 할머니에게 선물받은 인형이 아주 많았다. 심지어 남자 인형도 있었다. 금발의 길이와 몸의 생김새는 달랐지만 이목구비는 여자나 남자나 차이가 없었다. 파란 눈, 오똑한 코, 비정상적으로 긴 속눈썹, 약간 올라간 입꼬리, 기다란 팔과 다리.

"엄마, 사랑하는 사람들은 서로를 안아주죠?"

딸이 그녀의 얼굴을 보지 않고 물었다. 그녀는 갑자기 딸을 향한 이루 말할 수 없는 애정을 느꼈고, 그것 때문에 마음이 아플 지경이었다.

"응, 사랑하는 사람들은 서로를 안아주지. 이리 와봐. 엄마가 안아줄게."

"엄마가 나한테 와서 안아주면 안 돼요?"

그녀는 딸이 뭘 하고 있는지 쳐다보았다. 그애는 남자 인형과 여자 인형의 팔을 서로 얽히게 하려고 애쓰고 있었다. 딸이 나이가 들면 저 인형들로 추잡한 상황을 연출할 수도 있을 거라는 생각이 들었다. 터무니없는 생각이라는 걸 알면서도 약간 역겨운 기분이 들었다. 하지만 그런 생각은 금방, 아주 금방 머릿속에서 사라졌다. 그녀가 말했다.

"그거 그만하고 이리 와. 엄마가 안아줄게."

그애는 아무런 대답이 없었다. 인형들을 포옹시키는 데에 완전히 열중한 것 같았다.

"지금 당장 오지 않으면 앞으로 너를 절대 안아주지 않을 거야."

그제야 그애는 인형을 내려놓고 마지못해 한다는 듯 그녀에게 다가왔다. 그녀가 누운 채로 팔을 벌리자 그애는 잠깐 동안 그녀의 품에 파고들었다. 사랑하는 사람들은 서로를 안아준다…… 그녀는 그때 무슨 생각을 하고 있었을까? 그녀는 공주연을 생각하고 있었다. 그러니까 공주연의 그 말―"애들은 정말 성가셔요. 쓸데없이 죄책감을 불러일으키잖아요. 가끔씩은 버리고 싶은 기분이 들죠?"—을. 처음 그 말을 떠올렸을 때는 너무 불경스럽게 여겨져서 몸이 떨릴 지경이었지만, 어느새 그 말의 일부분은 언제나 그녀 안에 속해 있는 것 같았다. 그녀의 피와 살과 뼈 속에. 마치 공주연이 초능력을 써서 그녀의 몸에 심어놓기라도 한 것처럼.

그래, 그녀는 딸을 떠나고 싶었다. 그 당시 그녀는 절대로 '딸을 버린다'는 표현은 떠올리지 못했다. 그건 자기기만이나 허영심, 혹은 죄책감과는 상관없는 문제였다. 아, 물론 어느 정도는 영향을 끼쳤을 것이다. 다만 그녀는 자신이 누군가를 버릴 수 있으리라고는, 그런 권위를 가지고 있으리라고는 생각하지 못했다. 그녀는 딸이 이런 식으로 자신을 비난하는 장면을 상상하곤 했다. "어떻게 그런 생각을 할 수가 있어요? 저는 겨우 열 살이라고요." 순전히 머릿속에서만 일어나는 일이었지만, 그런 상상을 하면 그녀는 약간 어리둥절해지곤 했다. 그애가 나를 비난할 이유가 무엇이란 말인가? 내가 그애를 떠나고—그녀는 그 어떤 상황에서도 '떠난다'는 표현을 포기할 생각이 없었다—싶다고 생각한 것? 아니면 내가 아무런 권위도 가지고 있지 못하다고 생각한 것?

그날, 그해의 첫번째 눈이 내렸다. 하루종일, 말 그대로 하루종일 눈이 내렸다. 그녀는 행정실에서 일을 하는 내내 창밖의 눈을 보면서 딸을 떠올렸다. 초록색 코트를 입고 눈이 쌓인 운동장에서 눈을 맞으며 눈싸움을 하는 모습을. 그래, 초록색 코트. 아침에 딸이 입고 간 초록색 코트의 두번째 단추가 달랑거렸는데 그녀는 그게 계속 마음에 걸렸다. 딸이 수업을 마치고 아주머니네 집에 도착할 시간이 되었을 때 그녀는 그 집에 전화를 걸어서 딸과 통화를 했다.

"오늘은 아줌마네 집에서 자야 해, 괜찮지?"

그녀는 아주머니에게 그날 밤 딸을 재워달라고 부탁을 해놨었다.

"응, 괜찮아요. 잠옷도 다 챙겨왔어요."

그녀는 딸에게 눈싸움을 했느냐고, 발과 머리카락이 젖지는 않았느냐고, 놀다가 코트 단추가 떨어지지는 않았느냐고, 그런 걸 끝도 없이 물었다.

"눈덩이를 맞았어? 얼굴이 차가워졌어? 지금 코를 만져봐. 코가 차갑니?"

"엄마, 이제 전화 끊어도 돼요? 나 배고파요."

"아, 그래야지, 물론 그래야지."

퇴근 후에 그녀는 모임이 열리는 집으로 가기 위해 공주연과 차에 올랐다. 그날의 모임 장소는 학교에서 조금 먼 곳에 있었다. 공주연은 국도를 타면 빨리 갈 수 있으리라고 하면서 히터 스위치에 손가락을 올리고 말했다.

"오늘은 운이 좋을까요, 나쁠까요? 맞혀봐요."

그녀의 차는 문제가 너무 많았다. 모든 게 운에 달려 있었다. 하다못해 히터가 켜지느냐, 그렇지 않으냐도 운에 달려 있었다.

"오늘은 운이 좋을 것 같아요."

그녀가 대답했다. 정말 그랬다. 스위치를 누르자 곧바로 히터에서 뜨거운 바람이 나왔다. 공주연은 꿈에도 몰랐겠지만 차 트렁크 안에는 그녀가 아침에 넣어둔 옷가지와 속옷―며칠 동안 입을 수 있을 만한―그리고 만약을 대비해서 챙겨넣은 담요와 상비약 등이 있었다. 눈이 너무 많이 와서 운전이 힘들까봐 걱정했지만 괜찮았다. 출발하고 얼마 지나지 않아서 갑자기 눈이 그쳤고, 기온이 올라갔는지 빠른 속도로 눈이 녹기 시작했기 때문이었다.

"임신을 했거든요"라는 대답을 한 게 바로 그날이었다. 그녀의 대답에 그 여자―그날 처음 본―는 도전적인 어투로, 마치 따지듯이 물었다. "임신을 해도 대학에 다닐 수 있잖아요?" 그녀의 맞은편에 앉아서 대화를 듣고 있던 또다른 여자가 미소를 지었다. 그녀는 자신에게 도발적으로 질문을 한 그 여자가 누군지, 결혼은 했는지, 아이는 있는지 그런 건 몰랐다.

여자는 피아노 학원을 운영한다고 했다. 마침 그 집에 낡은 피아노 한 대가 있었고, 사람들이 여자에게 피아노를 쳐보라고 권유했다. 여자는 별로 빼는 기색도 없이 피아노 앞에 앉았다. 순식간에 주위가 조용해졌고, 여자가 건반을 누르는 소리만 집안에 울려퍼졌다. 리스트의 〈사랑의 꿈〉이었다. 누군가 말했다.

"시끄럽다고 다른 집에서 항의를 할지도 몰라요."

그러자 공주연이 대답했다.

"그럼 항의가 올 때까지 실컷 연주해보죠."

다른 여자들이 와하하 하고 웃었다. 그녀는 얼룩이 진 거실 벽에 붙어서서 피아노 연주를 좀더 듣다가 외투를 챙겨 입고 집밖으로 나왔다. 닫힌 문 밖으로 피아노 소리가 새어나왔다. 그 집은 육층짜리 빌라의 가장 높은 층이었는데 엘리베이터가 없었다. 그녀가 천천히 계단을 걸어내려오는 동안 피아노 소리가 점점 멀어졌다. 그녀는 꿈을 꾸고 있는 기분이 들었다. 차를 세워놓은 곳까지 가려면 언덕길을 조금 걸어올라가야 했다. 녹다 만 눈이 그녀의 하얀색 운동화를 더럽혔다. 그녀 앞으로 남자아이와 아이의 할머니로 보이는 늙은 여자가 나란히 걸어가고 있었다. 늙은 여자는 제대로 걷지 못하고 다리를 질질 끌었다. 남자아이는 늙은 여자를 부축해주지 않았다. 그녀는 그들을 앞질러 가는 게 어쩐지 불편해져서 걸음을 늦추었다. 늙은 여자가 남자아이에게 먼저 가라고, 자신은 뒤따라가겠다고 했다. 남자아이가 틱틱거리는 말투로 대답했다.

"그냥 같이 가."

"먼저 가래도. 날씨가 추워. 나는 엄청 오래 걸리니까 먼저 가."

그들은 그런 식으로 실랑이를 벌였고, 잠시 후 남자아이가 적개심에 가득찬 말투로 삑 소리를 질렀다.

"아, 시발 그냥 같이 가자고, 시발 그냥 내 말대로 하라고, 시발 진짜 사람 미치게 하네!"

남자아이의 목소리가 언덕길을 가득 메웠다. 그녀는 그들의 얼굴을 보고 싶지 않아서 고개를 푹 숙이고 빠른 걸음으로 그들을 지나쳐 주차장으로 갔다.

기온이 올라갔다 해도 겨울은 겨울이었다. 차 안의 공기가 차가웠고 시트도 언 것처럼 딱딱했다. 그녀는 시동을 걸고 기다렸다가 삼 분쯤 후에 히터 스위치를 꾹 눌렀다. 다행이었다. 그녀에게는 행운이 남아 있었다. 이제 어디로 가야 할까? 물론 계획이 있었다. 그녀는 남쪽으로 차를 몰 생각이었다. 그애의 할머니가 살고 있는 도시보다 조금 더 남쪽으로. 그저 그런 생각뿐이었다. 십일 년 전 그때, 그녀가 세운 계획은 그 정도였다. 어떻게 겨우 그 정도의 마음으로 도망칠 수 있다고 생각한 거지? 그날을 생각하면 그녀는 너무 기가 찼다.

하지만 적어도 그때, 그 집에서 빠져나와 고물차 안에 머무를 때, 후덥지근하고 쾌적하지 못한 공기 속에 머무를 때, 그녀는 깊은 안도감을 느꼈다. 이미 모든 일을 끝낸 것 같은, 어디론가 멀리 떠나온 것만 같은 기분이 들었다. 누군가 차창 문을 두드리기 전까지는, 그랬다.

바깥에는 공주연이 서 있었다. 그녀가 어떻게 할 사이도 없이 공주연은 익숙한 몸짓으로 조수석의 문을 열고 안으로 들어왔다.

"아니, 왜 말도 안 하고 가요? 나랑 같이 가야죠."

갑자기 차 안의 공기가 달라져버렸다. 공주연이 차 안으로 들어오자 그녀는 자신이 지금 저지르려는 짓이 어떤 종류의 일인지 완전히 깨닫고 말았다. 실감, 아, 이럴 때 실감이라는 단어를 사용하는 거구나. 누구에게도 용서받지 못할 일, 아이를 버리는 엄마, 도저히 구제받을 길이 없는 죄. 그녀는 자신이 왜 딸을 떠나려고 하는 건지 알 수가 없어서 어리둥절해지는 기분마저 느꼈다. 대체 왜? 심장이 쿵쿵 소리를 내면서 뛰었지만 그녀는 최대한 천연덕스러운 말투로 꾸미려고 노력했다.

"아, 너무 재밌게들 놀고 있길래요."

"으, 재밌긴요. 그 여자, 피아노 좀 친다고 얼마나 우쭐거리던지."

그녀가 차를 출발시켰다. 일단은 공주연을 집으로 데려다줘야 했다. 나중에 공주연은 사람들에게 말할 것이다. 그날 마지막으로 그 여자를 봤다니까요. 그 여자, 딸을 버릴 사람으로는 보이지 않았는데. 그러면 다른 여자는 이렇게 받을 것이다. 그러게 말이에요. 짐승 같아. 그러면 또다른 여자는 이렇게 말하겠지. 짐승도 지새끼 소중한 줄은 알죠. 그녀는 그런 식으로 사람들 입에 오르내리는 건 전혀 두렵지 않았다. 그런데도 핸들을 잡은 손이 떨렸다. 손이 떨리는 걸 들키지 않으려고 애를 써야 했다. 그렇게 애를 써야 한다는 사실이 갑자기 그녀를 화나게 만들었다. 애들은 정말 성가셔요. 쓸데없이 죄책감을 불러일으키잖아요. 가끔씩은 정말 버리고 싶은 기분이 들죠? 따지고 보면 자신을 이렇게 내몬 건 바로 옆에 있는 여자였다!

차가 국도에 들어서자 다시 눈이 내리기 시작했다. 눈이 내리는 밤의 국도는 너무 어두웠다. 어두운 도로 앞으로 그들이 탄 차의 불빛이 길게 뻗어나갔다. 그 불빛 속으로 눈송이들이 빨려들어오는 것 같았다. 마치 유혹에 굴복하고 만 것처럼, 부주의하고 맹렬하게. 눈송이가 차창에 가볍게 들러붙었다가 와이퍼가 지나간 자리를 따라서 순식간에 사라졌다. 물론 또다시 순식간에 들러붙었지만. 땅이 패었는지, 오르막길도 아니고 과속방지턱도 없는데 갑자기 차의 하부가 땅에 긁히는 소리가 났다. 언제나처럼 공주연이 이렇게 말했다.

"아, 내가 무거워서 이런 소리가 나는 거예요?"

아, 제발. 그녀는 그렇다고 대답해주고 싶었다. 아, 맞아요. 당신이 너무 무거워서 그런 거예요. 당신은 그 예쁜 여배우와 하나도 닮지 않았어요. 모임에 나오는 사람들은 사실 당신을 안 좋아해요. 자동차의 바퀴가 눈 위를 달리는 감각이 온전하게 느껴진다고 그녀는 생각했다. 마치 자동차와 자신이 한몸이라도 된 것 같다고.

그때, 차의 전조등 불빛 안으로 무언가가 들어왔다. 공주연이 날카롭게 소리를 질렀다.

"멈춰요!"

급하게 브레이크를 밟았지만 범퍼에 무언가 부딪힌 것 같았다.

아까까지는 바퀴가 눈에 닿는 촉감도 느껴진다고 생각했었는데, 이제는 모든 감각이 둔해지는 듯했다. 그녀와 공주연은 잠시 동안 차 안에 그대로 앉아 있었다. 그녀가 먼저 차에서 내렸다. 그러자 공주연도 따라 내렸다. 저멀리 전조등 불빛 바깥으로 튕겨나간 건, 고양이였다. 축 늘어진 고양이. 피에 젖은 털이 뭉쳐 있었다. 몸통으로 눈송이가 사뿐히 내려앉았다가 금세 녹았다. 녹은 눈이 반짝거렸다. 그들은 동시에 신음소리를 내면서 고양이로부터 시선을 돌렸다. 고양이가 눈을 감고 있었나? 눈을 뜨고 있었나? 그녀는 그런 걸 기억하지 못했다. 절대로.

"죽었나봐요."

공주연이 겁에 질려서 말했다.

"내가 친 거예요?"

그녀의 목소리가 갈라졌다. 아, 하느님, 제발요. 그녀는 마음속으로 속삭였다.

"모르겠어요. 아, 아닐 거예요. 이미 죽어 있었을 거예요. 그랬던 것 같아요. 모르겠어요. 자기가 쳤을지도 몰라요. 자기가 죽인 건지도 몰라요."

그녀는 갑자기 극심한 추위를 느꼈다. 진짜로 기온이 내려간 건지 아니면 그냥 그렇게 느끼는 건지 알 수 없었다(진짜로 기온이 내려간 것이었다. 그녀는 나중에 그날 밤의 기온을 찾아봤다). 그 순간 그녀는 길고양이는 절대로 자신의 아픈 모습을 드러내지 않는다는, 죽을 때가 되면 아무도 모르는 곳으로 간다는 이야기를 들은 기억이 났다. 그녀는 그때 그 이야기에 완전히 동의했었다. 그렇지 않은가? 그게 아니라면 그 수많은 길고양이의 사체는 대체 어디에 있단 말인가?

"고양이를 묻어줘야 해요."

그녀의 말에 공주연이 되물었다.

"뭐라고요?"

이상했다. 고양이를 묻어줘야 한다고 생각하자 그녀를 감싸고 있던 그 모든 불안감과 두려움이 사라지는 것 같았다. 용기, 이런 걸 용기라고 하는 걸까? 그녀의 내부에서 이제껏 한 번도 경험해보지 못했던 힘이 샘솟는 것 같았다. 아이를 낳을 때조차 이런 식의 힘은 느껴보지 못했다. 그녀는 차로 돌아가 대시보드 안을 마구 뒤져서 시디 케이스를 있는 대로 다 꺼냈다. 밖을 슬쩍 보자 공주연은 다리가 땅에 붙박인 사람처럼, 축 늘어진 고양이의 근처에 서서 손으로 눈을 가리고 있었다. 그녀는 다시 시선을 돌려 히터 스위치를 껐다가 켰다. 딱 한 번 그렇게 했을 뿐인데 히터는 더이상 작동하지 않았다. 그녀는 밖으로 나와 트렁크에서 카디건을 꺼내며 큰 소리로 말했다.

"여기 이대로 둘 수는 없어요. 이대로 두면 안 돼요."

자신의 목소리가 빈 도로의 끝까지 갔다가 다시 자신에게로 되돌아오는 것 같았다. 물론 착각이었다.

"난 못해요. 자기 혼자 해요."

"그럼 어떻게 돌아갈 건데요? 여기는 차도 안 다니는 곳인데. 날 도와주지 않으면 당신은 집으로 못 돌아가요."

"난 차 안에 있을 거예요."

"히터가 고장났어요. 여기서 추위에 벌벌 떨면서 혼자 있는 것보다는 나와 같이 있는 게 훨씬 안전하지 않겠어요?"

"세상에."

공주연이 믿을 수 없다는 표정을 지었다. 그녀는 공주연에게 시디 케이스를 건네주고 고양이에게 다가갔다.

"뭘 어쩌려고요?"

그녀는 고양이 앞에 한쪽 무릎을 꿇고 앉았다. 그리고 손으로 고양이를 들었다. 공주연이 옆에서 신음소리를 냈지만 그녀는 징그럽다거나 무섭다는 생각은 들지 않았다. 심장이 요동쳤지만, 두려움 때문이라고는 도저히 생각되지 않았다. 그녀는 고양이를 카디건 위에 올려놓은 후 한 번 감쌌다. 손과 볼이 딱딱해져서 아무런 감각도 느껴지지 않았다. 추위 때문이야, 생각하며 그녀는 고양이를 두 팔로 받쳐 안고 벌떡 일어났다. 망설이지 않고 도로 옆에 난 숲길로 걸어들어갔다. 그리고 소리를 질렀다.

"따라와요!"

공주연은 시디 케이스를 든 손을 벌벌 떨면서 자동차와 그녀가 사라진 자리를 번갈아 보다가 그녀의 뒤를 따랐다. 그녀는 숲 한가운데에 멈춰 섰다. 죽은 고양이를 안고, 위엄이 넘치는 모습으로.

"땅을 파야 해요."

공주연은 그녀의 말대로 했다. 마치 착한 아이처럼. 그 순간의 공주연은 모임에서 사람들을 진두지휘하고 분위기를 이끌어가는 여자도, 사무실에서 조용히 자기 할일을 하는 여자도 아니었다. 그럼 그때, 공주연은 어떤 여자였을까? 공주연이 무릎을 꿇고 앉아서 시디 케이스로 땅을 파기 시작하자, 그녀도 고양이를 근처에 놓아두고 함께 땅을 팠다. 주위는 온통 깜깜하고 고요했다. 그저 그녀들이 땅을 파헤치는 소리만 허공을 맴돌았다. 하루종일 얼었다 녹았다를 반복한 땅은 생각만큼 잘 파지지 않았다. 시디 케이스가 부서지면 그녀들은 또다른 시디 케이스를 사용했다. 그녀들의 머리카락과 어깨와 손 위로 차가운 눈이 끝도 없이 내려앉았다. 운동화가 젖어서 발이 축축해졌지만 그녀는 춥지 않았다. 얼어붙은 땅과 딱딱한 돌, 그리고 시디 케이스 때문에 손에서 피가 나는데도 그녀는 아프지 않았다. 그녀는 코트를 벗어서 여전히 벌벌 떨고 있는 공주연에게 덮어주었다. 그리고 자신의 이마에 흐르는 땀을 닦았다. 손에서 난 피가 이마에 묻었다. 그녀는 문득 언젠가 봤던 십자가 목걸이를 떠올렸다. 절대로 변하지 않을 듯한 충성심과 신의의 맹세 같은 것. 이혼을 하고 그가 본가로 내려간 후에, 그리고 더이상 그녀의 연락을 받지 않았을 때, 그녀는 딸을 이웃에게 맡기고 무작정 남쪽 도시로 내려간 적이 있었다. 기차역 앞에서 택시를 잡아탄 그녀는 기사에게 그의 이름을 댔다. 하지만 기사는 그런 식으로는 집을 찾아갈 수 없다고 말하며 그녀에게 물었다. "주소를 몰라요? 아무것도 몰라요? 대체 어디를 가려고 하는 거요?" 그녀는 마치 고문을 받는 것 같았다.

땅을 어느 정도 파고 나자 그녀가 공주연에게 말했다.

"이제 고양이를 이리로 옮겨요."

이번에도 공주연은 그녀가 시키는 대로 고양이를 들어올렸다. 그런데 이상한 느낌이 들어서 고양이를 덮은 카디건을 펼쳤다. 정말 너무 이상한 느낌이어서 그냥 넘길 수가 없었다.

"아."

"왜 그래요?"

공주연의 손이 바들바들 떨렸다.

"이것 봐요. 살아 있어요."

그녀와 공주연이 서로의 눈을 바라보았다.

"살아 있다고요."

그녀는 고양이에게 손을 갖다댔다. 마치 꺼져가는 불빛처럼, 우주로부터 전해져오는 신호처럼, 고양이의 심장박동이 어렴풋하게 느껴졌다. 아주 희미한, 여전히 살아 있는 생물의 온기. 그녀는 눈물이 날 것 같았다. 아, 내가 마지막으로 울었던 게 언제더라?

"괜찮아요?"

공주연이 물었다. 무엇이 괜찮냐는 걸까?

"묻어야 해요."

"미쳤어요?"

공주연이 경악스럽다는 표정을 지었다. 그제야 그녀는 자신이 하려는 일이 무엇인지 알 것 같았다. 그래, 나는 지금 미친 짓을 하려는 거야. 그 순간 그녀는 정혼자가 있냐고 물었을 때 그가 했던 대답을 떠올렸다. "그런 건 개나 줘버려." 그녀는 웃음이 났다. 대체 왜 그의 정혼자를 개에게 줘야 한단 말인가? 동시에 그녀는 그 말에 어떤 종류의 진실이 숨겨져 있다고 느꼈다. 자신이 가진 무언가를 바깥세상으로 집어던져야 할 때, 사람들은 공포나 낙담보다는 의도된 어설픔이나 과장된 허술함을 훨씬 더 드러내려고 애쓴다고. 하지만 나는 그런 식으로는 하지 않을 거야, 그녀는 다짐했다. 어떤 사람들은 그게 미친 짓이라는 걸 알면서도 절대 멈추지 못한다. 아니, 자신이 하려는 일이 진실로 미친 짓이라는 걸 깨닫는 순간 그 일은 비로소 완성되는 것이다. 그러한 깨달음이 그 일을 완성하게 만드는 힘이 된다. 그녀는 그걸 알 것 같았다. 이제 공주연은 소리 내어 울고 있었다. 그녀는 공주연에게 말했다.

"묻어야 해요."

공주연이 흐느끼면서 대답했다.

"당신이 해요."

그녀가 근엄하게 말했다.

180

"고양이를 카디건으로 다시 싸서 나에게 줘요."

공주연은 훌쩍거리며 고양이를 카디건으로 감싸서 그녀에게 건
넸다. 그녀는 방금까지 파놓은 작고 좁은 구덩이 안에 여전히 살
아 있는 고양이를 집어넣었다. 그런 후 옆에 쌓인 흙과 녹다 만 눈
뭉치와 돌과 나뭇가지 들로 구멍을 덮기 시작했다. 그러다 잠시
손을 멈추고 옆에 서 있는 공주연에게 말했다.

"같이 해요. 빨리요."

공주연은 그렇게 했다. 그녀의 말을 거역할 수 없다는 듯 공주
연의 몸이 저절로 그렇게 움직였다. 공주연은 몰래 나가는 그녀
를 뒤따라간 것, 순전히 그녀를 난감하게 하고 싶어서 그렇게 했
던 것을 후회하고, 바로 그 순간 자신이 거기에 있어야 하는 상
황을 저주했으리라. 그녀는 달랐다. 그녀는 자기 혼자 있지 않아
서, 공주연이 곁에 있어서 안심했다. 만약 혼자 있었더라면 이 모
든 일을 해낼 수 없었으리라고 생각했다. 그녀는 공주연을 사랑할
수 있을 것 같다고 느꼈다. 진심으로, 이 세상에 단 하나 남은 그
런 사랑이라고 해도 받아들일 수 있을 것 같았다. 그녀는 공주연
에게 당신이 무거워서 차에서 그런 소리가 들리는 거라고, 당신은
그 여자 배우처럼 아름답지 않다고, 모임의 여자들은 당신을 좋아
하지 않는다고 말하지 않을 것이었다. 그녀는 그런 자비를 베풀
수 있었다. 자신의 바깥에 존재하는 모든 세계에 대해 그런 식으
로 자비를 베풀 수 있으리라고, 그녀는 생각했다.

녹다 만 눈과 지저분하고 차가운 흙이 마침내 고양이와 이 세상의 끈을 완전히 끊어버렸을 때, 그녀는 이곳으로 오기 전 들었던 피아노의 선율을 떠올리고 있었다.

요양원 로비까지 따라 나온 노파가 그녀의 딸과 포옹을 했다. 로비에는 커다란, 그 끝이 천장까지 닿은 선인장 화분이 여러 개 있었다. 아, 이 사람들 정말 나무에 미쳤나봐. 그들이 긴 포옹을 하는 동안 그녀와 간호사는 멀뚱히 그 옆에 서 있었다. 민망해진 그녀는 팔짱을 끼고 서서 어깨를 좌우로 흔들었다. 간호사는 그녀에게 끝까지 말을 걸지 않았다. 노파 역시 마찬가지였다. 노파는 그 말―"정말 멍청한 여자네. 내가 잃어버린 건 그게 아닌데"―을 던진 후로는 그녀를 투명 인간처럼 대했다. 노파는 딸에게 다음에는 쇼핑을 하자고, 사고 싶은 걸 생각해두라고 말했다.

차에 올라타자마자 그녀는 에어컨 버튼을 눌렀다. 차 안은 놀랍도록 금방 시원해졌다. 겨울에는 버튼을 누르면 엉덩이가 금방 따뜻해졌다. 이제 그녀는 그런 세계에 살고 있는 것이다.

기숙사로 가는 차 안에서 딸이 물었다.

"할머니 어때 보여요?"

"좋아 보이시는구나. 마지막으로 본 지 십 년도 훨씬 넘었는데 그다지 늙은 것 같지도 않고, 별로 아파 보이지도 않아."

"엄마, 그렇게 말하지 마요. 처음에 얼마나 놀랐는데요."

그애의 말에 따르면 노파가 처음 병원에 간 건 폐가 아파서였다고 했다.

"할머니는 자신이 분명 폐암에 걸렸을 거라고 생각하셨거든요. 폐 검사를 하려고 병원에서 하룻밤 주무시기로 했는데 병실에서 갑자기 옷을 훌훌 벗어버리시는 거예요. 속옷까지도요. 그때, 나는 가슴이 무너지는 것 같았어요."

"왜?"

그들이 탄 차가 과속방지턱을 넘어갔다. 구름 위를 지나가는 것처럼, 부드럽고 매끄럽게.

"할머니는 한 번도 그런 식으로 남들 앞에서 옷을 벗은 적이 없으시거든요."

누군들 있겠니. 그녀는 그런 말은 마음속으로 삼켰다. 있긴 했다. 그러니까, 딸의 증조할머니. 그녀는 무려 세 명의 여자가 지켜보는 가운데 몸이 씻겨져야 했었다.

"할머니를 사랑하는구나."

딸이 웃었다. 그리고 대답했다.

"나도 나중에 치매에 걸릴까봐 걱정이 돼요."

그녀는 그럴 수도 있다고 생각했다. 왜냐하면 그애의 친할머니와 (그애는 몰랐지만) 외증조할아버지가 치매 환자였으니까, 그애가 치매에 걸릴 가능성은 남들보다 높은 셈이었다. 딸보다는 조금 확률이 낮더라도, 그녀 자신도 마찬가지였다.

"음, 아니야. 그럴 일은 없을 거야."

그녀가 말했다. 그녀는 문득 그애가 더이상 할머니나 친가와 관련된 문제로 자신을 들쑤시고 싶은 욕망을 드러내지 않는다는 걸 깨달았다. 기숙사가 있는 동네에 도착하기 전에 그애는 내려달라고 했다.

"약속이 있어요."

차에서 내리기 전 그애가 말했다.

"엄마는 아마 아주 오래오래 건강하게 살 것 같아요. 병에 걸리지도 않고요."

오래오래 건강하게 사세요, 가 아니라, 건강하게 살 것 같아요, 라니. 반감. 그애의 오래된 반감. 그녀는 그게 자신에게만 향한 게 아니라는 걸 알고 있었다. 그건 그애가 바깥세상을 향해 광범위하게 뿜어대는 일종의 자의식이었다. 게다가 그런 식의 약간은 짜증나고 음흉한 시도는 합리적인 고심의 결과도 아니었다. 그건 마치 신음소리처럼 거의 흘러나오는 것에 가까웠다. 하지만 이번에 그녀는 어쩐지 절박해져서 당장 차에서 내린 후 그애를 쫓아가고 싶어졌다. 그애를 꼭 껴안고 싶어졌다. 그러나 그녀는 그렇게 하지 않았다. 왜냐면 그렇게 할 필요가 없었으므로. 다만 그녀는 집으로 돌아가는 차 안에서 이런 생각을 했다. 언젠가 시간이 지나면 딸에게 그날에 대해 이야기를 해주리라고. 자신이 떠나려고 했던 그날 밤에 대해, 삶이 때때로 얼마나 커다란 행운과 저주를 동시에

184

내릴 수 있는지에 대해. 그녀는 절대로 그걸 마음속에 남겨둘 단 하나의 사실로 간직하고 있지 않으리라고 다짐했다. 그렇게 다짐하면서 그녀는 한 손을 가슴에 갖다댔다.

십일 년 전 그날, 고양이를 묻고 여전히 울고 있는 공주연을 집에 데려다준 후 그녀 역시 집으로 돌아갔다. 어쩌면 그녀는 그날 새벽에 당장 딸이 잠든 집으로 달려가서 초인종을 누르고 딸을 안고 집으로 데려올 수도 있었을 것이다. 딸과 서로 껴안고 온기를 느끼며 함께 잠에 들 수도 있었다. 하지만 그녀는 그렇게 하지 않았다. 그녀는 텅 빈 집으로 돌아와 젖은 옷을 벗고 따뜻한 물로 샤워한 후 촉감이 좋은 잠옷과 양모 양말을 착용했다. 그러고는 혼자 침대에 누웠다. 그녀는 자신 앞에 놓인 삶이 어떤 모습인지 정확하게 알 수 있다고 생각했다. 자신의 내면에 숨어 있던 어떤 부분이 영원히 깨어났다고 생각했다. 그러니까, 진정한 초능력이. 하지만 그녀는 아주 작은 선택들, 아주 사소한 충동의 결과들이 누군가를 들끓게 하거나 혹은 누군가를 완전히 돌이킬 수 없는 곳으로 몰고 갈 수 있다고, 아무도 신경쓰지 않을 그런 결정들이 삶의 어떤 부분을 완전히 바꾸어버린다고는 도저히 생각할 수가 없었다. 그때도 그랬고, 지금도 그렇다.

해변의 피크닉

열한 살 때부터 나와 어머니가 살게 된 건물의 이름은 정우맨션
이었다. 당시에 '맨션'은 어딘가 고급스러운 주거 공간을 의미했
었다. 지금은 다르다. 요즘 사람들은 '맨션'보다는 '아파트'라고 이
름 붙인 장소에 사는 걸 더 선호할 것이다. 지금은 아무도 정우맨
션이 고급스러운 거주지라고 말하지 않을 것이다. 우리가 이사한
계절은 가을이었다. 갑자기 학교를 옮기고 친한 친구들과 헤어진
상황 때문에 한동안 나는 밤마다 이불 속에서 울었지만, 시간이
지나면서 그런 날은 점차로 줄어들었고 일 년 후쯤에는 완전히 시
들해져버렸다.

이사하기 전, 그러니까 주공 아파트에 살았을 때에는 이웃집에
누가 사는지, 그들이 무슨 일을 하는지 잘 몰랐다. 다만, 일을 하

러 거의 매일 외출하는 어머니를 대신해 나를 돌봐주던 아주머니 남편의 직업만 알고 있었을 뿐이었다(어머니나 아주머니는 그것마저도 애매모호하게 표현했다. "시내에 있는 공장에 나가서").

정우맨션으로 이사한 후 어머니는 달라졌다. 눈에 띄는 변화 중 하나는 이웃과 잘 지내려고 노력했다는 점이었다. 어머니는 가끔 사람들을 집에 (어머니의 표현에 따르면) 초대하거나, 다른 사람들의 집으로 (역시 이번에도 어머니의 표현에 따르면) 초대되었다. 한번은, 우리가 이사하고 반년 정도가 지났을 때인데, 장을 보러 나간 어머니가 식료품이 가득 든 장바구니를 들고 오는 대신 어떤 아주머니와 돋보기안경을 쓴 남자아이를 데리고 온 일이 있었다. 아주머니는 다른 층에 살고 있었고 아이는 아주머니의 아들이었다. 아주머니를 본 건 그날이 처음이었지만 남자아이는 이미 몇 번 본 적이 있었다. 키가 작아 대여섯 살처럼 보이는 그애는 머리통이 컸고 머리카락이 굽슬굽슬했다. 안경 렌즈 너머의 눈동자는 언제나 저 너머를 바라보고 있는 것 같았다. 팔다리는 가느다랬지만, 배에는 살이 쪄 있었다. 항상 줄무늬가 들어간 폴로 티셔츠를 입고 있었는데, 배 부분이 너무 꽉 끼어서 불편해 보였고 그애의 부모가 왜 좀더 큰 옷을 입히지 않는지 궁금했다. 말하는 걸 본 기억은 별로 없었다. 그애가 괴상한 소리를 내며 공용 공간을 뛰어다니면 어디선가 할머니가 나타났고 그애는 순순히 할머니의 손을 잡고 사라졌다. 그런 모습을 본 건 나뿐만이 아니어서 같은 맨션에 사는 또래들 사이에는 그애를 둘러싼 소문들이 돌았다. 그애가 더 어렸을 적에 납치를 당한 적이 있고 그 충격 때문에 키가 자라지도 않고 유치원에 가지도 못했으며 말을 제대로 하지도 못한다는. 그 이야기는 언제나 두루뭉술하고 애매모호한 단어들로 이루어져 있었고 미심쩍고 불미스러운 느낌을 남겼지만, 우리는 우리 자신이 어떤 궁금증을 가져야 하는지조차 알지 못했다.

두루뭉술하고 애매모호하고 미심쩍고 불미스러운 그 느낌—그당시에 나는 언제 어디서나 그런 낌새를 느낄 수 있었다. 그러니까 어떤 일이 벌어지고 있다는 느낌이 있었다. 하지만 그것이 무엇인지, 정확하게 무엇을 궁금해해야 하는지는 알지 못했다. 남자애들은 갑자기 키가 크고 골격이 자랐다. 여자애들 중 일부는 가슴이 나오고 엉덩이가 커졌다. 크고 작은 소동도 있었다. 여자애들은 남자애들과 실수로 팔꿈치라도 닿으면 오염이 된 것처럼 호들갑을 떨었고, 실제로 그런 말을 입 밖으로 내뱉었다. "악, 더러워!" 전날까지만 해도 아무렇지 않게 여자애들과 어울리던 남자애가 다음날 갑자기 여자애들에게 알 수 없는 손짓을 하며 승리자처럼 굴거나 여자애의 브래지어 끈을 잡아당기고 소리를 질렀다. 분노와 증오심. 교실 안에는 그 두 감정만이 격렬하게 소용돌이치는 것 같았고 때때로는 알 수 없는 긴장감마저 돌았다. 남자와 여자는 서로를 미워하기 위해 태어난 존재인 것처럼. 서로 영원히 섞이지 않을 거라고 맹세라도 한 것처럼. 하지만, 놀랍게도 아침마다 교실 칠판에는 이런 문장들이 한두 개씩 꼭 적혀 있었다. 누가 누구를 좋아한대요! 누가 누구를 사랑한대요! 이름의 주인공들은 추문에 휩싸였다는 듯 펄쩍 뛰며 난리를 쳤다.

내가 그 이름의 주인공이 되는 경우는 없었다.

솔직히 고백하자면 나는 그 이름의 주인공이 되고 싶다는 열망을 품고 있었지만 그런 사실을 입 밖에 낸 적은 없었다. 그건 용서받지 못할 생각인 것 같았고, 그런 열망을 품고 있는 사람도 나밖에 없는 것 같았다. 칠판에 적힌 이름을 이루는 직선과 곡선들은 지우개로 박박 지워진 후에도 내 머릿속에 잔상으로 남아 쉽사리 사라지지 않았다.

어느 날, 나는 어머니에게 이렇게 말했다.

"아무래도 난 별로 예쁘진 않은가봐요."

어머니는 진지한 표정으로 잠시 생각에 잠겨 있다가 입을 열었다.

"괜찮아, 네 나이 때는 다 그래."

어떤 이유로 그런 것들이 가능했는지 알 수 없지만, 그 당시 우리들 사이에서는 숙직실을 청소하는 게 하나의 특권으로 받아들여졌다. 여자애들, 청소 시간이 되면 열쇠를 가지고 숙직실로 사라져버리는 여자애들이 있었다. 허리까지 내려오는 머리카락에서 진한 샴푸 향을 풍기고, 연두색 바지나 보라색 스타킹을 착용하고 다니던 애들. 연약하지만 다채롭고 위태롭지만 맹렬한 세계 속에 포함되어 있던 애들. 중학생 오빠들이 문을 두드리면 여자애들은 그제야 숙직실에서 빠져나와 그들과 어딘가로 사라져버렸다. 나는 그걸 알고 있었다.

내가 별 반응이 없자 어머니는 이렇게 덧붙였다.

"외모에 신경쓰는 건 바보들이나 하는 짓이야. 꼭 예뻐질 필요도 없어."

나는 어머니가 내게 손쉬운 거짓말을 했다고, 어떤 것들을 숨기려고 했다고는 생각하지 않는다. 비약. 건너뛰는 것. 그건 어머니의 신념이 작동하는 방식이었고, 단순한 눈가림이나 위장술과는 완전히 다른 것이었다. 어머니의 세계에서 때때로 어떤 진실들이 힘을 발휘하기 위해서는 그런 식의 건너뜀이 필수불가결했다.

나는 어울리던 여자애들과 서로 최면을 거는 일에 몰두했다. 이런 식이었다. 한 명이 눈을 감고 벽에 가만히 붙어서 있으면 최면을 거는 쪽이 이야기를 시작한다. 이야기 속 주인공은 우리 또래의 여자아이다. 그애는 하얀색 원피스를 입고 맨발로 뒷산─어디에 존재하는지는 전혀 알 수 없는 장소─을 올라가고 있다. 그리고 누군가의 이름을 부르고 있다. 우리는 그 여자애가 누구를 찾는지 전혀 알지 못한다. 뒷산에는 커다란 나무가 있고, 그 나무 위에는…… 이야기를 하는 아이는 계속 어떤 이름을 부른다(이제는 그 이름이 잘 기억나지 않는다). 그러면 벽에 기대서 있던 아이의 팔이 어느새 위로 스르르 올라간다. 그 일은 언제나 실제로 일어났고, 눈을 뜬 아이는 위로 올라간 자신의 팔을 보며 소리질렀다.

"맹세코 내가 일부러 그런 게 아니야!" 우리는 아무도 그 말을 의심하지 않았다. 최면이 통하지 않는 아이는 단 한 명도 없었다.

그 당시 우리들 사이에 유행하는 이야기도 있었다. 그건 계속 괜찮다고 말하는 충청도 여자에 대한 것이었다. 나는 그 이야기를 익살스럽게 할 수 있어서 친구들은 배를 잡고 웃었다. 어머니에게 그 이야기를 해준 적도 있었다. 내 기억에 어머니는 화를 내지도 않았고 다시는 그런 이야기를 하지 말라고 경고하지도 않았던 것 같다. 다만 나는 어머니가 쩔쩔맨다고 느꼈고, (이유를 설명할 수는 없지만) 어른들 앞에서는 이 이야기를 하지 않는 게 좋겠다고 생각했던 기억이 난다.

어쨌든 그날, 어머니가 그애와 그애의 어머니를 데리고 왔을 때 나는 충격을 받았다. 그애는 그날도 배 부분이 딱 달라붙는 불편해 보이는 폴로 티셔츠를 입고 있었는데, 그애의 어머니는 너무 잘 차려입고 있어서. 그애는 이상한 소리를 내며 사방팔방 불미스러운 소문을 흘리고 다니는데, 그애의 어머니는 혹독한 비밀의 세계와는 동떨어진 채 살아가는 사람처럼 보여서. 그애의 어머니는 그저 평범한 방식으로 지치고 피곤해 보일 뿐이었다. 내가 기대한 것은 그보다는 훨씬 더 비현실적이고 어수선한 방식으로 아주 잠깐만, 얼핏 그 모습을 드러내는 고통이었다. 그들에게 인사한 후 나는 곧바로 방에 들어갔다. 그들 때문이 아니라 어머니 때문에. 남들에게 무언가 베풀고 싶어서 안달을 내는 것 역시 어머니에게 생긴 변화 중 하나였다. 어머니는 다른 사람들에게 자신이 가진 건 무엇이든 내주고 싶다는 듯, 그게 자신의 진정한 모습이라는 듯이 굴었고, 나는 그런 어머니를 보는 게 싫었다. 어머니에 대한 반감은 아니었을 거라고 생각한다. 그저 내가 잘 안다고 여긴 한 사람이 스스로를 미워하는 것처럼 보일 때 느껴지는 낯뜨거움과 관련된 감정이었을 것이다. 하지만, 결국 그게 그거였는지도 모른다. 나는 곧이어 어머니가 찬장을 뒤져서 우리집에서 가장 비싼 찻잔을 꺼내리라는 사실도 알고 있었다.

그들이 돌아가고 난 뒤 저녁을 먹을 때(어머니가 장을 봐오지 않았기 때문에 우리는 컵라면을 먹어야만 했다), 어머니는 내가 그런 식으로 방에 들어가버린 것에 대해 잔소리를 늘어놓았다. 나는 졸려서 그랬다고, 버릇없게 군 것을 후회한다고 말했다. 후회한다—그 표현은 한동안 어머니의 마음을 쉽게 스르르 녹이곤 했다, 마치 마술처럼. 어머니는 젓가락을 내려놓고 얼굴을 찡그린 채로 어딘가를 응시했다. 그리고 중요한 사실을 전달한다는 듯 낮은 목소리로 말했다.

"걔네 가족은 오랫동안 외국 생활을 해서 그애가 한국에 적응하는 걸 어려워한대."

그리고 슬쩍 나를 바라보았다.

"그애 엄마는 외국계 회사에 다닌다고 하더구나. 똑똑한 여자야. 남편은 회계사래. 오늘은 아이를 돌봐주는 아주머니—그 할머니는 그애의 핏줄이 아니었다―가 오지 못해서 급작스럽게 휴가를 얻었다는 거야."

여기까지 말한 어머니는 딱하다는 듯이 한숨을 쉬었다.

"이럴 땐 언제나 엄마가 희생하기 마련이지. 둘 다 부모인데도 휴가를 얻어야 하는 건 엄마 쪽이잖아? 어쨌든 아들이랑 단둘이 시간을 보내는 게 너무 오랜만이어서 뭘 해야 할지 전혀 몰랐다는 거야. 심지어는 눈물이 날 뻔했다지 뭐니. 나보고 함께 시간을 보내줘서 고맙다고 하더라. 너도 앞으로 그애를 보면 잘 대해줘야 해. 말을 걸어줘."

나는 어머니가 그애를 둘러싼 소문을 알고 있는지 궁금했고, 만약 알고 있다면 그애의 어머니와 그런 주제로 이야기를 나누었는지도 궁금했다. 하지만 내가 어머니와의 대화에 동참하고 싶어한다는 (잘못된) 인상을 주는 것도 싫었다. 한동안 참을성 있게 입을 다물고 있던 나는 결국 굴복하는 심정으로 이렇게 물어볼 수밖에 없었다.

"왜 그애는 말을 잘 못해요? 그애가 나쁜 일을 겪은 게 사실이에요?"

어머니는 (내가 결국 그런 질문을 던질 걸 예상하고 있었으면서도) 놀라움을 금치 못하겠다는 듯 두 눈을 동그랗게 뜨고 반문했다.

"나쁜 일이 뭔데?"

나는 말문이 막혔다. 그게 뭐란 말인가? 이상했다. 그애가 납치를 당해 부모로부터 멀리 떠나 있어야 했다는 것, 바로 그것이 나쁜 일이었다. 하지만 어머니가 나쁜 일이 뭐냐고 질문했을 때, 나는 뭐라고 대답해야 하는지 도무지 알 수가 없었다.

　"걔가 외국에서 태어나서 그래. 영어랑 한국어 사이에서 갈팡질팡하는 거야. 그래서 지금은 영어도 한국어도 잘 못하는 거란다. 두 가지 언어를 다 구사하는 걸 이중언어라고 하거든. 개는 이중언어에 실패한 거야. 혼란스러운 거지. 뇌 말이야, 뇌."

　어머니가 그애의 어머니에게 들은 이야기를 마치 예전부터 알고 있었던 양 말하는 동안, 나는 딱 달라붙는 폴로 티셔츠 아래에서 그애가 숨을 쉴 때마다 오르락내리락하던 배의 움직임을 떠올리고 있었다. 그 옷 아래 숨겨져 있을 배꼽의 모양 같은 것. 잠시 후에 식탁 의자에서 일어난 어머니는 남은 라면 국물을 싱크대에 따라 버리면서 중얼거렸다.

　"이 세상에 모든 걸 다 가진 사람은 없어."

　그러고는 나를 향해 말했다.

　"그러니까, 너는 엄마에게 고마워해야 해. 엄마가 이렇게 너를 위해 희생하는 것에 대해 말이야."

　가끔 어머니는 그런 식으로 엉뚱한 소리를 했다. 아, 엉뚱하다는 표현보다는 느닷없다는 표현이 더 맞을지도 모른다. 내가 중학교에 다니던 시절 친구들이 우리집에 놀러왔을 때, 어머니는 갑자기 그애들에게 꿈을 가지라고 말했다. 무슨 일이 있어도 포기하지 말라고. 꿈을 포기하는 건 세상에 종말이 온 후 혼자 살아남는 것보다도 최악이라고.

"뭐든지 할 수 있다고 생각하란 말이야."

나는 창피해서 죽을 지경이었다. 게다가 갑자기 왜 세상에 종말이 온단 말인가? 하지만 나는 하나도 창피하지 않다는 듯 초연하게 굴었고, 심지어 동의한다는 듯 고개를 끄덕이기까지 했다. 나는 나중에서야, 아무렇지 않은 척하는 것, 내 외부에서 벌어지는 그 어떤 일도 내게 영향을 미칠 수 없다는 듯이 행동하는 것의 핵심에는 허영심이 자리잡고 있다는 걸 깨달을 수 있었다.

어머니의 느닷없고 엉뚱한 소리는 할머니네 집으로 가는 날이면 말 그대로 폭발했다. 일곱 살 이후로 나는 거의 매년 여름방학이 되면 부산에 있는 할머니네 집으로 가서 보름이나 한 달가량을 머물렀다(열 살 여름방학 때는 서울에서 지냈는데, 그해에 대해 어머니는 이야기하려고 하지 않았다). 일곱 살 이전에는 할머니―물론 할아버지도―를 본 적도 없었다. 나는 내가 태어나기 전, 그리고 그 이후 몇 년 동안 일어난 일에 대해서는 잘 몰랐다. 내가 알고 있었던 건 할머니와 할아버지가 부모님의 결혼을 반대했었다는 것, 이혼하고 부산으로 내려간 아버지가 갑작스러운 사고로 돌아가셨다는 게 전부였다.

할머니는 맨션도 아파트도 아닌 '건물'에 살았다. 그런 종류의 건물을 뭐라고 해야 하지? 단독주택? 사실 지금 나는 저택이라는 단어를 사용하고 싶지만, 너무 호들갑스럽게 보일까봐 주저하는 중이다. 그 집은 그야말로 모든 것이 거대했다. 대문, 정원, 창문, 방, 화장실의 세면대와 욕조, 하다못해 정원에 있던 바위와 나무들까지도. 미적인 고려 같은 건 전혀 하지 않은 듯이 그냥 지나치게 크기만 했다. 나중에 대학에서 프로이트에 관한 교양 수업을 듣게 됐을 때, 나는 그 집을 지은 사람이 어쩌면 성적으로 콤플렉스가 있던 게 아닐까 생각했고, (마치 누군가 내 머릿속을 들여다보고 있기라도 한 것처럼) 얼굴이 붉어진 채로 고개를 흔들며 재빨리 그 생각을 털어냈다. 그 집의 부지를 선정하고, 건물의 기본적인 구조를 짜고, 정원에 들일 바위와 나무들을 선택한 사람이 다름 아닌 내 할아버지였다는 사실이 곧바로 떠올랐기 때문이었다. 그 생각을 털어내는 건 어렵지 않았지만, 죄지은 듯한 기분을 털어내는 건 쉽지 않았다. 그리고 (놀랍게도) 그후로 그건 내 내부에 존재하는 일종의 스위치가 되었다. 죄의식을 느낄 때마다 나도 모르게 그 집의 거대한 바위와 나무들을 떠올리게 되는 식으로.

미래에 내가 어떤 죄의식을 가지게 됐는지, 그게 어떤 식으로 작동했는지를 이야기하려는 건 아니다. 내가 하고 싶은 말은 어머니가 부산까지 항상 차를 운전해서 나를 데려다주었다는 것과 운전하는 동안 여러 가지 주의 사항을 (느닷없고 엉뚱한 방식으로)

늘어놓았다는 것이다. 그중 하나는 그 집에서 일하는 아주머니에 대한 것이었다. 할머니네 집에는 아주 오랫동안 일을 도맡아 해온 아주머니가 거주했는데, 그녀는 독실한 천주교 신자였다. 가끔 둘만 남았을 때, 아주머니는 그런 이야기를 하는 걸 좋아했다. 하느님이 육 일간에 걸쳐서 이 세계를 만들었다든지, 선악과를 먹은 아담과 이브에 대해서라든지, 최초의 인간은 자신의 아들을 신에게 제물로 바쳤다든지 하는.

한번은 서울로 돌아가는 자동차 안에서 별생각 없이 아주머니가 해준 이야기―하느님이 어떻게 이 우주를 창조했는지에 대해―를 전달했는데, 어머니가 심하게 화를 냈다. "세상은 그런 식으로 만들어지지 않았어. 그 아줌마는 진화론이 뭔지 전혀 모르는 모양이구나. 세상에, 어떻게 그렇게 무식할 수가 있니?" 나는 어머니가 아주머니를 '무식하다'고 말한 것 때문에 속이 상했다(그 말은 그후로 내가 아주머니를 대할 때마다 어쩔 수 없이 여러 가지 방식으로 작동했다. 나는 어머니의 말에 오염되었다는 사실을 알고 있었지만, 그것을 걷어낼 수도 없었다). 어쨌든 그 집에서 내가 할머니 다음으로 많은 시간을 함께 보내는 사람은 아주머니였다. 어머니는 진화론에 대해 일장연설을 늘어놓은 후에, 아주머니의 말을 믿어서는 안 된다고 경고했다. 잠시 동안 입을 꾹 다물고 운전에 열중하던 어머니가 말했다.

"아니다. 그런 생각조차 금지야. 생각도 하지 마. 네가 그런 생각을 계속하는지 안 하는지 엄마가 검사할 거야."

생각조차 하지 말라니. 게다가 그걸 어머니가 어떤 식으로 검사한단 말인가?

그해에, 우리가 정우맨션으로 이사를 하고 처음으로 할머니네 집으로 가던 그해에 어머니가 차 안에서 느닷없이 던진 말은 바로 이것이었다.

"너네 할머니가 이사간 우리집이 어떻냐고 물어보면 그냥 그렇다고 대답해."

나는 그 말의 의미를 알 수가 없어서 결국엔 이렇게 물어보고 말았다.

"왜요?"

어머니는 룸 미러를 흘긋거리다가 대답했다.

"그냥, 엘리베이터나 새로 산 소파 같은 건 이야기하지 마."

나는 의자에 몸을 기대고 창밖을 바라보며 말했다.

"할머니는 그런 거 안 물어볼 거 같아요."

"아니, 내가 장담하는데 너네 할머니는 분명히 물어볼 거다. 아마 너를 보자마자 물어볼걸? 진짜, 내가 확신한다."

약속 장소에 도착한 후 어머니와 나는 차에서 내려 할머니네 기사 아저씨를 기다렸다. 기사 아저씨가 오기 직전에 어머니가 두 손으로 내 얼굴을 감싼 채 한숨을 쉬었다.

"할머니랑 할아버지를 사랑할 필요까진 없지만, 그분들 기분을 거스르진 마라. 할 수 있지?"

이렇게 말한 후 어머니는 내 몸을 돌려세우고는 뒤에 붙어섰다. 그러고는 마치 내가 경기에 출전하는 운동선수고 자신은 코치여서 기합을 넣어준다는 듯이 어깨를 주물럭거린 후 조그만 목소리로 말했다.

"자, 이제 가."

기사 아저씨를 따라가면 한복을 곱게 차려입고 짧은 머리를 잘 빗어 넘긴 할머니가 자동차 뒷좌석에서 나를 기다리고 있었다. 할머니는 항상 한복을 입었다. 다른 종류의 옷은 가지고 있지 않았다. 할머니는 바다를 무척 좋아해서 일주일에 두세 번은 나를 데리고 해변으로 피크닉을 갔는데 그럴 때에도 항상 한복을 차려입을 정도였다. 할머니네 집은 바다와는 동떨어져 있었고 피크닉에 동행하는 건 언제나 나와 기사 아저씨뿐이었다. 그게 아주 신나는 경험이었다고 말할 수는 없다. 그래도, 기다려지는 게 있었다. 바다에서 신을 새 샌들과 차 트렁크에 실려 있는 커다란 피크닉 박스 두 개. 할머니는 여름마다 내 샌들을 새로 사두었고, 커다란 피크닉 박스 안에는 먹기 좋게 자른 수박이나 멜론 같은 과일과 단팥빵과 외국 쿠키, 각종 음료수와 샌드위치, 그리고 아주머니가 불 앞에서 고생하며 만들었을 닭튀김 같은 게 들어 있었다. 얼마나 많이 먹었던지 여름이 지날 때마다 나는 믿을 수 없을 정도로 살이 붙었고, 서울로 돌아오면 한동안 어머니는 나를 이렇게 불렀다.

"아이고, 사랑스러운 우리 돼지!"

기사 아저씨는 한적한 곳에 위치한 해변가에 우리를 데려다주었다. 어쨌든 계절은 여름이었고, 어디를 가나 (우리와는 다른 이유로 되도록이면 은밀한 장소를 찾는) 사람들이 몇 명쯤은 있었다. 수영복을 입고 손을 잡은 채 걸어다니는 연인들을 볼 때마다 할머니는 그게 기사 아저씨의 잘못이라도 된다는 듯이 그를 돌아보고 혀를 찼다. 쯧쯧쯧. 그러고는 수영복을 입은 연인들에게로 고개를 돌려 노골적으로 한숨을 내쉬며 고개를 절레절레 흔들었다. 마치 그들이 초대받지 못한 손님이라도 되는 것처럼. 하지만 돌이켜 생각해보면 그들에게는 바로 우리가 불청객이었으리라. 기사 아저씨가 모래사장 위에 돗자리를 깔고 휴대용 파라솔을 설치한 뒤 피크닉 박스를 옮겨주면, 한복을 입은 할머니는 돗자리 위에 정자세로 앉았다(할머니가 물에 들어가는 일은 한 번도 없었다). 뜨거운 여름 공기 때문에 할머니의 이마에서는 땀이 흘렀지만 바람이 씻어내기도 전에 할머니는 재빠르고도 우아하게(정말로 그랬다. 할머니는 그런 식의 행동이 가능했다) 손수건으로 이마를 눌렀다. 하지만 저고리 안에 손을 넣어 겨드랑이까지 닦을 수는 없었기에 나는 할머니의 한복 겨드랑이가 땀으로 젖었을까봐 걱정이 되곤 했다.

서울에 있는 동안에는 할머니와 가끔 통화를 했는데 그때마다 할머니는 여러 가지 질문을 했다. 대체로 숫자와 관련된 것이었다. 키는 얼마나 컸는지? 몸무게는 얼마나 늘었는지? 발 치수는 어떻게 되는지? 산수 시험은 잘 봤는지? 백 미터 달리기 기록은 몇 초인지? 할머니는 말을 천천히 했고 모든 단어를 아주 또박또박 발음했는데(나는 나중에 노인이 그런 식의 말투를 구사하려면 얼마나 많은 힘을 들여야 하는지 알게 됐다), 높낮이가 일정해서 감정을 읽어내기가 어려웠다. 나는 확실히 공부를 잘하는 편은 아니었다. 또래 애들보다 키가 많이 작았지만(그래서 대체로 사람들은 나를 나이보다 어리게 봤다), 몸무게는 더 나갔다. 할머니는 언젠가는 내가 '뛰어난 여성'이 될 거라고, 그 무엇도 걱정하지 말라고 했다. 나는 뭘 걱정하지 말아야 하는지도 모르면서 고개를 끄덕이며 대답했다.

"네, 걱정하지 않을게요."

잠자코 고개를 끄덕이기. 나중에 할머니의 집에서 머물렀던 여름에 대해 누군가에게 이야기할 기회가 생길 때마다, 나는 잠자코 고개를 끄덕였어, 라는 문장을 사용했다. 그 문장 속의 나는 어딘가 모르게 작고 흐릿하며 무언가를 망설이는 듯한 인상을 준다. 그리고 나는 그런 모습이 마음에 든다. 어른들 등쌀에 못 이겨 어머니와 할머니 사이에서 갈팡질팡하는 소녀. 혼란스러움을 감추기 위해 조용히 고개를 숙인 채 침묵을 지키는 소녀. 하지만 실제로는 그렇지 않았다(나는 지금 모든 힘을 다해 진실되게 쓰려고 노력중이다). 모든 행위는 사근사근하다못해 씩씩하게 이루어졌다. 할머니는 (정우맨션에 살기 시작한 어머니가 노력하는 것처럼) 특별히 다른 사람에게 친절하게 군다거나, 자신이 가진 무언가를 내주고 싶어서 안달하지 않았다. 그래도 할머니는 내가 아는 그 누구보다 내게 많은 것을 줄 수 있는 사람이었다. 나는 어린아이에 불과했지만 그걸 알고 있었다. 할머니네 집에 머무는 동안 나는 방안으로 숨지도 않았고 후회한다느니 어쩐다느니 그런 말을 하지도 않았다. 그러니까 어머니는 내게 할머니와 할아버지의 기분을 거스르지 말라고 당부할 필요가 없었다.

어머니의 예상과 달리 그날 할머니는 정우맨션에 대해 물어보지 않았다. 새로 장만한 가구, 커다란 티브이, 내 방의 벽지나 침대보에 대해서도 물어보지 않았다. 평소와 달리 할머니는 심란해 보였고 무언가 다른 것에 정신이 팔려 있는 것 같았다. 나는 최대한 할머니의 기분을 거스르지 않기 위해 잠자코 창밖을 바라보며, 밤에 통화할 때 어머니가 틀렸다는 사실을 알려주리라는 다짐을 하고 있었다. 하지만 그날 밤 어머니에게 전화를 걸 때, 그런 생각 따위는 잊어버린 지 오래였다. 대신 소리치듯 이렇게 말했다.

"엄마, 아빠에게 동생이 있다는 사실을 알고 있었어요?"

할머니는 차 안에서 내게 그 사실을 알려줬다. 집에 가면 삼촌이 있을 거라고. 돌이켜보면 그 말을 하는 할머니의 표정에는 관대함이, 체념한 사람의 억지스러운 관대함이 어려 있었다. 어머니는 금시초문이라고 했다. 사실, 어머니는 할머니네 가족에 대해 금시초문인 게 많았다. 어머니는 할머니와 절대 대면하지 않았고 할머니네 집에 방문해본 적도 없다고 했다. 어머니는 할머니와 관련된 (자신이 모르는) 사항들에 심드렁하게 굴었지만, 죽은 전남편에게 동생이 있다는 사실을 알지 못했다는 건 좀 다르게 받아들이는 것 같았다. 어머니는 믿을 수 없다는 듯 물었다.

"동생? 남동생? 여동생?"

"남동생이요!"

그래, 그날 나는 아버지의 남동생을 처음 보았다. 그는 집에서 나를 기다리고 있었다. 기다리고 있었나? 모르겠다. 여하튼 집안으로 들어가자 그가 거실 소파에 앉아 있었다. 그는 스물다섯 살로 자신의 죽은 형—그러니까 내 아버지—과는 열두 살 차이가 났다. 4월에 제대를 했는데, 군대에 가기 전에는 외국에 있었다고 했다. 제대한 지 몇 달밖에 지나지 않았는데도 군인의 느낌이 전혀 없었다. 키가 크고 마른데다가 눈꼬리가 처져 있어서 병약하면서도 꿍꿍이가 있는 듯한 느낌을 주었다. 왼쪽 새끼손가락에는 은반지(아니다, 은이 아니라 백금이었을 것이다)가 끼워져 있었다. 그가 다가와 나를 내려다보며 말했다.

"아, 너가 그애구나."

그의 말투에서 나를 향한 반가움이나 호의 같은 건 찾아볼 수 없었다. 그렇다고 쌀쌀맞거나 꺼리는 기색도 아니었다.

"내가 누군지 알아요?"

내가 대답했을 때, 할머니가 낮고 조용한 목소리로 말했다.

"그만해라."

곧바로 나는 입을 다물었다. 하지만 그는 아니었다. 그는 할머니의 말을 가볍게 무시해버렸다.

"너는 아빠를 별로 닮지 않았나보다. 너네 아빠는 마르고 키가 컸는데…… 엄마를 닮은 건가……?"

"입다물어라!"

"뭐 어쨌든 너희 엄마는 정말 대단해. 너희 엄마가 여름마다 너를 여기에 보내는 대가로……"

갑자기 무언가가 와장창 쏟아지는 소리가 나서 돌아보니 주먹을 쥔 할머니의 발 아래로 화병이 나뒹굴고 있었고, 화병에서 쏟아진 물과 수국이 그 옆에 어지럽게 흩어져 있었다.

"여기가 어디라고 함부로 입을 놀려! 이러는 걸 네 아버지가 가만 두고 보실 거 같으냐?"

나는 할머니가 그렇게까지 소리지르는 걸 처음 봐서 그 자리에서 얼어버렸다. 그는 말을 멈추고 나를 바라보며 미소를 지었다. 민망하거나 겸연쩍어서 짓는 미소가 아니었다. 그는 완전히 자신만만했다. 자신을 제외한 이 세상의 모든 이를 아둔하고 미욱한 존재로 만들어버릴 수 있다는 듯한, 말을 멈출지 말지는 자신이 선택하는 것이고 자신이 원한다면 누구든지 상처를 입힐 수 있으리라는 자신만만한 미소. 나는 그때 그의 얼굴을 보며 무슨 생각을 했던가?

그해 여름 그 집에 머무는 동안 삼촌을 볼 기회는 그리 많지 않았다. 더 솔직하게 말하면 손에 꼽을 정도였다.

그를 다시 본 건 며칠 후였다. 할머니네 집에서는 식사시간이 되면 누구나 단장을 끝낸 후 자신의 자리에 앉아 있어야 했다. 팔 인용 식탁의 가로면 중 한쪽에 할아버지가 앉았고, 할아버지의 오른쪽 면 중앙에는 할머니가, 그리고 왼쪽 면 중앙에는 내가 앉았다. 아주머니의 자리도 정해져 있었다. 혹시라도 있을지 모르는 요구 사항에 대비해서 아주머니는 우리의 식사가 끝날 때까지 부엌에서 기다렸다. 언젠가 내가 서울로 올라가는 차 안에서 이런 상황을 이야기했을 때, 어머니는 고개를 절레절레 흔들며 비인간적이라고 했다. "다른 사람들이 밥을 다 먹을 때까지 그 자리에서 쳐다보며 기다리고 있으라니 그게 얼마나 끔찍한 일이니?" 하지만 그런 건 아니었다. 식당과 부엌은 분리되어 있었고 아주머니는 우리가 식사하는 모습을 바라보고 있을 필요가 없었다.

그날 아침식사를 하러 식당에 갔을 때, 삼촌이 내 자리에 앉아 있었다. 그 모습을 보자 심장이 빨리 뛰기 시작했다. 그리고 그의 목소리가 떠올랐다. 너희 엄마는 정말 대단해. 너희 엄마가 여름마다 너를 여기에 보내는 대가로…… 나는 그가 우리 어머니에 대해 또 어떤 표현을 사용할 수 있는지, 혹은 그가 할아버지나 할머니에 대해서는 어떤 식으로 이야기할 수 있는지 궁금했다.

나를 본 그가 자신의 옆자리를 손으로 두드렸다.

"거기는 내 자리가 아닌데요."

"괜찮아, 아무 데나 앉으면 돼."

나는 머뭇거리다가 그의 옆자리에 앉았다.

"휴식을 취한다는 말, 알아?"

나는 조심스럽게 고개를 끄덕였다. 그는 장난스러운 미소를 띠고 또 한번 질문했다.

"영원히 휴식을 취한다, 는 말은 무슨 의미인지 알아?"

나는 이번에도 고개를 끄덕였다. 그는 눈을 가느다랗게 뜨고 마치 이런 식의 주제로 넘어오는 게 정해진 수순이라는 듯이 할아버지를 어떻게 생각하느냐고 물었다. 나는 그의 얼굴을 올려다보았는데, 어쩐지 그렇게 하기 위해서는 굉장한 용기가 필요했다. 구겨진 반팔 티, 헝클어진 머리카락, 번들거리는 이마, 그리고 턱 아래에 남아 있는 옅은 수염 자국. 그에게서 술냄새와 땀냄새, 그리고 내가 알지 못하는 체취 같은 것이 느껴졌다. 나는 시선을 떼고 대답했다.

"할아버지는 적막한 걸 좋아하세요. 무척 과묵하시거든요."

정말로, 할아버지는 놀라울 정도로 말을 안 했다. 나는 원하는 게 있으면 입 밖으로 드러내야 했지만, 할아버지는 그럴 필요가 없었다. 할아버지에게 언어는 불필요한 것, 소리는 낭비에 불과했

다. 때때로 할아버지는 그저 헛기침만으로 할머니의 말문을 막을
수도 있었다. 이를테면 삼촌이 없는 자리에서 할머니가 삼촌에 대
해 말할 때(걔를 다시 외국으로 보내야 해요, 걔가 집안 망신을 시
키고 있다고요, 걔는 정신을 차릴 기미도 안 보여요 등등) 할아버
지는 헛기침을 몇 번 했고 그러면 할머니는 입을 다물었다.

　삼촌은 내가 '과묵하다'는 표현을 사용한 것 때문에 약간 놀란
것 같았다.

　"그런 말도 알아?"

　"뭐가요?"

　"과묵하다? 적막하다?"

　그 정도는 식은 죽 먹기였다. 하지만 이상했다. 그전까지는 어
른들이 나 때문에 깜짝 놀랄 때면 언제나 뿌듯함을 느꼈는데 삼
촌의 그 말에는 도리어 기분이 언짢아졌던 것이다. 그가 무언가를
더 말하려는 찰나, 할머니와 할아버지가 식당으로 들어왔다. 할아
버지는 삼촌을 보고 못마땅하다는 듯 헛기침을 했고, 할머니는 잠
깐 멈칫하는 듯하더니 이내 평정심을 되찾았다. 할머니는 내게 잠
은 잘 잤는지, 어떤 꿈을 꿨는지 물어본 뒤 그날 일정을 일러주었
지만, 삼촌이 있는 쪽으로는 눈길도 주지 않았다.

　자리에 앉은 할아버지가 숟가락을 들었을 때(우리는 할아버지
가 숟가락을 들어야 식사를 시작할 수 있었다), 삼촌이 갑자기 부
엌을 향해 큰 소리로 아주머니를 불렀다. 아주머니는 바로 식당으

로 건너왔다. 당연했다. 그게 아주머니의 임무였으니까. 뭐가 필요하느냐는 아주머니의 질문에 삼촌은 빈 의자를 가리키며 정중한 투로 말했다.

"아주머니, 저희와 함께 식사하시죠."

함께 식사를 하자는 말, 그것뿐이었다. 어디에나 널려 있는 일상적인 그 말, 혹은 호의가 담긴 그 말은 그 순간, 거기에 모인 사람들을 가차없이 흔들어서 순식간에 기진맥진하게 만드는 혹독한 주문처럼 느껴졌다. 하지만 어째서? 그가 욕설을 내뱉은 것도, 아주머니를 모욕한 것도 아닌데? 오히려 그의 말투는 이루 말할 수 없이 격식을 갖추고 있었는데? 영문을 알지 못한 채로 나는 속절없이 그의 주문에 걸려든 것 같았고 멍하니 할아버지와 할머니, 삼촌, 그리고 아주머니의 얼굴을 번갈아 쳐다볼 수밖에 없었다. 아주머니는 삼촌을 바라보고 어색하게 웃으면서 말했다.

"아니…… 나는……"

삼촌은 아주머니를 똑바로 보며 아까보다 더 예의바르게 말했다.

"여기 앉아서 같이 식사하시죠. 그런 식으로 저희가 다 먹을 때까지 혼자 기다릴 필요 없으시잖아요."

아주머니는 곤란한 표정을 지었지만 시선은 빈 의자와 식탁 위음식들에 가 있었다.

"그래, 가서 밥 한 그릇 가지고 와. 같이 먹어보자고."

할머니가 차분하고도 엄숙하게 말하자, 그제야 아주머니는 퍼뜩 정신이 돌아온 양 고개를 들었다. 그리고 코를 한 번 훌쩍이며 앞치마에 손을 닦은 후 위엄 있는 말투로 이야기했다.

"필요한 게 있으면 부르세요. 저는 부엌에 가 있을 테니."

아주머니가 나가자마자 할아버지가 분노 서린 목소리로 말했다.

"이 새끼, 한마디만 더 하면 혀를 잘라 집에서 쫓아낼 줄 알아라! 내 말 알아듣겠나?"

나는 잔뜩 주눅이 들어서 고개를 숙이고 있었지만, 삼촌의 표정이 너무 궁금해서 참지 못하고 슬그머니 그의 얼굴을 바라보고야 말았다. 삼촌은 이번에는 웃지 않았다. 그는 자리에서 일어나 고개를 뻣뻣하게 들고 누구에게 하는지 모를 인사를 했다.

"식사 맛있게들 하세요."

식당을 나가기 전에 그는 나를 보고 이렇게 말했다.

"너도."

너도. 이 뒤에 생략된 말은 명확했다. 너도 식사 맛있게 해라. 그러니까 식당에 앉아 있던 사람들 속에 나를 포함시키는 말. 내 자리가 어디인지 분명하게 인식시키는 말. 하지만 그후로 나는 그가 그 뒤에 붙이고 싶었던 말이 다른 것이었을지도 모른다고, 그랬으면 좋겠다고 간절하게 바라곤 했다.

그날 우리가 식사를 마칠 때까지 부엌을 지키고 있던 아주머니는 어떤 생각을 하고 있었을까? 내가 확실하게 알고 있던 한 가지는 아주머니는 단 한순간도 삼촌을 좋아한 적이 없다는 사실이었다. 그날 오후에 나와 단둘이 남게 되었을 때(나는 아주머니가 빨래를 개거나 하는 일을 도와주었다), 아주머니는 코웃음을 쳤다. "만날천날 밤만 되면 기어나가기나 하는 게 뭘 안다고 지껄이는지 알 수가 없다. 뭐가 뭔지 천지 구분도 못한다 아이가……" 그리고 분통이 터져서 못 견디겠다는 듯 덧붙였다. "자동차를 뺏어버리든가 해야지. 어째 저래 무르게 구는지 알다가도 모르겠네." 그리고 마침내 이렇게 말했다. "저러다가 저 난봉꾼 자식이 지 새끼라고 사내아를 데리고 오면 어쩔라고 저러노." 잠시 후 아주머니는 나를 돌아보며 물었다.

"니 난봉꾼이 뭔지 아나?"

나는 고개를 끄덕였다.

언젠가 아주머니는 이런 말을 하기도 했다. "아이고 참말로, 우리 사모님 불쌍해서 어쩌면 좋노…… 나라면 정말 못 산다, 못 살아……" 아주머니는 할머니와 할아버지 모두를 깍듯하게 대했지만, 내가 느끼기에는 할머니의 심기를 거스르지 않으려고 특별히 더 노력하는 듯했고 어떤 사안에 대해서든 언제나 할머니의 입장에서 생각하는 것 같았다. 나는 아주머니가, 할아버지가 아닌 할머니를 자신의 '진짜' 주인이라고 받아들였기 때문에 그러는 거라고 여겼지만, 훗날 시간이 많이 흐른 후에는 그 생각이 완전히 잘못되었다는 것을 깨닫게 되었다. 아주머니에게는 할아버지가 그 집의 진정한 주인이라는 사실이 뼛속까지 각인되어 있어서 할아버지의 편을 들 수조차 없었던 것이다.

　난봉꾼, 이 단어를 아느냐고 아주머니가 물었을 때 고개를 끄덕였지만, 그건 거짓말이었다. 사실 나는 난봉꾼의 의미를 몰랐다. 다음날 오후, 나는 할아버지의 서재로 향했다. 책장에 꽂혀 있는 여러 권의 국어사전 중 가장 두꺼운 것을 꺼내서 난봉꾼이라는 단어를 찾아 소리 내어 읽어보았다.
　"허랑방탕한 짓을 일삼는 사람."
　그다음으로는 '허랑방탕하다'를 찾아서 역시 이번에도 소리 내어 읽어보았다.
　"언행이 허황하고 착실하지 못하며 주색에 빠져 행실이 추저분하다."
　이런 식으로는 끝이 없을 것 같았지만 나는 참을성을 가지고 '주색'을 찾아보았다.
　"술과 여자를 아울러 이르는 말."
　나는 삼촌이 술을 마시는 모습을 상상해보았다. 그리고 여자들과 함께 있는 모습도. 하지만 술과 여자에 빠진다는 그 말의 의미가 아주 선명하게 다가오지는 않았다. 나는 이번이 진짜 마지막이라는 심정으로 'ㅊ'으로 시작되는 단어 부분을 펼쳐 손가락으로 훑어내려갔다.
　"추저분하다: 더럽고 지저분하다."

나는 내 방에서 노트를 가져와 이렇게 적었다. '난봉꾼: 언행이 허황하고 착실하지 못하며 술과 여자에 빠져 행실이 더럽고 지저분한 짓을 일삼는 사람.' 하지만 이번에는 소리 내어 읽지 않았다.

그렇게 난봉꾼은 몇 개의 단계를 거쳐 결국은 '더럽고 지저분하다'에 도달했다. 집밖에서 밤을 보내고 돌아온 삼촌의 머리카락에는 언제나 기름이 끼어 있었고 이마는 번들번들거렸다. 그의 특질들이 있었다. 은근하고 뻔뻔한 태도, 슬쩍 흘기는 듯한 눈길, 고개를 숙이지 않고 일부러 무시하며 주위 사람들을 아연실색하게 하는 하찮은 권위. 난봉꾼의 권위. 문득, 반의 남자애들과 팔꿈치가 닿은 여자애들이 "악, 더러워!"라고 소리지르던 모습이 떠올랐다. 브래지어를 착용한 여자애를 향한 남자애들의 끈질긴 장난질, 무시와 괴롭힘, 칠판에 적힌 이름, 호들갑, 숙직실, 여자애들의 기다란 머리카락, 샴푸 향, 노크, 저절로 올라가는 팔과 충청도 사투리를 쓰는 여자…… 그해 여름 나는 그런 식으로 시간이 날 때마다 할아버지의 서재에서 국어사전을 찾아보다가 멍하니 생각에 빠져들곤 했다.

내가 서재에서 주야장천 국어사전만 들여다본 것은 아니었다. 외국의 고전소설, 사진집, 때 지난 신문, 유명 화가들의 화집, 의미를 알 수 없는 잡지…… 나중에 나는 이 시기의 나에 대해 이렇게 설명하곤 했다. "나는 서재에 있는 책들을 탐닉했어."

잠자코 고개를 끄덕이던 그 유약하고 무구한 여자애가 책에 탐닉하다.

나는 이렇게 쓰고 마침표를 찍고 싶은 유혹을 느낀다. 이 문장 속에서 그 시절 내가 존재하는 방식이 마음에 들기 때문이다. 하지만 앞에서도 말했듯이 나는 지금 이 글을 최선을 다해 진실되게 쓰려고 노력중이므로 이런 식으로는 쓰지 않을 것이다. 사실 내가 탐닉했던 건 책 그 자체가 아니라 특정한 단어들이었다. 때 지난 신문들에서 발견한 '고르바초프'와 '공화국' '통제 불능' '해빙' '방화' 기타 등등. 실제로 이런 단어들을 사용해보기도 했다. "할머니, 고르바초프가 소련을 해체시킨 거래요." 이런 유의 말을 하면 할머니는 감동받았다. "넌 정말이지 네 아빠를 꼭 빼닮았다. 넌 너네 아빠가 얼마나 훌륭한 사람이었는지 알아야 해." 할머니는 내겐 뛰어난 '여성'이라는 단어를 썼지만 아빠를 지칭할 때는 훌륭한 '사람'이라는 단어를 썼다.

처음 보는 단어들은 노트에 적어두었는데, 그중에는 입 밖에 내거나 의미를 찾아봐서는 안 되며, 어른들에게 물어봐서도 안 되는 단어들이 있었다. 나는 거의 본능적으로 그것들을 가려낼 수 있었고, 그런 단어들은 노트의 가장 뒷장에 아주 작은 글씨로 적어두었다.

나는 삼촌과 마주치면 어려운 단어들을 구사할 생각이었다. '과묵하다'나 '적막하다' 따위는 아무것도 아니라는 사실을 알려주고 싶었다. 매일 밤, 어둠 속에서 나는 삼촌을 떠올리며(내 머릿속의 그는 처음 만난 날 보여주었던 그 미소를 짓고 있었다) 어려운 단어들로 만든 문장들을 속삭였다. 할아버지는 과묵해요. 할머니는 바다를 사모해요. 엄마는 모임을 주관해요. 친구들과 헤어진 것 때문에 나는 비통함을 느꼈어요. 납치당한 적 있는 그애의 언어능력은 쇠퇴하고 있어요. 바닷가의 갈매기들은 하늘로 비상해요……

하지만 그런 단어를 쓸 수 있는 기회는 쉽게 찾아오지 않았다. 할머니와 삼촌은 집안에서 거의 마주치지 않았고 마주치더라도 서로를 투명 인간 보듯 대했다. 아니다, 그건 투명 인간을 보듯 한 게 아니다. 그들은 서로가 보이지 않는 듯 굴면서도 서로에 대한 미움을 사방으로 뿜어댔다. 나는 대부분의 시간을 할머니와 보냈기 때문에 그와 마주치더라도 쉽사리 인사를 하거나 말을 걸 수 없었다. 이상한 점은 내가 그들의 관계를 자연스럽게 받아들였다는 것이다. 아들을 경멸하는 어머니와 어머니를 증오하는 아들. 나는 그저 삼촌과 이야기할 기회를 얻지 못한 것 때문에 애가 탈 뿐이었다. 한밤중에 어둠 속에서 이러저러한 단어들로 문장을 만들다가도, 문득 걱정이 엄습했다. 이러다가 삼촌과 말 한마디 하지 못하고 서울로 올라가게 되면 어떡하지? 그의 기억 속에 영원히 내가 그저 그런 여자아이로 남게 되면 어떡하지?(사실 이런 걱정은 이치에 맞지 않았다. 나는 어쨌든 매년 할머니네 집으로 내려가야 했기 때문이었다.)

며칠 후, 드디어 삼촌과 대면할 기회를 얻었다. 할머니가 할아버지와 단둘이 외출한 날이었다. 삼촌이 밤새 바깥에 있다가 아침에 들어왔다는 사실을 알고 있었기 때문에 할머니와 할아버지가 외출 준비를 할 때부터 내 마음은 이미 삼촌의 방이 있는 삼층으로 옮겨가 있었다. 점심식사를 마친 후 아주머니가 같이 장을 보러 가자고 했을 때 나는 집을 지키고 있겠다고 말했다.

"집을 지키고 있겠다고?"

"네, 개처럼요. 충직한 개처럼요."

어째서 그런 단어가 튀어나왔는지 알 수 없었다.

"개? 충직한 개?"

"아아, 멍멍이 말이에요. 멍멍이."

아주머니는 신통하다는 듯 내 머리를 쓰다듬었다. 그러고는 (마치 내가 집에 혼자 머물기라도 하는 것처럼) 누가 와도 문을 열어줘서는 안 된다고 신신당부한 후 장바구니를 들고 나갔다.

아주머니가 나간 걸 확인한 나는 위층으로 향하는 계단 앞에 섰다. 털털털 요란한 소리가 나는 에어컨을 제외하고는 모든 게 열기 속에서 입을 다문 것 같았다. 커다란 창문 밖으로는 지상의 모든 것을 부술 듯이 태양빛이 내리쬐고 있었다. 내 목덜미를 타고 땀방울이 흘러내렸다. 내 방은 이층에 있었다. 일층에서 이층으로 올라가는 건 아무것도 아니었는데, 이층에서 삼층으로 올라가는 건, 고작 한 층 더 올라가는 것뿐인데도 그 차이가 너무 극적으로 다가왔다. 나는 난간을 꽉 붙잡았다. 어떤 이유에서든 내가 삼촌을 만나려고 시도하는 것 자체가 할머니에 대한 명백한 배신이었다. 그분들 기분을 거스르지 마라, 나는 어머니의 말을 떠올렸다. 할머니랑 할아버지를 사랑할 필요까진 없지만……

삼촌은 난봉꾼이었고, 악당이었고, 무뢰한이었다. 적어도 이 집 안에서 삼촌을 사랑하는 사람은 아무도 없었다(물론 이건 사실이 아니었다. 그가 그 누구에게도 사랑을 받지 못했다면 어떻게 그 집에 머무르는 게 가능했겠는가?). 그럼에도 불구하고—아니다, 다름 아닌 바로 그 이유 때문이었을 것이다—그 순간 내가 가장 필요하다고 느낀 것, 갈급하게 열망한 것은 나 자신이 어리고 어리숙한 여자아이가 아니라는 그의 승인이었다. 그가 나를 보고 감탄하고 나에게 사과하는 것이었다. 그는 사과를 하고 나는 용서를 한다. 하지만 그가 도대체 내게 어떤 잘못을 저질렀단 말인가?

삼촌 방은 복도 가장 끝에 있었다. 복도를 얼쩡거리다가 나는 결국 그의 방문을 두드렸다. 딱 세 번이었다. 똑똑똑, 이렇게. 그 두드림 속에는 성급함이나 조급함, 망설임이 포함되어 있지 않았다. 어쨌든 지금의 나는 그랬다고 믿고 있다. 문이 열릴 기색이 보이지 않았지만 나는 거기에 서서 가만히 기다렸다. 품위를 지키려고 노력하면서. 하지만 결국 굴복하는 마음으로 한번 더 문을 두드릴 수밖에 없었다. 이번에도 세 번만. 똑똑똑. 잠시 후 방문이 열렸다. 그가 문을 반쯤 열고 그 뒤에 서 있었다. 그는 놀라지도 않았고, 미소를 짓지도 않았고, 화가 난 것 같지도 않았다. 이 상황이 별로 대수롭지 않다는 듯 나를 내려다보며 뚱한 말투로 물었다.

"왜? 무슨 일이 있니, 꼬마야?"

그의 목소리—나를 '꼬마'라고 부르는—를 듣자 갑자기 초조해졌다. 나는 그가 나를 보고 펄쩍 뛰고, 놀라고, 소리를 지를 줄 알았는데…… 밤중에 어둠 속에서 그를 떠올리며 외웠던 문장들을 되뇌려고 애썼지만 하나도 떠올릴 수가 없었다. 어째서? 대신 그 순간 깨달은 것은 내가 백 개가 넘는 단어로 문장을 만들어 외운다 한들, 그런 건 그에게 아무 소용도 없으리라는 사실이었다. 그가 감탄하거나 나에게 용서를 구하는 일은 절대 생기지 않으리라는 사실이었다. 그것은 그에게 아무런 의미도 없는 일이었다. 실수, 잘못된 판단을 내리는 무분별한 어린아이, 소녀, 그게 바로 나였다. 초대받지 못한 곳의 문을 뻔뻔하게 두드리고 아무 말도 못한 채 서 있는 어리숙한 소녀, 그게 나였다. 나는 기가 꺾인 채로 고개를 숙였다. 그의 발이 눈에 들어왔다. 맨발, 깎아야 될 것 같은 발톱, 발가락에 난 기다란 털 몇 가닥. 나는 절박한 심정으로 쥐어짜듯이 말했다.

"그때 삼촌이 우리 엄마가 나를 여기로 보내는 대가로 받는 게 있다고 했죠?"

그가 픽, 하고 웃음을 터뜨렸다.

"아, 아니야, 난 네 삼촌이 아니야."

나는 그가 거짓말을 하고 있다고 생각했고, 그 사실 때문에 안도감을 느꼈던 것 같다. 그리고, 안도감을 느꼈다는 사실 때문에 어리둥절해지기도 했을 것이다. 상대의 입에서 거짓이 튀어나오게 만드는 것 역시 일종의 권위에서 비롯된다는 사실을 깨달은 건 아주 나중의 일이다. 우스꽝스럽고 참담하지만, 그래서 누군가는 거부하겠지만 그래도 권위는 권위였다.

"거짓말! 삼촌은 우리 아빠의 동생이잖아요! 할머니가 그랬어요!"

그는 전혀 당황하지 않았다. 마치 이 순간을 기다려왔다는 듯이 차분하게 대답했다.

"아, 동생. 넌 어려서 무슨 말인지 모르겠지만, 난 네 아빠의 반쪽짜리 동생이야, 알겠어?"

그게 무슨 의미인지 알 수 없었지만, 알지 못한다는 사실을 드러내고 싶진 않았다. 그건 죽기보다 싫었다. 그래서 나는 알고 있다고 대답했다.

"와, 너는 모르는 게 없구나."

반쪽짜리 동생이라는 말의 의미는 몰랐지만, 그가 나를 비꼬고 있다는 건 확실하게 알 수 있었다.

"그럼 말해봐. 그게 무슨 의미인데?"

그 순간 나를 가장 두렵게 한 건, 내가 할머니 몰래 삼촌의 방문을 두드렸다는 사실, 그러니까 내가 할머니를 배신했다는 사실을 들키는 것이 아니었다. 내가 가장 두려웠던 건, 그가 그냥 방문을 닫고 내 시야에서 사라지는 것이었다. 할머니를 배신했음에도 불구하고 내가 아무런 이득도 얻을 수 없을지도 모른다는 사실이었다. 실패한 악덕. 그것이야말로 가장 비천한 행위였다.

"너희 엄마가 받은 게 뭔지 궁금해? 잘 생각해봐. 스스로 말이야."

이상했다. 그가 그런 말을 던진 순간, 나는 거의 처음으로 그의 얼굴을 똑바로 올려다볼 수 있었다. 그리고 내 입에서 이런 말이 튀어나왔다.

"할머니와 내가 해변으로 소풍을 가는 거 알아요?"

그는 도통 영문을 모르겠다는 표정으로 나를 내려다보았다.

"거기에 삼촌, 반쪽짜리 삼촌을 초대하고 싶어요."

"뭐라고?"

이제 그는 방에서 완전히 빠져나와 방문을 닫고 서서 나를 내려다보았다. 나는 그에게 감사하는 마음이 들었는데, 만약 그때 그가 나를 위해 무릎을 굽히거나 허리를 숙였다면 아마도 수치심을 느꼈을 것이기 때문이었다. 분명히 그랬으리라.

바닷가의 위치를 자세히 알려줬지만, 나는 삼촌이 절대로 그렇게―할머니와 함께 바닷가에 가는 것―하지 않으리라고 확신하고 있었다. 그런 수고로움과 불쾌함을 감수할 리가 없다고, 자기 자신을 조롱거리로 만드는 위험을 감수하지는 않을 거라고 생각했기 때문이었다. 내가 그에게 그런 요청을 한 것은 (지금 생각해도 놀라울 정도로) 깜찍한 속임수에 불과할 뿐이었다.

그 일이 있고 난 후에도 나는 밤마다 삼촌을 떠올리며 단어를 조합해 문장을 만드는 걸 계속했다. 도저히 멈출 수가 없었다. 상상 속에서 그는 살짝 열린 방문 틈으로 몸을 반쯤만 내민 채 나를 내려다보고 있다. 언제라도 문을 닫을 수 있다는 사실을 알려주고 싶어하는 것처럼. 자신의 힘(이것 역시 남들이 거짓말을 하게 만드는 그런 종류의 치졸하고 졸렬한 권위에 불과하지만 그래도 권위는 권위이므로)을 과시하겠다는 듯이. 한편으로 그런 식으로 삼촌을 떠올리는 것 때문에 할머니에게 죄책감을 느끼기도 했다. 죄책감은 생각보다 강렬해서, 할머니와 단둘이 있을 때마다 약간 괴로운 마음이 들었다.

피크닉을 가던 그날은 그해 여름 들어 가장 기온이 높은 날이었다. 할머니와 나는 바다로 떠날 준비를 했다. 맛있는 음식이 잔뜩 든 피크닉 박스가 있었고, 나는 헐렁한 거즈 원피스 안에 수영복을 입고 있었으며 새 샌들을 신고 있었다. 차에 올라타기 전, 삼층 끝에 있는 삼촌 방을 올려다보았다. 그토록 더운 날이었는데도 창문은 꼭 닫혀 있었고 커튼까지 쳐져 있었다.

그날 해변가에는 우리밖에 없었다. 이상하리만치 그랬다. 하지만, 그리 멀지 않은 곳에서 사람들이 소란스럽게 떠드는 소리, 파도가 몰아칠 때마다 내지르는 유쾌하고도 과장된 비명소리가 들려왔다. 나는 어쩌면 그 소리가 있는 세계에 속하고 싶었을까? 멀리서 들리는 소리에 귀를 기울이며 피크닉 박스에서 복숭아를 꺼내 먹은 후, 원피스를 벗어던지고 수영복 차림으로 바다 쪽으로 걸어갔다. 사실 나는 헤엄을 칠 줄 몰랐다. 모래사장 한쪽에 샌들을 벗어두고 가만히 서서 하얀 포말을 실은 파도가 넘실거리며 지상의 모래를 흠뻑 적셨다가 아무 일도 없었다는 듯이 뒤로 물러나는 광경을 내려다보곤 했다. 지상의 구조를 헝클어뜨리고 뒤로 물러나는 것. 그리고 다시 돌아오는 것. 파도가 물러간 후 드러나는 지상은 언제나 방금 전의 모습보다 손상된 것이었다. 나는 고개를 돌려 할머니를 한 번 보았다. 할머니는 바다에 들어가라는 뜻으로 손을 휘적휘적했고 그제야 나는 천천히 물속으로 들어갔다. 그러고는 발을 바닥에 댄 채로 두 손을 움직여(헤엄치는 척을 하려던 게 아니라 그저 앞으로 잘 걸어가고 싶어서) 물속을 걸어다녔다. 물속을 걷는다. 그게 전부였다.

그날 내가 뜨거운 여름볕을 받으며 물속을 이리저리 걸어다니고 있을 때, 삼촌이 나타났다. 나의 예상을 완전히 깨고 그가 나타난 것이었다. 반팔 셔츠—그가 셔츠를 입은 건 처음 보았다—와 청바지를 입고서. 그의 얼굴과 셔츠는 땀으로 흠뻑 젖어 있었다. 아마도 우리를 찾느라 근방을 헤매고 다닌 것 같았다. 삼촌은 혼자가 아니었다. 그의 옆에는 여자가 있었다. 격식 따윈 상관없다는 듯 긴 머리카락은 하나로 모아서 위로 올려 묶고, 쇼트 진에 크롭 티를 입은 여자. 굽이 높은 하이힐을 신고 있어서 걸을 때마다 발가락에 힘을 주어야만 했을 것이다. 하지만 여자는 힘들어하거나 지쳐 보이지 않았다. 오히려 민첩하고 활력이 넘쳐 보였다. 그녀는 삼촌 옆에 붙어서서 걷는 게 식은 죽 먹기라도 된다는 듯이, 자주 입을 벌리고 허리를 꺾으며 웃었다. 물속에 서서 나는 그들을 멍하니 바라보았다. 삼촌과 내가 눈이 마주쳤던가? 마주쳤다. 그는 무표정하게 나를 바라보다가 여자에게 뭐라고 말을 했다. 그러자 여자가 내게 손을 흔들었다. 이번에도 깔깔 웃으면서. 그리고 삼촌은 할머니 쪽으로 돌진하듯 서슴없이 걸어갔고 여자도 나에게 손을 흔드는 걸 멈추고 삼촌을 따라갔다. 나는 물속에서 빠르게 걷기 시작했다. 하지만 발이 자꾸 꼬여서 헛딛는 바람에 몇 번이나 바닷물을 마셔야만 했다. 바다에서 빠져나왔을 때 완전히 젖은 내 머리카락에서 물방울이 뚝뚝 떨어져 모래사장에 흔적을 남겼다. 속이 울렁거렸고 숨도 찼다. 나는 잠시 그대로 서서 숨을 몰아쉬며 할머니가 있는 쪽을 바라보았다. 열기, 살갗을 파고드는 열기 때문에 물방울은 금방 증발했고 피부에는 까끌한 소금기가 남아서 입속에 짠맛이 느껴졌다. 할머니는 앉은 채로 손차양을 만들어(사실 이런 행동을 할 필요는 없었다. 왜냐하면 할머니는 파라솔 아래에 있었으니까) 삼촌을 올려다보고 있었다. 삼촌은 할머니를 향해 고개를 숙인 채 무언가를 말하고 있었다.

할머니랑 할아버지를 사랑할 필요까진 없지만, 그분들 기분을 거스르지 마라. 어머니는 내가 그분들의 기분을 거스르면 무언가 나쁜 결과가 도출(어머니는 정말로 이 단어를 사용했다)될 거라고 말했었다.

앞으로 무슨 일이 펼쳐질지는 뻔했다. 할머니는 화를 낼 것이다. 할머니에게 삼촌은, 그곳에서 수영복을 입고 서로 몸을 딱 붙인 채로 돌아다니는 낯모르는 젊은 연인들과는 비교도 안 될 만큼의 어마어마한 불청객이므로. 삼촌이 할머니에게 소리를 지를 수도 있다. 서로에게 소리를 지르고 화를 내고 눈물이 터진다. 손찌검을 할 수도 있을까? 하지만 할머니가 삼촌을 때리지는 않을 것이다. 삼촌의 얼굴을 향해 무언가를 던질 수는 있을 터이다. 할머니는 내가 자신을 배신했다는 사실을 알게 되고, 어머니의 말대로 나쁜 결과—그게 대체 뭐란 말인가?—가 '도출'될 것이다. 그때 나는 두려움을 느꼈던가? 그랬다. 나는 두려움을 느꼈다. 하지만 그것만이 전부는 아니었다. 정말로 그랬다. 그때 나는 흡족함 또한 느꼈다. 수고로움과 불쾌함을 감수하고 자기 자신을 조롱거리로 만들지언정, 거기에 나타남으로써 삼촌이 난봉꾼, 악당, 무뢰한의 권위를 지킨 것에 대해. 나는 그들이 주고받는 말, 서로를 완벽하게 상처 낼 수 있는 단어 하나하나, 서로를 향한 세밀한 표정까지 마음에 모두 새길 작정이었다. 그것들을 모두 마음에 각인시켜서 죽을 때까지 잊지 않을 생각이었다.

그들에게 가까이 다가갔을 때 제일 먼저 감지한 것은, 할머니와 삼촌 사이를 떠도는 위선적이고 허위적인 분위기였다. 그것뿐이었다. 내가 기대한 감정의 폭발은커녕 그런 기미도 없었다. 아니, 이 정도 표현으로는 부족하다. 내가 가까이 갔을 때 할머니는 자리에서 일어나려는 참이었는데, 삼촌은 할머니가 편하게 일어날 수 있도록 팔을 살짝 잡아주었고 할머니는 삼촌에게 이렇게 말했던 것이다.

"고맙구나."

삼촌이 할머니를 도와주고 할머니가 삼촌에게 고마움을 표시한다—나는 이 상황이 당황스러워서 속이 쓰릴 지경이었다.

"아니, 왜 더 놀지 않구 벌써 나온 게나?"

나를 발견한 할머니가 의아하다는 듯 말하자, 등을 보이고 서 있던 삼촌과 여자가 뒤를 돌아봤다. 여자는 선글라스를 헤어밴드처럼 머리 위에 얹었는데, 삐져나온 잔머리가 바람에 날렸다. 나는 여자의 길쭉하고 가느다란 팔과 다리를, 그리고 홀쭉한 배를 보았다. 솔직히 말하자면, 그 여자는 그때까지 내가 만나본 성인 여자 중 가장 아름다웠다. 문득, 수영복이 내 몸을 너무 압박하고 있는 게 아닌가 하는 불안감이 들었다. 나는 할머니가 건네주는 커다란 타월로 얼른 몸을 가렸다.

"얘, 신발은 어떻게 했어?"

할머니의 물음에 나는 그제야 샌들을 모래사장에 그대로 두고 왔다는 것을 깨달았다. 몸을 돌려 내가 걸어온 모래사장 쪽을 이리저리 살펴봤지만 샌들은 보이지 않았다. 그쪽으로 다시 가보려고 하는데, 삼촌이 말했다.

"넌 여기 있어. 삼촌이 갔다 올게."

삼촌, 그는 자신을 그렇게 지칭했다. 그러고는 나를 바라보며 미소를 지었다. 단순하고 무미건조한 미소. 나는 그의 진의를 파악할 수 없어서 얼떨떨해졌다. 삼촌이 모래사장 쪽으로 뛰어가자 여자가 자연스럽게 하이힐을 벗어 손에 들고는 그를 따라 뛰었다. 저멀리, 그들이 고개를 숙이고 내 신발을 찾고 있었다. 하지만 그들은 잃어버린 물건을 찾는 게 아니라 그저 재미삼아 어슬렁거리는 것처럼 보였다. 해의 열기는 점점 더 강렬해졌다. 끊임없이 밀려왔다가 밀려가는 파도와 수평선, 그리고 허공을 비상하는 갈매기. 나는 할머니에게로 고개를 돌렸다. 삼촌과 여자를 멍하니 바라보는 할머니의 이마는 땀으로 범벅돼 있었지만, 할머니는 손수건으로 닦을 생각 같은 건 없는 듯했다. 이윽고 할머니는 중얼거리듯 말했다.

"네 삼촌의 여자라는구나."

믿을 수 없을 정도로 마르고 예쁜 저 여자. 그날 내가 깨달은 것 중 하나는 어떤 여자를 '예쁘다'고 표현하기까지는 아주 복잡한 과정이 수반된다는 점이었다. 그건 단순히 얼굴의 한 부분—눈이나 코, 입—이 보기 좋다거나 배열이 잘 되었다거나 하는 것과는 다른 차원의 문제였다. 예쁘다는 말은 자신이 가진 어떤 요소들을 매 순간 초월하는 여자들에게만 해당되는 것이었다. 네 삼촌의 여자, 나는 이 말을 속으로 되뇌었다. 마음 깊숙한 곳이 뾰족한 바늘로 콕콕 찔리는 것 같았다. 내가 밤에 외운 단어 중 하나가 떠올랐다. 비통하다. 하지만 그 순간, 내가 느낀 감정이 정말로 비통함이었을까? 나는 할머니를 바라보았다. 할머니의 치맛자락이, 파라솔의 천이, 돗자리의 가장자리가 뜨거운 여름 바람에 흔들렸다. 할머니는 눈부신 태양 아래 언제나 이렇게 정자세로 바람을 맞으며 바닷가에서 놀고 있는 나와 바다를 바라보았었다. 그럴 때마다 나는 할머니가 그 시간을 충분히 즐기고 있다는 사실과 동시에 그 아름다운 풍경과 바다의 냄새, 대기의 열기와 사방에서 들려오는 파도 소리가 끊임없이 할머니 자신을 상처 내고 있으리라는 것을 알아차릴 수 있었다. 아니다. 이건 사실이 아니다. 내가 그 당시 할머니를 보며 그런 생각을 했을 리 없다. (다시 한번 반복하지만) 나는 최대한 이 글을 정직하게 적으려고 노력하는 중이므로 이 점을 분명히 해야겠다. 할머니가 계속해서 자신을 상처 내고 있었으리라는, 그렇게 함으로써 자신을 달콤쌉싸래한 고통과 모순적인 자기만족 속으로 밀어넣고 있었으리라는 생각을 하게 된 것은 최근의 일이다. 그 당시 나에게 세계는 번잡할지언정 단순했고, 어수선할지언정 노골적으로 존재했었으니까. 분명히 그 시절, 내가 할머니를 보며 그런 생각까지 하지는 않았을 것이다.

갑자기 할머니가 이렇게 말했다.

"네가 남자아이였다면 좋았을 텐데."

나는 너무 깜짝 놀라서 할머니를 올려다보았다. 할머니에게서는 그런 말을 내뱉은 것 때문에 후회한다거나 혹은 당황해하는 기색은 전혀 찾아볼 수가 없었다.

"없네요."

우리 쪽으로 다가온 여자가 어깨를 한 번 으쓱거렸다. 그리고 어린아이를 달래듯 나에게 말했다.

"하지만 괜찮을 거야. 신발은 또 사면 되니까."

그러고 삼촌에게 고개를 돌렸다.

"이봐요, 삼촌, 여기 이 꼬마 아가씨에게 신발 하나 사줄 거죠?"

삼촌이 씩 웃으면서 대답했다.

"아, 그럼요. 그렇고말고요."

나는 진심으로 그 여자가 미웠고, 삼촌에게 지독한 실망감을 느꼈다. 그가 너무 평범해 보여서. 난봉꾼의 자질은 찾아볼 수가 없어서. 완전히 무방비하고 속수무책인 것처럼 보여서.

잠시 후, 기사 아저씨가 일회용 접시와 종이컵, 그리고 포크를 가져다주었다. 그것뿐만 아니라 스낵과 견과류, 그리고 나를 위한 케이크와 차가운 우유도 가져다주었다. 할머니는 한복 소매를 조심스럽게 접은 후 각자 앞에 접시와 포크를 놓아주었고, 그다음에는 피크닉 박스에서 꺼낸 과일과 쿠키, 그리고 샌드위치와 초콜릿을 먹기 좋게 늘어놓았다. 여자가 도우려고 하자 할머니는 고개를 흔들며 말했다.

"아가씨는 손님이잖아요. 그냥 가만히 대접을 받다가 돌아가면 돼요."

이번에도 여자가 웃을 줄 알았는데, 그런 일은 일어나지 않았다. 여자는 웃지 않았다.

할머니는 우리가 음식을 잘 먹고 있는지, 부족한 건 없는지 주의깊게 살핀 뒤 필요한 게 있으면 기사 아저씨를 불렀다. 할머니는 마치 삼촌과 여자가 이곳을 방문하리라는 사실을 이미 알고 있었다는 듯 굴었다. 주인처럼 행동하는 것. 할머니의 세세한 보살핌 속에는 주인의 위엄이 서려 있었다. 그것은 할머니가 가진 자연스러운 생활양식이었다. 그러므로 꾸며진 행동이라고는 결코 말할 수 없을 것이다. 할머니는 이 해변가 피크닉의 주인이었고, 주최자였고, 책임자였다. 그렇다면 삼촌과 여자는? 그들은 뭐란 말인가? 초대장을 건네받은 사람들이란 말인가? 아니었다. 할머니는 초대장을 만든 적이 없었으니까. 초대장을 만든다 한들 삼촌이나 그와 관련된 사람들이 그 대상이 될 리는 없을 테니까. 하지만, 분명히 삼촌과 여자는 할머니를 바라보며 사려 깊게 이야기를 나누고 가볍게 웃었다. 영락없이 초대장을 받고 이곳에 온 사람들처럼 굴고 있었다. 불청객은 나밖에 없는 것 같았다. 불청객, 박탈당하는 것, 어디론가 한순간에 떠밀려 나가는 것.

"아까 보니까 헤엄을 못 치는 것 같던데, 너 수영할 줄 모르니?"

그녀가 말을 걸면 무시하리라고 마음먹고 있었는데, 정작 그런 상황이 되자 그렇게 하는 건 도저히 불가능했다. 그녀의 목소리가 너무 달콤했기 때문에. 입술을 움직일 때마다 사용되는 얼굴근육이 너무 아름다웠기 때문에. 나를 바라보는 눈동자가 너무 빛났기 때문에. 그래도 나는 그녀를 미워한다는 사실을 드러내고 싶어서 시선을 접시 위 케이크에 둔 채 퉁명스럽게 대답했다.

"네, 하지만 물속을 걸어다닐 수 있어요."

그리고 재빨리 덧붙였다.

"예수님처럼요."

"예수님?"

할머니가 그게 무슨 말이냐는 듯이 되물었다.

"애, 예수님은 물속을 걸어다닌 게 아니라 물위를 걸은 거야."

여자가 웃으며 내 말을 바로잡아주었다.

"그리고 바다 수영은 하나도 어렵지 않아. 부력 때문에 몸이 잘 뜨거든."

뭐라고 해야 할지 몰라서 가만히 있는데, 그녀가 한마디 더 덧붙였다.

"헤엄을 칠 줄 알면 훨씬 더 재미있을 텐데."

그 순간, 그녀에 대한 미움은 표현할 수 없을 만큼 커다란 증오로 바뀌었다. 그래, 나는 그녀를 증오했다. 그녀의 길게 뻗은 목과

쇄골을, 꼿꼿한 등을, 윤기 나는 머리카락을, 새까만 눈동자를, 가지런한 치열을, 적당히 가볍고 경쾌한 웃음소리를, 기다란 손가락을, 드러난 배의 근육을, 귀걸이가 달린 작은 귓불을 증오했다. 내 목숨을 바칠 수 있을 정도로. 정말로 내 목숨을 다 바칠 수 있을 정도로. 그런 생각을 하자 갑자기 몸이 떨려왔다. 무수한 작은 돌기가 살갗으로 올라오고 마른침을 꿀떡 삼키게 되는 것. 순전히 신체적인 영역에 속하는 반응들.

그때, 문득 이런 생각이 들었다. 명징하고도 정확한 깨달음―나는 이 모임의 불청객이 아니다. 불청객이 아닌 정도가 아니라 여기에 삼촌을 초대한 것은 바로 나 자신이다. 내가 이 해변가 피크닉의 주인이고 주최자이고 책임자다. 그러므로 주인의 위엄은 내 것이다. 진정한 불청객은 바로 저 여자다.

"쟤는 되게 똑똑해."

삼촌이 말했다. 나는 삼촌이 비꼬는 것인지 아닌지 헷갈렸고 미심쩍은 마음이 들었다. 쐐기를 박듯이 그가 덧붙였다.

"모르는 게 없거든."

나는 몸을 덮고 있던 타월을 꽉 여미며 삼촌을 바라보았다. 자신은 어수룩하고 순진해서 나같이 '모르는 게 없는' 여자애는 도무지 이길 수 없다는 듯한 표정을 짓고 있는 그를 보자, 그 순간 해야 할 일이 떠올랐다. 대놓고 배신자가 되겠다고 선언하는 것. 나는 어린아이에 불과했지만 뻔뻔하고 경박하게 타락할 수 있었다. 모두를 깜짝 놀라게 만들 수 있었다. 그렇게 함으로써 내가 있을 자리를 스스로 결정할 수 있었다.

"나는 바보 천치예요. 삼촌도 알고 있잖아요?"

그렇게 말하자, 할머니가 있을 수 없는 일이 일어났다는 듯한 표정으로 나를 보았다.

"세상에, 얘야, 누가 그런 말을 너에게 알려줬니? 엄마가 알려줬니?"

나는 망설이지 않고, 여전히 삼촌의 얼굴에서 눈을 떼지 않은 채 입을 열었다.

"엄마는 나를 팔아넘겼어요."

그 말을 내뱉는 짧은 시간 동안, 나는 너무 짜릿했고 약간 어지럽기까지 했다. 이번에야말로 할머니는 삼촌을 비난할 것이고, 삼촌은 할머니에게 소리를 지를 것이다. 나는 그들이 서로에게 화를 내는 상황을 기꺼이 맞이할 준비가 되어 있었다. 하지만 삼촌의 여자—내가 증오해 마지않는 그 여자—는 나와 다를 것이다. 그런 일이 일어난다면 그녀는 이곳으로부터, 우리로부터 달아날 것이다. 나는 승전고를 울리고 춤이라도 추고 싶은 심정이 되었다.

하지만 이상했다.

아무리 기다려도 내 승리를 뒷받침해줄 그 어떤 나팔소리도 들리지 않았고, 화려한 색종이들의 흩날림 같은 것도 없었다. 누구의 감정도 들끓지 않았고 그런 기미조차 보이지 않았다. 침묵. 할

234

머니와 삼촌은 그저 두리번두리번하며 이해할 수 없다는 듯한 표정을 짓고 있을 뿐이었다. 내가 내뱉은 말에 대한 판단—불경하다느니 경박하다느니 경솔하다느니—조차 내리지 못하겠다는 듯이, 아무리 애를 써도 도저히 이해할 수 없는 말을 들은 것처럼, 내가 무슨 괴상한 소리라도 입 밖에 낸 것처럼.

잠시 후, 삼촌이 모든 것을 어렵사리 파악했다는 투로 고개를 흔들며 천연덕스럽게 말했다.

"꼬마 아가씨가 꿈을 꿨나보네. 엄마가 보고 싶어서 말이야."

"아, 악몽을 꿨구나."

여자가 진심으로 내가 안됐다는 듯이 말했다.

"나도 네 나이 때는 가끔 꿈이랑 현실을 구분하지 못하곤 했었어."

모욕당한 기분으로 나는 도움을 청하듯이 할머니를 바라보았다.

"그럴 때도 있는 거지."

할머니가 어이없는 일도 다 있다는 투로 웃으며 그렇게 말했을 때, 마침내 나는 낙담했고 패배를 인정할 수밖에 없었다. 순도 백 퍼센트의 패배였다. 빠져나갈 구멍이라고는 없었다. 방금 전까지 나를 고양시켰던 감정들은 순식간에 증발해버렸다. 자잘하고 성가신 소금기만을 남긴 채. 나는 알 것 같았다. 주인의 권위는 그런 식으로 간단하게 부여되는 게 아니라는 것을. 나는 여전히 가짜 배신자, 작은 협잡꾼에 불과하다는 것을. 그들—할머니와 삼촌―의 그러한 표정, 말투, 그들이 구사하는 문장은 그저 그런 속임수가 아니었다. 그건 진짜 마술이었다.

그들은 서로를 사랑하게 된 것이었다.

누가 왜 그런 마술을 부렸는지, 누가 왜 그런 마술을 필요로 하는지는 알 수 없었지만 그들이 서로에게 다정하게 말을 걸고, 미소를 짓고, 고개를 끄덕이는 건 내 눈앞에 실재하는 일이었고, 다른 그 어떤 것으로도 대체될 수 없는 현실, 진실된 세계의 모습이었다.

삼촌이 여자에게 말했다.

"쟤한테 네 어릴 적 사진을 보여줘."

그 말을 들은 그녀는 좋은 생각이라는 듯 고개를 끄덕이고 자신의 지갑에서 사진 한 장을 꺼냈다.

"이 시절의 나를 좋아해서 항상 지갑에 넣고 다니거든. 네 나이 때의 나야."

나는 마지막 자존심은 지키고 싶었으므로 그녀가 건넨 사진을 못 본 척 고개를 숙인 채, 케이크를 크게 떠서 입안에 넣고 우물우물 썹었다. 나 대신 사진을 받아든 사람은 할머니였다. 나는 몰래 사진을 힐긋거렸다. 사진 속 여자아이는 나보다 두세 살은 어려 보였다. 양 갈래로 머리를 땋은 어린 그녀는 분홍색 니트와 청반바지를 입고 모델처럼 초록색 봉을 잡고 서 있었다. 할머니는 그 사진을 유심히 들여다보았다.

"아주 귀여운 아이군요."

이윽고 할머니가 여자에게 사진을 돌려주며 말했다.

"아휴, 내 정신 좀 봐, 아가씨에게 케이크 한 조각도 안 줬네."

그녀는 괜찮다고, 자신은 원래 케이크를 먹지 않는다고 대답했다. 체중 관리를 해야 한다고, 그건 여자의 숙명이라고 덧붙였다.

"어릴 적에 저는 정말 예뻤거든요. 그때 알고 지냈던 어른들을 지금 다시 만나면 그런 말을 해요. 세상에, 얘, 너에게 무슨 일이 생긴 거니? 옛날의 그 얼굴은 어디로 간 거야? 이렇게 말이에요."

"그렇게 무례한 사람들은 만날 필요가 없어요. 정말 그럴 필요가 없어요. 우리가 만나는 사람이 우리 자신이 어떤 사람인지 일깨워주곤 하죠."

할머니는 미소를 지으며 기어코 여자의 접시에 케이크를 담아 건넸다. 순간적으로 여자는 고개를 살짝 저었지만 접시를 받아들었다.

"정말 대단하세요."

할머니는 음식을 정리하는 것에 정신이 팔려서 여자의 말을 못 들었다는 듯이 되물었다.

"뭐가 말이요?"

"이 모든 게요. 이렇게…… (그녀는 잠시 망설였다.) 아들을 훌륭하게 키우신 것이며, 손녀를 돌봐주시는 것이며…… 같은 여자로서 정말 대단하다고 생각해요."

갑자기 삼촌이 픽, 소리 내어 웃었다. 할머니는 손을 멈추고 삼촌을 바라보았다. 하지만 할머니는 그 어떤 말도 하지 않았고 곧이어 시선을 저멀리 바다로 옮겼다. 그러고는 무언가를 기다리는 사람처럼 입술 끝을 올려 미소를 지었다. 마치 밀랍 인형 같은, 미끈하고 밋밋하지만 절대 무너지거나 굴복하지 않을 그런 미소였다.

그 미소를 보는 순간, 나는 더이상 할머니에게 미안함이나 죄책감을 느끼지 않게 되리라는 생각이 들었다. 이상하게도 그런 생각이 들었다. 그리고 내가 마침내 할머니를 사랑하게 되었음을 깨달을 수 있었다.

어째서였을까? 그 순간 머릿속에 충청도 사투리를 쓰는 여자 이야기가 그토록 선명하게 떠오른 것은? 아이들의 배를 잡게 만들고, 어머니를 쩔쩔매게 만들었던 그 이야기.

"충청도에 사는 노처녀가 있었어. 뚱뚱하고 못생겨서 남자를 사귀어본 적도 없었지. 어느 날 그 동네에 사는 지혜로운 할머니가 남자한테 사랑을 받고 싶으면 무슨 말에든 괜찮아유, 라고 대답하라고 그 여자에게 충고를 해줬어. 그렇게만 하면 사랑을 받을 수 있을 거라고. 선을 보기로 한 여자는 마음 깊이 다짐했어. 남자가 뭐라고 하든 괜찮아유, 라고 대답하기로. 여자가 선을 보는 장소로 가는데 비가 오기 시작한 거야. 우산이 없었던 여자는 비에 홀딱 젖어버렸지. 너무 젖어서 속옷이 다 비칠 정도였어. 여자는 물방울을 뚝뚝 떨어뜨리면서 호텔 커피숍으로 갔어. 남자가 기다리고 있었지. 남자가 여자를 보고 말했어.

옷도 말릴 겸 방으로 가는 게 어떻겠어요? 괜찮아요?

괜찮아유.

방에 들어간 여자는 옷을 벗고 샤워를 한 후 가운을 입고 나왔어. 남자가 여자에게 한번 안아봐도 되겠느냐고 물었고 여자는 대답했어.

괜찮아유.

남자는 여자를 껴안았어. 그리고 숨이 막히지 않느냐고 물었어. 여자는 대답했어.

괜찮아유.

남자는 더 힘껏 여자를 껴안았어. 그리고 침대에 눕혔어. 그러면서 정말 숨이 막히지 않느냐고 물었어. 여자는 대답했어.

괜찮아유.

남자는 더 힘껏 껴안았어. 여자는 계속 말했어.

괜찮아유, 괜찮아유, 괜찮아유.

여자는 너무 행복했어. 그래서 남자를 꽉 껴안았지. 정말로 꽉 말이야. 어느 순간에 여자는 남자가 아무 말도 하지 않는다는 사실을 깨달았어. 그제야 알게 된 거야, 자신의 품에서 남자가 숨이 막혀 죽어버렸다는 걸. 알겠어? 여자는 남자를 죽여버린 거야! 자신을 최초로 사랑해준 남자를 말이야!"

나는 언제 어디서고 이 이야기를 할 수 있었고, 몇 번이나 반복

할 수 있었다. 쉬는 시간에 교실 안에서, 체육 시간에 선생의 눈
을 피해 친구들과 옹기종기 모인 운동장 구석에서, 집으로 돌아가
는 길거리에서…… 충청도 사투리를 쓰는 여자는 몇 번이고 반복
해서 남자를 죽일 수 있었다. 자신을 최초로 사랑해준 그 남자를.
자신을 최초로 포용해준 그 남자를. 그것은 만천하에 공개된 씻
을 수 없는 죄였다. 그럼에도 불구하고 그 이야기 속의 어떤 요소
는 끊임없이 우리를 웃게 만들었고 몇 번을 반복해도 사그라들지
않았다. 사그라들기는커녕 점점 더 커지고 부풀어서 우리를 들쑤
시고 부추기고 더 크게 웃게 만들었다. 그 이야기를 할 때 핵심은
'괜찮아유'라는 문장에 있었다. 그러니까, 바로 그 억양.

'괜'을 강조하고 '찮아'는 높은 어조로 재빠르게 발음한 후 '유'
를 낮고 길게 뺀다. 우스꽝스럽고 천연덕스럽게. 무언가를 두려워
한다거나 꺼리는 느낌을 주어서는 절대 안 되었다.

그날, 그 기묘한 마술에 걸린 사람들 사이에 앉아, 소곤거리는
목소리와 웃음소리, 파도 소리와 저 멀리서 들려오는 희미하고도
유쾌한 비명소리를 들으면서, 다디단 과자와 과일을 입에 욱여넣
으면서, 여자가 결코 입에 대지 않아 말라버린 케이크의 크림을
보면서, 나는 문득 이런 생각을 했다. 우리를 몇 번이고 크게 웃도
록 맹렬히 격려한 건, 우리 스스로를 그 이야기 속에 포함시키지
않으려는 열망이 담긴 본능적인 행위였다는 것을. 그 더럽고 지저
분한 세계를 나와는 상관없는 것으로 만들고 싶다는, 나 자신은

그 세계 바깥에 있고 싶다는 열망이 반영된 행위였다는 것을. 하지만 그 열망 역시 더럽고 지저분한 것이었다. 그것이 전부였다. 안과 밖이 모두 더럽고 지저분한 세계. 그러므로 우리 자신을 지키기 위해 필요한 건 얼마간의 마술이었다. 진짜 사랑과 가짜 사랑, 진짜 증오와 가짜 증오. 그건 너무나 갑작스럽고도 선명한 깨달음이었다. 물론 내가 그 당시에 이 모든 걸 논리적인 언어로 (나 자신에게) 설명할 수는 없었을 것이다. 어쩌면, 지금 이 문장을 쓰고 있는 내가 그 당시를 회상하는 하나의 방식인지도 모른다. 하지만 확실하게 말할 수 있는 것은, 그러한 깨달음이 비록 뭉뚱그려지고 너무나 흐릿한 모습이어서 어떤 판단이나 추정이 불가능했을지언정, 아주 오랜 시간이 흐른 후에야 겨우 해석하게 되었다 할지라도, 분명히 그날의 내게 도달했다는 점이다. 단어들의 경로는 질서정연하고 계획적이었지만, 그런 깨달음은 아무런 인과적 관계도, 어떠한 조짐이나 머뭇거림도 없이, 그러므로 거부할 기회도 주어지지 않은 채 내게 도달했다.

물론, 그날 내가 완전하게 알게 된 사실도 있었다. 다시는 사람들 앞에서 그 이야기를 입 밖에 꺼내지 않게 되리라는 것.

집으로 돌아가는 차 안에서 할머니는 내내 입을 다물고 있었고, 나는 차창에 이마를 기댄 채 창밖을 바라보고 있었다. 나는 맨발이었다. 어둠 속에서 모든 것이 밀려나가는 창밖 풍경을 바라보고 있자, 해변 어딘가에 남아 있을 내 샌들이 떠올랐다. 이상하게도 그 모습―샌들 두 개가 어둑해진 모래사장 위에 덩그러니 놓여 있는―을 떠올리자 나는 기가 죽었고, 슬픈 마음이 들었으며, 눈물이 터졌다. 할머니가 깜짝 놀라서 나를 바라보았다.

"왜 그러는 거냐?"

나는 고개를 숙이고 옆으로 흔들었다. 할머니가 내 손등에 자신의 손을 얹고 망설이다가 조심스럽게 입을 열었다.

"네 삼촌이 뭐라고 했는지 모르겠지만, 네 엄마는 너를 팔아넘긴 게 아니다."

나는 이번에는 격렬하게, 아주 격렬하게 고개를 흔들었다. 그 바람에 원피스가 말려 올라가 드러난 허벅지로 눈물방울이 툭툭 떨어졌다.

"그런 게, 아니에요."

나는 악을 쓰며 말했다. 할머니에게 악을 쓰는 건 이전에는 상상도 못한 일이었다. 할머니는 내 손을 꼭 잡고 달래듯이 말했다.

"너희 엄마는 너를 팔아넘긴 게 아니다. 말도 안 되는 소리니까……"

"그런 게 아니라구요."

나는 훌쩍거리며 이번에도 소리지르듯이 말했다.

"뭐가 아니란 말이냐?"

"엄마가 나를 팔아넘겨서 슬픈 게 아니라구요. 그런 게 아니라

구요…… 나는…… 나는……"

"할미가 말하잖니, 네 엄마는……"

"그런 게 아니에요. 내가 우는 건…… 내가 슬픈 건…… 내가 마음이 아픈 건…… 내가…… 못생기고 뚱뚱하기 때문이에요."

한동안 차 안에는 내가 훌쩍거리는 소리만 가득했다. 할머니는 가볍게 한숨을 쉰 후 내 손을 놓았다. 잠시 후, 할머니가 내 어깨에 두 손을 올리고 얼굴을 가까이 들이밀었다.

"할미 얼굴을 좀 봐라."

나는 여전히 훌쩍거리면서 할머니의 얼굴을 바라보았다. 차 안으로 스며들어온 거리의 빛이 할머니의 얼굴과 몸에 잠시 머물렀다가 사라지기를 반복했다. 할머니는 아주 낮은 목소리로, 마치 우리가 전화통화를 할 때 그러는 것처럼 감정이 거의 담기지 않은 정확하고 명확한 말투로 엄숙하게 말했다.

"너는 그런 생각을 할 필요가 없다. 이걸 명심해라. 너는 그런 여자들이랑은 달라. 네가 가진 건 훨씬 더 대단한 거다. 너희 아빠가 얼마나 훌륭한 사람이었는지를 생각해봐라. 너는 뭐든지 할 수 있어. 내 말 알아듣겠니? 원한다면 너는 성형수술을 받을 수도 있어. 살을 빼기 위해 한의원에 갈 수도 있다. 키를 크게 해주는 거라면 무엇이든 먹을 수도 있지. 너는 뭐든 선택할 수 있다. 내 말 알아듣겠니? 네가 원하는 건 뭐든지 할 수 있다."

나는 무작정 고개를 끄덕였다. 할머니가 티슈를 건네주며 말했다.

"내 말 알아들었으면 이제 눈물 닦고, 집에 도착할 때까지 좀 자두렴."

나는 할머니가 시키는 대로 티슈로 눈물을 닦고, 눈을 감았다. 할머니가 속삭이듯이 말했다.

"넌 그저 그런 남자들보다 훨씬 더 굉장한 삶을 살게 될 거야. 너희 삼촌? 난 그애가 아무것도 가지지 못하도록 뭐든지 할 거다."

잠이 오지 않았지만 나는 계속 눈을 감고 있었다. 눈을 감은 채, 할머니의 세계에 존재하는 사람들의 종류에 대해 생각했다.

그저 그런 남자들, 그런 여자들, 뛰어난 여성, 훌륭한 사람.

그날 밤, 나는 단어들을 적어놓은 노트를 꺼내서 한 장 한 장 찢은 뒤 쓰레기통에 버렸다. 마지막 페이지에 다다라 내가 적어놓은 그 깨알 같은 글자들—음란하고 추잡한—을 마주했을 때, 나는 그 단어들을 소리 내서 읽기 시작했다. 쾌락, 젖가슴, 신음소리…… 그리고 마지막 페이지를 죽 찢어서 여러 번 접은 후, 책가방 가장 깊숙한 데에 숨겨두었다. 그런 뒤 불을 끄고 침대에 누웠다가 벌떡 일어나서 선풍기를 끄고 창문을 닫은 후 커튼을 쳤다. 방안이 열기로 가득찰 수 있도록, 내가 땀으로 범벅될 수 있도록. 나는 이불을 목까지 끌어올리고 눈을 감았다. 내 눈앞에 삼촌의 모습이 떠올랐다. 그건 단지 자동 반응 같은 것이었을까? 그렇다고 말하고 싶지만, 그건 사실이 아니다. (이런 말을 한다는 게 굴욕스럽긴 하지만, 사랑은 원래 굴욕적인 것이 아닌가?) 삼촌에 대한 내 사랑은 그날 이후로도 지속되었고 더 훗날이 되어서야 완전히 끝났다.

8월 중순에, 언제나 그랬던 것처럼 어머니는 몇 시간을 운전해서 나를 데리러 왔다. 헤어지기 전에 할머니는 나를 꽉 안아주었다. 차를 옮겨 타자 이번에는 어머니가 나를 껴안았다.

"잘 지냈니? 우리 사랑스러운 돼지!"

앞으로는 나를 돼지라고 부르지 말아달라고 하자, 어머니는 나를 더 꽉 껴안으며 이렇게 말했다.

"싫은데? 돼지를 돼지라고 부르지, 그럼 뭐라고 부르니?"

차 안에서 어머니는 이것저것 잡다하고 쓸데없는 질문을 늘어놓다가 결국 이렇게 물었다.

"그래서, 너네 할머니는 결국 이사간 집에 대해서 아무것도 묻지 않은 거야?"

나는 그 말에는 대답하지 않고 대신 이렇게 말했다.

"엄마, 내가 삼촌을 사랑하는 걸 알고 있어요?"

어머니는 나를 한 번 쳐다보았을 뿐, 아무런 대꾸도 하지 않았다. 한동안 우리는 침묵 속에 머물러 있었다.

휴게소에 들러 밥을 먹은 후 우리는 벤치에 나란히 앉아서 아이스크림콘을 핥아먹었다. 혀를 감도는 끈덕지고 달콤한 감각을 느끼며 나는 어머니의 어깨에 머리를 기댔다. 어머니는 갑자기 중요한 소식이 생각났다는 듯, 폴로 티셔츠를 입고 괴상한 소리를 내며 뛰어다니던 그 아이의 소식을 전해주었다. 그애의 가족이 다른 곳(어머니는 '더 좋은 곳'이라는 표현을 사용했다)으로 이사를 갔다고. 그애의 어머니는 회사를 그만두고 아이를 돌보는 데에 열중하게 되리라는 것이었다. 어머니는 그들 모자를 한 번밖에 초대하지 못한 것을, 그애의 어머니와 진정한 우정을 쌓지 못한 것을 안타까워하는 듯했다. 나는 그들의 소식에는 별로 관심이 없었다. 그들 모자가 우리집에 다녀간 후에 가끔 공용 공간에서 그 아이를 마주친 일이 있었지만, 말을 걸어본 적도 없었다. 그러므로 그 아이가 이사를 갔든 말든, 그애의 어머니가 회사를 그만뒀든 말든 (적어도 그때의) 나와는 아무런 상관도 없는 일이었다. 하지만 시간이 흐른 후 나는 가끔 이런 생각을 했다. (어머니의 말마따나) 누구도 모든 걸 다 가질 수는 없지만, 그게 곧 모든 사람의 삶이 공평하다는 의미는 아니리라고.

물론 이건 아주 나중에야 하게 된 생각이었고, 그날 그 소식을 전해들은 나는 어머니에게 이렇게 물었다.

"엄마, 내가 커서 뭐가 되고 싶은지 아세요?"

"뭐가 되고 싶은데?"

"나는 커서 배신자가 될 거예요. 진짜 배신자."

어머니는 나를 힐긋 바라보더니 정말이지 아무런 흥미도 느끼지 못하겠다는 듯 말했다.

"꼭 그렇게 되어라. 제발 꼭."

다시 올라탄 차 안에서 나는 까무룩 잠에 들었다. 어느 순간 눈을 떴을 때는 차가 서울 시내로 진입한 후였다. 나는 우뚝 서 있을 내 집, 정우맨션이 곧 눈앞에 나타나리라는 것을 알았다. 그때, 문득 한 가지 사실이 떠올랐다. 그건 그애―한때 정우맨션에 살았고, 나쁜 소문의 주인공이었으며, 이중언어 때문에 고생을 하고 있던―에 관한 것이었다. 더 정확하게는 그애가 입고 있던 옷에 대한 것이었다. 그애의 몸에 지나치게 꽉 맞던 그 옷. 정우맨션으로 달려가는 차 안에서 나는 그애가 왜 그렇게 꽉 맞는 옷을 입을 수밖에 없었는지를 깨달았다. 그건 그애 부모의 어쩔 수 없는 (동시에 합리적인 근거가 있는) 선택이었다. 그애의 키에 옷을 맞추면 몸통이 끼고, 몸통에 맞추면 옷이 길어질 것이므로 부모는 그애의 키에 맞추기로 한 것이었으리라. 그리고 그건 그 옷을 사주는 그애의 부모만이 내릴 수 있는 고유의 결정이었다.

첫사랑

그와 여자는 기다란 빨랫줄에 걸린 하얀색 천—아마도 그건 침대보 같은 거였을까?—의 양쪽 가장자리를 팽팽하게 잡아당기며 잔디밭에 서 있다. 저멀리 하늘 위로는 하얀색 구름이 흩뿌려진 듯하다. 하얀색 반팔 티를 입은 그녀는 머리카락을 길게 늘어뜨렸는데, 체구가 작고 말랐다. 그들은 선글라스를 꼈고, 청바지를 입었으며, 활짝 웃고 있다.

그리고, 둘 다 맨발이다.

내 기억이 맞는다면 그때는 아직 카메라가 내장된 휴대전화가 나오기 전이었고 디지털카메라가 대중화된 시기도 아니었다. 그러므로 그는 오로지 내게 보여주고 싶어서 인화된 사진 몇 장을 우리집으로 가지고 온 것이었다. 그는 일 년 전에 미국으로 두 달 정도 여행을 떠났고, 그 여행에서 찍은 사진을 내게 보여주기로 했었다. 여자친구와 찍은 사진이 거기에 섞여 들어간 건, 순전히 우연이었을 것이다. 나는 그렇게 짐작했다.

"이분이 여자친구예요?"

"여기는 뉴욕이야."

명백한 동문서답이었지만, 나는 잠자코 있었다.

"흠, 나는 얘를 만나러 미국에 간 거였어."

그는 자신이 애초에 미국 여행을 간 이유가, (자신에게 한마디 의논도 없이) 유학을 떠나버린 여자친구 때문이었다고 했다. 한동안 술독에 빠져 살다가, 더이상 참을 수가 없어져서(대체 뭘 참을 수 없었단 말인가?) 부모님께 말도 안 하고 여자친구가 있는 뉴욕으로 무작정 떠났다고. 그것 때문에 그 학기 학점이 엉망진창이 되었다고 했다.

"후회하지 않아."

뉴욕에서 여자친구와 보낸 처음 몇 주는 이루 말할 수 없이 행복했지만 어느 날 (그의 말에 따르면) 아무런 이유도 없이 여자친구는 그에게 떠나달라고 요청했다. 영문을 알 수 없었던 그는 버텼고, 지루한 싸움과 화해가 반복되다가, 뉴욕 땅을 밟은 지 한 달 정도가 지났을 때에 결국 그녀를, 뉴욕을 떠나기로 마음먹었다. 서울로 바로 돌아올 순 없었다. 왜냐하면 마음이 만신창이가 되어버렸으므로. 마음을 추스를 시간이 필요했으므로. 그는 도시에는 머물지 않았고, 그랜드캐니언이나 브라이스캐니언 같은 국립공원을 위주로 여행했다.

"너도 알아둬, 광활한 자연이 마음의 안식을 줄 수 있어."

광활한 자연이라. 나는 고개를 끄덕였다. 그의 말투에서 회한이나 비애감은 찾아볼 수 없었다. 약간의 겸연쩍음과 무안함은 감지되었다. 그는 그 모든 감정의 격랑에서 한 발자국 떨어져 있는 것처럼 보였는데, 자신이 겪은 일들을 한 편의 연극—아직 다음 막의 시작을 알리는 커튼이 올라가지 않은—으로 받아들이고 있었기 때문일 것이다. 그 연극에서 막을 올리거나 내리는 것은 온전히 그 자신의 선택에 달려 있었다. 하지만 그건 아주 오랜 시간이 흐른 후에야 내가 알아차리게 될 사항들이었다. 특별히 염두에 둔 것도 아닌데, 어느 날 갑자기 우지끈하며 땅이 갈라지고 그 사이로 새로운 대륙이 솟아오르는 것처럼 별안간 떠오르는 과거의 편린들.

나는 그가 여행 이야기를 하는 동안 사진 한 장을 들어 유심히 살펴보았다. 그는 요세미티 폭포 앞에 서 있었는데 사진을 찍어준 사람이 영 솜씨가 없는지, 폭포의 윗부분이 댕강 잘려 있어서 웅장함은 찾아보려야 찾아볼 수가 없었고 그는 어깨 위로만 찍혀 있어서 무언가 어색해 보였다. 돌이켜보면 바로 그 지점—폭포와 그의 일부분이 댕강 잘린—이 어떤 진실의 순간을 의도치 않게 포착했던 건지도 몰랐다. 하지만 이 역시 나중에야 하게 될 생각이었고 그때의 나는 그저 사진 속 그의 짧은 머리카락과 가무잡잡한 피부, 약간 굴곡진 콧날, 고집스러워 보이는 입매를 보며, 그가 느꼈을 비애감과 슬픔을 고스란히 전달받고 있다고 여겼다.

여전히 그는 자신과 그녀가 서로를 생각하는—그는 '생각'이라는 단어를 썼다. 사랑한다든지, 하다못해 그리워한다는 단어는 사용하지 않았다—마음은 변함이 없다고, 그저 물리적 거리 때문에 잠시 동안 떨어져 있는 것뿐이라고 말했다. 그러므로 그녀가 공부를 마치고 한국으로 돌아오면 모든 것이 해결되리라고도.

나는 최대한 당돌하게 보이려고 애쓰면서 질문했다.

"그 여자분이랑 결혼할 거예요?"

"언젠가는."

그는 멍하게 고개를 끄덕였다.

"내가 이런 이야기를 한 건 비밀이야. 아무에게도 말해선 안 돼."

그의 마지막 말이 내 마음을 끝내 요동치게 만들었다. 나는 그가 그런 얘기를 했다는 사실, 내가 그와 대등한 관계에 놓인 여자처럼 받아들여졌다는 사실 때문에 이루 말할 수 없는 만족감을 느꼈지만 애써 평정심을 유지하며 대답했다.

"아무에게도 말 안 할 거예요."

기어코 새끼손가락을 내밀고 약속을 받아낸 그는 바로 내 수학 과외 선생님이었다.

내가 수학 과외를 받기 시작한 건 열여섯 살 여름이 끝날 무렵, 그러니까 서울로 이사온 지 일 년 정도가 흐른 후였다. 그전까지 는 지방 소도시에서 엄마와 단둘이 살았다. 아빠는 내가 너무 어 릴 적에 돌아가셨고, 그후로 엄마는 (엄마 말에 따르면 먼저 가버 린 아빠가 너무 미워서) 아빠와 관련된 모든 것을 갖다버렸기 때 문에 나는 아빠의 얼굴도 잘 몰랐다. 이사를 가려고 한창 준비중 일 때, 엄마와 같은 직장에 다니던 아주머니들이 우리집에 찾아와 엄마에게 물었다.

"아휴, 총각 결혼 하러 간다며?"

나는 겉으로는 순진한 표정을 지어 보였지만, 그런 단어와 말 투 속에 숨겨져 있는 어떤 낌새를 알아차렸고 그들의 경솔함과 부 주의함 때문에 새삼스럽게 깜짝 놀랐다. 그들은 이런 말도 덧붙 였다. "재주도 좋아!" 엄마는 극구 부인했다. 이사를 가는 건 순 전히 내 교육 문제 때문이라고 주장했다. 그 말을 곧이곧대로 믿 는 사람은 없었다. 나도 믿지 않았다. 엄마는 한 번도 성적표를 요 구한 적이 없었고 내가 반에서 몇 등을 하는지도 잘 몰랐다(나는 딱 중간 정도였다). 그 당시 살던 지역은 아주 보수적이었다. 얼 마나 보수적이었냐면 남녀공학 중고등학교가 하나도 없을 정도였 다(지금도 그런지는 잘 모르겠다). 중학교에 들어가면 여자애들은 머리카락을 귀밑 삼 센티미터까지만 기를 수 있었고(남자애들은 스포츠형으로 잘라야 했다), 교복 스커트는 무릎을 덮어야 했지만 그렇다고 너무 길어서도 안 됐다. 여름에는 교복 셔츠 안에 러닝을 입어야 했고(그래야 브래지어가 비치지 않으므로), 두 달에 한 번씩은 불시에 가방 검사를 당했다(쓰고 보니 놀랍기만 한데 정말 이런 일이 일어났었다). 인문계 고등학교에 진학하려면 연합고사를 봐야 했는데, 내가 다니던 중학교에서는 보통 한 반의 절반 정도만 커트라인을 넘었다. 그러므로 나는 간당간당했다. 나는 엄마가 대학을 나오지 않았다는 사실을 알고 있었고, 그래서 내 성적에 별로 신경을 쓰지 않는 건지도 모른다고 막연하게 생각하고 있었다.

엄마의 걱정거리는 따로 있었다. 내가 남자애들과 어울리게 되는 것. 담배를 피우고 술을 마시고 결국엔 가출을 하는 것. 대부분의 사람들이 사고는 미연에 방지하는 게 좋다, 라고 생각했고 우리 엄마도 마찬가지였다. 그러므로 도시의 그런 분위기는 엄마의 마음을 어느 정도 안심시켜주었을 것이다. 사춘기 남자애와 여자애를 갈라놓는 것이 실질적인 효과가 있었는지는 알 수 없다. 이를테면 나는 거리에서 초등학교 때까지 친하게 지내던 남자애들을 만나면 고개를 숙인 채 눈도 마주치지 못했지만 그게 순전히 어른들의 엄중한 경고 때문이었다고 말하기는 어려웠다. 어른들이 우려하는 일이 벌어지기도 했다. 중학생 여자애가 가출을 하고 (엄마의 표현에 따르면) '최후의 수단'을 쓰는 경우. "인생을 망치는 거다." 엄마는 그렇게 설명했고 나는 최후의 수단이 무엇인지 묻지 않았다.

언젠가는 바지를 입은 내가 양다리를 벌리고 거실 소파에 앉아 있는 걸 본 엄마가 등을 찰싹 때리며 말했다. "여자는 그렇게 앉는 거 아니야." 엄마의 세계에서 여자는 조심해야 하는 게 너무 많았다. 하다못해 나는 너무 자신감 넘치게 말해서도 안 됐고, 그렇다고 너무 주눅들어 있는 것도 허용되지 않았다. 엄마의 레퍼토리는 또 있었다. '……면 여자만 손해야.' 나는 이런 이야기를 들을 때마다 마음 깊숙한 곳에서부터 반발심이 일어났고, 내가 영원한 투쟁, 절대 끝나지 않을 싸움 속으로 내몰리는 것 같은 기분이 들었다. 내 생각에 남자애들도 조심해야 하는 게 많았고, 그들도 가출을 하고 최후의 수단을 사용했겠지만 그런 건 한 번도 엄마의 주의를 끌지 않았다(아니, 아무런 문제가 되지 않았다, 라고 써야 할까?).

물론 엄마와 다르게 생각하는 부류도 있었다. '분리'가 오히려 '폭발'을 유도한다고. 그런 식의 비유적인 표현을 사용한 건 (엄마의 동생인) 외삼촌이었다. 외삼촌은 내가 살고 있는 곳에서 차로 세 시간 정도 달려야 도착할 수 있는 지역의 국립대학교에서 교수로 재직중이었다. 나는 외삼촌이 교수라는 사실 때문에 그를 사랑했다. 외삼촌이 보스턴에서 유학을 했기 때문에 그를 사랑했다.

외삼촌의 아내, 그러니까 내 외숙모가 서울말로 조곤조곤히 얘기해서, 무테안경에 작은 보석이 달린 손목시계를 착용하고 있어서 그를 사랑했다. 외삼촌의 유학 시절 태어난 그들의 아들, 식사가 끝나면 곧바로 화장실로 달려가 양치질을 하는 내 외사촌 때문에 그를 사랑했다. 외삼촌은 내가 살고 있는 도시의 보수적인 분위기를 경멸했고, 그런 감정을 숨기지 않았다. 엄마가 여기 사람들은 다 그렇게 생각한다고 말하면 외삼촌은 이렇게 대꾸했다. "누나, 그건 잘못된 거야. 시대착오적인 생각이라고." 엄마는 외삼촌의 말에 대부분 수긍했지만, 가끔씩은 고집을 부려서 분위기를 이상하게 만들었다. 엄마가 그럴 때마다 나는 외삼촌이 가족을 이끌고 그냥 떠나버릴까봐 조바심이 났다. 하지만 외삼촌 가족은 절대 그냥 그렇게 떠나지 않았다. 식사를 다 하고 나면 외숙모는 엄마와 함께 설거지를 했고, 나와 외삼촌과 외사촌은 거실 소파에 앉아 과일을 먹으며(과일은 외삼촌이 깎아주었다) 티브이를 보았다. 외삼촌은 돌아갈 때, 자동 연필깎이나 일제 샤프, 신기하게 생긴 필통 같은 걸 선물로 주었다. "공부를 열심히 해야 한다. 공부를 하는 사람에게는 언제나 기회가 생겨." 외삼촌은 매번 그렇게 말했지만 나는 외삼촌이 말하는 '기회'가 무엇을 가리키는지 알지 못해서 항상 어리둥절한 기분이 들었다.

이사를 가기 전날 밤, 엄마는 침대에 누워 있는 내 등을 쓰다듬으며 말했다.

"다 너 잘되라고 가는 거야."

나는 몰랐지만 엄마는 그때 이미 임신중이었다. 새아빠가 될 사람은 서울에 살고 있었고 엄마는 쭉 나와 함께 살고 있었는데, 둘이 대체 언제 만나 어떤 식으로 사랑에 빠졌는지, 엄마가 어떤 식으로 청혼을 받았는지 나는 전혀 알지 못했다. 그런 일이 어떻게 가능했지?

서울에서 우리가 살게 된 아파트는 그전 집보다 크고 방도 하나 더 있었다. 커다란 건물 벽면에는 세로로 '정우맨션'이라고 적혀 있었다. '맨션'이 뭐냐고 묻자 엄마는 이렇게 대답했다.

"네 아빠에게 물어보렴."

이사를 한 후 한동안 엄마는 저 말을 입에 달고 살았다. 나는 그를 '새'아빠라고조차 부르지 못하는데(되도록이면 그를 부를 만한 상황을 만들지 않았다), 엄마 입에서는 저런 말이 잘도 나왔다. 엄마는 소파와 티브이와 커튼을 바꿨고, 집 곳곳에 화병을 두고 조화를 꽂았으며, 작은 액자를 벽에 걸어두었다. 엄마는 새아빠가 퇴근을 하면 방에 있는 나를 어김없이 식탁 앞으로 끌어냈다. 그는 나에게 학교생활이 어떻냐느니, 불편한 건 없냐느니, 필요한 건 없냐느니 하는 걸 물어보았는데 나는 그게 순전히 엄마의 부탁 때문이라는 사실을 알고 있었다. 새아빠는 엄마보다 두 살이 어렸다. 둘은 서로에게 존댓말을 썼는데, 그래서였을까? 새아빠가 엄마에게 말을 걸 때는 어딘가 어색해 보였다. 어색하고 경직된 건

나 역시 마찬가지였다. 집에 남자 어른이 있다는 건 내가 고려해야 할 사항이 전보다 훨씬 더 많다는 걸 의미했다. 새아빠와 나 둘다 서로를 가족으로 받아들일 준비가 되어 있지 않았는데, 엄마, 오로지 엄마만이 우리 세 명이 아주 오래전부터 가족이었던 것처럼, 마치 그런 상황을 대비해 혼자서 쭉 연습이라도 해온 사람처럼 믿을 수 없을 정도로 자연스럽게 굴었다.

나를 놀라게 했던 것 중 하나는 내 교육 문제 때문에 서울로 이사를 가는 거라고 했던 엄마의 말이 거짓이 아니었다는 점이다. 서울은 내가 살던 도시보다 인문계 고등학교의 입학 커트라인이 훨씬 더 낮았다. 엄마는 나를 인문계 고등학교, 그리고 더 나아가서는 대학에 보낼 계획을 세우고 있었다. 내가 전학을 가게 된 학교에 대해 엄마는 어디서 들었는지 이렇게 말했다. "외고에 많이 진학시킨다더라." 하지만 우리 둘 다 외고가 어떤 종류의 학교인지 (그때는) 잘 몰랐다. 새 담임선생님은 중간에 전학을 오는 학생들을 위해 중고 교복을 구비해두고 있다고 안내해줬지만, 엄마는 굳이 새 교복을 맞춰주었다.

전학 첫날 나는 적잖이 당황했는데, 반 여자애들과 남자애들이 짝을 지어 앉아 있는데다가 그게 더없이 자연스러워 보였기 때문이었다. 물론 얼마 지나지 않아 나는 그 이면에 어떤 투쟁과 갈등이 존재한다는 사실, 그리고 그런 자연스러움에도 어느 정도의 한

계가 존재한다는 사실을 알게 되었다. 이를테면 남자애들과 여자애들은 교실 안에서는 서로 아무렇지 않게 이야기를 주고받고 장난을 쳤지만 교문을 나서면 어울리는 법이 거의 없었다(인사 정도는 괜찮았다). 그런 교류가 놀림받아야 마땅한 일, 부끄러워할 만한 일로 치부되는 것은 당연해 보였다. 어쨌든, 그날 선생님은 남자애 한 명을 지목했고 내게 그애 옆으로 가서 앉으라고 말했다. 그애는 피부가 하얗고 안경을 쓰고 있었는데, 얼굴이 길쭉하고 턱이 약간 돌출되어 있었다. 특별히 잘생겼다고 할 수 없었는데도 믿을 수 없을 정도로 내 심장이 쿵쿵거리기 시작했다. 단지 남자애 옆에 앉았다는 사실만으로 심장이 이토록 뛸 수 있다니! 나는 수치스러웠고, 이걸 누군가 알아차리기라도 한다면 당장에 웃음거리로 전락하리라고 생각했다. 나는 엄마의 말을 떠올렸다. 내가 '최후의 수단'을 쓰고 '인생을 망칠' 그런 여자아이인 걸까? 참담한 심정으로 손톱을 물어뜯고 있을 때, 턱이 돌출된 남자애가 깜짝 놀라며 말했다.

"너, 코피 나."

손으로 코를 훔치자, 피가 잔뜩 묻어 나왔다. 그애가 벌떡 일어나는 바람에 의자가 요란한 소리를 내며 뒤로 밀렸다. 그애는 선생님에게 큰 소리로 말했다.

"선생님, 얘 코피 나요!"

나는 그때 그애의 키가 지나치게 크다는 생각을 하고 있었다.

아이들이 일제히 나를 바라보았다. 누군가 휴지를 건네주었지만 너무 늦은 후였다. 피는 턱을 타고 줄줄 흘러내려서 그날 처음 입은 교복 셔츠에 핏자국을 남기는 중이었다(그리고 그 핏자국의 일부는 절대 지워지지 않았다). 겁에 질리지는 않았지만(그럴 수밖에 없었다. 한 달에 한 번씩 소변기로 흥건히 흘러나오는 그 피들!) 순전히 당황스러워서 나는 어찌할 바를 몰랐다. 턱이 돌출된 남자애가 급하게 휴지를 돌돌 말아 한쪽 손으로 내 어깨를 잡더니 다른 손으로 휴지를 콧구멍 안에 쑤셔넣었다.

나는 한동안 반에서 '코피'로 불렸다. 혹은 '콧구멍'.

엄마는 학교가 남녀공학이라는 사실을 알았을 때 이렇게 말했었다. "쓸데없는 데 정신 팔리면 안 돼. 절대." 엄중하게 경고하는 투는 여전했지만 인생을 망친다느니 하는 말은 하지 않았다. 그 말을 하지 않는 것이(혹은 참는 것이) 자신의 권위를 높여준다는 듯이.

전학 후 처음으로 시험—2학기 중간고사—을 치른 걸 알게 된 엄마는 명령하듯 말했다. "성적표를 가지고 와야지."(엄마는 몰랐겠지만) 내 반 등수는 전학 오기 전보다 훨씬 더 떨어진 상태였다. 엄마는 그 숫자를 심각하게 받아들였고 나를 영어 학원과 수학 학원에 보내기로 결정했다. 무슨 상관이 있는지는 모르겠지만, 돌이켜보면 출산 시기가 가까워질수록 나에 대한 엄마의 포부는 점점 더 원대해졌고 (더 솔직하게 말하자면) 허황되어갔다. 분명히 그랬다. 기말고사 성적도 형편없기는 마찬가지였는데, 엄마는 팽팽하게 부푼 배 때문에 소파에 불편하게 기대앉은 채 희망에 가득차서 말했다. "엄마는 너가 변호사가 되었으면 좋겠다." 그리고 다른 날에는 이렇게 말했다. "아니면 의사가 될래?" 혹은 이렇게도. "변리사가 돼도 좋을 텐데." 변리사가 뭐냐고 묻자 엄마는 대답했다. "있어, 좋은 거."

엄마의 배가 점점 불러오면서 새아빠의 태도에도 변화가 생겼다. 그는 여전히 나와 단둘이 있는 걸 어색해했지만 내 앞에서 엄마를 부르는 목소리는 더없이 부드럽고 유연해졌고, 어딘가 당당해진 느낌이었다. 그럴 수밖에 없었을 것이다. 어쨌든 그는 곧 진짜 아버지가 될 예정이었으므로. 거리낌없이 엄마의 부른 배를 만지고 배에 귀를 갖다대거나 무언가를 속삭일 권리가 있었으므로. 엄마는 그런 새아빠를 가만히 내려다보며 이 세상 모든 것을 포용할 수 있다는 듯한 (나에게는 생소한) 미소를 지었다. 나는 그들을 애써 못 본 척했다.

엄마가 내게 이렇게 말할 때가 있었다.

"너도 손을 대볼래? 동생이랑 하이파이브할래?"

나는 그때마다 싫다고 대답했고 엄마는 어이가 없다는 듯이 왜 싫으냐고 되묻곤 했다. 이렇게 덧붙일 때도 있었다.

"너도 언젠가 결혼을 하고 임신을 할 텐데? 그래도 싫어?"

싫었다. 나는 팽창한 배의 얇은 피부, 그리고 그 아래 아기의 신체를 느끼고 싶지 않았다. 사람의 피부가 그토록 팽창한다 해도 찢어지지 않을 수 있다는 것, 그러니까 어떤 노골적인 필요에 의해 신체가 변화하도록 설계되었다는 사실 때문에 소름이 끼쳤다. 엄마는 가끔 필요 이상으로 집요하게 굴었고 화를 냈다. "도대체 왜 그러는 거야? 한 번이라도 엄마 말에 순종할 순 없는 거야?" 하루는 티브이를 보고 있는데 엄마가 슬며시 다가와서 순식간에 내 손을 잡고 자신의 배에 갖다댔다. 하필이면 그때 아기가 발로 엄마의 배를 힘껏 밀었고, (피부를 사이에 두고) 그 움직임이 손에 전해졌다. 나는 나도 모르게 소리를 질렀다. 내 입에서 나온 건 공포에 질렸거나 무언가를 꺼릴 때 내뱉는 그런 비명이 아니었다. 내 입에서 나온 소리는 경솔하고 비굴한 느낌에 가까웠고, 그것 때문에 나는 서글퍼졌다.

이듬해 3월에 아기를 낳은 엄마는 퉁퉁 부은 채 병원에서 돌아왔고 며칠 동안 누워 있기만 했다. 엄마의 산후조리를 위해 고용된 도우미 아주머니는 온 집안의 창문을 꼭꼭 닫아놓았다. "너네 엄마는 노산이라서 산후조리를 철저하게 하지 않으면 안 된단다. 아마 젊은 엄마들보다 열 배는 더 힘들 거다." 도우미 아주머니는 엄마보다 열 살 정도가 많았고, 키가 크고 풍채가 좋았으며 늘 헐 렁헐렁한 날염 원피스를 입고 다녔다. 무슨 말을 해도 말투에서 엄마를 탓하는 듯한 낌새가 느껴졌다. 뜨거운 수건, 한약 냄새가 나는 핫팩, 온도를 한껏 올린 전기장판. 집안에는 열기가 섞인 비릿한 분유 냄새와 아기의 배설물 냄새가 소용돌이치듯 뱅뱅 돌았다. 그리고 부엌 가스레인지 위에서는 언제나 아기 손수건이나 배냇저고리, 그도 아니면 젖병이나 공갈젖꼭지가 담긴 냄비가 무슨 꿍꿍이라도 숨기고 있는 것처럼 부글부글 끓어올랐다. 아기는 귀엽고 시끄럽고 성가셨다. 오랫동안 응축해둔 에너지를 발산하듯 시도 때도 없이 울어젖히는 아기를 감당하기에 (아주머니의 말마따나) 노산인 엄마는 역부족으로 보였다.

새아빠는 퇴근 후 안방으로 들어가 문을 닫은 채 한동안 머물다가 아기를 데리고 나오곤 했다. 기저귀를 갈아주거나 분유를 먹이는 건 잘했지만 아기가 울기 시작하면 어쩔 줄을 몰라하며 쩔쩔맸고, 결국 아기는 엄마 품으로 돌아갔다. 만삭이었던 엄마의 배를 향해 그가 보여줬던 위엄은 자취도 없이 어디론가 사라져버린 것 같았다. 그때의 위엄이 예외적인 것이었고, 주춤거리고 멈칫거리는 게 그의 보편적인 특성이었던 걸까? 집안에는 갈피를 잡을 수 없는 어떤 분위기가 있었다. 단조로운 활력, 만성적인 고단함, 수용되어야만 하는 체념, 그리고 그 틈새를 흐릿하게나마 감싸고 있는 애정의 조각들.

어느 날 새벽에, 내 꿈속으로 누군가의 말소리가 자꾸 침입하는 바람에 잠에서 깬 적이 있다. 누구의 말소리? 여자 어른과 남자 어른의 목소리. 다른 사람일 수가 없었다. 그건 명백하게 엄마와 새아빠였을 것이다. 하지만 안방은 내 방에서 꽤 떨어져 있었다. 그러므로 그들의 목소리가 내 방에까지 들릴 리는 없었다. 그렇다면 그들은 거실에서 이야기를 나누고 있는 것일까? 그들의 목소리에서는 혹독하고 불길한 기운이 느껴졌다. 나는 그들이 누군가의 죽음에 대해 이야기를 나누고 있는 게 틀림없다고 생각했다. 부고―대체 누구의 부고일까? 잠 속을 헤매면서도 나는 그게 알고 싶어서 귀를 기울였지만 그럴수록 목소리는 아득해졌고, 정신을 차리고 보니 이미 아침이었다. 나는 안방으로 달려갔다.

"엄마, 누가 죽었어?"

베개에 얼굴을 묻고 잠들어 있던 엄마가 어안이 벙벙한 표정으로 깨어나서 나를 바라보았다. 얼마나 정신없이 잠들어 있었던 건지, 엄마의 입가에는 침이 말라붙어 있었다.

"누가 죽었다고?"

덩달아 잠에서 깬 새아빠가 나를 보며 물었는데, 그때 갑자기 아기가 왕, 하고 울음을 터뜨렸다.

"새벽 내내 니 동생을 재우느라 내가 얼마나 고생을 했는지 알아?"

엄마가 짜증스럽다는 듯이 말했다. 당연히 알고 있었다. 나도 새벽에 아기의 울음소리(와 엄마가 아기를 달래는 소리) 때문에 잠에서 깰 때가 종종 있었으니까. 그렇게 잠에서 깨면 나는 내가 아기였던 시절을 떠올리려고 애썼다. 당연히 아무것도 기억나지 않았지만 내가 저렇게까지 발작하듯 울어대지는 않았을 거라고 생각했다. 내가 그랬을 리가 없었다. 나는 아기가 제발 울음을 멈 춰주었으면 하고 바라면서도 다른 한편으로는 끝도 없이 울어젖 혔으면 좋겠다고 생각했다.

당연히 아기는 끝도 없이 울어젖히지 않았다.

엄마는 도우미 아주머니에게 앞으로 오지 않아도 된다고 했다. 여전히 아기의 물품들은 냄비 안에서 부글부글 끓었지만 더이상 어떤 꿍꿍이를 숨기고 있는 것같이 보이진 않았다. 비릿한 분유 냄새는 마치 가구나 벽지처럼 집의 일부가 되었다. 한약 냄새를 풍기던 핫팩과 전기장판은 창고로 들어갔다. 갈피를 잡을 수 없었 던 어떤 분위기도 점차 사라져갔다. 여름이 다가오자 엄마는 창문 을 닫고 에어컨을 작동시켰고 때로 아기를 안은 채 집안일을 하며 분주하게 돌아다녔다. 가끔씩 무언가가 생각난 듯 갑자기 우뚝 멈 춰 서 있다가 (에어컨이 틀어져 있는데도 불구하고) 이마의 땀을 닦았다.

나는 엄마가 아기를 몸밖으로 내놓으면서 나에 대한 허황된 포 부와 헛된 희망도 같이 배출해버린 게 틀림없다고 여겼다. 출산 후 엄마는 성적표를 요구하지도 않았고, 학원에 잘 다니고 있는지 체크하지도 않았다. 사실 그래야 마땅했다. 나는 학원에서 대놓고 딴생각에 빠진 채 수업이 끝나기만을 기다렸다. 방학이 시작되자 급기야 학원을 빼먹고 (여자) 친구들과 패스트푸드점에 가서 햄버거를 사 먹거나 근처 공원을 어슬렁거렸다. 만약 내가 이런 식으로 놀았다는 사실을 엄마가 알게 된다면 분명히 그 자리에 남자애들이 있었는지, 술 담배를 하는 (여자) 애가 섞여 있진 않았는지 추궁했을 터였다. "아니, 여자애들이 겁도 없이 어딜 쏘다니는 거야?" 이런 말을 빼먹지 않고 덧붙이면서.

우리는 공원 벤치에 앉아서 끝도 없이 수다를 떨었다. 연예인이나 유행하는 드라마에 대해, 우리를 짜증나게 하는 선생님에 대해, 그리고 때때로는 남자애들에 대해. 사랑받아 마땅한 남자애들이 아니라, 미움받아 마땅한 남자애들에 대해. 우리에게는 각각 지정된 대상이 있었다. 교실에서는 아무런 문제 없이 그애들과 잘 지냈지만 우리끼리 모이기만 하면 각자 맡은 대상의 흉허물을 들춰내려고 안달이 났다. 나의 대상은 전학 온 첫날 내 코에 휴지를 쑤셔넣은 그애였다. 우리는 3학년 때에도 같은 반이 되었는데 그애는 반장으로 선출되었고, 외고 입시반이었으며, 선생님들에게 신임을 받았다. 평소에는 말수가 적었지만 자기가 아는 분야가 나오면 이야기를 멈출 줄 몰랐다. 바로 이게 그애의 경멸받아 마땅한 부분이었다. 잘난 척이 심하고 말을 너무 많이 하는 것. 경멸받아 마땅한 다른 부분도 있었다. 키가 너무 커서 자세가 어정쩡한 것, 마르고 연약해 보이는 것, 농구를 못하는 것, 그러니까, 남자답지 못한 것. 친구들은 그애를 '턱남'이라고 불렀는데 사실 나는 그 별명이 너무 싫었다. 턱남이라니! 심지어 그렇게까지 턱이 나온 것도 아닌데! 하지만 그런 내 마음을 솔직하게 드러낼 수는 없었다. 그런 마음도 드러낼 수가 없는데 어떻게, 수업시간에 옆자리에 앉은 그애가 새삼스러운 말투로 "너 옆모습이 정말 예쁘구나"라고 속삭였다는 사실을 털어놓을 수 있었겠는가? 어떻게 그애가 내 책상 서랍 속에 초코파이(달랑 하나일지언정)나 사탕(아기들이나 먹는 막대사탕일지언정)을 몰래 넣어두었다고 말할 수 있었겠는가? 내가 그 초코파이나 사탕을 아껴 먹으며 그애가 내 코에 휴지를 쑤셔넣던 순간을 반복해서 떠올렸다고 어떻게 말할 수 있었겠는가? 그런 회상이 반복될수록 그애가 그때 내게 한 모든 행위가 로맨틱한 기운으로 반짝거리고 감미로운 기운으로 충만해져간다는 것을 어떻게 말할 수 있었겠는가?

그애가 다른 여자애들과 대화를 나눌 때마다 나는 가슴 한쪽이 얼얼해졌다. 그들이 무슨 이야기를 나누는지 궁금했던 나는 그 옆을 얼쩡거리고 싶은 마음을 억누르기 위해 자국이 나도록 손톱으로 손등을 누르곤 했다.

여름방학이 끝나갈 무렵, 엄마는 (엄마의 산후조리를 도와줬던) 아주머니를 집으로 불렀다. 그날 엄마에게는 집안일은 하지 않고 아기만 돌봐줄 사람이 필요했는데(그래야 더 저렴했으므로), 거기에 적합한 다른 사람을 찾기가 힘들었기 때문이었다. 아주머니가 도착하고 나서야 엄마는 외출 준비에 돌입할 수 있었다. 샤워를 하고 공들여 화장한 후, 시간을 들여 드라이어로 머리 모양을 만들었다. 입고 나갈 옷을 고를 때는 나를 불렀다. 엄마는 브래지어와 보정 속옷을 착용한 채였는데 그래도 배 부분이 울퉁불퉁했다. 엄마는 이 옷 저 옷을 몸에 대보며 무엇을 입으면 좋겠느냐고 물었다. 하지만 내가 낸 의견은 대부분 묵살당했고, 엄마는 8월에 입기에는 약간 두꺼운 재질의 초록색 투피스를 선택했다. 엄마가 더워 보이냐고 물어서 나는 땀이 많이 날 것 같다고 대답했다.

"땀이 나는 건 괜찮아. 그냥 다른 사람들이 보기에 어떤지 궁금해서 그래."

나는 괜찮아 보인다고 말했다. 어차피 엄마 마음대로 하리라는 걸 알고 있었기 때문이었다. 괜히 논쟁을 해서 서로의 기분을 상하게 할 필요가 없었다(그게 그즈음 내가 깨달은 엄마와의 대화 방법이었다. 나는 엄마가 여자애들이 조심해야 하는 것에 대해 일장연설을 늘어놓을 때마다 그냥 고개를 끄덕이기만 했다). 어디에 가는 거냐고 묻자, 엄마는 들뜬 목소리로 친구네 집에 초대를 받았다고 대답했다. 친구? 나는 그 표현이 정확하지 않다고 생각했다. 오래전 친구, 라고 해야 하지 않을까? 여고 시절 단짝이었다는 그 친구와는 거의 이십여 년 만에 다시 만나는 거였다. 먼저 연락한 사람은 엄마였다. 한 달 전쯤 우연히 친구가 그리 멀지 않은 곳―지하철로 여덟 정거장 정도 떨어진 곳이었는데, 엄마는 그리 멀지 않다고 표현했다―에 살고 있다는 사실을 알게 되었던 것이다.

"당장 만나러 가고 싶었지만 그럴 수 없었다는 거, 너도 알잖니."

나는 건성으로 고개를 끄덕였다.

"요즘 말로 그런 걸 소울메이트라고 하지 않니? 말을 안 해도 서로의 마음을 알 수 있는 그런 사이."

"하지만 엄마랑 그 아줌마는 소울메이트가 아닌 거 같은데."

"왜?"

"만약 진짜 소울메이트라면 그런 식으로 연락이 끊어지지 않았을 테니까."

반사적으로 그런 말이 입에서 나왔다. 나는 엄마가 짜증을 부리거나 화를 내리라고 생각했지만 그런 일은 일어나지 않았다. 엄마는 허벅지에 걸린 스커트를 조심스럽게 끌어올리는 데 집중했고, 숨을 훅 참으며 지퍼를 잠그는 데 성공한 후에야 의기양양한 미소를 지으며 말했다.

"너도 한번 살아봐라, 어떻게 되는지."

그날 오후 늦게, 땀에 젖은 채 집으로 돌아온 엄마에게서는 의기양양한 미소가 사라져 있었다. 엄마는 아주머니에게 너무 피곤해서 눈을 좀 붙여야 할 것 같다고 말하고는 방으로 들어가버렸다. 아기를 안은 아주머니는 이번에도 엄마를 탓하는 듯한 한숨을 쉬며 내게 눈짓을 보냈다. 아주머니가 아기를 재우고 집으로 돌아갈 때에도 엄마는 나와보지 않았다. 새아빠가 돌아오자 그제서야 방안에서 나온 엄마는 그때까지도 화장을 지우지 않은 건지 입술에는 립스틱이 얼룩덜룩하게 남아 있었고, 피부는 번들거렸으며, 눈가를 따라 그려놓은 아이라인은 번져 있었다. 그리고 여전히 투피스 차림이었다. 재킷의 첫번째, 두번째 단추가 풀린 채였고 스커트는 구김이 졌는데, 허벅지 부분을 따라 땀을 흘린 흔적이 남아 있었다(나는 엄마가 스커트의 지퍼를 풀어두고 있었으리라 짐작했다). 싱그러움을 뿜어내던 초록색은 이제 퇴색되고 바래진 색, 희미하고 볼품없는 색으로 전락한 것 같았다. 나는 엄마가 다시는 그 옷을 입을 수 없으리라고, 옷을 버려야 하리라고 생각했다. 엄마는 그 차림으로 저녁식사를 차린 후 식탁 앞에 앉았다. 새아빠가 친구와 즐거운 시간을 보냈느냐고 묻자 엄마는 그렇다고 대답하며 덧붙였다.

"복층 아파트에 살더라고요."

"그게 뭔데?"

내가 물었다.

"아파트인데 집안에 이층이 있는 거야."

"그런 게 가능해?"

또다시 내가 물었다.

"가능하더라."

새아빠는 가만히 우리의 대화를 듣고만 있었다. 그런데 갑자기 엄마가 숟가락을 내려놓으며 선언하듯이 말했다.

"우리 딸에게도 수학 과외를 시킬까봐요."

그러고는 내게 물었다.

"딸, 니 생각은 어때?"

순간, 나와 새아빠의 눈이 마주쳤다. 엄마는 나를 그런 식으로 부른 적이 없었다. 엄마는 언제나 나를 이름으로 불렀다.

"싫어."

"왜?"

하지만 엄마는 대답할 시간 같은 건 주지 않고 연이어 이렇게 말했다.

"딸, 1학기 기말 성적표 좀 가지고 와볼래?"

'딸'이라고 부르지 말라고 하고 싶었지만 성적표 이야기까지 나온 마당에 그런 주장을 하는 건 불가능했다(다행히도 엄마가 나를 그렇게 부른 건 그날 하루뿐이었다).

"친구한테 얘보다 두 살 많은 딸이 있더라고요. 그림을 엄청 잘 그려서 미대 입시를 준비중이래요. 그런데 공부도 되게 잘한다는 거야. 반에서 삼사등 한다던가…… 걔가 다니는 고등학교가 명문대를 많이 보내기로 유명한 데거든요. 그 친구 말이 학원을 보내는 건 별로 효과가 없대요. 자기 딸은 중학교 때부터 과외를 받았다고. 지금은 미술 실기에 시간을 쏟아야 해서 따로 과외는 못 받고 있다지만요. 어쨌든 고등학교 들어가기 전에 수학을 철저하게

해야 한다는 거예요. 수학만 잘하면 절반은 따고 들어가는 거라던
가……"

나는 머리가 팽팽 도는 것 같았다. 나에 대한 헛된 희망을 모조
리 내다버린 줄 알았는데, 그게 아니었던 것이다. 아니면 내다버
렸던 희망을 다시 수거해왔거나. 아니 도대체 왜, 먼지 구덩이를
구르고 굴러 더러워질 대로 더러워진 헛된 희망을 다시 주워왔단
말인가?

"그 집 딸이 중학교 3학년 때 과외를 받은 선생님이 있는데 소
개시켜주겠대요. 따지고 보면 학원비랑 그리 차이도 안 나고."

나는 엄마의 헝클어진 머리카락과 화장이 얼룩덜룩하게 남은
얼굴, 구깃구깃해진 투피스를 바라보았고, 그것들이 어떤 효과를
발휘하고 있다는 사실을 깨달았다. 절박하고 급박한 상황에 처해
있는 듯한 분위기, 처절하고 위기에 빠져 있는 느낌. 엄마는 일부
러 옷도 갈아입지 않고 화장도 지우지 않은 걸까? 엄마가 그렇게
철두철미한 사람이었던가? 새아빠는 그런 엄마의 부탁(의 탈을
쓴 통보)을 거절하지 못할 것이었다. 새아빠의 어수룩한 태도와
손쉽게 넘어가는 수더분함. 그게 바로 엄마가 자신의 '총각 남편'
과 사랑에 빠진 이유였다.

나는 엄마가 초록색 투피스를 버릴 거라고 여겼지만 그런 예상
은 보기 좋게 빗나갔다. 엄마는 옷을 세탁소에 맡겼다. 세탁소 주

인의 말대로 허벅지 부분의 땀자국이 지워지지 않았지만, 엄마는 그 옷을 비닐에 싸인 그대로 장롱 한켠에 고이 걸어두었다. 그 옷은 자존심과 어설픈 품위의 찌꺼기를 축 늘어뜨린 긴 꼬리처럼 보였고, 훗날 내가 허영심에 굴복하게 될 때마다 그런 나 자신을 반영하는 하나의 그림자가 되었다.

내가 수학 과외를 받기 시작한 건, 엄마의 초록색 투피스가 장롱에 걸리고 며칠이 지난 후의 일이었다.

과외 시간을 싫어하게 되리라는 내 예상도 빗나갔다. 심지어 (이런 단순한 문장으로 표현해도 되는지 모르겠지만 일단) 나는 과외 선생님을 좋아했다. 수업은 내 방에서 진행되었다. 책상이 작아서 엄마는 방 한가운데에 상을 펴주었고, 수업 전에 늘 간식을 미리 준비해서 상 위에 두고 나갔다. 그 당시 나는 엄마의 그 친구를 복층 아줌마라고 불렀다(그리고 엄마도 가끔 그 단어를 사용했다). 복층 아줌마와 엄마가 만나는 횟수는 가뭄에 콩 나는 정도였지만 통화는 뻔질나게 한다는 사실을 알고 있었다. 그러므로 나는 엄마가 복층 아줌마로부터 간식을 준비해두라는 충고를 받은 것이라고 여겼다. 하지만 적당한 간식 종류나 간식을 내놓는 방법까진 듣지 못한 것 같았다. 엄마는 가끔 껍질을 깎은 사과나 포장지를 뜯어놓은 쿠키를 줬는데, 사과는 조금만 시간이 지나도 갈변되었고 쿠키는 눅눅해졌다. 나는 엄마가 되도록이면 사과를 내오지 않기를, 쿠키의 포장지를 벗겨놓지 않기를 바랐지만, 그런 말을 할 수는 없었다. 내가 과외 선생님을 신경쓴다는 인상을 주고 싶지 않아서였다.

과외를 하는 동안 아기의 울음소리가 들릴 때면 나는 너무 창피해서 숨고 싶었다. 그 당시 내가 듣기 싫어하던 단어 중 하나는 '늦둥이'였다. 너네 부모님이 늦둥이를 본 거구나? 라는 식의 말을 들을 때마다 (내가 그럴 이유가 전혀 없는데도) 나는 견딜 수 없이 부끄러워졌다.

"동생이 너무 어려서 너가 힘들겠다."

그는 그렇게만 말했다.

그는 누구나 다 아는 명문대의 경영학과 4학년이었고, 학군단에 속해 있어서 졸업을 하면 곧바로 장교로 입대할 예정이었다. 과외를 시작한 첫날, 그는 지갑에서 증명사진을 꺼내 보여주었다. 사진 속 그는 카키색 군복을 입고 자신만만하고 대범한 미소를 짓고 있었다.

그래, 그는 자신만만하고 대범했다.

나는 그가 어색해하거나 주눅이 든 모습은 상상도 할 수 없었다. 하지만 그의 다른 모습도 상상할 수 없기는 매한가지였다. 동력이 될 만한 게 없어서였다. 아는 게 없는데 무슨 수로 상상을 한단 말인가? 나는 그를 일주일에 두 번, 두 시간씩만 볼 수 있었을 뿐이었다. 그리고 (당연히) 그 시간의 대부분은 집합이니 방정식이니 함수니 하는 것들을 푸는 데에 할애해야 했다. 처음에는 쉬는 시간도 없이 두 시간 내내 수업을 했지만, 한 달 후부터는 중간에 쉬는 시간을 조금 가지기로 했다. 처음으로 쉬는 시간을 가졌던 날 그가 물었다.

"지혜랑은 어떻게 아는 사이야?"

누구를 말하는 것인지 몰라서 고개를 갸웃거렸는데, 알고 보니지혜는 복층 아줌마네 딸 이름이었다.

"엄마 친구분의 딸인데, 저는 잘 몰라요. 한 번도 만난 적이 없어요. 엄마랑 그 아줌마는 고등학교 친구인데, 졸업한 후 연락이끊어졌다가 최근에 다시 만나게 된 거거든요."

그날 밤, 나는 그가 나를 자기 말만 주절거리는 여자애로 생각할까봐 걱정이 되어서 잠을 못 이루었다. 그는 가끔 내 학교생활이나 친구들에 대해 물어보기도 했다. 진로를 물어봤을 때는, 나도 모르게 이런 말이 튀어나왔다.

"변리사가 될 거예요."

변리사가 뭔지 물어볼까봐 조마조마했지만 그는 물어보지 않았다. 그 대신 고등학교에 다닐 때 자신의 꿈이 아나운서였다고 말했다. 명문대 진학률이 엄청나게 높은 유명 사립고를 다녔는데, 선생들은 학부모들에게 대놓고 돈을 요구했고 그 돈으로 이사장과 교장은 떵떵거리며 살았다고 했다. 구타와 체벌도 일상이었다. 직전에 친 모의고사와 비교해서 하락한 점수만큼 각목으로 허벅지를 때렸다. 고3 때 그의 반에는 성적을 비관해 자살한 친구가 있었다. 한동안 담임은 그애의 자리를 그대로 두었는데, 빈 책상을 볼 때마다 그는 속이 울렁거리고 토할 것 같은 기분을 느꼈다. 조금 시간이 흐른 후에 담임은 더이상 그 자리를 그렇게 둘 수 없게 되었다. 어떤 학부모의 항의를 받아서였다("왜 그런 식으로 아이들의 마음을 힘들게 하는 거죠? 안 그래도 입시 때문에 스트레스를 받는 중인데"). 그뒤로 그는 더이상 토할 것 같은 기분을 느끼지 않게 되었다. 그저 빈자리를 없앴을 뿐인데 죽은 아이는 그런 식으로 다른 사람들의 기억에서 (훨씬 더 수월하게) 희미해져갔다.

그가 제일 견디기 힘들었던 건 체육 시간이었다. 이사장의 조카인가 그랬던 체육 선생은 학생들에게 수업은 가르치지 않고 운동장의 잡초를 뽑으라고 시켰다. 체육 시간이 끝날 때마다 잡초를 얼마나 뽑았는지 검사를 맡아야 했는데 그는 그때가 가장 지옥 같았다.

"얼마 전에 탐사 보도 프로그램에 우리 고등학교가 나오더라. 재단 비리 때문에 학교가 엉망진창이 됐다고."

이런 이야기도 해주었다. 그의 집이 몇 년 전에 붕괴된 백화점 근처에 있는 (백화점과 같은 이름의) 아파트인데 자신의 방 창문을 열면 바로 그곳이 내려다보인다는 것이었다. 그러니까, 한때는 백화점이었고 그후로는 폐허처럼 방치된 바로 그 장소가(그리고 더 시간이 지나 그곳에는 삐까번쩍한 고급 아파트가 들어섰다).

그 일이 일어났을 때 나는 지방에 살고 있었다. 내가 티브이로 그 모든 것을 보았다고 말하자, 그는 티브이로 보는 것과 실제로 보는 건 천양지차라고 했다.

"우리 어머니가 그 백화점 단골이셨거든. 그날 백화점에 가지 않으셔서 천만다행이었지."

내가 이 말을 전하자 엄마는 한숨을 쉬며 대답했다.

"엄마는 평생 그런 백화점에서 옷 하나 살 수 있을지 모르겠다."

그후로 나는 가끔씩 이런 장면을 상상하곤 했다. 어둑해질 무렵, 그는 (아파트 고층인) 자신의 방에서 창문 밖을 내려다보고 있다. 방충망이 쳐져 있어서 그는 창문 바깥으로 얼굴을 내밀 수가 없다. 상상 속 나의 눈은 그의 아파트 외부에, 허공에 고정되어 있다. 그러므로 내가 볼 수 있는 건 방충망의 자잘한 빗금 뒤에 있는 그의 얼굴일 뿐이지만, 나는 그가 무엇을 보고 있는지 알 수 있다. 그는 무너져내리는 백화점을 보고 있다. 그의 눈앞에서 비통한 소리를 내며 허물어지고 있는 백화점을.

물론 이건 가당치도 않은 상상이었다. 나는 그의 방 창문에 방충망이 쳐져 있는지는커녕 그가 사는 아파트가 어떻게 생겼는지, 그가 몇 층에 사는지조차 알지 못했다. 또한 그는 백화점이 무너진 그 시간에 학교에서 수업을 듣고 있었을 것이다. 같은 반 친구가 자살을 해서 빈 책상이 하나 있는 바로 그 교실에서? 아니다. 백화점이 무너진 해에 그는 고등학교 2학년이었고, 그 반에는 빈 책상이 없었다. 적어도 그때는 그랬을 것이다. 하지만 나는 그런 식으로 상상하는 것을 멈추지 못했다. 그게 진실이 아니라는 것을 뻔히 알면서도 그랬다. 끝도 없이 반복되는 내 멋대로의 상상 속에서 그는 비극의 목격자로 격상되었다. 그가 가지고 있었을 다른 특성―사실 나는 그의 다른 특성이 무엇인지도 몰랐다!―들은 점차 깎여나갔고, 종내는 비극이라는 추상적이고 단일한 개념으로 뭉뚱그려지고 접철되었다. 더 나아가서 나는 그가, 그 당시 내가 가까이에서 관찰할 수 있었던 다른 남자들, 그러니까 (아기의 울음소리 때문에 쩔쩔매는) 새아빠나 (초코파이나 막대사탕을 내 책상 서랍 속에 집어넣고 다른 여자애들과 시시덕거리는) 턱남은 이르지 못한 경지, 혹은 결코 가는 것을 원하지 않을 그런 세상에 속해 있다고 굳게 믿었다.

그러므로 그가 헤어진 여자친구에 대해 이야기했을 때, 그건 헤어진 게 아니라고, 세상에는 절대로 헤어질 수 없는 그런 사람들이 있는데 그게 바로 자신과 그 여자라고 말했을 때, 나는 그들의 사랑―비록 그는 사랑이라는 단어를 사용하지 않았지만―이 엄마와 새아빠의 사랑―물론 엄마나 새아빠도 내 앞에서 그 단어를 사용한 적이 없지만―과는 다르다고 생각했다. 당연히 나와 턱남의 관계―그건 절대 사랑이 아니었다―와는 비교도 되지 않았다. 그런 생각의 연결 고리 속에서 턱남이 내게 한 그 모든 행위는 볼썽사나워지고 우스꽝스러워졌고, 그애 옆에서 쿵쿵 소리를 내며 심장이 뛰던 것이나 그애가 다른 여자애들과 시시덕거릴 때마다 가슴 한쪽이 얼얼해지는 것 같던 느낌은 그저 소란스럽고 요란한 하나의 해프닝으로 치부되었다. 때때로 신체는 거짓 신호를 보낸다고, 그런 건 곧 사라지고 말 손톱자국에 불과하다고, 그러므로 그런 거짓 신호에 절대로 속아넘어가지 않겠다고, 나는 맹세했다.

내가 그런 맹세를 할 즈음, 본격적으로 외고 입시 준비를 시작한 턱남은 외고 입시반에서 수업을 듣느라 교실에는 하루종일 나타나지 않을 때가 많았다. 여전히 그애는 남몰래 내 책상 서랍에 간식 같은 걸 넣어두곤 했는데, 내가 그것들을 계속 방치하자 결국은 그 일을 그만두었다. 외고 입시가 끝나고(그애는 합격했다) 그애는 다시 (평범한 애들로 북적이는) 교실로 돌아왔지만, 우리 사이에는 어색한 기운이 감돌았다.

12월에 연합고사를 보고 나자, 교실 분위기는 어쩔 수 없이 어수선해졌다. 내 점수는 그저 그랬지만 인문계 고등학교에 갈 정도는 되었고 수학 점수만은 특출나게 좋았다. 엄마는 커다란 교훈을 얻은 것 같았다. "돈을 들인 보람이 있구나." 기말고사 후 3학년 생들은 겨울방학 전까지 오전 수업만 받았다. 어느 날, 수업이 끝나고 집으로 돌아온 나는 티브이를 틀어놓은 채 점심식사를 했다. 엄마는 내 옆에서 아기에게 이유식을 떠먹여주는 중이었다. 나는 입술을 오물거리며 이유식을 먹는 아기의 이마를 가볍게 두드리고는 말했다.

"애 정도가 되면 자기 이름을 알아들어야 한다는데 얘는 아무래도 못 알아듣는 거 같아."

그즈음 나는 엄마의 육아책을 몰래 읽어댔고(몰래 읽을 필요는 없었다. 읽고 싶다고 했다면 엄마는 흔쾌히 책을 줬을 것이다), 개월별 아기의 발육 상태를 완전히 꿰고 있었다. 나는 틈만 나면 아기 옆에 딱 붙어앉아서 발육 상태가 잘못된 것 같다고, (이런 단어를 사용하지는 않았지만) 덜떨어진 게 틀림없다는 식으로 말하곤 했다. 엄마는 대꾸할 가치도 없다는 듯 반응을 하지 않았지만 가끔은 참지 못하고 이렇게 말했다.

"니 걱정이나 하렴."

그날, 엄마가 그 말로는 부족하다는 듯 무언가를 더 이야기하려고 했을 때, 집전화 벨이 울렸다. 그 시간에 우리집에 전화를 걸 사람은 복층 아줌마밖에 없었다. 엄마는 전화가 나를 살려준 줄 알라며 안방으로 갔는데, 잠시 후 묘한 표정으로 내게 다가왔다.

"너를 찾는데?"

엄마는 내가 거실 수화기를 드는 걸 확인한 후 안방 수화기를 내려놨고, 식탁으로 돌아가서 아기에게 이유식을 먹였다. 나는 엄마의 뒷모습을 보며 수화기를 귀에 갖다댔다. 그리고 그 너머의 목소리를 듣는 순간, 심장이 빠르게 뛰기 시작했다. 전화를 건 사람은 바로 턱남이었다. 그제야 나는 몇 달 전, 그러니까 여름방학

전에 다른 친구들의 눈을 피해 그애와 집 전화번호를 교환했던 걸 기억해냈다. 물론 진짜로 전화를 걸 생각 같은 건 없었고, 그저 하나의 (바보 같은) 포즈에 불과한 것이었다. 그애는 바쁘냐고 물었다. 나는 내 목소리가 갈라지지 않기를 간절하게 바라며, 밥을 먹는 중이었다고 대답했다.

"음…… 나랑 이야기하기 싫은 건지 물어보고 싶었어."

엄마가 손으로는 아기에게 밥을 먹이면서, 귀는 내 쪽으로 쫑긋 세우고 있으리라는 것은 안 봐도 뻔했다. 나는 나 자신을 진정시키려고 애썼다. 목소리를 너무 키워서도 그렇다고 너무 낮춰서도 안 되었다. 엄마에게 무언가를 숨기고 있다는 인상을 주어서도 안 되었다.

"그런 건 아니야."

"그렇구나."

그애는 한동안 아무 말도 하지 않았다. 내 얼굴은 발그레 달아올랐고, 심장박동은 점점 더 빨라졌다. 거짓 신호. 나는 속으로 그 단어를 되뇌며 말했다.

"저기, 나 밥 먹고 있으니까 나중에 학교에서 다시 이야기하면 안 될까?"

"아, 그렇지, 밥 먹는 중이라고 했지. 미안해."

"안녕, 잘 있어."

할 수 있는 한 쾌활한 말투를 꾸며내서 (최악의) 인사를 건넨 후, 수화기를 내려놓았다. 여전히 심장이 빠르게 뛰고 있다는 사실 때문에 나는 서글프고 비참했다. 내가 사랑하는 건 다른 사람인데, 나는 턱남을 사랑하지 않는데, 왜 심장이 이렇게 반응해야 한단 말인가? 나는 식탁으로 가서 별일 없었다는 듯이 침착하게 음식을 입안에 밀어넣고 씹기 시작했다.

"누구니?"

나는 경솔해지지 않으려고 노력하면서, 우리 반 반장인데 뭘 물어보려고 전화한 거라고 대답했다. 그 순간 나는 무언가 미묘한 느낌을 받았다. 엄마의 태도 때문이었다. 나는 당연히 엄마가 싫은 소리를 할 거라고, 왜 집 전화번호를 알려줬냐느니, 그애와 무슨 사이냐느니, 쓸데없는 데에 정신을 판 거 아니냐니 하면서 추궁할 거라고 예상했지만 엄마는 전혀 그럴 생각이 없어 보였다. 엄마는 이렇게 물었다.

"그애랑 만날 약속 같은 건 안 했니?"

그 말투에서 꿍꿍이 같은 건 찾아볼 수가 없었다. 순수한 궁금증과 호기심, 그리고 일종의 친근함이 느껴졌는데, 그건 나에 대한 게 아니라 그 상황에 대한 것 같았다. 그런 엄마를 보자 나도 모르게 이런 말이 튀어나왔다.

"아니, 하지만 나중에 만날 약속을 정할 거야."

엄마는 미소를 지었다.

한동안 엄마의 그 미소를 떠올리면 나는 화가 났다. 마치 자신에게 엄청난 통찰력이라도 있어서 내 마음을 다 꿰뚫어볼 수 있다는 듯한 그런 미소. 엄마가 아무것도 추궁하지 않아서, 내가 아는 바로 그 사람—그러니까, 내 엄마—처럼 행동하지 않아서 화가 났다. 엄마가 일종의 속임수와 허세를 부리는 것에 성공해서 화가 났다. 하지만 다른 한편으로는 이런 생각도 들었다. 만약 엄마가 속임수와 허세를 부리는 게 아니라면, 엄마가 내 살과 뼈와 장기를 꿰뚫고 그 안에 숨겨진 무언가를 정말로 읽어냈다면 그게 무엇인지 내게 알려주기를 바랐다. 왜냐하면 나도 그게 뭔지 알 수 없었기 때문에.

다음날 학교에서 턱남을 만났을 때, 나는 그애가 전화로 하려고 했던 이야기가 무엇인지 궁금해하며 인사를 건넸지만 그애는 나를 못 본 척했다. 그리고 겨울방학이 시작되도록 내게 눈길 한번 주지 않았다.

방학을 하고 며칠 후에 아기를 업은 채 설거지를 하던 엄마가 갑자기 생각났다는 듯, 약간의 조급증을 담아 물었다.

"아직도 과외 선생님이 다른 선생님 추천 안 해줬니?"

과외는 1월 말에 끝날 예정이었다. 엄마는 이미 몇 주 전에 지금 과외 선생님에게 새로운 선생님을 소개해달라는 부탁을 해두라고 말했었다. 나는 그가 입대를 하고 나면 다른 누구에게도 과외를 받지 않을 생각이었다. 그건 일종의 맹세, 신의의 서약 같은 것이었다. 물론 그 서약서에 도장을 찍은 건 나 혼자뿐이었지만, 어쨌든 나는 그에게 그런 걸 물어보지 않았고 물어볼 생각도 없었다.

"적당한 사람을 못 찾겠대."

나는 엄마에게 둘러댔다.

그다음 주 수업 때 그는 약속 시간보다 조금 늦게 왔다. 모자를 눌러쓰고 후줄근한 후드 티와 구겨진 바지를 입고 있었는데, 얼굴 빛은 칙칙했고 전체적으로 지저분해 보였다. 턱과 인중 위로 삐쭉삐쭉 자란 수염이 보였다. 그가 그런 모습으로 나타난 건 처음이었다. 그래서 내가 실망했나? 나는 실망했다. 하지만 그건 그날 내가 느낀 곤혹스러움에 비하면 아무것도 아니었다. '비극'과 관련해서 내 환상 속에서 작동하던 그의 모습 중 그렇게 후줄근하고 지저분한 선택지는 없었다(하지만 그가 진짜 비극에 휩싸여 있다면 그런 식으로 해쓱한 게 더 이치에 맞는 것 아닌가?). 그러므로 그 순간 내게 주어진 그 무엇보다 절박한 임무는, 내 환상 속에서의 그를 살려놓는 것이었다. 그럴 수만 있다면 나는 눈앞의 흉허물(그리고 그것 때문에 느낀 실망감)에 대해서는 눈을 감을 준비가 되어 있었다. 놀랍게도 이 모든 과정은 열쇠를 구멍에 꽂고 달칵, 소리가 날 때까지 돌리는 것마냥 아주 단순하고 손쉽게 이루어졌다(훗날 나는 비슷한 상황에 처할 때마다 이런 생각을 하게 되었다. 내가 가진 열쇠는 언제나 만능이라고, 그리고 바로 그 점이 내게는 저주나 마찬가지라고).

그는 연말인데다가 입대일이 다가오면서 새벽까지 친구들과 술을 마시는 일이 잦아졌다고, 낮 동안 충분히 쉬었는데도 술이 덜 깬 것 같다고 변명하듯이 말했다.

"온몸이 아파."

그가 멋쩍게 웃으며 덧붙였을 때, 이미 내 마음속에서는 그에 대한 실망감은 온데간데없이 사라진 후여서 나는 이런 생각을 하고 있었다. 그가 나를 존중하기 때문에, 나를 자신과 동등하게 간주하기 때문에 그런 사실을 솔직하게 얘기해주는 거라고. 사실, 그가 여자친구에 대해 털어놓은 이후로 나는 내가 그의 (이런 단어를 사용해도 좋을지 모르겠지만) 인생을 완전히 이해하고 있음을 그에게 알려주고 싶어서 안달이 난 상태였다.

"연말연시는 흥청망청하기 딱 좋죠."

"맞아. 흥청망청하기 딱 좋지."

"게다가 이제 군대에 가시잖아요."

그는 상 위에 놓인 사과주스를 벌컥벌컥 마셨고, 내 컵을 가리키며 자기가 마셔도 되느냐고 물었다.

"제가 벌써 입을 댔는데."

그는 괜찮다고 말한 후 내가 먹다 남긴 사과주스를 모조리 다 들이켰다. 그러고는 앉은 채로 팔을 위로 뻗어 스트레칭을 했고, 고개를 이리저리 돌리다가 손으로 반대쪽 어깨를 두드렸다. 그날따라 그는 바닥에 양반다리로 앉아 있는 것도 힘겨워 보였다. 수학 공식을 설명하는 동안 다리를 폈다가 접었다가 했고, 내게 문제를 풀게 한 후에는 자리에서 일어났다 앉았다가를 반복했다. 그제야 나는, 그가 우리집에서 과외를 할 때마다 항상 (바닥에 앉아 있는 걸) 불편해했을지도 모른다고, 불편함을 억지로 참아온 건지도 모른다는 생각이 들었다. 일어서서 허리를 굽힌 채, 내가 문제 푸는 걸 지켜보던 그가 머뭇거리며 말했다.

"너가 문제 풀 동안만 좀 누워 있어야 할 것 같아. 그래도 될까?"

"그럼요."

나는 별일 아니라는 듯이 대답했지만 사실은 혼란스러웠다. 대체 어디에 어떤 식으로 누워 있겠다는 건가? 잠시 동안 뭉그적거리던 그는 결국 어쩔 수 없다는 듯, 내가 앉아 있는 작은 상 옆에 정자세로 누웠다. 이상했다. 그저 내 방에 누웠을 뿐인데 그를 쳐다볼 용기가 나지 않았다. 나는 곁눈질로 흘긋 그를 바라보았다. 그는 두 손을 가지런히 가슴에 올린 채 눈을 감고 있었다. 마치 죽은 사람처럼. 정체를 알 수 없는 두려움이 마음속을 파고들었지만 나는 그런 감정을 모른 척하고 싶어서, 있는 힘을 다해 애써 문제 푸는 데에 몰두했다(혹은 그런 척을 했다). 잠시 후에, 그가 벌떡 일어났다. 그러고는 별말도 없이 내가 푼 문제들을 채점하기 시작했다. 하지만 일단 내 마음의 수면 위로 떠오른 어떤 감정들은 갈피를 잡지 못하고 속수무책으로 이리저리 흩어져갔고, 나는 사방 팔방으로 퍼져가는 불순물들을 어떤 식으로든 건져내야 할 필요성을 느꼈다. 하지만 어떻게?

"어깨 주물러드릴까요?"

그 순간 어째서 그런 말이 튀어나왔는지 알 수 없었다. 얼굴에 열이 오르는 게 느껴졌다. 하지만 그런 말을 해서는 안 될 이유도 없는 것 같았다. 이를테면 교실 책상 위에서 엎드려 자고 있으면 친구들 중 누군가가 내 어깨를 부드럽게 안마해주면서 깨워줄 때가 있었다. 우는 아기를 안고 하루종일 서 있어야 하는 엄마는 이렇게 부탁하기도 했다. "엄마 다리 좀 주물러줘." 내가 미적거리면서도 다리를 주물러주면 엄마는 말하곤 했다. "어휴, 시원해." 아직 그런 적은 없지만, 앞으로 새아빠와 가까워진다면, 언젠가는 새아빠의 어깨를 주물러주는 날이 올 수도 있었다. 허물없고 친밀한 애정의 손짓.

"저, 안마 잘해요."

나는 쐐기를 박듯이 말했다. 동시에 확신하고 있었다. 그가 내 제안을 거절할 것이라고. 그래야 마땅하고, 분명히 그러하리라고.

아주 잠깐 동안 알쏭달쏭한 표정을 짓고 있던 그가 마침내 결정을 내렸다는 듯이 대답했다.

"그래. 좋아."

그는 내게 등을 보이고 앉았다. 나는 당황했지만 그런 마음을 그가 알아차리는 것도 싫었다. 나는 그의 뒤에 무릎을 꿇고 앉아서 두 손으로 어깨를 두드렸다. 하지만 그 정도로는 뭉쳐진 어깨

근육에 아무런 자극도 주지 못할 것 같았다. 그가 요구한 것도 아닌데 나는 자세를 고쳐 상체를 길게 빼고 앉았다. 그러고 그의 등에 내 몸을 딱 붙인 채 있는 힘껏 힘을 실어서 두 손으로 그의 두 어깨를 세게 잡았다가 놓았다.

그후로도 그는 몇 번 더 후줄근한 모습으로 나타났지만 그런 그의 모습은 더이상 나를 당혹스럽거나 실망스럽게 만들지 못했다. 내가 그에게 안마를 해준 건, 그때 딱 한 번뿐이었다. 문제를 푸는 내 옆에서 그가 눈을 감고 누워 있었던 적은 두어 번 더 있었다. 그는 언제나 정자세로 누워 있었는데, 딱히 편안해 보이지는 않았고 때때로는 고립된 느낌을 주었다. 나는 오르락내리락하는 그의 가슴팍을 곁눈질로 바라보며(그는 눈을 감고 있었으므로 그럴 필요가 없었는데도) 거기에 맞춰 숫자를 셌다.

마지막날, 그는 사진 하나를 보여주었다.

"이 친구가 너의 새로운 과외 선생님이야. 내 학군단 후배."

알고 보니 엄마가 그에게 따로 부탁을 한 것이었다. 볼이 통통한 사진 속 남자는 군복을 입고 있었고, 그의 뒤로 펼쳐진 남색 배경이 전체적으로 빛이 번져 있어서 약간 성스러워 보일 지경이었다.

"잘생겼지?"

그의 질문에 답하지 않은 채 나는 사진 속 남자의 모습을 뚫어지게 바라보기만 했다. 거추장스러운 비밀의 자취와도, 참담한 비극의 흔적과도, 인생을 잠식하고도 남을 사랑의 열기와도 전혀 상관없는 삶을 살아가고 있을 것만 같은 그 얼굴을.

그가 과외를 그만둔 후, 가끔 새벽에 깨어날 때가 있었다. 어둠
속에서 내가 간절하게 바란 건, 몇 달 전 새벽에 들었던 목소리를
다시 듣게 되는 것이었다. 혹독하고 불길한 기운이 감돌았던 그
목소리. 그 목소리의 주인은 누구였을까? 그들은 누구의 죽음에 대
해 이야기하고 있었던 걸까? 사실, 그 대답은 자명했다. 너저분하
고 짐스러운 신체의 죽음. 그런 생각을 하면 나 자신을 관통하고
있는 모든 요소가 하잘것없게 느껴졌고, 오로지 벗어나기 위해 존
재하는 시간을 끝도 없이 흘려보내는 중인 것만 같았다.

나는 엄마에게 이런저런 핑계를 대며 새로운 과외 선생님이 올
날을 미루었고 집에서 꼼짝도 하지 않았다.

겨울이 끝나갈 무렵, 엄마는 다시 한번 더 도우미 아주머니를
부르고 내게 외출 준비를 하라고 말했다. 나는 침대 위에 널브러
진 채 물었다.

"어디에 가는데?"

"복층 아줌마네 집에."

아주머니가 도착한 후에도 나는 여전히 침대 위에 누워 있었고,
(너무 화가 나서 내 방에는 들어오고 싶지도 않다는 듯) 문가에 선
엄마가 경고하듯 말했다.

"너 진짜 계속 그러고 있을 거야? 공부하기 싫어서 꾀부리는 거

엄마가 모를 줄 알아? 정말 엄마는 참을 만큼 참았어. 더이상은 못 참아."

아기를 안은 아주머니도 문가로 와서 나를 내려다보며 한마디 보탰다.

"아휴, 다 큰 애가 왜 저러고 있대?"

나는 이불을 머리끝까지 덮어썼다. 엄마가 억지로 화를 누그러 뜨리며 말했다.

"거기, 복층 아줌마네 딸이 있다고 했잖아. 그 언니 만나서 이야기 좀 들어봐. 어떻게 공부하면서 고등학교 생활을 하는지. 정말 너 지금이 너무너무 중요하다. 복층 아줌마가 특별히 너 때문에 자기 딸한테 시간을 내라고 한 거라고."

문득, 예전에 그가 지혜랑은 어떻게 아는 사이냐고 물어봤던 게 떠올랐다. 나는 여전히 이불을 덮어쓴 채 툴툴거리는 말투로 이야기했다.

"알았어, 준비할 테니까 내 방에서 나가줘."

잠시 후 거실로 나가보니까, 엄마는 후드에 싸구려 모조 털이 달린 외투를 입고 소파에 앉아서 나를 기다리고 있었다. 돌이켜보면 엄마가 복층 아줌마를 만나러 갈 때 옷차림을 신경쓴 건, 초록색 투피스에 몸을 욱여넣었던 그날 딱 한 번뿐이었다.

아주머니가 나를 보고 깜짝 놀랐다는 듯이 말했다.

"애, 너 몇 달 만에 왜 이렇게 많이 컸니? 진짜 어른이 다 됐네?"

나는 아주머니를 올려다보며 말했다.

"아주머니는 살이 좀 빠지셨네요."

나는 그냥 던진 말이었는데, 갑자기 아주머니의 얼굴이 붉어졌다.

복층 아줌마는 화장을 하지 않았고, 감색 모직 스웨터에 검은색 슬랙스를 입은 채 우리를 맞이했다. 키가 작고 말랐는데 태어나서 한 번도 살이 쪄본 적 없을 것 같은 몸이었다. 짧게 잘라서 웨이브를 넣은 머리카락은 완전히 새까맸고, 피부는 어두운 편이었다. 그 집 벽에는 (우리집처럼) 무언가가 걸려 있지 않았고 커튼에는 아무런 무늬도 없었다. 있어야 할 어떤 것을 일부러 비워둔 듯한 인상을 주는 집이었다. 화병은 딱 하나였다. 커다란 크리스털 화병. 그 안에 신선한 생화가 가득 꽂혀 있었다. 계절에 맞지 않는 초록색 투피스를 입고 이 집에 있었을 엄마를 떠올려보았다. 실수로 떨어져나온 얼룩처럼 보였을까? 아니면 벽에 간 실금처럼 보였을까?

거실에서 부엌으로 이어지는 공간에 위로 올라가는 원목 계단이 있었다. 아줌마가 이층을 향해 크게 소리쳤다.

"딸! 내려와봐! 손님이 오셨어!"

잠시 후에 아줌마의 딸이 이층 난간 쪽으로 와서 아래를 내려다보았다. 그러고는 계단을 따라 뛰듯이 내려왔다.

"안녕하세요. 엄마한테 말씀 많이 들었어요."

엄마도 복층 아줌마의 딸은 처음 보는 모양이었다. 엄마에게 인사하는 그녀의 태도에서 미적거림이나 망설임은 찾아볼 수 없었다. 그녀는 나에게로 고개를 돌리더니 말했다.

"아, 너가 그애로구나?"

그애? 무슨 의미인지 궁금해할 새도 없이 복층 아줌마가 그녀에게 간식—케이크 두 조각과 우유 두 잔—이 담긴 쟁반을 건네주며 말했다.

"얘한테 네 방을 구경시켜주면 어떻겠니? 그림 그린 것도 좀 보여주고, 다 읽은 책이 있으면 좀 줘도 되겠다."

그녀를 따라 계단으로 올라가는 내 뒤통수에 대고 엄마가 말했다.

"언니한테 좋은 이야기 많이 해달라고 해!"

(내 예상과 다르게) 위층은 궁색하게 형식만 갖춰놓은 그런 장소가 아니었다. 그곳은 제대로 격식을 갖춘 또하나의 집 같았다. 이층 거실에 난 커다란 창 밖으로 조경이 잘된 아파트의 정원이 한눈에 들어왔다. 문이 세 개 있었는데, 하나는 화장실이었고 나머지 두 개는 방이었다. 모두 그녀가 사용한다고 했다.

"하나는 침실이고, 다른 하나는 연습실이라고 해야 하나? 그림 연습도 하고 공부도 하고. 근데 지금 완전 엉망진창이야. 아무도 못 들어가. 우리 엄마랑 아빠도 못 들어가."

그녀는 나를 침실로 데리고 갔다. 침실은 생각보다 간소했다. 이불이 잘 정리된 작은 침대와 붙박이장, 그리고 화장대가 전부였다. 창문에 두꺼운 커튼이 쳐져 있어서 형광등을 켜지 않으면 하루종일 깜깜한 밤처럼 느껴질 것 같았다. 그녀는 침대를 가리키며 말했다.

"앉아."

나는 침대 위에 앉았다. 푹신한 매트리스의 감촉이 느껴졌다. 그녀는 내 앞으로 화장대 의자를 끌고 와 그 위에 간식 쟁반을 올려두고 자신은 바닥에 앉았다. 의자의 높이가 어정쩡해서 내가 간식을 먹으려면 상체를 조금 숙여야 했고, 그녀가 먹으려면 팔을 조금 높게 들어야 했다. 그녀는 복층 아줌마와 그리 닮지 않은 것 같았다. 키가 크고, 피부가 하얀 편이었으며, 등까지 내려오는 기다란 머리카락은 갈색빛을 띠었다. 말을 할 때마다 왼쪽 볼에 보조개가 패었다.

"언니는 아줌마랑 많이 안 닮은 거 같아요."

그녀는 우유를 한 모금 꿀떡 넘기고서 대답했다.

"응, 난 아빠랑 똑같이 생겼거든."

"언니네 아빠도 보조개가 있어요?"

그녀가 고개를 끄덕였다. 나는 보조개가 있는 남자는 한 번도 본 적이 없었다(그리고 여태까지도 그렇다).

"이제 곧 고등학생이 된다며? 학원 다녀?"

"과외를 했었어요."

그녀는 자기 몫의 케이크 접시를 들었다. 그리고 포크로 케이크
를 크게 떠서 입안에 가득 넣고 우물우물 씹었다.

"알아."

"알아요?"

"응."

하긴, 당연하다는 생각이 들었다. 애초에 과외 선생님을 우리
엄마에게 소개해준 사람이 복층 아줌마였으니까.

"그럼 그리는 거 힘들어요?"

그녀는 잠시 생각하다가 고개를 끄덕였다.

"응, 힘들어."

그리고 덧붙였다.

"하지만 괜찮아. 힘들지만 재밌어. 게다가 내가 되게 잘하는 일
이고. 상도 엄청 많이 받았는데, 한번 볼래?"

내 대답 같은 건 애당초 필요하지 않은 것 같았다. 그녀는 화장
대 맨 아래 서랍에서 상장 몇 장을 꺼내 가져다주며 물었다.

"다른 선생님은 안 구해? 그 오빠는 군대에 갔잖아."

일순간, 보이지 않는 작은 구슬들이 연쇄적으로 내 몸 어딘가를
가격하는 것 같은 기분이 들었다. 나는 그가 입대한 걸 그녀가 알
고 있다는 사실 때문에 놀라움을 느꼈다(그녀를 가르친 건 몇 년

전의 일이었는데 둘은 계속 연락을 해온 걸까?). 그것보다 나를 더 상처 준 건, 그녀가 그를 '오빠'라고 불렀다는 사실이었다. 그리고 그것 때문에 내 기분이 상했다는 점이었다. 하지만 내가 놀랐다거나 상처를 받았다거나 기분이 상했다는 티를 내고 싶지는 않았다. 그런 내 마음을 그녀에게 절대 들키고 싶지 않았다. 만약 그녀가 내 기분을 조금이라도 눈치챘다면 죽고 싶을 정도로 비참해질 것 같았다. 나는 짐짓 태연한 척하며 그녀가 건네준 상장에 적힌 글자('위 사람은······주최······전국 학생 미술 대전······입상······위 상장을 드립니다')를 마음속으로 읽고 또 읽었다. 그리고 쥐어짜듯이 이렇게 말할 수 있었다.

"그냥 학원을 다녀도 되고요."

그녀의 표정을 확인하고 싶었지만, 내 얼굴이 혹시라도 붉어졌을까봐 걱정되어서 고개를 들 수가 없었다. 나는 손으로는 상장을 뒤적이면서 머리로는 그녀의 아빠가 어떻게 생겼을지 그려보았다. 그러고 있으니까 문득, 그런 생각이 들었다. 그녀가 뭘 알겠는가? 그가 자신의 방 창문으로 무엇을 보았는지, 그가 가장 지옥 같다고 느낀 순간이 언제였는지, 그와 그의 여자친구가 어떤 관계였는지, 그들이 어떤 사랑을 했는지, 그가 왜 광활한 자연을 돌아다녀야만 했는지, 그의 인생이 어떤 모양을 하고 있는지······ 그런 걸 그녀가 어떻게 알겠는가? 그는 내게 이렇게 말했었다. "내가 이런 이야기를 한 건 비밀이야. 아무에게도 말해선 안 돼." 나는 그와 새끼손가락까지 걸었었는데! 그 순간, 나는 인정해야 했다. 내 새끼손가락이 잘려나가기 직전, 마지막 순간에 붙들 수 있는 딱 한 가지만 선택해야 한다면 그와의 신의를 선택하지는 않으리라는 것을. 나는 어떤 위험을 감수하고서라도, 내가 그와의 관계에서 다른 사람은 가지지 못한 것을 소유한 적이 있다는 사실을 드러내는 쪽을 선택할 것이고, 필요하다면 그 사실을 사방팔방으로 떠들어댈 것이었다.

그게 바로 나라는 인간의 핵심이었다.

나는 그녀가 모르는 걸 내가 알고 있다는 사실을 알려주고 싶었지만 저속하거나 절박해 보이고 싶지는 않았다.

"선생님은 제대를 하면 곧바로 결혼할지도 몰라요."

그녀는 무슨 말인지 당최 모르겠다는 표정으로 나를 빤히 바라보다가 갑자기 뭔가를 깨달았다는 듯 크게 손뼉을 쳤다.

"아, 그 언니? 아닐걸? 절대 아닐걸?"

그녀는 말도 안 되는 어처구니없는 소리를 다 듣는다는 듯, 내 얼굴을 보며 소리 내지 않고 웃어 보였고 어깨를 한 번 으쓱했다. 그러고는 조심스럽게 상장을 정리해서 화장대 맨 아래 서랍에 다시 집어넣은 후, 바닥에 앉아서 케이크와 우유를 마저 다 먹었다(그녀는 내게 왜 먹지 않느냐고 물었다. "케이크 싫어해? 참 별일이네?"). 빈 케이크 접시와 컵을 쟁반 위에 올려둔 그녀는 두 손을 탈탈 털면서 내 옆에 앉았다. 그리고 자상한 표정과 말투로 물었다.

"자, 그럼 고등학교에 대해 궁금한 게 있으면 물어봐. 내가 뭘 도와주면 되겠니?"

밖에는 눈이 내리고 있었다. 나는 그녀로부터 받은 참고서가 가득 든 쇼핑백을 품에 안고 있었다. 눈에 젖지 않게 복충 아줌마가 쇼핑백 위에 신문지를 덮어주었는데, 눈에 젖은 신문의 기름냄새를 맡을 때마다 이루 말할 수 없는 무력감과 패배감을 느꼈다. 나는 내가 부당한 취급을 받았다는 생각을 멈출 수가 없었지만 누구로부터 그런 취급을 받았는지는 알 길이 없었다. 엄마와 버스 정류장으로 걸어가는 내내 나는 입을 꽉 다물고 있었고, 평소와 달리 엄마는 그런 나를 그냥 내버려두었다.

우리는 버스 뒷좌석에 나란히 앉았다(내가 창가에 앉았다). 얼었던 볼과 발가락이 녹기 시작하자, 왜인지 내 마음은 이상한 슬픔으로 가득찼다.

"그 언니한테 어떻게 공부해야 하는지 좀 들었어?"

나는 고개를 끄덕이며 창밖을 응시했는데, 다른 이유가 있었던 건 아니고 눈물이 날 것 같아서였다. 엄마는 한숨을 쉬었다. 엄마는 내가 창 쪽으로 고개를 돌린 걸, 자신과 대화하고 싶지 않다는 뜻으로 받아들인 게 분명했다. 그렇다고 하더라도 엄마는 말을 멈출 생각 같은 건 하지 않았다.

"오늘 그 집에 간 건 다 너 때문이야. 엄마는 사실 거기 가는 거 좀 별로야."

말도 안 되는 소리였다. 엄마의 말마따나 복층 아줌마는 엄마의 소울메이트였으니까. 소울메이트네 집에 가는 건 당연히 즐거운 일이어야 했다.

"엄마는 대학에 못 갔잖니."

엄마가 그렇게까지 확실하게 그 사실을 털어놓은 건 처음이었다(그후로도 그런 일은 없었다). 그리고 내 생각에 버스 안은 (승객이 몇 명 없었고, 엄마가 작은 목소리로 속삭이듯 말했다 할지라도) 그런 이야기를 털어놓기에 그리 적절한 공간은 아니었다. 하지만 엄마는 그런 건 신경쓰지 않는 듯 보였다.

"복층 아줌마는 고등학교를 졸업하고 서울에 있는 여대에 갔어. 공부를 잘했거든. 하지만 엄마도 공부를 잘했어. 복층 아줌마 만큼은 아니었지만 그래도 대학에 갈 정도는 되었어."

나는 여전히 창밖을 바라보고 있었지만 귀는 엄마를 향해 있었고, 다음 이야기를 기다리는 중이었다. 고등학교를 졸업한 후, 엄마는 먼 친척의 소개로 방직공장에 경리로 취직했다("나는 사무실에서 일했어. 공순이는 절대 아니었어"). 복층 아줌마와 몸은 멀어졌지만, 그래도 연락을 자주 주고받으며 각자가 느끼는 어려움을 토로하고 서로를 위로하곤 했다. 하지만 시간이 지나면서 연락은 점점 뜸해졌다. 누가 먼저 연락을 안 하게 되었는지는 알 수 없었다. 복층 아줌마가 대학을 졸업하던 해에 엄마에게 오랜만에 연락을 해왔다. 결혼을 앞두고 있다고. 자신의 결혼식에 꼭 와주면 좋겠다고.

"결혼식을 서울에서 했는데 엄마는 갈 수가 없었어."

엄마는 그냥 그렇게만 말했다. 엄마는 자신이 왜 거기에 갈 수 없었는지 설명해주지 않았다. 지금 돌이켜보면 그날 엄마의 이야기는 그런 식으로 전개되었다. 그러니까 계속해서 공백을 포함하며 앞으로 나아가는 것. 나는 여전히 창밖만 바라보고 있었다. 눈은 이제 진눈깨비로 변해 있었다. 거리에는 더러운 물웅덩이가 만들어지는 중이었다. 나는 엄마가 신세한탄을 할까봐 두려운 마음이 들었지만, 반대로 엄마가 경박하고 위태로운 자기만족 속으로 빠져드는 건 상상도 하기 싫었다. 이상했던 건, 엄마의 그 이야기를 듣는 동안 내가 외삼촌을 떠올렸다는 점이다. 엄마의 입에서는 외삼촌의 'ㅇ' 자도 나오지 않았는데, 마치 누군가 내 등을 부드럽게 떠민 것처럼 너무도 자연스럽게 그렇게 되었다. 그러니까. 엄마가 복층 아줌마의 결혼식에 가지 못한 것과 외삼촌의 성취 사이에는 모종의 연관성이 숨겨져 있는 거라고. 그런 내 추측은 막연하고, 누군가 논리적인 설명을 요구한다면 금방 철회하고야 말 연약한 수준에 불과했지만, 나는 그런 생각을 멈출 수가 없었다. 잠시 후, 엄마가 말했다.

"엄마는 네가 좀더 나은 삶을 살기를 바라는 거야."

나는 아무런 대답도 하지 않았다.

집으로 돌아왔을 때, 엄마와 나는 깜짝 놀랐다. 집이 너무 깨끗하게 정리되어 있었기 때문이었다. 설거지통에 가득 담겨 있던 그릇은 깨끗하게 씻겨 있었고, 건조대 위에 걸려 있던 옷도 종류별로 개켜진 채 거실 한쪽에 얌전하게 놓여 있었다. 거실 바닥은 청소기를 돌렸는지 먼지 하나 없었고, 티브이 위와 소파 뒷부분의 먼지도 말끔하게 닦여나간 후였다.

보행기에 앉은 아기와 놀아주던 아주머니가 엄마에게 말했다.

"이 집 애기가 너무 얌전해서 내가 달리 할일이 없지 뭐예요. 그래서 생각난 김에 집을 좀 치웠어."

엄마는 아주머니에게는 얘기하지 않고 일당 봉투 안에 돈을 좀 더 넣었다. 그리고 아주머니가 돌아갈 때 봉투를 건네며 말했다.

"아주머니가 오늘 제게 제일 잘해준 분이세요."

아주머니는 코웃음을 치며 대답했다.

"그럴 리가."

불과 며칠 후, 결국 새로운 과외 선생님이 집으로 왔다. 그는 두꺼운 모직 코트를 걸치고 있었는데 그 안에 코르덴 재킷과 체크무늬 셔츠를 입고 있었다. 자리에 앉기 전에 그는 코트와 재킷을 차례로 벗었고 엉거주춤하게 선 채로 물었다.

"이걸 걸어둘 곳이 없을까?"

상 앞에 앉아 있던 나는 그를 멀뚱하게 올려다보며 고개를 저었다. 그는 내 방을 이리저리 살펴보다가 재킷에 코트를 포갠 후 침대 위에 길게 눕혀두었다. 침대 위의 코트는 저항 한번 못하고 무기력하게 사라져버린—다시는 돌아오지 못할 운명에 처한—사람의 흔적처럼 보였다. 드디어 상 앞에 앉은 그는 셔츠 소매를 팔뚝까지 접어 올렸고 가방에서 필통과 연습장을 꺼냈다. 땀이 많은 체질인지, 난방이 그렇게 센 편도 아닌데 이마와 인중에 땀이 송골송골 맺혀 있었다. 그에게서는 특이한 냄새가 났다. 생강 과자에 후추를 왕창 뿌린 것 같은 냄새였다. 그가 돌아가고 난 후, 방안에는 그의 냄새가 배었고 나는 찬바람이 들이치는 것을 감수하고 한동안 창문을 활짝 열어두어야 했다. 하지만 그날 밤에 자려고 누웠을 때, 나는 그 냄새가 사라지지 않고 여전히 방안에 남아 있다는 사실을 깨달았다. 나는 어두운 방안을 걸어다니며 코를 킁킁거렸는데, 결국 당도한 곳은 바로 내 침대였다. 그가 코트를 눕혀놓았던 탓에 이불에 냄새가 밴 것이었다.

다음날 나는 엄마에게 부탁해서 방에 스탠드 옷걸이를 가져다두었고, 두번째 과외 시간부터 그는 코트와 재킷을 제대로 걸어둘 수 있게 되었다.

그는 엄마에게 간식은 따로 준비해주지 않아도 된다고, 다만 생수를 많이 부탁한다고 말했다.

"제 별명이 물 먹는 하마거든요."

그는 웃지도 않고 그렇게 말했다. 그는 첫날부터 철저하게 오십 분 수업과 십 분 휴식 시간을 지켰다. 휴식 시간에는 화장실을 다녀오거나 자신이 가져온 책을 읽었다.

"쉬는 시간에 나랑 있는 게 불편하면 밖에 나가 있어도 돼."

두번째 수업 날, 쉬는 시간에 그가 말했을 때, 나는 어이가 없었다. 왜 내가 내 방을 나가야 한단 말인가? 하지만 그가 나가 있을 수도 없는 노릇이었으므로, 그 말이 이치에 맞지 않다고 할 수도 없었다. 나는 그냥 자리를 지키고 앉아서 그가 화장실에 가 있는 동안 스탠드 옷걸이에 걸린 그의 코트와 재킷을 바라보았다. 그건 그냥 옷, 허물, 껍데기처럼 보임으로써 자신의 본분을 다하려고 애쓰고 있는 것 같았다. 화장실에서 돌아온 그는 커다란 물병에 든 물을 컵에 따른 후 벌컥벌컥 마셨다. 방금 배출해낸 수분을 보충해야 한다는 듯이(그럴 거면 화장실은 왜 가는 걸까? 나는 그런 생각을 했다). 물을 한 컵 더 따르는 그에게 내가 물었다.

"여자친구 있으세요?"

그는 고개를 저었다.

"그전 과외 선생님 여자친구는 미국에 있잖아요."

그가 컵을 내려놓으며 의구심이 가득한 표정으로 되물었다.

"그 형이 너한테 그런 이야기를 했어?"

나는 (복층 아줌마의 딸이 그랬던 것처럼) 소리 내지 않고 웃으며 어깨를 한 번 으쓱거렸다.

"네, 미국에서 같이 살았었다고요."

'같이 살았다'라는 표현은 한 번도 사용된 적이 없었다. 나 역시도 그런 식으로 생각한 적은 없었다. 그때는 동거라는 단어가 지금처럼 자연스럽게 받아들여지기 전이었다. 그건 (엄마가 경멸하는) 가출한 청소년들이 저지르는 잘못, 불순하고 불온한 일로만 여겨졌다.

"그 형이 너한테 그런 말까지 했어? 둘이 동거했었다고?"

동거. 기어코 그 단어가 나왔고 그의 얼굴에는 놀라움과 당황스러움, 심각함 같은 감정들이 속수무책으로 떠올랐다. 그런 그의 표정을 보고 있자니 내 마음속으로 이상한 만족감이 스멀스멀 기어올랐고 그를 조롱하고 싶은 마음, 심지어 실제로 그럴 수 있을 것 같다는 자신감마저 들었다.

"너한테 그런 말을 하면 안 되지."

"왜요?"

그 질문은 내 본심에서 나온 것이었다. 그를 당황시키거나 곤란하게 만들려고 계획적으로 던진 질문이 아니었다. 왜? 내게 왜 그런 이야기를 하면 안 된단 말인가? 나는 정말로 그 이유가 궁금했다. 나는 그—생강 과자 냄새를 풍기고, 자신의 코트와 재킷을 중요하게 생각하며, 자신을 물 먹는 하마라고 소개하는—가 그것에 대해 설명해주기를 절실하게 바랐다. 그리고 내가 무언가를 설명할 기회를 얻게 되기를 바랐다.

나는 그 선생님의 인생을 완전히 이해하고 있어요. 그게 바로 그 선생님이 여기 방바닥에 죽은듯이 누워 있을 수 있었던 이유예요. 그게 바로 내가 그 선생님의 어깨를 힘껏 잡았다가 놓을 수 있었던 이유예요.

아니다. 이게 내가 하고 싶은 이야기의 전부는 아니었다. 나는 그 이야기 속 사실들을 될 수 있는 한 여러 가지 방식으로 늘어놓고 싶었다. 그 사실들로 지어진 작은 집에 창문을 내고 내부를 속속들이 들여다보며 그 안을 체계적으로 구조화한 후 진정한 의미를 건져올리고 싶었다.

"십 분 지났어. 책 펴."

그는 (그럴 의도는 당연히 없었겠지만) 자신을 향해 뻗은 손을 탁 치듯이, 그게 자신이 취할 수 있는 최선의 태도라는 듯이, 매정하고 냉담한 투로 말했다. 그리고 한동안 허공에는 숨길 길 없는 무능함과 열없음이 그의 체취에 섞여 떠돌았다. 시간이 지나고 내가 알게 된 것 중 하나는, 때때로 진실은 아무도 원하지 않아서 있는 힘을 다해 손에서 탈탈 털어내지만 동시에 자신도 모르게 입안으로 가져가고야 마는 과자 부스러기의 모습을 하고 있다는 사실이었다. 그때는 몰랐지만 나중에 알게 된 또다른 사실은, 나를 도움닫기 하게 만들어준 것이 바로 그런 무능함과 열없음, 그 자체라는 점이었다.

그날 저녁식사 때에도 어김없이 새아빠가 아기에게 이유식을 먹였다. 그건 우리집의 규칙이었다. 저녁과 주말에는 '아빠'가 자신의 '자식'에게 밥을 먹이는 것. 엄마는 몇 주 전부터 저녁을 걸렀는데, 살을 빼고 싶어서라고 했다. 저녁만 안 먹는다뿐이지 하루종일 이것저것 주워먹어서 살 빼기는 요원해 보였지만, 그래도 엄마는 만족스러워하는 것 같았다. 저녁은 먹지 않았지만 엄마는 언제나 새아빠의 옆자리에 앉아서 자신의 남편이 아기에게 밥을 먹이는 모습을 바라보곤 했다. 거기에는 당연히 애정이 섞여 있었겠지만 어느 정도는 감시하고 잔소리하려는 의도도 있었을 것이다. 그도 그럴 것이 새아빠의 손길은 어설프기 그지없어서 아기의 입으로 들어가는 것보다 떨어지는 게 훨씬 많았고, 새아빠가 밥을 먹이고 나면 온 식탁에 이유식이 흩어져 있었으니까("이게 왜 여기까지 떨어져 있어?"). 엄마는 한동안 이런 의구심을 품었을지도 모른다. 계속해서 잘 못하는 척을 하면, 더이상 그 일을 시키지 않을 거라고 판단한 남편이 꾀를 낸 게 아닐까? 내 생각에는 아기에게도 문제가 있었다. 그 정도 개월 수라면 이가 몇 개는 올라오고도 남아야 했지만 우리집 아기는 여전히 잇몸뿐이었다.

제 아빠가 입에 넣어준 이유식을 되새김질하듯 오랫동안 우물거리는 아기를 한동안 바라보다가 엄마가 말했다.

"그때 왔던 도우미 아주머니가 오늘 전화를 했더라?"

"왜?"

내가 물었다.

"그날 기억나지? 청소를 너무 깨끗하게 해주셔서 봉투에 돈을 조금 더 넣어드렸거든. 그걸 돌려주고 싶다고 계좌번호를 알려달라고 하더라. 돈을 받으면 자기가 한 일의 의미가 없어진다면서."

그러면서 정말로 궁금하다는 듯이 말했다.

"도대체 그 일의 의미가 뭐니?"

나는 고개를 흔들었고, 세심하게 아기의 입가를 닦아주던 새아빠가 엄마에게 물었다.

"도우미 아주머니가 오셨었어요?"

"네, 보름 전이었나? 복층 아줌마네 집에 갔다 왔었거든요."

"복층 아줌마?"

새아빠는 난생처음 들어본다는 투로 엄마와 나를 번갈아 쳐다보았다. 나는 새아빠 앞에서 엄마의 친구를 지칭할 일이 없었고, 엄마는 나와 대화할 때만 그 단어를 사용했기 때문에 새아빠는 그날 복층 아줌마라는 말을 처음 들은 것이었다.

"아, 왜 그 친구, 서울 와서 오랜만에 만난 그 친구요."

아기가 드디어 이유식을 다 먹었고 이제 새아빠의 차례였다. 엄마는 그릇에 밥을 담아서 새아빠에게 가져다주었다.

"그 친구를 왜 복층 아줌마라고 불러요?"

아기가 칭얼거렸기 때문에 엄마는 아기를 안은 채 서서 몸을 흔들거리며 대답했다.

"걔네 집이 복층이잖아요. 그래서 애하고 이야기할 땐 복층 아

308

줌마라고 했던 거예요. 그 친구네 딸이 이제 고3 올라가는데, 혹시 애한테 도움될 만한 이야기가 있을까 싶어서 다녀왔어요. 문제집도 한가득 받아오고."

이제서야 이해했다는 표정으로 새아빠가 고개를 끄덕였다.

"아, 그러고 보니 너 졸업식이 얼마 안 남았구나."

정말이었다. 졸업식은 이틀 후였고, 나는 이제 곧 고등학생이 될 예정이었다.

"준비는 다 끝났니?"

나는 새아빠가 졸업식 준비를 말하는 것인지, 고등학교 생활을 말하는 것인지 분간이 안 되었지만 사실 뭘 지칭하는 것이든 별로 중요하지도 않았다.

"잘 모르겠어요."

내 대답에 엄마는 고개를 절레절레 흔들었다. 새아빠는 다 잘될 거라고, 고등학교에 가면 실력을 더 발휘하게 되리라는 식의 뻔한 말을 늘어놓았다. 대체 내가 무슨 실력을 발휘한단 말인가?

"그만 먹을게."

"밥이 그렇게 많이 남았는데?"

나는 엄마의 말에 대꾸하지 않고 방으로 들어왔다. 완전히 어두워지려면 시간이 조금 더 필요했다. 내 방의 커튼은 (복층 아줌마네 딸 방에 있는 커튼과 달리) 빛을 완전히 차단해주지 못했다. 창문을 열자 바깥에서 불어온 차가운 바람이 실내의 온기를 순식간에 앚아갔다. 나는 창문을 닫고 커튼을 쳤다. 어슴푸레한 빛과 어둠의 혼동 속에서 나는 혹시라도 냄새가 남아 있을까 싶어 침대에 코를 박고 킁킁거렸다. 아무런 냄새도 나지 않았다. 냄새는 사라졌다. 나는 그의 코트가 눕혀져 있던 모습을 떠올린 채, 마치 내가 그 코트가 되었다고 상상하며 침대 위에 누워 눈을 감았다.

그때, 바깥에서 목소리가 들려왔다. 하지만 그건 내가 다시 듣기를 바랐던 그 목소리—혹독하고 불온한 느낌을 주는—가 아니었다. 그 목소리는 누군가의 죽음을 이야기하고 있지도 않았다. 그렇다면 무엇에 대해 이야기하고 있었던 것일까?

새아빠의 목소리에는 주저하는 기색이 역력했다.

"여보, 당신이 친구를 복층 아줌마라고 부르는 건 좀 이상한 것 같아요."

"왜요?"

엄마는 새아빠의 말을 진지하게 받아들이는 것 같지 않았다. 정신은 딴 데—아마도 아기였을 것이다—팔려 있지만, 그래도 예의상 물어본다는 식이었다.

"뭐랄까…… 그 사람이 소유한 물건으로 별명을 만든다는 게 좀 이상하게 느껴지는 것 같아요."

잠시 동안 침묵이 흘렀는데, 거기에는 다른 어떤 의미도 없었다. 그저 그 순간 그 자리에 필요했기 때문에 불려올 수밖에 없었던 공백이 그들 사이에 딱 맞아 들어간 것뿐이었다.

"음…… 당신 말이 맞는 것 같아요. 그런데 어쩔 수가 없어요. 나는 허영심이 있는 사람이거든요. 우리 딸도 나를 닮아서 그렇고."

엄마의 목소리에서 가책이나 후회, 혹은 성토나 변명의 기운 같은 것은 찾아볼 수 없었다. 그저 객관적 사실을 전달하는 투였다. 나는 엄마의 대답이 핵심을 완전히 비켜나갔다고 느꼈다. 복충 아줌마라고 부르는 것과 허영심이 무슨 상관이란 말인가? 게다가 내가 엄마를 닮아서 허영심이 있다고? 나는 나 자신을 그렇게 생각해본 적이 없었다. 어쨌든 그때는 그랬다.

"그런 건 괜찮아요."

새아빠의 목소리. 그런 건 괜찮아요. 나는 그 말을 곱씹었다.

새아빠의 조심스러운 말투와 엄마의 별로 신경도 쓰지 않는 것 같은 대답을 들으며 어쩌면, 엄마가 자신의 '총각 남편'과 사랑에 빠진 이유를 내가 잘못 판단했었던 건지도 모른다는 생각이 들었다. 물론 어수룩한 태도와 손쉽게 넘어가는 수더분함도 분명히 그 이유 중 하나였을 것이다. 하지만 그것 말고도, 혹은 그것만큼 중요한 무언가가 엄마의 목록 속에 포함되어 있었으리라는 것을 그제서야 나는 깨달을 수 있었다. 판단을 수정하는 건 어려운 일이긴 하지만, 늘 굴욕적인 결과만을 가져다주는 것은 아니었다.

하지만 그렇다고 하더라도, 내가 새아빠 같은 부류와 사랑에 빠질 수 없으리라는 것은 자명한 사실이었다.

여기서 이야기를 끝마치는 게 가장 좋다는 걸 알면서도, 더 나아가다가는 자칫 이 이야기 속의 어떤 부분을 해칠 수밖에 없다는 것을 뻔히 알고 있으면서도, 사족을 붙이고 싶은 마음과의 싸움에서 나는 이미 졌다.

고등학교에 입학하고 한 달 정도가 흐른 후의 일이다. 나는 우연히 엄마가 모아둔 우편물 더미에서 내 앞으로 온 편지 봉투를 하나 발견했다. 발신자는 그애, 턱남이었는데 누군가 이미 열어본 것 같았다(우편물 더미는 은밀한 곳에 숨겨져 있다거나 엄마만 접근할 수 있는 그런 장소에 있지 않았다. 그건 그냥 언제나 신발장 위에 있었다). 그애의 이름을 읽자 자동 반사처럼 심장이 쿵쾅거리기 시작했다. 하지만 괜찮았다. 그런 건, 아무래도 좋았다. 나는 나의 심장박동 소리를 배경음악 삼아 봉투를 열어서 그 안에 든 것을 꺼냈다. 편지는 아니었고 커다란 카드였다. 카드를 펼치니까 멜로디가 흘러나왔는데, 〈엘리제를 위하여〉, 뭐 그런 곡이었던 걸로 기억한다. 그애는 고등학생이 된 걸 축하한다고 썼다(그게 그렇게 축하받을 일인가? 나는 고개를 갸웃했다). 그리고 자신은 고등학생이 된 기념으로 부모님이 휴대전화를 사주셨는데, 혹시 필요하면 연락하라며 자신의 번호를 남겨놓았다. 카드의 가장 마지막에는 이렇게 적혀 있었다.

안녕, 잘 있어.

나는 봉투는 보란듯이 식탁 위에 올려두었고, 카드는 내 책상 서랍 안에 넣어두었다. 물론 내가 그애에게 연락할 일이 생길 거라고, 그런 필요성을 느끼는 날이 올 거라고는 생각하지 않았고, 그 예상은 틀리지 않았다.

이사

내가 성인이 되기 전, 우리 가족—그래봤자 어머니와 나 둘뿐이었지만—은 자주 이사를 다녔다. 초등학교 때만 두 번(2학년 가을과 5학년 늦봄에), 중학교와 고등학교 때는 각각 한 번씩. 그렇게 해야 했던 이유는 다양했지만 대부분은 돈 문제로 귀결되었다. 이사를 다닐수록 집안 환경이 좋아졌나? 그런 것은 아니었다. 그렇다면 더 나빠졌나? 그런 것도 아니었다. 일정 수준의 거주 환경을 유지하고 싶었던 어머니의 노력은 눈물겨운 것이었고 인정받을 만한 것이었다(하지만 문제는 어머니가 누구에게 인정받기를 원했느냐였을 것이다). 언젠가—그러니까 내가 어른이 된 후에—나는 한곳에 정착할 수 있는 건 굉장한 특권이라는 말을 한 적이 있는데, 그 자리에 있던 누군가가 이렇게 받아쳤다.

"음…… 진짜 부자들은 절대 한곳에 정착하지 않아요."

그 말을 듣고 나는 충격을 받았던 것 같다. 갑자기 눈앞에 억지로 들이밀어진, 내가 미처 알지 못했고 영원히 실감할 수도 없을 특정한 삶의 형태 때문이 아니라, 그렇게 말한 사람의 그 느긋하고 천진난만한 태도 때문에.

가끔, 나는 사람들에게 5학년 때 한 이사에 대해 이야기하곤 했다. 그 이사가 내게 준 타격에 대해. 이사한 해 나는 내내 외톨이로 지냈다. 그전에도 소심하고 눈에 띄지 않는 아이로 몇 년을 살아왔지만(그리고 그런 식으로 몇 년을 더 살아갈 예정이었지만), 그 해에 도달한 수준까지는 절대 아니었다. 때때로 고장난 수도꼭지가 되기도 했다. 아무런 예고나 징조도 없이, 문득 무언가를 깨달은 것처럼, 갑자기 눈물이 줄줄 흘러나왔다. 학교 화장실에서 용변을 보다가, 방과후 버스에서 내려 길을 걷다가, 집에서 어머니를 기다리며 라면을 먹다가…… 그때는 내가 느끼는 감정이 무엇인지 알지 못했다. 요즘에는 이런 감정에도 이름이 있다.

소아 우울증.

마침내 누군가의 입에서 이 단어가 나오면 나는 그제야 입을 다물었다.

그 당시 나는 혼자 있을 때에만 고장난 수도꼭지가 되었기 때문에 어머니는 그 사실을 몰랐다. 어머니에게 말할 수는 없었다. 어머니는 나를 먹여 살리느라 언제나 힘들어했다. "엄마는 너무 힘이 없어." 내가 뭔가를 질문하고 이야기가 길어지려는 기미가 보이면 어머니는 언제나 그렇게 말했다. 엄마는 너무 힘이 없어.

한번은, 그러니까 이사 전의 일인데, 담임선생이 집으로 전화를 건 적이 있었다. 그는 용의주도하게도 어머니가 퇴근해 집에 있는 토요일 오후에 전화를 걸었다. 그러고는 어머니에게 내가 숙제를 제대로 해온 적이 없다고, 집에서도 아이를 "주의깊게 보살펴주시면" 좋겠다고 말했다. 참을 만큼 참았다는 듯이. 직업상 도저히 모른 척할 수 없다는 듯이. "저희가 할 수 있는 건 한계가 있어요. 모든 걸 사회(담임은 학교를 지칭할 때면 늘 '사회'라는 단어를 선택했다)가 알아서 할 수는 없습니다." 어머니는 통화가 끝난 후에도 한동안 수화기를 들고 있었고, 그가 듣지 못할 것이 뻔한데도 결국 이렇게 소리쳤다.

"여자 혼자 아이를 먹여 살리는 게 얼마나 힘든 일인지 알아?"

어머니는 그 당시 시내에 있는 회사에서 경리로 일을 했다. 아주 오랫동안 한 회사에서 근무했는데, 그건 어머니가 그 일을 능숙하게 잘 해냈다는 의미이기도 하지만 다른 한편으로는 그 자리를 지키기 위해 너무 많이 애를 썼다는 의미이기도 했다. 실제로 그랬다. 어머니는 집에 돌아오면 옷도 갈아입지 않고 저녁부터 차려주었다. (내가 그토록 원했지만) 음식을 배달시켜주는 일은 거의 없었다. 과자나 음료수를 사주는 일도 별로 없었다. 건강을 생각해서라고 했지만 사실은 돈을 아끼려고 그랬을 것이다. 정말로 건강을 생각했더라면 찬장에 그렇게 컵라면을 많이 쌓아두지는 않았을 테니까.

나는 저녁을 후딱 먹은 뒤 어머니가 설거지를 하는 동안 씻고 잘 준비를 마쳐야 했다. 그러므로 우리집의 어둠은 다른 집보다 일찍 찾아왔다. 당시 어머니에게 가장 중요한 건, 최대한 빨리 잠자리에 드는 것이었다. 다음날에 필요한 힘을 쓸데없이 낭비하지 않도록. 그게 우리집의 루틴이었다. 무너질 때도 있었지만, 대개는 그렇지 않았다.

이사 후 나는 하루에도 몇 번씩 우편함을 뒤지곤 했다. 그전에 살던 동네에서 나를 돌봐줬던 언니가 한 달에 한 번 편지를 보내겠다고 약속했기 때문이었다. 아파트 현관의 낡은 우편함을 뒤질 때마다 어머니는 팔짱을 끼고 뒤에 서서 나를 지켜보았다. 두어 달쯤 지났을 때, 어머니는 그런 말을 하지 않고는 도저히 못 배기겠다는 듯이, 그녀가 편지를 보내는 일은 없을 거라고 단언했다. 그녀가 거짓말쟁이이기 때문에. 사실 처음에 어머니는 다른 단어를 사용했다. 허언증. "걔는 허언증이다." 내가 실망한 기색을 애써 숨기며—나는 언제나 빈 우편함을 보고 실망한 티를 내지 않으려고 노력했다—허언증이 뭐냐고 묻자, 어머니는 그제야 좀 당황한 것 같았다. 하지만 곧 결심했다는 듯 대답했다.

"자기 자신을 있는 그대로 받아들이지 못하고, 다른 식으로 생각하는 거."

나는 그때 두 가지 측면에서 좀 혼란스러웠다. 하나는 명백하게 비난의 기운이 느껴지는 어머니의 말투에도 불구하고 내게는 허언증의 의미가 그리 나쁘게 받아들여지지 않았기 때문에. 어머니는 내 생각을 알아차렸는지, 어쩔 수 없다는 듯 혀를 차며 말했다.

"그러니까, 걔는 거짓말쟁이라고."

나를 혼란스럽게 한 다른 한 가지가 바로 이것이었다. 다른 사람도 아닌 어머니가 그녀를 별로 좋아하지도 않고, 믿지도 않고, 어쩌면 한 번도 그런 적이 없었으리라는 바로 그 사실이었다.

어머니가 아무도 듣지 않는 수화기에 대고 소리를 지른 그즈음에 어머니가 다니던 회사에 문제가 생겼다(어떤 일이 먼저 일어났는지는 모르겠다. 의미 없이 소리를 지른 일이 먼저였는지, 아니면 회사에 문제가 생긴 일이 더 먼저였는지). 회사 사정이 급속도로 나빠졌고, 많은 수의 인원이 감축되었다. 용케도 어머니는 살아남았다. 어머니는 그 사실이 자랑스러웠을 것이다. 하지만 그런 기분을 제대로 만끽할 새도 없이 곤란한 상황에 처했다는 점도 깨달았을 것이다. 어머니는 다른 사람의 일을 떠맡아야 했고 늦게까지 회사에 머물러야 했다. 나는 집에서 혼자 어머니를 기다리는 것에 점점 익숙해졌다. 컵라면을 먹거나 우유에 시리얼을 말아 먹는 걸 좋아했고, 시간 가는 줄 모르고 오후 내내 티브이 앞에 앉아 있었다. 하지만, 어머니는 해가 진 후에도 오랫동안 나를 혼자 집에 남겨둬야 한다는 사실에 죄책감을 느꼈던 것 같다. 죄책감. 다른 단어로는 설명이 잘 안 된다. 어머니는 결정을 내렸다. '벼룩시장' 같은 생활정보지에 공고를 냈을까? 아마 그랬을 것이다. 내용은 어땠을까? '숙제는 잘 하지 않지만, 조용하고 말을 잘 듣는 아이를 돌봐줄 사람을 구합니다. 하루에 두어 시간 정도만 봐주면 됩니다. 돈은 많이 드릴 수 없습니다.' 이런 식으로? 물론 이렇게 쓰지는 않았을 테지만 대충 그런 의미를 담고 있었을 것이다. 당연히 그런 공고를 보고 연락을 한 사람은 없었다.

딱 한 명, 그녀를 제외하고는.

일종의 면접을 보기 위해 그녀는 일요일 오후에 우리집에 오기로 했다. 며칠 동안 어머니가 계속 갈팡질팡하고 속앓이를 했다는 사실을 나는 알고 있었다. 시도 때도 없이 어머니가 혼잣말을 중얼거렸기 때문이었다. 이런 일로 돈을 쓰는 게 가당찮은 일인가? 우리 같은 사람들은 그냥 견디고 살아가는 게 옳은 것 아닌가? 면접을 취소해야 하지 않는가?

어머니가 우왕좌왕하는 동안에도 시간은 지나갔고, 마침내 일요일이 됐다. 그녀가 우리집에 왔을 때, 어머니의 얼굴에는 기가 찬다는 기색이 역력했다. 그녀가 겨우 중학생 정도로 보였기 때문에. 나이를 속이려는 의도도 없다는 듯이 (일요일인데도) 교복을 입고 나타났기 때문에. 어쩌면 어머니는 맥이 탁 풀렸을지도 모른다. 아직 늦여름의 기운이 가시지 않은 때였다. 반팔 블라우스 아래 드러난 그녀의 하얗고 포동포동한 팔에는 땀이 송골송골 맺혀 있었다. 키는 평균이었던 것 같다. 그 나이대치고는 그리 크지도 작지도 않은. 머리카락은 귀밑까지 바짝 잘랐는데, 숱이 많고 곱슬기가 있어서 완벽한 세모 모양이었다. 뿔테안경을 쓰고 있었는데도 앞이 잘 보이지 않는다는 듯이 여러 번 눈을 가늘게 떴다.

여기까지 찾아온 아이를 그냥 보낼 수는 없는 노릇이라고 생각했는지 어머니는 일단 그녀를 안으로 들어오게 했다. 그러고는 냉장고에서 보리차를 꺼내 한 잔 따라주었다.

"이거 마시고 집으로 돌아가."

그녀는 보리차를 한 번에 다 들이켰다. 보리차가 얼음처럼 차가워서 머리가 아플 법도 한데, 그런 기색은 전혀 없었고 심지어 그녀는 한 잔 더 마실 수 있느냐고 정중하게 물었다. 어머니가 두번째로 건네준 잔도 벌컥벌컥 들이켠 그녀는 이번에는 혹시 잠깐만 앉아도 되느냐고 물었다. 어머니는 한숨을 쉬고는 그렇게 하라고 말했다. 그녀는 재빠르고 민첩하게 식탁 의자에 앉았다. 어머니가 그녀의 맞은편에 앉았고, 나는 입을 꾹 다문 채로 어머니 뒤에 서 있었다.

"제가 저 아이를 보살필 수 있게 해주세요."

그녀가 두 손을 모으고 애처로운 표정으로 부탁하듯 말했다.

"아이한테 아이를 맡길 수는 없잖니?"

어머니가 그렇게 말하자 그녀는 갑자기―정말 갑자기, 마치 깜깜한 무대에 탁, 하고 조명이라도 켜진 것처럼—무릎이라도 꿇을 수 있을 것 같은 절박하고 애걸복걸하는 태도로 자신의 이야기를 줄줄 늘어놓기 시작했다. 자기는 사 남매의 첫째인데 둘째 동생은 거의 자신이 키우다시피 했다는 것, 집에는 방이 두 개뿐이어서 자기만의 공간이 없다는 것, 하루에 단 두 시간이라도 좋으니 조용한 곳에 있고 싶다는 것, 공부할 수 있는 곳이 확보되어야 한다는 것, 기숙사가 있는 외고에 가려고 준비중인데 부모님이 학원비를 대줄 형편이 안 돼서 스스로 공부해야 한다는 것, 반에서 항상 삼등 안에 든다는 것, 하지만 정말이지 집안 형편이 어렵다는 것, 재—나를 가리키는 것이었다—의 공부도 봐줄 수 있고, 반찬만 있으면 저녁상도 차려줄 수 있다는 것…… 기타 등등. 이야기를 하는 동안 애원하는 태도는 점차 사그라들었다. 아니, 오히려 그 이상이었다. 그녀는 점점 느긋해지고 능숙해졌고, 심지어는 어딘가 모르게 대담해 보이기까지 했다. 어머니는 몇 번이나 그녀의 입을 다물게 하려고 시도했지만 번번이 실패해서, 결국은 그녀의 얘기가 끝날 때까지 기다릴 수밖에 없었다.

맹세코, 그렇게 쉬지 않고 한꺼번에 많은 말을 하는 사람을 그 전에는 본 적이 없었다. 티브이에서 흘러나오는 소리가 아닌, 진짜 사람의 우렁찬 목소리가 그토록 오래 우리집에 울려퍼진 것도 거의 처음 있는 일이었다. 그리고, 그 표정. 시시각각으로 바뀌던 그 풍부한 표정. 나는 바위처럼 입을 다물고 가만히 서 있었지만 내 마음속은 어머니가 그녀의 말대로 해주기를 바라는 열망으로 가득차는 중이었다.

그날 어머니는 결국 그녀를 채용하기로 했다. 내 열망을 눈치챘나? 아니었다. 그녀가 늘어놓은 이야기에 마음이 움직였나? 아니었다(둘째 동생을 키우다시피 했다는 이야기는 그나마 영향을 끼쳤을 수도 있다). 그녀가 채용된 건, 그녀 자신이 기어코 어머니의 마음을 움직일 발언을 해내고 말았기 때문이었다. 그건 그녀의 힘으로 쟁취한 순수한 승리였다. 벼룩시장 공고에 표기된 금액보다 훨씬 더 적은 돈을 받아도 괜찮다는 바로 그 말. 그녀가 그렇게 말하자, 어머니는 생각에 빠진 듯한 표정으로 고개를 마구 흔들었다가 잠시 후에는 어쩔 수 없다는 듯 고개를 끄덕였다. 그러고는 작은 목소리로 조심스럽게 물었다.

"너네 부모님은 네가 이 일을 하려 한다는 걸 당연히 알고 계시는 거지?"

그녀는 잠시 주춤거렸지만 곧 자신감 넘치는 목소리로 그렇다고 대답했다(분명히 어머니도 그녀의 주춤거림을 알아차렸을 것이다). 그러고는 절대 실망시키지 않을 거라고 말하며 나를 가리켰다.

"쟤―그녀는 면접이 끝나고 집으로 돌아갈 때까지 내 이름을 물어보지 않았지만 어머니는 그런 걸 딱히 신경쓰지 않았다―를 정말로 잘 보살필게요."

갑자기 어머니가 그녀에게 물었다.

"사 남매인데 왜 둘째 동생만 키우다시피 한 거야? 막냇동생은?"

"저희 부모님은 아들을 낳으려고 딸을 세 명이나 낳았거든요. 막내는 부모님 차지였죠."

어머니는 알 만하다는 듯이 고개를 끄덕였다. 그녀가 의기양양한 표정을 지으며 덧붙였다.

"그런 걸 지성이면 감천이라고 하잖아요, 그렇죠?"

그다음날부터 그녀가 왔다. 그녀는 내가 현관문을 열어주면 언제나 (넘어지지 않을까 걱정이 될 정도로) 급하게 신발을 벗으며 안으로 들어왔다. 그러고는 가방을 거실 바닥에 아무렇게나 던져두고, 불편하다며 교복 블라우스 안에 손을 집어넣어서 (마술처럼) 브래지어를 빼낸 후 그것 역시 거실 바닥으로 집어던졌다. 어머니는 그런 식으로 브래지어를 벗지도, 던지지도 않았다. 내가 브래지어를 볼 수 있는 건 오로지 어머니가 빨래를 갤 때뿐이었다. 아무 무늬도 없는 두툼하고 케케묵은 그 브래지어들을 볼 때마다 나는 우유 비린내가 난다는 착각에 빠졌고, 내가 어머니의 배를 가르고 나왔다는 사실(이때 나는 분만이 어떤 식으로 이루어지는지 정확하게 알지 못했다), 그리고 어머니의 젖을 맹렬하게 빤 적이 있다는 사실을 실감할 수 있었다(어머니가 내 생각을 알았다면 이렇게 말했으리라. "아니야, 나는 제왕절개도 안 했고 모유 수유도 안 했어"). 바닥에 던져진 그녀의 브래지어는 뭐랄까, 어딘가 모르게 이물스럽고 연약하며─실제로 그녀의 브래지어는 어머니의 것보다 작고 얇았으며 토끼나 당근 같은 무늬가 프린트되어 있었다─생생하게 느껴졌다. 나는 어머니의 속옷은 아무렇게나 만질 수 있었지만, 그녀의 브래지어는 만지기가 싫었다.

그녀는 소파에 누운 채 내게 이것저것 심부름을 시켰다. 그러니까, 지금 돌이켜보니까 '심부름'이었다는 의미이다. 그때 우리는 그걸 '꼭두각시놀이'라고 불렀다.

"너의 팔과 다리에 끈이 달려 있고 그걸 내가 조종하고 있는 거야. 꼭두각시처럼 말이야."

"하지만 진짜로 끈이 달려 있진 않은데, 뭘로 언니가 나를 조종해요?"

처음 그녀가 그 놀이를 제안했을 때, 나는 그렇게 물었다. 사실 나는 기꺼이 그녀의 꼭두각시가 될 생각이었다. 아니, 그러고 싶어서 안달이 나 있었다. 그렇지만 동시에 질문이 필요하다고도 느꼈다. 그리고 질문을 던졌다는 것에 약간은 우쭐한 기분이 들었을지도 모른다.

그녀는 소파에서 벌떡 일어나더니 나를 보고 씩 웃었다. 안경을 한 번 추어올리고 두 손을 허공에 든 후 지휘자처럼 움직였다. 그러고는 기계음을 흉내내며 말했다.

　"자, 이제 너는 자리에서 일어나서 부엌 쪽으로 열 걸음을 걷는다(나는 내 몸에 진짜로 끈이 달린 것처럼 팔과 발을 움직이며 열 걸음을 걸었다. 그리고 냉장고를 지나쳐버렸다). 앗, 세상에, 원숭이도 나무에서 떨어질 때가 있네."

　나무에서 떨어진 원숭이는 그녀 자신을 지칭하는 것이었다. 나는 가만히 서서 그녀의 다음 지시를 기다렸다.

　"자, 뒤쪽으로 두 걸음을 걷는다(나는 순순히 뒤로 두 걸음을 걸었다). 그리고 오른손으로 냉장고 문을 열고(나는 이번에도 그녀가 시키는 대로 오른손으로 냉장고 문을 열었다), 왼손으로 우유를 꺼내 내게 갖고 온다."

　나는 냉장고에서 꺼낸 우유를 든 채, 엉거주춤하게 서서 그녀에게 물었다.

　"냉장고 문을 닫아야 하지 않을까요?"

　"오, 꼭두각시가 말도 하네?"

　그녀의 목소리는 원래대로 돌아와 있었다.

　"말하면 안 돼요?"

　그렇게 질문하고 대답을 기다리는 동안, 이상하게도 심장이 마구 뛰었다. 너무 뛰어서 아프다는 착각이 들 지경이었다. 그녀는 잠시 생각에 잠겼다가 드디어 입을 열었다.

　"아니, 말해도 돼."

그녀는 다시 기계음 같은 목소리로 나를 조종해서 우유를 가져 오게 했고, 우유갑에 입을 댄 채 꿀꺽꿀꺽 마셨다.

"음, 똑똑한 꼭두각시에게 상을 줘야겠다."

그녀는 다시 나를 조종해서 거실에 아무렇게나 던져놓은 자신의 가방을 식탁으로 가져가게 했다. 안에 뭐가 들었는지 가방은 너무 무거웠다. 그녀가 식탁 의자에 앉자 나도 맞은편에 앉았다. 그녀는 가방에서 스프링 노트와 필통을 꺼냈다. 다른 물건들도 잔뜩 들어 있었던 것 같은데 그게 뭔지는 알 수 없었다. 그녀는 자신의 가방 안을 절대 보여주지 않았다. 그리고 필통에서 자와 얇은 펜을 꺼내 노트 가장자리에 네모나게 선을 그었다. 그다음에는 네임 펜으로 네모 선 안쪽 맨 위에 크게 '상장'이라고 적었다. 잠시 동안 내 얼굴을 바라보며 생각에 잠겨 있던 그녀가 마침내 입을 열었다.

"아, 너 이름이 뭐였더라?"

마치 사탕 하나 먹을래? 라고 묻는 듯한 말투였다. 자신의 (곤란한) 궁금증을 해결하려는 게 아니라, 시혜를 베푼다는 듯한 말투. 그녀는 내 이름을 적어넣고는 이번에는 초록색 펜으로 신중하게 문장을 쓰면서 말했다.

"이건 너희 엄마한테 보여주면 안 돼, 알았지?"

"왜요?"

"너네 엄마는 뭐랄까…… 좀…… 음…… 사람을 거북하게 만드는…… 그런 부분이 있어."

나는 깜짝 놀랐다. 그녀가 우리 어머니를 별로 좋아하지 않는다는 사실 때문이 아니라, 그런 식의 단어를 사용해 (몇 번 마주치지도 않은) 어른을 평가 내릴 수 있다는 사실 때문에. 자신의 판단을 진실인 양 선포해버리는 그 자신만만함 때문에. 그녀는 종이의 맨 아래에 날짜와 자신의 이름을 적어넣고, 이름 옆에 빨간색 펜으로 도장을 그려넣었다. 상장은 아주 그럴싸해 보였다.

그녀가 벌떡 일어나 의자 위에 올라갔다.

"내 앞에 서봐."

이번에는 나를 조종하는 투가 아니었다. 마치 누군가 우리의 이야기를 엿들으면 안 된다는 듯한, 조그맣고 조심스러운 말투였다 (내가 왜 그렇게 목소리를 낮추는 거냐고, 우리 말고 아무도 없지 않으냐고 물었다면 그녀는 이렇게 대답했을 것이다. "낮말은 새가 듣고 밤말은 쥐가 듣는 거야"). 그녀 앞에 서자 그녀는 위엄이 넘치는 모습으로 나를 내려다보고는 이번에는 나이든 남자 목소리로(아, 그녀는 얼마나 많은 사람의 목소리를 흉내낼 수 있었던지!) 크고 우렁차게 상장에 적힌 문장을 읽어내려가기 시작했다.

"위 사람은 훌륭하고 똑똑하고 근사한 꼭두각시이므로 이 상장을 수여합니다."

날짜와 자신의 이름까지 다 읽은 그녀는 내 쪽으로 상장을 바꾸어 들었다. 내가 상장을 받아들자, 그녀는 여전히 엄숙한 표정으로 악수를 청했다. 나는 그녀의 손을 꽉 잡고 흔들었다.

그 당시에, 그러니까 그녀가 나를 돌보러 오는 동안에 어머니가 그녀에 대한 못마땅함을 드러낸 적이 있었던가? 대놓고 그런 적은 없었다. 하지만 어떤 종류의 의구심은 가지고 있었을지도 모른다. 어째서? 가끔 그녀는 군것질거리를 사와서 나와 나눠 먹었는데, 과자나 아이스크림 포장지를 부주의하게 쓰레기통에 버릴 때가 있었다. 집안 형편이 어렵다면서 군것질거리를 사는 데 어떻게 그렇게 돈을 쓸 수 있는지 어머니는 궁금했을 것이다. 하지만 그런 것은 내게 고려 대상이 아니었다. 나에게 중요한 건, 그녀가 음식을 먹는 방식이었다. 그녀는 소파 위에 누운 채로 과자나 아이스크림을 먹었다. 그런데도 한 번도 과자 부스러기나 아이스크림을 흘리지 않고 꿀떡꿀떡 잘도 삼켰다. 심지어는 누운 채로 음료수를 마시기도 했다. 빨대를 사용하지도 않고, 느긋하게, 단 한 방울도 흘리지 않고. 나는 소파 바로 옆에 바짝 붙어앉아서 그녀의 모습을 넋 놓고 바라보다가 그녀가 음식을 다 먹으면 다른 걸 더 먹어보라고 조르곤 했다.

"그 언니, 너를 잘 돌봐주니?"

언젠가 어머니가 이렇게 물었을 때, 나는 뭐라고 대답했던가?

그녀는 보이지 않는 끈을 이용해서 내게 저녁식사를 차리게 하거나, 간단한 청소를 시키거나, 소파 위에 누워 있는 자신에게 물이나 우유를 가져오게 만들었다(다행히 자신의 브래지어를 만지는 일은 시키지 않았다). 그리고 때때로는, 누운 채로 안경을 추어올리며 자신의 이야기를 늘어놓았다. 대부분은 면접을 보던 날 이야기했던 일화들의 반복이었지만 그녀는 그것들을 언제나 생생하고 기상천외한 방식으로 새롭게 펼쳐놓을 줄 알았다. 한방에서 동생들과 살을 맞대고 지내야 하는 것("동생들이 얼마나 오리처럼 꽥꽥거리는지 아니? 꽥, 꽥, 꽥"), 중학생이 되었을 때 학교 행정실에서 좀더 질이 좋은 교복을 물려받기 위해 고군분투한 일("상태가 가장 좋은 옷을 향해 달려가서 화살을 쏘는 거야, 나를 절대떠나지 못하도록"), 장마철에 천장에서 새는 물 때문에 거실 바닥이 물바다가 되어버린 것("냄비를 놓아뒀는데, 물방울이 통통거리며 떨어지는 거야. 노래를 따라 부르고 싶은 걸 참느라 오줌을 쌀 뻔했지 뭐야"), 심지어는 설거지를 제대로 하지 않아 아버지에게 얻어맞은 일("나는 마치 육상 선수처럼 도망쳤어, 내가 칼 루이스보다 빨랐을걸!")까지, 그 모든 처참한 경험이 그녀의 입을 통과하면 놀랍게도 훌륭한 무용담이 되었다.

물론 다른 종류의 이야기도 있었다. 과장되거나 익살스러운 표현이나 표정을 경유할 필요가 없는 이야기들. 발설하는 것만으로도 그녀 자신을 뿌듯하게 만들 수 있는 이야기들―그녀가 받은 무수한 상장과 친구들의 편지, 철봉에 매달려서 이십 초 동안 견딘 일 등등…… 하지만 이런 종류의 이야기는 그렇게까지 내 흥미를 끊지 못했다. 그런 이야기를 할 때 그녀의 표정이나 목소리는 어딘가 모르게 진부하고 모호한 느낌을 주었다. 전자의 이야기는 달랐다. 가망 없는 비참함, 기발하고 우스꽝스러운 패기, 적절하게 선택된 단어들, 그 실감나는 흉내들. 나는 그녀의 이야기가 계속되기를, 내가 그 이야기에 언제나 귀기울일 수 있기를 바랐다.

그러므로, 어떻게 그녀가 나를 잘 돌보지 않는다고 대답할 수 있었겠는가?

그해 겨울이 되었을 때, 어머니는 화장을 하는 데 시간을 들이기 시작했다. 투피스를 입은 채 거울을 바라보며 눈썹을 그리고 입술에 립스틱을 바르는 동안 어머니는 완전히 자기 자신에게 몰두한 것처럼 보였다. 머리카락에는 헤어 롤을 몇 개 말아두었다가 시간이 지나면 한 번에 쏙 빼냈다. 돌이켜보면 그 시기에 어머니는 그 말을 하지 않았던 것 같다. "엄마는 너무 힘이 없어." 어쩌면 그건 어머니의 귀가 시간이 점점 들쭉날쭉해지다가 약속한 시간보다 자꾸 늦어졌기 때문에, 그러니까 나와 함께하는 시간이 그 전보다 줄어들었기 때문인지도 몰랐다. 어쨌든 나를 돌보러 온 그녀는 아무리 늦어도 아홉시 반쯤에는 집으로 돌아가야 했으므로 어머니가 늦는 날이면 나 혼자 집에 있어야 했다. 혼자 잠드는 게 무서웠던 나는 온 집안의 전등을 켜고 티브이와 라디오까지 틀어놓고서 소파에 앉아 꾸벅꾸벅 졸곤 했다.

그날도 소파에서 졸다가 밤에 눈을 떴는데, 나는 침대 위에 누위 있었고 주위는 온통 깜깜했다. 내 곁에는 아무도 없었다. 티브이 소리도 라디오 소리도 들리지 않았다. 나는 침대에서 일어나 (특별히 그렇게 해야 할 이유가 없는데도) 소리를 내지 않으려고 노력하면서 거실로 나갔다. 어디선가 웅웅거리는 소리가 났다. 그건 (명목상으로는 내 방이지만 거의 창고나 마찬가지였던) 방안에서 나는 것이었다. 나는 방문에 귀를 갖다댔다. 어머니의 목소리가 들렸다. 느릿느릿하고 망설이는 듯한 목소리. 무언가에 취한 듯 중간중간 뭉개지는 말투. 명백하게 드러나는 초조함과 조급함. 혼잣말인가? 아니었다. 그 순간, 나는 수다쟁이라는 단어를 떠올렸고, 이상하게도 두려운 마음이 들었다.

나는 방문을 벌컥 열었다. 깜깜한 방 안에는 차가운 기운이 돌았고(보일러를 틀어놓지 않아서 방바닥이 냉골이었다), 어머니는 출근할 때의 복장―투피스―그대로 벽에 등을 대고 앉아 있었다. 한 손에는 수화기가 들려 있었다. 나는 조그맣고 자신감 없는 목소리로 물었다.

"엄마, 뭐하고 있어요?"

어머니가 당황했던가? 그렇지는 않았던 것 같다. 어머니는 수화기를 들지 않은 손으로 이마를 문지르다가 이렇게 대답했다.

"엄마? 아, 엄마는 아무것도 안 해."

잠시 후, 어머니는 천천히 자리에서 일어나 내 곁으로 다가왔다. 그리고 나를 내려다보았다. 곱슬거리는 머리카락, 몸에 잘 맞는 옷, 상기된 듯한 볼. 립스틱 색은 옅어졌지만 속눈썹에는 여전히 남아 있는 마스카라. 창문으로 들어오는 희붐한 빛을 통해 그것들을 알아볼 수 있었다. 나는 어머니가 아름답다는 생각을 했다. 하지만 돌이켜보면, 그 순간 내가 느낀 어머니의 아름다움은 그런 세부적인 내용과는 별개로 존재하는 것이었으리라는 생각이 든다. 영구적인 동시에 불연속적인 것. 마치 별생각 없이 찍었지만, 나중에야 그 의미가 드러나고, 결국엔 뿌예져버릴 폴라로이드 사진처럼. 잠시 후에 어머니는 내 손을 잡았다. 나는 어머니의 손이 너무 축축하다고 느꼈다.

그런 일이 있었던 건 그날 딱 한 번이었다. 나는 요즘도 그날 밤을 종종 떠올려보곤 하는데, 이상하게도 그 장면 속에서 어머니는 이제 막 물속에서 나온 사람처럼 느껴질 때가 있다. 머리카락이 젖어 있거나 옷에서 물방울이 떨어지는 건 아니었다. 그건 순전히 느낌의 문제였다. 그래서 가끔은 내가 꿈을 꾼 게 아닐까, 무엇인가를 착각한 게 아닐까 하고 생각할 때도 있다. 하지만 아니었을 것이다. 꿈이 아니었을 것이다.

며칠 후, 간만에 식사시간 전에 돌아온 어머니는 그녀를 돌려보내고(그녀는 나중에 이날에 대해, 어머니가 자신을 헌신짝 다루듯 대했다고 말했다. "내가 말했잖아, 너네 엄마는 좀 그런 부분이 있다고 말이야") 나와 단둘이 저녁을 먹었다. 그날 어머니는 피자와 치킨을 시켜주었다. 내가 패스트푸드의 달콤하고 자극적인 맛에 정신이 팔려 있을 때, 어머니가 물었다. 기습적인 느낌은 아니었다. 오히려 혈관 주위를 헛짚는 서투른 간호사처럼, 주춤거리는 듯한 실미지근한 태도였다.

"그 언니, 공부는 열심히 하니? 외고에 가려면 여간 열심히 해야 하는 게 아닐 텐데."

나는 그녀가 가방에 두꺼운 문제집과 교과서를 넣고 다닌다는 사실을 알고 있었다. 하지만 그녀가 우리집에서 공부를 하는 모습을 본 적은 없었다. 더 솔직하게 말하자면 그녀는 책을 꺼내지도 않았다. 어머니의 귀가 시간이 다가오는 때를 제외하고는. 어머니가 돌아오기 삼십 분 전쯤이 되면 그녀는 (브래지어를 착용한 뒤) 나를 조종해서 거실을 깨끗하게 치우게 하고는 식탁 위에 문제집과 교과서와 노트 그리고 색색깔의 펜(아마 이 펜들도 어머니의 의구심을 자아냈을 것이다. 학원비도 대주지 못하는 부모님이 어떻게 그렇게 색색깔의 펜을 사준단 말인가?)을 펼쳐놓았다. 하지만 길지 않은 그 시간에도 그녀는 한 손에 머리를 괴고 다른 생각에 빠져 있는 것처럼 보였고, 때때로 입이 찢어지게 하품을 했다. 펜을 바쁘게 움직일 때도 있었는데 문제를 푸는 건 아니었고 의미 없는 글자를 끼적거리거나 형체를 알아볼 수 없는 그림을 그리는 것뿐이었다. 현관문이 열리는 소리가 들리면 그녀는 자세를 바로 잡았지만 먼저 어머니를 알은체하지는 않았다. 어머니가 내 이름을 부르면, 그제야 깜짝 놀랐다는 듯이 말했다. 공부에 너무 전념하느라 누군가 온 것도 알아차리지 못했다는 듯.

"어머나, 언제 오신 거예요?"

처음 몇 번, 어머니는 그녀를 믿었다(그랬던 것 같다).

"공부를 잘하는 애들은 역시 집중력이 남다르구나. 대단해."

하지만 그녀가 번번이 그런 식으로 굴자, 어머니는 더이상 그런 말을 하지 않게 되었다. 어쩌면 어머니는 그녀의 문제집이 깨끗하다는 사실, 노트에 알 수 없는 그림이 그려져 있거나 낙서가 쓰여 있다는 사실을 알아차린 건지도 모른다.

나도 그녀에게 질문을 한 적이 있다. 외고에 가려면 공부를 엄청 많이 해야 하지 않느냐고. 문제집을 풀지 않아도 괜찮은 거냐고. 그녀는 이렇게 대답했다.

"아, 난 머리가 되게 좋아. 사실 이런 문제집은 필요도 없어. 모든 게 내 머릿속에 있거든."

그 말을 할 때 그녀는 마치 망원경을 보듯 두 손을 동그랗게 말아서 오른쪽 눈에 대고 고개를 이리저리 흔들었다. 자신의 머릿속에 있는 그 모든 것을 원하기만 하면 언제든지 바라볼 수 있다는 듯이. 그러고는 덧붙였다.

"내가 외고에 가는 건 따놓은 당상이야. 내가 외고에 못 간다면 이유는 딱 하나야. 내가 죽는 거. 그거 말고는 없어."

애초에 내가 그런 질문을 던진 건 의구심 때문이 아니었다. 오히려 그 반대였다. 그녀가 발설하는 어떤 내용도 절대 나를 해칠 수 없고 상처를 입힐 수도 없으리라는 완전한 믿음 같은 것. 그렇게 믿은 건 내가 어리고 어리석은 여자아이여서가 아니었다. 그러지 않을 도리가 없었기 때문이었다.

그러므로 어머니의 질문에 할 수 있는 답은 이 정도였다.

"언니는…… 음…… 공부를 아주 잘해요."

내가 먹고 있던 피자를 접시에 내려놓고 애매모호하게 대답하자, 어머니는 한 손으로 턱을 괴고 나를 지그시 바라보았다. 잠시후 어머니는 고개를 흔들며 이렇게 말했다.

"하긴, 네 숙제도 잘 봐주고 있으니까."

아니었다. 담임선생이 그후에 집으로 전화를 걸지 않은 건 사실이었지만 그건 내가 숙제를 잘 해가서가 아니라, 그가 더이상 나에게 관심을 갖지 않기로 결심했기 때문이었다. 나 같은 아이 한명에게 정력을 쏟는 것보다 더 많은 (문제없는) 아이들에게 집중하는 게 효율적이라고 판단한 것이리라. 돌이켜보면 어머니가 따로 내 숙제를 검사한 적도 없었다.

"그 언니가 있어서 다행이야, 그렇지?"

내가 고개를 끄덕이자 어머니는 피자 한 조각을 덥석 베어 물었다. 생각해보면 어머니는 억센 사람이 아니었다. 아마도 그게 그 당시 어머니를 가장 힘들게 한 부분이었을 것이다. 하지만 어머니는 서투른 사람도 아니었다. 그래도 때때로 어머니는 무엇인가에 대해 억세지고, 서툴러질 수 있었을 것이다. 그게 쉬운 길이어서가 아니라, 필요한 길이었기 때문에. 그녀는 그후로 몇 달 더 나를 돌보러 왔고, 더이상 어머니는 그녀에 대해 이러쿵저러쿵 질문하지 않았다.

내가 초등학교 5학년이 되고 얼마 지나지 않았을 때, 퇴근하고 집으로 돌아온 어머니가 그녀에게 더는 오지 않아도 된다고 통보했다. 나는 말도 안 된다고, 부당하다고 어머니에게 항의했지만 그녀는 오히려 침착해 보였다.

"오늘 일한 것까지 정산해줄게."

현관에 쪼그려앉은 채로 신발을 신고 있던 그녀에게 어머니는 걱정스럽다는 듯이 덧붙였다.

"어떡하니, 앞으로 공부할 곳이 마땅치 않을 텐데."

나는 그런 말을 하는 어머니가 미웠다. 그녀는 잠시 동안 움직이지 않다가 곧 자리에서 (마치 용수철처럼) 벌떡 일어났다.

"진짜 집중하면 동생들이 아무리 떠들고 저를 괴롭혀도 공부에 전념할 수 있거든요. 제가 너무 나약했던 것 같아요."

어머니는 떨떠름한 목소리로 말했다.

"그래…… 그렇다면 정말 다행이구나."

그녀가 돌아가고 난 후, 어머니는 한 손으로 식탁 모서리를 잡은 채 한동안 서 있었다.

"나약하다……"

어머니는 넋이 빠진 표정으로 그 단어를 반복했다. 그리고 잠시 후 고개를 절레절레 흔들더니 마치 참은 숨을 내뱉는 것처럼 중얼거렸다.

"허, 세상에."

어머니의 귀가 시간은 예전으로 돌아왔다. 더불어 우리집의 루틴도 돌아왔다. 어머니의 지상 과제는 다시 시간을 효율적으로 사용하는 것, 쓸데없는 일에 힘을 들이지 않는 것이 되었다. 그럼에도 불구하고 어머니는 가끔 집중력을 잃고 산만해진 것처럼 보였다. 뜨거운 물에 손을 데거나 칼질을 하다가 피가 났다. 화장을 할 때도 그전처럼 자기 자신에게 몰두한다는 느낌이 없었고 헤어 롤을 말지도 않았다. 대신 거울 속에 비친 나를 보며 빨리 학교에 갈 준비를 하라고 다그쳤다. 밤에, 옆에 누워 있던 내가 이불을 조금만 들썩해도 어머니는 짜증 섞인 목소리로 경고했다. "계속 그럴 거면 네 방—창고나 다름없는—에 가서 혼자 자든지 해라." 나는 단 한 번 움직였을 뿐이었다. 어쩌면, 두 번 정도. 아무리 많아도 세 번은 절대 넘지 않았다. 그런데도 마치 침대 위를 방방 뛰기라도 한 것 같은 취급을 당하는 게 억울했지만, 나는 어머니가 잠들 때까지 쥐죽은 듯이 누워 있어야만 했다.

하지만 괜찮았다. 그런 건 참을 수 있었다. 어머니가 모르는 게 있었기 때문이다. 그녀가 우리집에 오는 걸 완전히 그만둔 게 아니었다(그 당시에는 나와 그녀가 어머니를 속이고 있다고 생각했었는데, 아마 어머니도 알고 있었을 것이다). 날마다는 아니었고 그전만큼 오래 머물지도 않았지만 그녀는 방과후에 종종 우리집으로 왔다. 급하게 신발을 벗고, 가방과 브래지어를 거실 바닥에 던지고, 나를 조종하고, 소파에 누워서 음식을 먹고, 이런저런 이야기를 해주었다. 그리고 어머니가 퇴근하기 전에 (아마도) 자신의 집으로 돌아갔다. 나는 그녀가 그런 식으로 나를 찾아오는 쪽이 훨씬 더 좋았다. 왜냐하면 더이상 돈—대단치 않은 금액이었다 할지라도—때문에 나를 보러 오는 것이 아니었으니까. 순전히 그녀가 원하기 때문에 나를 찾아오는 것일 테니까.

어머니로부터 이사를 통보받은 날, 이번에야말로 나는 하루종일 울고불고 난리를 쳤다.

"이사가면 번듯한 네 방이 생길 거야. 너도 이제 열두 살이잖아. 너만의 공간이 필요할 거 아니야?"

아니었다. 나만의 공간은 필요 없었다(적어도 그때의 나는 그렇게 생각했다). 어머니는 제발, 이라고 말했지만 나는 울음을 그치지 않았고 어머니는 결국 손바닥으로 내 머리를 때렸다. 어머니가 내게 손찌검을 한 건 그때가 처음이었다(마지막이었다고는 말하지 않겠다). 한 대가 아니었다. 두 대, 아니 세 대쯤은 되었을 것이다. 어머니는 울먹이며 소리를 질렀다.

"나는 뭐 좋아서 이사를 가는 줄 알아? 가기 싫으면 너 혼자 여기서 살아!"

며칠 후 이사를 간다는 소식을 전했을 때, 소파에 누운 채로 풍선껌을 씹고 있던 그녀는 고개를 내 쪽으로 돌리며 얼떨떨한 표정을 지었다. 그리고 극적으로 상체를 쑥 일으키고는 고개를 몇 번흔들다가 손바닥으로 자신의 이마를 딱, 소리 나게 쳤다.

"이사가기 싫어요. 언니, 나는 엄마가 너무 미워요."

내가 거의 울기 직전이 되었을 때, 그녀가 한숨을 쉬고 별수없다는 듯 대답했다.

"그래, 그렇구나."

그녀는 나를 조종해 자신의 가방을 가져오게 했고 필통을 꺼내한참 동안 그 안을 뒤지다가 연필을 하나 꺼냈다.

"이걸 너에게 줄게. 너가 좋아할 거 같아."

연필을 보자 눈물이 쏙 들어갔다. 기뻐서가 아니었다. 물론 그녀에게 선물을 받았다는 사실이 기분을 좀 나아지게 하긴 했을 것이다. 그렇지만 그보다는 영문을 모르겠다는 생각이 더 컸다. 새 연필도 아니었다. 이미 사용한 흔적이 있었다. 연필대에는 그 당시 인기가 많았던 아이돌의 사인이 인쇄되어 있었다. 그녀가 그 아이돌을 좋아했었나? 모르겠다. 나는 그녀가 아이돌에 대해 이야기하는 걸 한 번도 들어본 적이 없었다. 나는 어땠나? 나 역시 마찬가지였다. 그녀가 왜 그걸 선물로 주는지 알 수가 없었다. 연필을 받아들자, 그녀는 안경을 벗어서 소파 옆 협탁 위에 올려놓았다. 그러고는 팔을 뻗어서 나를 꼭 안아주었다. 거칠고 푸석푸석한 그녀의 머리카락이 내 얼굴에 닿았고, 땀냄새가 섞인 달달한 (아마도 그녀가 씹고 있던 껌에서 풍기는 것이었으리라) 과일 향이 났다. 나는 그녀의 몸이 나를 압박하는 걸 느낄 수 있었다. 나를 안은 채로 몸을 흔들면서 그녀가 말했다.

"새집 주소를 알려줘. 편지를 쓸게. 한 달에 한 번은 꼭 보낼 거야. 왜냐하면…… 나는…… 너를 사랑하니까."

이사를 간 동네에는 정우맨션이라는 커다란 아파트가 있었는데, 방이 세 개(혹은 네 개)에 화장실이 두 개였다. 우리집은 정우맨션에서 조금 떨어진 곳에 위치한 작고 낡은 아파트의 오층이었다. 엘리베이터가 없어서 매일 계단을 오르내려야만 했고, 방은 두 개에 화장실은 하나였다. 액자 하나도 마음대로 걸 수 없었지만 어머니는 집을 무척 마음에 들어하는 것 같았다. 어머니는 약속대로 내 방도 만들어주었다. 형광등이 달려 있어서 스위치를 누르면 탁, 하고 불이 켜지는 책상, 작은 침대, 파란색 커튼, 바닥에 깔린 러그. 어머니는 돈을 쓴 것이었다. 나는 그 방에서 혼자 잠들어야 했는데, 불은 꼭 켜두었다.

반에는 정우맨션에 사는 아이들과 그렇지 않은 아이들이 뒤섞여 있었다. 그리고 미묘한 방식으로 그룹이 몇 개 형성되어 있었다. 나는 그중 어디에도 끼지 못했다. 하루종일 아무도 (심지어는 선생마저도) 말 한마디 안 걸 때도 많았다. 바로 이것 — 내가 외톨이라는 사실 — 이 내가 고장난 수도꼭지가 된 이유였을까? 그랬을 것이다. 하지만 고장난 수도꼭지가 된 것이, 내게 고통만을 가져다준 건 아니었다. 그러니까 그건 이런 식으로 이루어졌다. 어느 날, 나도 모르게 갑자기 눈물이 뚝뚝 흘러내린다. 그러고 가만히 그 상황을 받아들이고 있다보면, 어느 순간 머릿속에서 이런 목소리가 들려온다.

왜냐하면 나는 너를 사랑하니까.

곧이어 나는 그녀에게서 풍기던 희미하지만 분명했던 과일 향과 거친 머리카락의 감촉, 그리고 그녀가 나를 안을 때 느꼈던 압박감을 (머릿속으로) 반복할 수 있게 된다. 내 신체가 세로로 정확하게 이등분되어서 한쪽 발끝에서부터 한쪽 머리통까지 물컹한 물질로 가득차는 것 같은 기분도. 그러고 나면 어쩐지 다른 일들은 내 안에서 점점 중요성을 잃어갔고, 심지어는 좀 우습게 느껴지기도 했다. 그건 조소나 분노, 증오심과는 다른 감정이었다. 오히려 어리둥절함에 가까운 것이었는지도 몰랐다. 이를테면, 학교 건물은 오층짜리였는데 맨 위층은 6학년만 사용할 수 있었다. 6학년 중 어떤 무리들은 얼굴만 보고 하급생들을 골라낼 수 있었고, 하급생으로 판정되면 그 즉시 욕설을 하고 아래층으로 쫓아버렸다. 꺼져, 미친, 씨발! 나는 운동장에서 그 무리들을 본 적이 있었다. 귀걸이를 한 여자애들, 키가 크고 수염이 막 나기 시작한 남자애들. 하지만 그들 중 (피가 섞이지 않은) 중학생 언니에게 사랑한다는 말을 듣고, 두 팔로 안기고, 편지를 보내주겠다는 약속을 받은 경험을 한 사람이 누가 있단 말인가? 없었다. 아무도 없었다. 적어도 그 당시의 내가 그려본 세상에서 그런 경험을 한 건 나밖에 없었다.

"자기 자신을 있는 그대로 받아들이지 못하고, 다른 식으로 생각하는 거. 그러니까, 걔는 거짓말쟁이라고."

그러므로 어머니가 그녀에 대해 이렇게 판결을 내렸을 때, 이런저런 혼란스러움에도 불구하고 나는 그것을 무시하는 데 성공할 수 있었다. 이를테면, 그녀에게서 편지가 오지 않은 채 한 달, 두 달, 석 달이 지나는 동안 나는 (그녀가 편지를 보내지 않는 이유가 아니라) 그녀의 편지를 받을 수 없는 그럴듯한 이유를 떠올려낼 수 있었다. 허접하고 빈약한 상상에 불과했지만 그런 생각에 빠져 있는 동안 그건 완강하고 집요한 진실, 빈틈이 없어서 아무도 침범할 수 없는 튼튼한 울타리를 만들어냈다. 밤에, 환한 형광등 불빛 아래에서 눈을 감은 채 이런 상상을 했다. 그녀가 쓴 편지가 모든 이의 무관심 속에서 우체국 어딘가에 방치되어 있는 모습. 나는 우체국 안이 어떻게 생겼는지, 어떤 식으로 우편물이 분류되는지 몰랐지만, 상상 속에서 내 이름이 적힌 편지 봉투는 나무 선반과 선반 사이에 떨어져 있었다. 햇살이 비쳐 들어서 어둑

어둑하지도 않은, 누군가 조금만 주의를 기울이면 발견할 수 있는 그런 곳에. 오로지 나만이, 상상 속 나의 눈만이 그 편지 봉투—색색깔의 펜으로 그림이 그려져 있는 노란색 봉투—를 바라볼 수 있었다.

그녀의 편지를 바라보는 내 상상 속의 눈은 시간이 지날수록 힘을 잃어가기는커녕 더 튼튼해졌다. 그녀의 편지는 흐릿해지지 않았다. 상상 속에서는 언제나 내 눈만 작동되었고, 나는 그 편지 봉투를 열어볼 수가 없어 애가 탈 뿐이었다.

어머니의 판결 이후 달라진 점도 있었다. 부수적인 효과에 불과했고 어쩌면 어머니 자신은 예상하지 못했겠지만, 어쨌든 어머니는 그 판결을 내림으로써 자신이 그녀를 좋아한 적도, 믿은 적도 없다는 사실을 부지불식간에 공표해버린 셈이 되었다. 그녀를 미심쩍어했으면서도 어머니는 기꺼이 나를 그녀에게 맡겼고, 어떤 종류의 위험을 무릅썼던 것이다. 도대체 무엇을 위해? 하지만 그건 정말 이상한 일이기도 했다. 나는 위험에 처한 적도 없는데 어머니는 위험을 무릅썼다는 것이. 어머니가 속한 세계와 내가 속한 세계가 그런 식으로 분리될 수도 있다는 것이.

판결 후에 또하나 달라진 점이 있었다. 나는 어머니와 함께 있을 때에는 우편함에 눈길도 주지 않았고, 오로지 (혼자 있을 때에만 고장난 수도꼭지가 되듯이) 혼자 있을 때에만 우편함을 뒤졌다. 집으로 돌아가는 길, 우편함에 가까워지면 내 심장은 기대감에 차서 쿵쿵 뛰었다. 우편함 앞에 도착하면 나는 망설이지 않고 곧바로 그 속으로 손을 쑥 집어넣었다. 그녀의 편지가 오지 않았다는 사실을 확인하고 나면 (정말로) 마음이 무너질 듯한 실망감에 사로잡혔지만, 곧 괜찮아졌다. 일부러 그런 척하는 게 아니었다. 그냥 별 노력을 들이지 않아도 그 모든 것이 자연스럽게 그렇게 되었다.

기대 다음에 실망. 그리고 다시 희망.

나는 여전히 밤에 불을 켜둔 채로 잠에 들긴 했지만 무서움은 점차 사라져갔다.

하루는 그날 가져온 우편물들을 살펴보던 어머니가 불현듯 깨달았다는 듯이 고개를 들고 나를 바라보며 말했다.

"그래, 잘 생각했어. 그 시절은 모두 잊어버려."

나는 잠자코 있었다.

"이제 너도 걔가 거짓말쟁이라는 걸 잘 알았을 테니까."

어머니는 (언제나 그랬듯이) 고단해 보였지만, 말투는 묘하게도 희망적이었다.

겨울이 됐을 무렵에는 우편함 앞에서 잠깐 기다려야 했다. 지난해 겨울이 끝나갈 무렵 장갑을 잃어버린 후로 나는 죽 장갑이 없었다. 그래서 우편함에 곱은 손을 집어넣었다가 가끔씩 철제 입구 모서리에 긁히곤 했다. 그런 사소한 행위가 피부를 찢고 피를 낼 수 있다는 사실에 나는 매번 놀랐다.

"너 손이 왜 그래?"

저녁식사를 하다가 어머니가 물었을 때, 나는 학교 책상에 긁혔다고 대답했다.

"손이 얼어서 잘 긁혀요."

어머니는 고개를 절레절레 흔들며 말했다.

"아, 저번 겨울에 네가 장갑을 또 잃어버렸지. 이번 주말에는 꼭 새로 사줄게."

언제나 그랬듯이 어머니는 주말에 장갑을 사주는 걸 잊어버렸다. 하지만 괜찮았다. 우편함 앞에서 손을 녹일 시간이 필요하다는 (정말 잠시만 기다리면 되는데도) 사실을 잊어버리는 건 나 또한 매한가지였으므로.

하지만, 겨울방학을 이 주 정도 앞둔 그날은 성급하게 우편함 안으로 손을 집어넣지 않았다. 어떤 예감이 있었던 걸까? 아니었다. 그저 정말로 추웠을 뿐이었다. 손이 꽁꽁 얼어서 약간 고통스러울 지경이었다. 손을 녹인다 한들 별 효과도 없을 것 같았지만 그래도 나는 손을 녹여야 한다는 사실을 기억해내곤 덜덜 떨면서 손에 입김을 불어넣었다. 하지만 그것만으로는 소용이 없었기 때문에 외투 소매로 손을 감싼 후에 우편함 안으로 집어넣었다.

그리고 드디어 그녀가 내게 보낸 편지를 발견했다.

편지 봉투는 상상 속의 눈으로 보던 것과는 많이 달랐다. 우체국 선반 사이 어딘가에 떨어져 있다가 뒤늦게 발견돼서 보내진 것도 아니었다(결정적 증거로 소인에 찍힌 날짜가 이틀 전이었다). 봉투는 그저 하얗고 평범했으며 공들여 장식하거나 꾸민 흔적도 없었다. 그래도 집주소와 내 이름만은 정성스럽게 색색깔의 펜으로 쓰여 있었다. 나는 기뻤다. 너무 기뻐서 소리라도 지르고 싶었다. 나는 외투 주머니에 봉투를 집어넣은 후, 단숨에 집까지 뛰어올라갔다.

현관문을 열고 들어간 나는 가쁜 숨을 누르고 집안이 비어 있는지 살폈다. 당연히 아무도 없을 터였지만, 모든 것을 확실하게 하고 싶었다. 안방과 화장실, 그리고 세탁실까지 확인한 후에야 내 방으로 들어가서 방문을 꽉 닫았다(아, 만약 내게 나만의 공간이 없었다면 어쩔 뻔했단 말인가?). 방문을 잠그지는 않았다. 그건 너무 과한 것 같았다. 나는 목도리를 풀고 침대에 걸터앉았다. 볼이 홧홧 달아올랐다. 나는 외투 주머니에서 봉투를 꺼내 윗부분을 조심스럽게 뜯었다.

'내 연필을 돌려받고 싶어.'

편지의 가장 마지막 부분에는 연필을 받을 주소가 적혀 있었는데, 시내에 위치한 종합병원의 병실이었다(그러고 보니 봉투의 발신자 칸에는 그녀의 이름만 적혀 있었다). 처음 읽었을 때, 나는 의미를 한 번에 알아차리지 못했다. 내 연필? 그녀의 연필? 나는 곧 그게 그녀가 내게 선물해준, 아이돌의 사인이 인쇄된 연필을 말한다는 사실을 깨달았다. 물론 그녀는 편지에서 자신의 안부를 이야기하고 나의 안부를 물었다. 하지만 그 내용들은 어딘가 흐지부지한 느낌을 주었을 뿐이고, 오직 그 문장—내 연필을 돌려받고 싶어—만이 그렇지 않았다. 그러니까 그녀는 바로 그 문장을 쓰기 위해서, 나에게서 정말로 연필을 돌려받고 싶어서 그 편지를 쓴 것이었다. 다른 문장들은 그 문장을 쓰기 위한 미사여구에 불과했다. '한시라도 빨리 보내줘.' 실망감과 좌절감 때문에 온몸이 저릿해지는 기분이 들었다. 그건 내가 기다려온 편지가 아니었다. 나는 슬픔을 느꼈고, 고통, 마음이 찢어지는 듯한 고통을 느꼈다. 우편함 모서리에 피부가 찢기는 것과는 차원이 다른 진짜 고통.

고통 속에서 불현듯 떠오른 생각은, 지금 그 연필이 어디에 있는지 모른다는 사실이었다. 그녀에게 연필을 받은 날, 필통에 집어넣었던가? 아니면 책상 서랍 안에 두었던가?(아니다, 그때 나는 책상을 가지고 있지 않았다.) 아니면 거실 바닥에 그대로 두었나? 거실에 두었다면 어머니가 그걸 버리지는 않았을 것이다(어머니는 언제나 연필을 아껴 쓰라고 말했다). 분명히 어딘가에 챙겨두었을 것이다. 나는 편지를 접어서 외투 주머니에 집어넣고(만약 내가 조금이라도 더 나이가 들었다면 그 편지를 갈기갈기 찢어버렸을 것이다. 하지만 그 당시의 나는 그렇게까지 극적인 행동을 취할 줄 몰랐고 극적인 행위의 실질적인 효과도 몰랐다) 연필을 찾기 시작했다.

연필을 찾아서 그녀에게 돌려줄 생각이었나? 아니었다. 그저 연필을 보관하고 있어야 한다고 느꼈을 뿐이었다. 원하기만 하면 언제나 내 손이 닿을 수 있는 그런 곳에 있어야 한다고. 그렇게 해야만, 그 연필을 절대로 그녀에게 돌려주지 않을 수 있다고 생각했던 것이다. 나는 책상 서랍부터 뒤졌다. 시간이 조금 지나자, 서랍을 열어 그 안의 물건들을 일일이 헤집는 행위가 성가시게 느껴졌고, 결국 그냥 서랍째 꺼내서 안에 든 것을 모두 방바닥에 쏟아부었다. 옷장에 든 바지와 웃옷을 모조리 꺼내 주머니를 뒤졌고, 책가방도 탈탈 털어 안에 든 것을 방바닥에 늘어놓았다. 거실로 나간 나는 티브이장 서랍을 열었다. 거기에는 각종 잡동사니들을 넣어둔 작은 상자들이 몇 개 있었다. 뚜껑이 없는 상자들을 차례로 뒤집자 물건들이 아무렇게나 거실 바닥으로 떨어졌다. 그다음에는 부엌으로 갔다. 나는 싱크대 맨 위 서랍에서 각종 조리 도구를 꺼내 싱크대 위에 벌여놓았고, 마른행주와 쟁반, 조그만 티스푼, 쿠킹 포일과 랩 같은 것도 다 꺼내서 식탁 위에 되는대로 올려두었다.

마지막으로는 안방으로 들어갔다. 한때는 나와 함께 쓰던 어머니의 침대와 정리되지 않은 침구들이 보였다. 나는 어머니의 작은 옷장을 열었다. 옷은 많지 않았고, 어떤 체계나 기준 없이 마구잡이로 걸려 있었다. 옷장 아래의 작은 서랍들에는 어머니의 속옷이 들어 있을 터였다. 나는 그 서랍들은 열어보지 않았다. 화장대에는 화장품이라고 할 만한 게 별로 없었다. 스킨과 로션, 작은 파우치 안에 들어 있는 샘플 크림들이 전부였다. 나는 조금 망설이다가 화장대 맨 위의 서랍을 열었다. 이제는 사용하지 않는 어머니의 물건들이 담겨 있었다. 색깔이 진한 립스틱, 자그마한 향수병, 매니큐어와 마스카라 같은 것들. 어머니는 언젠가 다시 이것들을 사용할 날을 기대하고 있는 걸까?

"이게 뭐하는 짓이야?"

언제 돌아왔는지 어머니는 목도리도 풀지 않은 채 방문 앞에 서서 나를 바라보고 있었다.

"연필을…… 찾고…… 있었어요……"

"연필?"

어머니는 황당하다는 듯이 되물었다.

"연필을 찾고 있었다고?"

어머니가 목도리를 풀면서 내게 다가왔다.

"연필을 찾으려고 집을 이 모양 이 꼴로 만들어놓았다고? 너는…… 도대체…… 왜…… 엄마를 도와주지 않는 거야? 왜 이렇게 엄마를 힘들게 하는 거야? 도대체 너는 어째서……"

"나는 엄마를 도우려고 했던 거예요! 엄마는 힘이 없으니까, 내가 직접 찾으려고 한 거라고요!"

어머니는 잠시 동안 나를 내려다보았다. 마치 모르는 사람을 보는 듯한 눈빛으로. 나는 어머니가 손찌검을 할 거라고 생각했다. 하지만 아니었다. 어머니는 그저 이렇게 말했을 뿐이었다.

"나가, 당장 나가. 제발 부탁이야. 내 눈앞에서 사라져."

눈을 떴을 때는 다음날 아침이었다. 옷은 어제 입은 그대로였고 방안도 여전히 엉망진창이었다. 시계를 보니까 이미 1교시가 시작되고도 남을 시간이었다. 나는 어리둥절함을 느끼며 거실로 나갔다. 거실과 부엌도 어질러진 그대로였다. 발코니 창밖으로 눈이 내리는 게 보였다. 어머니는 출근을 한 것 같았다. 그때, 어머니가 나를 깨우지도 않고(내가 등교를 하든 말든 상관하지 않고) 나갔다는 사실 때문에 상처를 받았던가? 모르겠다. 나는 그저 식탁 위(내가 늘어놓은 물건들을 한곳으로 밀어서 만든) 궁색한 공간에 굽지 않은 식빵 두 장과 식은 계란프라이가 담긴 접시, 그리고 딸기잼 병이 놓여 있는 것을 가만히 바라보았다. 전날 저녁 아무것도 먹지 못하고 잠든 탓에 배가 몹시 고팠지만, 먹지 않기로 했다. 간단하게 세수만 하고 그날 시간표대로(2교시부터) 교과서를 챙겨서 가방에 집어넣은 후, 외투를 입고 바깥으로 나왔다.

아파트 현관으로 나오자, 두껍게 쌓인 눈 위에 사람들의 발자국이 찍혀 있었다. 굵은 눈송이들이 쉴새없이 발자국 위로 내려앉아 이리저리 굴러다니다가 일부는 녹아 없어졌다. 전날보다는 덜했지만 여전히 바람이 차가웠다. 어깨를 움츠리며 외투 주머니에 손을 집어넣다가 어제 아무렇게나 넣어둔 그녀의 편지를 만질 수 있었다. 정신이 퍼뜩 돌아오는 것 같았다. 이상하게도 그런 기분이었다. 아, 그렇지, 나는 연필을 찾지 못했지.

방향을 바꿔 버스 정류장으로 간 나는 버스를 기다리고 있던 아주머니에게 (그녀가 연필을 보내달라고 한) 병원의 이름을 대며 어떻게 해야 그곳에 갈 수 있느냐고 물었다. 아주머니는 나를 미심쩍은 눈으로 바라보았다.

"우리 엄마가 입원해 있는데, 아빠는 내가 거기에 가면 안 된대요. 하지만 나는 엄마가 너무 보고 싶어요."

특별히 머리를 쓴 것도 아닌데 그런 말이 입에서 잘도 나왔다.

병원은 거대했고 건물도 여러 개였으며 통로가 많았다. 그런 병원에는 그날 처음 가본 것이었다. 병원이 너무 크고 그곳에 사람이 너무 많다는 사실, 그 사실이 이상하게도 내게 용기를 주었다. 나는 아무 생각도 없이 사람들을 따라 엘리베이터에 올라탔고, 그녀의 병실이 있는 층에 내렸다. 그런 후 별 고민도 없이 다른 사람들이 들락날락거리느라 병실 복도로 이어지는 커다란 유리문이 열렸을 때 그 안으로 쑥 들어갔다(성인이 된 후 이 병원을 다시 방문한 적이 있었는데, 그날 나는 계속 헤맸다).

그녀가 묵고 있던 병실은 육 인용이었다. 그녀의 침상은 맨 안쪽 창가 자리였다. 여전히 나는 어떤 종류의 용기에 도취되어 있어서 별로 주춤거리지도 않고 곧바로 그녀의 침상으로 걸어갈 수 있었다.

몇 달 만에 그녀―내 마음을 갈기갈기 찢어놓은 장본인―를 봤을 때, 아마도 나는 좀 놀랐고 주눅이 들었던 것 같다. 용기는 순식간에 사라졌다. 그녀는 (당연하게도) 환자복을 입고 있었는데, 그녀가 교복 이외의 다른 옷을 입은 모습을 본 건 그때가 처음이었다. 그녀는 내가 알던 사람과 전혀 다른, 낯설고 이상한 존재 같았다. 그저 느낌만이 아니었다. 그녀는 살이 쑥 빠져 있었다. 안경도 쓰지 않았는데 눈 밑이 거무죽죽했고, 하나로 모아서 묶은 머리카락(못 본 사이 머리가 많이 자라 있었다)에는 기름이 돌았다. 병원에 오는 동안 막연하게 생각했던 것처럼 그녀의 몸에 이런저런 장치가 달려 있지도 않았다. 그냥, 팔에 링거 줄 하나가 연결되어 있을 뿐이었다. 그렇지만 그 모습은 그녀가 풍기는 (그전에는 접한 적 없는) 어떤 분위기와 결합되면서 극적인 효과를 불러일으켰다. 무료하고 따분해 보이다못해 멍해 보이는 그녀의 표정, 이상한 위화감 같은 것.

잠시 후, 드디어 침대 발치에 서 있는 나를 발견한 그녀가 상체를 일으키면서 귀에 꽂고 있던 이어폰을 뺐다. 그러고는 믿을 수 없다는 듯 물었다.

"너, 지금 나를 문병하러 온 거야?"

나는 우물쭈물하다가 겨우 이렇게 대답할 수 있었다.

"언니가…… 편지를 썼잖아요."

"편지? 아, 편지!"

편지, 라는 단어를 발음하는 동안 아주 잠깐, 그녀의 표정에 활기가 돌았지만 언제 그랬냐는 듯 곧 사라졌다. 그녀는 코웃음을 쳤는데, 그건 나나 그녀가 아니라 바로 자신이 보낸 편지 그 자체를 향하는 것 같았다.

"맞아, 내가 사람들에게 편지를 썼어. 선물을 돌려달라고 말이야."

그녀는 딴청을 피우듯이 블라인드가 쳐진 창 쪽으로 시선을 두었다. 그렇다면 그녀는 나 말고 다른 사람들에게도 선물을 주었다는 뜻일까? 다른 사람들에게도 편지를 보냈다는 말일까? 다른 사람들도 포옹해준 적이 있다는 걸까? 다른 사람에게도…… 내 안에서 이런저런 궁금증이 흘러넘쳤지만, 어째서인지 그때 내 입에서 나온 질문은 이것이었다.

"선물을…… 돌려준 사람이 있어요?"

그녀가 이불을 가슴께까지 끌어올리며 내 얼굴을 바라보았다.

"넌 연필 가지고 왔어?"

어쩌면 내가 기대했던 건, 그런 순간이었던 걸까? 그녀가 연필을 요구하면 절대로 돌려주지 않을 생각이라고 말하는 것. 내게 상처를 준 그녀에게 복수를 하는 방법은 그것밖에는 없다고 느꼈던 걸까? 그래, 어쩌면 그랬을지도 모른다. 하지만 나는 그렇게 말하는 대신 고개를 저으며 간이 의자에 털썩 앉았다. 그 순간 내 배에서 꼬르륵 소리가 났다.

"밥 안 먹었어?"

고개를 끄덕이자, 그녀는 끙 소리를 내며 침대에서 일어났다. 그리고 작은 냉장고 앞에 몸을 구부리고 앉아서 무언가를 찾기 시작했다. 나는 그녀의 팔에 연결된 링거 줄이 빠지기라도 할까봐 조마조마했다. 잠시 후 그녀는 포장지도 뜯지 않은, 성인 네 명이 나눠 먹어도 될 법한 커다란 롤케이크를 건네주었다.

"접시랑 포크는 없어. 그냥 손에 들고 먹어."

나는 어색한 기분을 느끼며 두 손으로 롤케이크를 받아들었다. 롤케이크 안에 생크림이 어찌나 많이 들어 있던지 약간 무겁다고 느껴질 정도였다. 나는 롤케이크를 허벅지 위에 올려놓고 비닐 포장지를 뜯었다. 그런 다음 두 손에 들고 한입 크게 베어 물었다.

"맛있니?"

그녀의 물음에 나는 고개를 끄덕였다.

"얘, 너 손이 엉망이야."

그제야 나는 내 손에 잔뜩 묻은 크림과 그것도 모자라 바지 위에 후드득 떨어진 크림을 보았고, 약간 창피해졌다. 그런 기분을 떨치려고 나는 그녀에게 물었다.

"언니, 어디가 아파요?"

그녀는 내게서 시선을 거두고 똑바로 누워서 천장을 바라보았다. 망설인다기보다는 신중한 태도였다.

"음…… 난 외고에 떨어졌어."

그 순간, 나는 그녀의 그 말을 기억해냈다. 내가 외고에 못 간다면 이유는 딱 하나야. 내가 죽는 거. 그거 말고는 없어.

"하지만, 언니는 죽지 않았잖아요?"

나는 (여전히 롤케이크를 두 손에 든 채로) 다급하게 의자에서 벌떡 일어났다. 하지만 그녀는 내게 조금도 관심을 주지 않고 여전히 천장을 바라보며 중얼거렸다.

"싸우고 뛰는 건 정말이지 피곤한 일이야."

그녀가 누군가와 싸웠단 말인가? 누군가와 싸우고 뛰어야 했단 말인가? 그 문장은 무언가 이상했다. 그 순간, 나는 내가 병실에 온 이후로 그녀가 한 번도 속담 같은 걸 인용하지 않았다는 사실을 깨달았다. 그녀가 내게 보낸 편지에도 그런 건 적혀 있지 않았다. 그녀는 그냥 평범한 문장들을 써서 보냈다. 갑자기 그녀가 울기 시작했다. 마치 마술이라도 부리는 것처럼 눈물은 뚝뚝 떨어지는데 소리는 전혀 나지 않았다. 아마도 이 병실, 다른 침상에 누워 있는 사람들은 그녀가 울고 있으리라고는 꿈에도 알지 못할 터였다. 하지만 그들이 왜 그녀의 눈물에 상관한단 말인가? 그녀의 눈물에 상관할 수 있는 사람은 오로지 나뿐이었다. 나는 롤케이크가 무너지지 않게 의자 위에 조심스럽게 올려둔 후, 휴지로 손을 닦고 그녀에게 가까이 갔다. 그리고 속삭이듯 말했다.

"언니, 왜 울어요?"

그녀는 잠시 동안 아무 말도 하지 않다가 이윽고 (여전히 천장을 바라보며) 입을 열었다.

"모르겠어. 니가 와줘서 그런가, 그냥 눈물이 나네."

그 당시 나는 어머니가 그녀에게 내린 판결―허언증 환자에 거짓말쟁이라는―을 완전히 받아들이지 않았지만, 그렇다고 완전히 거부하지도 못한 채였다. 어쩌면 그녀가 늘어놓은 수많은 이야기 중 어떤 부분이 지어낸 것이고, 어떤 부분이 실제로 일어난 일인지에 대한 궁금증 정도는 가지고 있었는지도 모른다. 그러나 그 순간―그녀가 나 때문에 눈물이 난다는 말을 했을 때―, 나는 그런 생각을 하고 있었다. 이 세상 그 누구도 그녀만큼 나를 사랑한 적은 없다고. 그리고, 앞으로도 그런 사람은 없으리라고. 그러므로 그녀가 허언증 환자에 거짓말쟁이라고 할지언정, 아니 바로 그 이유 때문에 그녀의 매 순간순간은 완벽한 진실에 가까울 수 있었으리라고. 지금 돌이켜보면 그건 어린아이나 할 법한, 이치에 맞지 않는 망상에 불과했지만, 그날 그 병실에서만큼은 내가 받아들여야만 하는 유일무이한 세계같이 느껴졌다.

나는 그녀에게 최대한 몸을 붙이고 귓가에 속삭였다.

"언니가 외고에 떨어져서 내 마음이 너무 아파요."

그 말에 그녀는 내 손을 잡았다가 놓았다. 그녀의 눈물이 볼을 타고 내려와 머리카락을 적셨고, 목덜미로 흘러들어가 베개에 흔적을 남겼다. 시간이 조금 더 지났을 때, 그녀가 손으로 눈물을 닦기 시작했다. 아주 천천히, 정성을 들여서. 잠시 후 그녀는 상체를 일으켜 앉고서 나를 바라보다가 입술 끝을 올려 미소를 지었다.

체념의 기운이나 허위의식 같은 건 조금도 느껴지지 않았다. 그녀는 그저 그러지 않을 도리가 없다는 듯이 미소를 지었을 뿐이다.

"하지만 괜찮아. 아마 삼 년만 지나면 이 모든 일들은 아무것도 아니게 될 거야. 나는 이 모든 걸 잊어버리게 될 거야. 그러니까 괜찮아."

나는 고개를 끄덕였다. 그저 그런 동의의 뜻이 아니었다. 그 순간 나는 그녀가 한 말의 의미를 정확하게 이해할 수 있었다. 이런 경험은 대부분 훗날 잘못된 것으로 판명되곤 하지만 그날의 그 깨달음은 절대 그렇지 않았다. 롤케이크를 들고 다시 의자에 앉은 뒤, 나는 아직도 많이 남은 롤케이크를 베어 물었다. 크림이 삐져 나와서 바지 위에 떨어졌는데 더이상 창피하게 느껴지지 않았다. 계속 먹으니 입안이 미끌거리고 속이 메스꺼웠지만 나는 멈추지 않았다. 물 한 모금도 요구하지 않았다. 마지막 조각을 입에 넣을 때까지 그녀 역시 한마디도 하지 않고 물끄러미 나를 바라보았다.

내가 집으로 돌아갈 때까지도 눈은 계속해서 내렸다. 해가 지려면 시간이 꽤 남았는데도 하늘은 먹색 물감을 엎지른 것처럼 어둑어둑했다. 집에 도착하자마자 나는 신발을 벗고 곧바로 화장실로 들어가 수건으로 젖은 머리를 닦았다. 거실과 부엌은 여전히 너저분했고 식탁 위에는 (당연하게도) 식빵 두 장과 식은 계란프라이가 담긴 접시, 그리고 딸기잼 병이 놓여 있었다. 나는 식빵과 계란

프라이를 쓰레기통에 쏟아버리고, 딸기잼 병은 냉장고 안에 넣었다. 그런 다음 외투를 옷걸이에 걸고, 크림 때문에 더러워진 바지는 세탁기에 집어넣었다. 방으로 들어가서 바닥에 널브러져 있던 책상 서랍을 원래 자리에 끼워 넣은 후, 방바닥을 굴러다니던 잡동사니들—펜과 가위, 노트 등등—을 서랍 안에 대충 집어넣었다. 옷들도 적당히 개서 옷장 안에 도로 넣어두었다. 완벽하지는 않지만 얼추 정리가 되었다고 생각했을 때, 나는 내복 차림으로 침대 위에 걸터앉았다.

사실, 그녀에게 작별인사를 하고 병실을 걸어나올 때, 나는 그녀에게 해야 할 말이 있다는 것을 알았다. 그 말을 하는 건 어려운 일이 아니었다. 몸을 돌리고 그저 몇 걸음만 걸어가서 입을 떼면 되는 일이었다. 하지만 나는 그렇게 하지 않았다. 대신 집으로 돌아오는 버스 안에서 내내 그 모습을 그려보았다. 병실 문을 빠져나온 내가 몸을 돌린 후 몇 발자국을 걸어간다. 그리고 그녀의 침대 발치로 다가가서 이렇게 말한다. "연필을 돌려주지 않은 건, 내가 연필을 잃어버렸기 때문이에요." 그러면 그녀는 그렇게 말해줘서 고맙다고 대답할 것인가? 아니면 나를 증오한다고 할 것인가? 그건 알 수 없었다. 다만 그때 내가 알 수 있었던 것은, 그런 식으로 어떤 상상을 지속할 수만 있다면 그건 실제로 있었던 일보다 훨씬 더 굉장한 효과를 낼 수 있다는 사실이었다.

나는 창문의 커튼을 치고 형광등 불을 껐다. 방은 순식간에 어두워졌다. 그리고 침대 속으로 기어 들어가 (아까 그녀가 병실에서 했던 것처럼) 이불을 가슴까지 끌어올렸다. 어둠 속에서는 어떤 분위기—음침한 분위기는 아니었다. 어딘가 모르게 짓궂으면서도 어정쩡한 느낌에 가까웠다—가 감돌고 있었다. 그리고 잠시후, 마침내 그것—그것이 무엇이란 말인가?—은 실체를 획득해서 내 신체 안으로 침투하기 시작했다. 하지만, 어떻게? 눈구멍과 귓구멍과 콧구멍을 통해. 눈은 감았지만 귀와 코는 어찌할 도리가 없었으므로 결국 나는 눈 또한 감지 않기로 마음먹었다.

해설
강지희(문학평론가)

소녀들의 사랑과 위대한 유산

1. 소녀의 출현

손보미는 이번 소설집을 통해 부부의 세계에서 소녀의 세계로 이동했다. 이전 소설집에서 고급 아파트가 모여 있는 동네를 배경으로 전문직에 종사하는 남편과 예술에 조예가 깊은 교양 넘치는 아내, 귀엽고 똑똑한 아이로 이루어진 가족 삼각형은 완벽한 부르주아계급의 세계를 구성했다. 그런데 이 모범적인 중산층 가정 안에서 어느 순간 길고 가느다란 균열선이 포착됐다. 그리고 이 균열은 아슬아슬하게 봉합되든 파국에 이르든 애상과 아이러니를 만들어냈다. 왜 그들은 비극에 빠졌는가. 아니, 왜 보는 이들은 여기에서 비극을 느꼈는가. 이 비극은 특정 사건이나 인물들의 감정

선만으로는 명쾌히 설명할 수 없는 공백에서 비롯된 것이었다. 삼인칭시점으로 전개되던 서사에서 서술자가 문득 왜 이런 일이 발생했는지 모르지만 무언가가 영원히 변해버리고 말았다고 고백할 때, 삶을 계속 살아가기 위해 우리가 끊임없이 무언가를 기만하고 맹목을 연기한다는 진실이 잠시 모습을 드러냈다. 그러니 가정의 모습이 모두가 동경하는 완벽에 가까울수록 비극은 더욱 깊어졌다. 이번 소설집에서 그 부르주아 가정의 세계가 완전히 사라진 것은 아니다. 조부모가 소유한 막대한 재산은 여전히 건재한 영향력을 암시하고, 고층 아파트로 이사할 예정인 사람들은 선망을 받으며, 부부 동반 모임에서는 섬세한 역할극이 우아함을 지탱시킨다. 하지만 이제 그 세계는 갈망되기보다 배면으로 물러나 있다. 엄밀히 말하면 회복되지 않을 균열을 노출한 채 내버려져 있다. 그 세계에 대한 어떤 미련도 없이 바깥으로 성큼 발을 디디고 있는 것은 소녀들이다.

서술자의 회고와 함께 소환되는 십대 초중반의 소녀들은 자신 앞에 펼쳐진 상황에 혼란스러워하는 가운데 자주 수치심을 느끼고 상처받는다. 아버지와 어머니와 아이로 구성되는 가족 삼각형이 무너져 있다는 것도 이들을 불안정하게 만드는 요인 중 하나다. 이들은 부모의 이혼으로 외삼촌네 집에 맡겨지거나(「밤이 지나면」), 아버지와 새어머니와 함께 살거나(「불장난」), 새아빠와 함께(「첫사랑」) 혹은 어머니와 둘이서(「해변의 피크닉」「이사」) 살고 있다. 이들은 이중의 세계 속에서 자연히 분열에 익숙해진다. 교수로 살아가는 친어머니의 세계와 교직에서 물러나 가정주부로 사는 새어머니의 세계, 부유하고 나른한 친할머니의 세계와 자존심으로 가난을 버티는 어머니의 세계를 오가던 이들이 어느 순간 분위기와 금기를 날카롭게 감지하는 능력을 발휘하게 되는 것은 필연적이다. 이 세계로부터 빠져나오기 위해 이들은 무력한 미성년을 벗어나 특별한 사람이 되고자 하는 의지를 보인다.

하지만 물리적인 가정환경보다 더 중요한 것은 "두루뭉술하고 애매모호하고 미심쩍고 불미스러운"(「해변의 피크닉」, 191쪽) 느낌이 안개처럼 이 소녀들을 둘러싸고 있다는 사실이다. 경멸로 위장한 또래 남자아이들에 대한 호기심, 남자와 관련된 비밀스러운 소문을 공유할 때 팽팽해지는 열기, 정확한 맥락을 모르면서도 야한 이야기를 전하는 동안 터져나오는 흥분된 웃음은 사춘기 소녀들의 주변에서 일렁이는 섹슈얼리티의 미묘한 기류를 예민하게 포착한다. 소녀들은 명쾌하게 표현할 수 없는 불투명한 언어 속에 놓여 있지만, 이 앞에서 위축되는 대신 불균질한 에너지를 발산한다. 모든 성장 서사에는 기존의 세계로부터 단절되는 경험의 충격이 동반되기 마련이다. 그런데 이 소녀들에게 이런 경험을 하게 하는 대상은 부모나 이성이 아니다. 소녀들에게 응시와 매혹의 대상은 또다른 여자들이다. 소녀들과 그 여자들이 만들어내는 끈적이는 점액질의 에너지가 이번 소설집의 중핵에 있다. 자기혐오와 뒤섞인 애증이 충동의 사건들을 건너 이윽고 사랑에 이를 때, 세계는 무언가 달라지며 변화를 맞이한다.

　서사 전반에 흐르는 혼란스러운 기류는 회고라는 형식과도 연결되어 있다. 일인칭 화자인 '나'는 소녀 시절을 회상하는 행위 자체에 왜곡된 시선이 개입돼 있음을 의식적으로 암시하며 이야기를 이어나간다. 소녀로서의 자신을 유약하고 무구하게 묘사하고 싶은 욕망을 이기며 진실하게 쓰고자 하지만, 다분히 의도된 오류의 틀 속에 갇혀 자신이 과도한 상상력을 발휘하고 있을 가능성을 계속해서 상기시킨다. 중간중간 거듭 부연과 수정을 덧붙이며 만들어내는 이중 구조의 화법은 어른이 된 화자가 과거의 사실을 있는 그대로 직시하기보다는 여전히 극적으로 꾸며내고 싶은 충동에 끌려다니는 불완전한 상태임을 드러낸다. '믿을 수 없는 화자'를 자처하는 화자에게 사회로의 입사와 성장은 끝내 완벽하게 성사될 수 없는 무엇이다. 그러나 이 균열된 프레임 속에서도 눈을 부릅뜨고 무언가를 응시하며 대결중인 소녀의 모습은 선명하다. 어떤 순진무구함이나 명랑함 없이, 세계를 일그러뜨리며 출현한 이 소녀들을 더 들여다봐야 한다.

2. 금기를 넘어서는 점액질의 시간

소녀들은 긴장감이 도는 여자들의 세계와 무감한 남자들의 세계 속에서 자라난다. 여자들 사이에 흐르는 "미묘한 기류"는 "열성적이고 과장"(68쪽)된 포즈의 연기를 자동적으로 동반한다. 사회의 틀을 민감하게 의식하는 가운데 여기에서 조금이라도 벗어난 여성은 끝없는 상상과 소문의 대상이 되지만, 이 틀에 들어맞는다고 해도 여자들 사이의 복잡한 선망과 질시의 눈길을 피할 길은 없다. 사회적 자원을 직접 쟁취하기보다 다른 가족을 경유해 점유하는 여성들은 승리감과 박탈감 역시 은밀하게 느낀다. 그래서 여자들의 세계는 비밀스러운 속삭임과 낮은 웃음소리로 둘러싸여 있다. 그에 반해 남자들은 "한 번도 어리둥절해하지 않"(81쪽)거나, "자신은 무엇이든 선택할 수 있었다는 자신감, 그리고 최종 선택에 대한 은근한 만족감"(67쪽)에 차 있다. 사회적 자원을 풍부하게 공유하며 굳이 자신의 감정을 숨길 필요가 없는 이들에게는 허위의식이나 가식을 발휘할 때에도 "매너"(같은 쪽)라는 그럴듯한 가림막이 드리워진다. '소문'과 '비밀'과 '눈치'와 '질시' 등의 단어가 여성 쪽으로 기울어져 젠더화되어 있듯, '자신감'과 '매너' 등의 단어 역시 남성 쪽으로 젠더화되어 있는 것이다. 기존 사회의 언어와 규범에 처음부터 잘 들어맞는 남자들은 이를 체득하며 매너를 갖추게 되지만, 사회에 맞춰 자신의 기준과 위치를 변용시

킬 필요가 있는 여자들은 연기를 하며 이중의 겹을 가지게 된다.

소녀들은 자신 역시 여자들의 복잡미묘한 세계 속으로 편입해 들어가야 한다는 사실을, 여자이기 때문에 금기시되는 것들이 더 많이 있음을 예민하게 인식한다. "내가 금지당하는 대상이라는 사실 그 자체"에 매혹되며 "신체 전부가 거대한 귀가 되었다고 상상"(73쪽)해보기도 하지만, 이 금기들은 기본적으로 소녀들에게 혼란스럽게 다가오고 수치심의 근원이 된다. 금기를 마주한 채 낯선 이들 앞에 선 이 소녀들의 마음속에는 "다른 사람이 될 수 있으리라는 막연한 소망"(22~23쪽)을 넘어 "어리고 어리숙한 여자아이가 아니라는"(219쪽) 승인을 받는 일이 갈급한 열망으로 자리잡는다. 그리고 소외감과 열망 속에 있는 이 소녀들에게 어느 날 금기 위반의 죄책감을 기꺼이 무릅쓰게 만드는 존재가 나타난다. 이들은 소위 '정신 나간 여자, 미친 여자' '거짓말쟁이' '난봉꾼'으로 호명되는 인물들이다. 그러나 이들은 자신에 대한 이런 부정적인 평가에 일절 개의치 않으며, 도리어 사회적인 위계를 거스르는 말과 행동을 하는 데 거침이 없다. 「밤이 지나면」에서 '정신 나간 여자'는 소녀의 외숙모가 자신을 몰래 찾아와서 아들에 대한 '예지몽'을 부탁했다는 비밀을 소녀에게 폭로하며, 예지몽을 꾸는 자신을 비과학적이라고 비난하는 외숙모야말로 '불법 시술자'라는 사실을 적시한다. 「해변의 피크닉」에서도 "자신이 원한다면 누구든지 상처를 입힐 수 있으리라는 자신만만한 미소"(207~208쪽)

를 띤 '난봉꾼' 삼촌은 집안일을 하는 아주머니에게 함께 식사를 하자고 제안함으로써 식구들과 아주머니 사이의 위계를 가차 없이 흔들어놓고야 만다. 「이사」의 중학생 언니 역시 '나'를 돌보는 아르바이트를 하기 위해 '나'의 엄마 앞에서 면접을 보는 동안 "점점 느긋해지고 능숙해"지며 "시시각각으로 바뀌던 그 풍부한 표정"(324쪽)을 지을 뿐만 아니라 돈을 적게 받겠다는 결정적 발언까지 더해 결국 "순수한 승리"(325쪽)를 거둔다. 소녀들의 시선 속에서 이들의 대범함과 자신만만함은 '위엄'과 '권위'로 넘쳐흐르며, 실제로 이들은 다른 사람들을 매혹하는 데 타고난 이야기꾼이자 연기자다.

소녀들이 이들에게 홀리는 상황이 표면적으로 거대한 사건을 만들어내는 것은 아니다. 그러나 이들과의 긴밀한 만남 자체가 암묵적인 금기를 위반하는 일이 되어 소녀들에게 죄책감을 불러일으킨다. 이때 소녀들의 주변에서 일렁거리는 섹슈얼리티의 기류는 「불장난」과 「밤이 지나면」에서 본격적으로 드러나며 끈적거리는 점액질의 순간을 만들어낸다. 「불장난」의 '나'는 남자애들의 장난에 다른 소녀들처럼 반응하는 대신 "맹렬하게 조롱하는 듯한 표정"(94쪽)으로 비웃으며 평정심을 유지하는 '양우정'을 특별하게 바라본다. 양우정이 중학생 오빠들과 어울려 다닌다는 소문을 듣고 그 모습을 상상하며 연유를 알 수 없지만 마음이 조여들고 화가 나는 것을 느낀다. 그리고 어느 날 '나'는 소문의 핵심 공간인 숙직실 앞으로 찾아가 문을 열어젖힌다. 하지만 '나'가 마주하는 것은 숙직실이 아니라 또다른 문이다. 문 앞에서 망설이는 '나'의 앞에 양우정이 문을 열고 불쑥 모습을 드러낸다. 이때 양우정에 대한 묘사는 축축함을 품고 있다.

> 양우정의 긴 머리카락은 마구 헝클어져 있었고, 인중에는 땀이 맺혔으며, 숨이 찬지 약간 헉헉거렸다.
> "너…… 여기서 뭐하는 건데?"
> 양우정은 문을 조금 더 열고는 바깥으로 몸을 더 내밀었다. 그애는 한쪽 어깨를 드러낸 반팔 셔츠와 허벅지까지 내려오는 청스커트를 입고 있었다. 방 안쪽에서 열기가, 흐릿하지만 분명한 열기가 느껴졌다.(104쪽)

소문과 달리 양우정과 다른 소녀들은 마치 패션쇼 런웨이에 선 모델이라도 된다는 듯 거울을 앞에 두고 진지하고 거만한 표정으로 포즈를 취하며 걸어가길 반복한다. 그건 분명 "처량하고, 궁상맞고, 우스꽝스러운 흉내처럼" 보이지만, 그애들이 열중하는 가운데 "공기는 뜨겁고 탁해졌고, 모호하고 순진무구한 흥분이 떠돌"(106쪽)기 시작한다. 열기 속에서 '나'는 양우정의 육체를 생생하게 감각한다. 양우정의 셔츠가 땀 때문에 상체에 딱 달라붙어 가슴의 굴곡이 드러난 걸 보는 것과 이후 그애들을 지켜보는 동안

'나' 역시 땀으로 젖은 것은 별개의 일이라 할 수 없다. "너도 해볼래?"(107쪽)라고 말하며 셔츠를 벗어보라는 양우정의 지시에 따라 '나'는 가족이 아닌 다른 사람 앞에서 처음으로 옷을 벗는다. 그리고 '나'는 바지 밑단을 접어주고 손수건을 머리에 묶어주는 양우정의 손길을 느끼며 "그전과는 전혀 다른 사람이 된 듯"(108쪽)한 기분에 사로잡히기까지 한다. 그러나 이 모든 열기는 '나'가 온몸이 마비된 듯 앞으로 걸어나가지 못하고 결국 그 현장으로부터 도망쳐 나오면서 굴욕감과 함께 차갑게 식는다.

이후에 외톨이가 된 '나'가 옥상에 올라가 불장난을 반복하는 것은 징후적으로 읽힌다. 첫 불장난에서 열기를 견디지 못하고 종이를 개수대 안으로 집어던지자(마치 양우정의 손수건을 소각장에 집어던졌듯) 불길이 곧 사그라드는 것을 본 후 떠오른 생각—"물이 없는 곳으로 가야 해"(116쪽)—에는 이상한 절박함이 묻어 있다. 그리고 마침내 '나'는 햇볕이 내리쬐는 여름날 오후에 옥상으로 올라가 "허공에서 맹렬하게 타오르"(120쪽)는 불을 만든다. 이 불 앞에서 '나'가 선명하고 집요하게 떠올리는 장면은 바로 숙직실에서 패션쇼 런웨이를 재현해야 했던 바로 그 순간에 흘러나왔던 강렬한 비트의 음악이다. "불길은 절대 내 신체나 정신에 위해를 끼칠 수 없으리라는 확신"(같은 쪽)을 거듭 확인하기 위해서인 것처럼 '나'는 여름 내내 강박적으로 불장난을 반복한다. 자신의 '안전'을 확인하기 위해 하는 이 불장난은 프로이트가 관찰한 손자의 실패 놀이 '포르트-다'처럼 보인다. 엄마와의 분리에서 비롯된 외상을 방어하기 위해 어린아이가 실패를 던져서 숨기고 다시 끌어당기기를 반복하는 것처럼, '나'는 불장난을 통해 자신을 뒤늦게 지키려 애쓴다. 이 행위 아래 있는 트라우마는 표면적으로는 또래 여자아이들 무리에 성공적으로 합류하지 못한 아쉬움과 수치를 뜻하지만, 실상은 양우정에게 느낀 내밀한 매혹을 가리킨다고 할 수 있을 것이다. 부모의 거리가 서서히 멀어지던 시절에 거센 폭우 속 미약하게 흔들리던 세 개의 촛불은 이제 소녀가 그들과 무관한 욕망을 지녔음을 증명하기라도 하듯 한여름 오후의 맹렬한 불길이 된다.

이와 유사하지만 압도적인 장면은 「밤이 지나면」에서 펼쳐진다. '나'는 사람들이 그녀에게 '납치당했다'고 얘기하곤 하는 그날 밤의 기억을 정정한다. "내가 그녀를 부추겼다"(38쪽)고. 외마디 비명과 함께 피를 흘린 피구 사건 이후 패배감을 못 이긴 '나'는 그녀를 찾아가 무릎을 꿇고 제발 자신을 데리고 어디론가 떠나달라고 애걸복걸했던 것이다. 이것은 실제로 일어난 일이기도 하지만, '나'가 상처를 다시 쓰는 일이기도 하다. 부모의 불화가 절정에 달했을 때 일어난 차량 사고와 그뒤 이어진 이혼이 '나'가 수동적으로 경험해야 했던 '사고'라면, 그녀를 '부추겨' 함께 겪은 충돌 사고는 '나'가 자발적으로 만들어낸 '사건'이다. 마치 처음부터 예견된 것처럼 그녀의 빨간색 티코는 중앙분리대에 부딪힌다.

무언가 잔뜩 소진되어버린 듯한 지독한 냄새가 났다. 체액, 축축한 느낌, 미약하지만 분명한 신체적인 훼손. 나는 그녀가 사고가 나는 순간 브레이크를 밟는 동시에 나를 꽉 끌어안았다는 사실을 깨달았다. 잠시 후 그녀가 손을 풀었다. 나는 그녀의 얼굴을 바라보았다. 전조등에서 뻗어나온 빛이 차 안으로 희미하게 비쳐 들었다. 체액은 내 것이 아니라 그녀의 것이었다. 그녀의 콧구멍에서 피가 흘렀고, 눈가의 핏줄도 터진 것 같았다. 그리고 눈물. 그건 누구의 눈물이었던가?(41~42쪽)

그녀의 차를 타고 떠나던 밤 일어난 사고는 집요할 만큼 모든 것이 구체적이고 물질적으로 격렬하게 묘사된다. 매혹과 거부를 동시에 불러일으키는 '비체abject'를 상기시키는 묘사는 곳곳에 등장한다. 그런데 어둠 속에서 그녀에게 자신의 엄마 아빠가 죽었다고 했던 게 거짓말이었음을 고백하는 순간 '나'가 알아차리는 것은, 모두가 두려워하는 방식으로 철저히 타자화된 그녀가 실은 어떤 예지 능력도 가지고 있지 않다는 사실이다. "처음으로, 그리고 아주 명백하게 그녀를 상처 입히고 싶다는 생각"(47~48쪽)은 자신과 그녀 사이에 아무런 차이가 없음을 인지하는 데서 온다. 자신이 이미 그녀의 세계와 뒤섞인 채 분리 불가능한 상태로 존재하고 있다는 걸 알았을 때, 그녀를 향한 두려움은 사라진다. 소설은 어느 하룻밤, 두려움과 수치심을 걷어내고 생생한 증오와 사랑을 배우게 된 소녀를 보여준다. 순식간에 일어나는 가해와 보호의 상반된 충동은 모순처럼 보이지만 실은 깊은 애착과 결부되어 있다. 외숙모를 배반했다는 죄책감이 외숙모와의 위계와 거리감을 전제로 한 것이라면, 그녀에게 상처를 주는 동시에 보호하고자 하는 욕망은 오직 진정으로 동등한 관계일 때 긴밀하게 밀착된 상태에서만 가능한 것이기 때문이다. 이는 자신의 특별한 영향력을 확인하려는 일이기도 하다. 이 점액질의 하룻밤은 밤의 불가해함이 허상이라는 것을 알아차리는 시간, '나'가 이미 그 어둠의 세계를 살아가고 있었음을 인지하는 시간이다. "너가 죽게 된다면 그건 지금이 밤이라서가 아니야. 그건 너가 바로 지금 여기에 있어서야"(45쪽)라는 여자의 말은 기이함과 불안의 전조들을 모두 실재하는 물리적인 것으로 돌려놓는다. 그렇게 여자는 비체의 자리를 벗어난다. 여자는 이성의 속박에 맞서는 저항적 존재가 아니며, 쾌락원칙의 유혹을 대변하는 리비도적 존재도 아니다. 근대 질서에 손상되지 않은 무시간적 진정성을 드러내는 존재나 표현 불가능한 비의적인 존재 역시 아니다. 그저 살아남기 위해 끊임없이 자기 연출을 감행해야 하는 영악하고 위태로운 존재일 뿐이다. 사랑이라는 단어는 단 한 번도 등장하지 않지만, 소녀는 "의지해야 하는 단 한 사람을 그토록 순식간에 미워할 수 있게 된다는 것"(48쪽)에 체머리를 떨며 증오와 맞붙은 채로만 체감할 수 있는 가장 깊은 사랑의 영역에 몸을 담근다. "어둠에 대한 두려움이 순식간에 아무 것도 아닌 게 되어버린다는 것"(같은 쪽)에 소스라치듯 한순간에 소녀는 성장한다.

소녀들이 '양우정'이나 '정신 나간 여자'와의 관계에서 경험하는 이 점액질의 순간이 성장 서사에서 아주 예외적인 사례는 아니다. 쉽게 상처받는 연약한 유년 시절은 곧잘 '끈적거리는 몸'으로 상징화되어왔기 때문이다. 이는 침범해오는 타인의 폭력 앞에서 소녀들이 얼마나 위태롭고 쉽게 훼손될 수 있는지 보여주는 징표였다. 그러나 손보미의 이 소설들에서 점액질의 순간은 '이상한' 여자들과 소녀들이 정확히 서로를 '알아보는' 순간이자 단단하게 결속되는 순간이다. 여기에 감도는 쾌감과 슬픔은 그 여자들과 자신이 지금은 다른 자리에 있지만 곧 합일될 수밖에 없다는 것, 함께 취약한 자리에 도달하게 되리라는 것을 알아차리는 데서 온다. 손보미의 소설들은 '문란한' 소녀의 순정한 실체나 '정신 나간 여자'의 트라우마를 드러냄으로써 그들을 타자화된 자리로부터 구원하는 데 관심이 없다. 그간 많은 성장 서사에서 어딘가 기괴하고 조금씩 미쳐 있던 여자들은 손쉽게 상징질서로부터 추방당하고 그 지반 아래 눌린 희미한 목소리로 남았다. 그러나 손보미의 이 여자들은 그런 방식으로 사라지지 않으며, 무고한 존재로 그려지지도 않는다. 양우정의 누군가를 맹렬하게 조롱하는 냉정한 표정이나, '정신 나간 여자'의 섹스와 관련된 "불길하면서도 들뜬 기운"과 "무신경한 단어 선택과 이죽거리는 말투, 균형이 맞지 않는 화장과 옷차림"(36쪽) 등은 강렬하다. 상대의 나약한 성정과 실수에 관대하지 않고 무례한 호기심이나 비열한 웃음을 숨기지 않는 모습은 이들이 차라리 불쾌함을 불러일으킬지언정 쉽게 사라지지 않을 것임을 암시한다. 「불장난」 속 숙직실 장면에서 거울이 사용되는 방식 역시 새롭게 주목할 필요가 있다. 거울 역시 자아의 표상을 분열시키며 성장으로 이어지는 상징이 되는 대신 양우정이 자신의 옷매무새를 가다듬고 자신감 넘치는 포즈를 취하는, 양우정의 자기애를 뒷받침해주는 사물로 쓰인다. '정신 나간 여자' 또한 마르고 신경질적인 아름다움을 품고 있는 마녀 같은 형상이 아니라, "살짝 통통한 체형에 머리카락은 남자아이처럼 아주 짧았으며 신경질적으로 보이지도 않"(29쪽)는 너무나 평범한 외모로 그려진다. 이들은 단단한 실재로 자리해 있다. 그리고 의연하고 위엄 있게 바로 서 있다.

3. 환상의 파열과 사랑의 발발

앞서 사랑의 발생을 언급했지만, 이에 대해 더 구체적인 설명을 덧붙이고 싶다. 이번 소설집에서 사랑의 탄생은 언제나 환상의 파열을 동반하고 있다는 사실을 적시하지 않고는 이 말은 공허하게 맴돌기 때문이다. 자신에게 고유하고 특별한 무언가가 있다는 생각이 착오였다는 것, 거기에서 비롯되는 무력감과 패배감은 여섯 편의 작품에서 반복되는 중요한 모티프다. 이런 결정적인 환상의 무너짐이 있기에 앞서 소녀들은 먼저 환상을 구성하는 법을 익힌다.

첫사랑이라는 키워드로 묶을 수 있는 「이사」와 「첫사랑」은 모두 엄마의 돌봄이 공백 상태가 되었을 때 등장한 '언니'와 '과외 선생'을 중요한 축으로 삼아 진행된다. 「이사」의 엄마는 혼자 딸을 키우며 힘겹게 생계를 꾸려나가다 은밀히 짧은 사랑을 하는 동안에 '나'를 중학생 언니에게 맡기고, 「첫사랑」의 엄마는 총각과 재혼을 하고 둘째 아이를 낳게 되면서 '나'의 공부를 봐줄 과외 선생을 구한다. 엄마와의 거리가 재조정되는 과정에서 소녀들이 느끼는 불길함이 목소리로 전면화된다는 사실은 흥미롭다. 「이사」에서 한밤중 들려온 엄마의 통화 목소리에는 "초조함과 조급함"(334쪽)이 명백하게 묻어 있어 '나'에게 두려운 마음을 안기고, 「첫사랑」 속 엄마의 출산 직후에 '나'가 꾼 꿈에서 엄마와 새아빠의 대화는 "죽음에 대해 이야기를 나누고 있는 게 틀림없다"고 생각될 만큼 "혹독하고 불길한 기운"(266쪽)의 목소리로 다가온다.

"절박하고 급박한 상황에 처해 있는 듯한 분위기, 처절하고 위기에 빠져 있는 느낌"(274쪽)을 주는 엄마들의 반대편에 자신만만하고 대담한 중학생 언니와 과외 선생이 자리해 있다. 소녀들은 직감이나 신체적 신호를 무시해가면서 이들을 자신의 '첫사랑'으로 구성한다. 이들이 환상적으로 비쳐서 속는 것이 아니다. 소녀들은 이들의 극적인 행동 양식이 얼마나 우스꽝스러운지 꿰뚫어 본다. 언니의 느닷없는 연필 선물과 사랑 고백에 "영문을 모르겠다"(342쪽)는 생각과 함께 어리둥절함을 느끼고, 숙취에 시달리는 과외 선생의 예상치 못한 후줄근하고 지저분한 모습을 보며 곤혹스러워한다. 그럼에도 불구하고 소녀들은 그들과의 대화와 사건들이야말로 그들이 자신을 특별한 존재로 여기는 증표라고 새롭게 의미화한다. 그렇게 거짓에 가까운 첫사랑은 필요에 의해 기꺼이 '발명'된다. 언니의 편지를 기다리며 '나'가 우체국 어딘가에 방치돼 있을 편지를 상상하는 것은 "완강하고 집요한 진실, 빈틈이 없어서 아무도 침범할 수 없는 튼튼한 울타리"(345쪽)가 되어간다. 과외 선생의 "눈앞에서 비통한 소리를 내며 허물어지고 있는 백화점"(279쪽)을 상상하는 동안 그는 애상에 넘치는 "비극의 목격자로 격상"(280쪽)된다. 소녀들이 구축하는 이런 환상들은 딸인 자신이 아니라 다른 존재를 욕망하는 엄마를 발견한 공포를 덮고, 엄마의 뒤늦은 임신과 출산이 사랑보다는 신체와 연관된 물리적인 결과물로 인식되는 데서 오는 불편한 이물감 역시 덮는다. 그렇게 이들은 "거추장스러운 비밀의 자취와도, 참담한 비극의 흔적과도, 인생을 잠식하고도 남을 사랑의 열기"(290쪽)와도 잠시 이별할 수 있다.

그러나 이렇게 만들어진 환상은 결정적인 파열의 순간을 맞이한다. 「이사」에서 기다리던 언니의 편지에 쓰여 있는 연필을 돌려받고 싶다는 말은 '나'의 마음을 갈기갈기 찢어놓는다. 병원까지 찾아가 만난 그녀가 무심코 던진 말에서 '나'는 그녀에게 선물을 받은 사람이 자신만이 아니라는 사실까지 알아챘다. 그런데 자신이 유일하고 특별한 존재라는 환상이 모조리 깨지고 난 후, '나'는 갑작스럽게 눈물을 흘리는 그녀를 보며 사랑을 발견한다. "이 세상 그 누구도 그녀만큼 나를 사랑한 적은 없다고. 그리고, 앞으로도 그런 사람은 없으리라고."(359쪽) 여기에서도 어김없이 서술자의 냉정한 판단이 개입해 "지금 돌이켜보면 그건 어린아이나 할 법한, 이치에 맞지 않는 망상에 불과했"다고 부연하지만, 그날 그 병실에서 그녀는 "내가 받아들여야만 하는 유일무이한 세계"(같은 쪽)가 된다. 거짓으로 판명 난 첫사랑은 자신이 세계를 기만했음을 받아들이는 순간에 잠시나마 비로소 진정성 넘치는 진실이 된다. 「첫사랑」에서도 엄마 친구의 딸과 나누는 대화는 '나'가 과외 선생과 자신만의 비밀이라 생각했던 '성숙한' 많은 이야기들이 그 어떤 특별한 의미도 없이 공유된 것이었음을 드러내는 계기로 작동한다. 그리고 이 직후에 '나'는 대학을 가지 못한 엄마가 자신에게 투여하는 열망을 온전히 이해하게 된다. 엄마는 고등학교 동창 앞에서 계절에 맞지 않는 투피스를 입은 채 자존심을 지켜내는 처량한 존재이기도 하지만, '총각 남편'을 단지 그의 어수룩한 태도와 수더분함 때문이 아니라 자신의 전략에 따라 냉정하게 선택한 존재이기도 하다는 걸 깨닫는 것이다.

「해변의 피크닉」 속 해변가 한가운데서 벌어지는 인정 욕망과 실패의 낙차는 엄연하다. '나'는 할머니와 함께하는 해변의 피크닉에 혼외 자식인 삼촌을 초대함으로써 "내가 있을 자리를 스스로 결정할 수 있"(234쪽)다고 생각하지만 그 믿음은 철저히 깨어진다. 위선과 허위에 불과하더라도 복잡한 애증을 숨기고 능숙하게 서로를 대하는 할머니와 삼촌의 모습에서, '나'는 패배감과 함께 자신이 "여전히 가짜 배신자, 작은 협잡꾼에 불과"(235쪽)하며 삼촌이 아니라 도리어 자신이 불청객이라는 사실을 자각한다. 그런데 삼촌의 연인인 아름다운 여자로부터 (할아버지가 데려온 혼외 자식인) 아들을 훌륭하게 키우고 (반대한 결혼의 결과물인) 손녀를 돌봐주는 게 대단하다는 칭찬을 들은 할머니가 "밀랍 인형 같은"(238쪽) 미소를 짓는 걸 보며 '나'는 불현듯 할머니를 사랑하게 되었음을 깨닫는다. 그것은 여자의 말에 굴욕을 느끼면서도 자신을 잃지 않는 할머니의 의연함에 대한 순수한 경탄이다. '나'는 이 순간에 자신 역시 취약한 자리에 도달하게 되리라는 것을 직감한 듯 보인다. 그렇기에 손녀인 자신이 '그런 여자들'과 다르고 '그저 그런 남자들'보다 훨씬 더 굉장한 삶을 살게 될 거라는 할머니의 말을 순진하게 믿는 대신, 자신이 노트에 적어놓은 "음란하고 추잡한"(244쪽) 단어들을 마주했을 것이다. 또 한참 시간이 흐른 뒤에 그때 그 해변에서 할머니가 위엄을 지키려 애쓰는 동안 할머니 스스로를 "달콤쌉싸래한 고통과 모순적인 자기만족 속으로 밀어 넣고 있었으리라는 생각"(229쪽)에 이를 수 있었을 것이다. 할머니를 사랑하게 되는 순간은 자신처럼 취약한 존재의 불안과 상처를 정확히 이해하는 순간이자, 성장이 일어나는 순간이다.

이 소설집에서 예외적으로 소녀가 아닌 엄마의 시점으로 진행되는 「사랑의 꿈」에서도 환상의 파열과 사랑의 탄생은 맞붙어 있다. 여자에게는 자신을 향해 신경질적으로 조바심과 반감을 표출하는 딸이 있다. 그녀는 그런 딸과 함께 치매에 걸려 요양원에 들어간 노파(전 남편의 어머니)를 방문하는 현재의 시점에서, 오래전 자신에게 찾아왔던 충동을 둘러싼 기억을 회상한다. 그녀가 이혼 후 사립고등학교 행정실에 취직하고 독립적으로 살아보고자 노력하던 어느 날, 같이 근무하는 '공주연'의 말―"애들은 정말 성가셔요. 쓸데없이 죄책감을 불러일으키잖아요. 가끔씩은 버리고 싶은 기분이 들죠?"(159쪽)―이 그녀를 사로잡는다. 공주연의 소개로 '탈엄(일탈중인 엄마들)' 모임에 간 그녀는 공주연의 그런 발화가 아기 엄마들이 지닌 "이상한 방식의 우월감"(162쪽)에 대응하는 한 방식임을 알아차린다.

첫눈이 내리던 날 탈엄 모임에 간 그녀는 대학을 중퇴한 이유를 묻는 누군가의 질문에 평소처럼 결혼을 할 만큼 '사랑'에 빠졌었다고 말하는 대신 '임신'을 했기 때문이라 대답한 후, 리스트의

〈사랑의 꿈〉이 흐르는 그 자리에서 빠져나온다. 그날 그녀는 딸을 버리고 떠날 계획이었는데, 차에 올라탄 그때 공주연이 차 안으로 들어온다. 공주연의 등장으로 자신이 하려던 일이 무엇인지 완전히 깨닫게 된 그녀는 왜 그런 일을 하려고 했는지 이유를 알지 못해 어리둥절해하면서도, 딸을 버린 자신에 대해 사람들이 떠들어댈 비난의 말들을 상상하고, 애초에 자신을 이런 상황으로 내몬 공주연에게 분노를 느끼며 차를 운전한다. 그러던 그녀의 차에 고양이가 치인다. 그녀는 불안과 두려움을 느끼면서도 고양이를 묻어줘야 한다고 생각한다. 그러자 이상하게도 모든 불안과 두려움이 지워지고 이제껏 한 번도 경험해보지 못한 힘이 그녀 안에서 샘솟기 시작한다. 그녀는 죽은 고양이를 안은 채 "위엄이 넘치는 모습으로"(178쪽) 선다. 〈사랑의 꿈〉이 흐르는 과시적인 부르주아의 세계에서 빠져나온 밤, 그녀는 그 질서에 거세게 대응하듯 아직 희미하게 살아 있는 고양이를 매장한다. "자신이 누군가를 버릴 수 있으리라고는"(168쪽) 생각지 못했던 그런 권위를 비로소 획득한 것처럼. 그 세계 바깥에서 그곳의 "절대로 변하지 않을 듯한 충성심과 신의의 맹세 같은 것"(178쪽)이 잠시 파국을 가리고 있을 뿐임을 차갑게 응시하면서.

이 사건이 현재 시점에서가 아니라 요양원에 있는 노파를 바라보며 회상하는 중에 드러난다는 점은 무엇보다 중요하다. "노파가 잃어버린 건 도망칠 기회라고"(156쪽) 생각하는 그녀에게 부르주아 세계의 안온함이란 애완동물처럼 본능을 누리고 사육되듯 살아갈 때에만 누릴 수 있는 어떤 것이다. 이 반대편에 차에 치인 고양이를 땅에 묻는 밤이 자리한다. 자식을 중심에 두고 살아가는 여자들의 세계로부터 벗어난 그녀의 두려움과 죄의식은 어느 순간 증발하고, 그 자리를 채우는 것은 팽팽한 야생적인 정념과 섬뜩한 응시다. 그녀는 잔인함을 무릅쓰고 고양이를 기어이 죽음에 이르게 하는 가학성을 피하지 않는다. 죽음을 향해 맹렬하게 달려가던 충동은, 마침내 고양이와 세상의 끈이 완전히 끊겨졌을 때 멈춰진다.

그녀는 공주연을 사랑할 수 있을 것 같다고 느꼈다. 진심으로, 이 세상에 단 하나 남은 그런 사랑이라고 해도 받아들일 수 있을 것 같았다. (……) 그녀는 그런 자비를 베풀 수 있었다. 자신의 바깥에 존재하는 모든 세계에 대해 그런 식으로 자비를 베풀 수 있으리라고, 그녀는 생각했다.
녹다 만 눈과 지저분하고 차가운 흙이 마침내 고양이와 이 세상의 끈을 완전히 끊어버렸을 때, 그녀는 이곳으로 오기 전 들었던 피아노의 선율을 떠올리고 있었다.(181~182쪽)

'사랑' 대신 '임신'이라는 단어를 발설하고, 아이를 돌보는 대신 짐승을 살해하길 택한 밤에 부르주아 세계를 지탱하는 사랑과 돌봄을 둘러싼 환상은 완전히 끊어진다. 고요함 속에서 피아노의 선율이 다시 흐를 때, 이 섬뜩한 선율은 그녀가 엄마로서 가지고 있던 죄책감과 자기 검열을 완전히 부숴버렸음을 알린다. 그런데 이 공백의 자리를 채우는 것은 기이하게도 공주연을 향한 사랑이다. 자기도취적이고 비호감적인 언행으로 은근히 배척되어왔으며, 그녀에 대한 공격성을 숨기지 않던 공주연을 향한 예상치 못한 애정은 어디에서 오는 것일까. 적어도 이 사랑은 결혼과 아이를 둘러싸고 만들어지는 복잡한 위계질서가 무너진 자리에서, 서로를 수평적으로 바라보는 시선 속에서 흘러나온 것이다.

이번 소설집 『사랑의 꿈』에서 사랑은 상실에서 비롯된 철저한 무력감과 패배감, 그리고 슬픔과 함께 탄생한다. 자신이 특별한 존재라는 생각이 착각에 불과했음을 명백하게 확인하는 순간에 세계는 붕괴된다. 그 세계 역시 모순과 기만을 환상으로 덮으며 만들어졌음을 자각하게 되는 것이다. 그렇게 모든 환상이 부서지고 잠시 생겨난 텅 빈 자리에 문득 한 여성이 들어선다. 이 여성은 더이상 사회에서 규정하는 대로 '이상한' '우스운' '안쓰러운' 존재일 수 없다. 어떻게 해도 세상의 규정에 정확히 들어맞을 수 없는 존재로서 불가피하게 비밀을 생성하는 자, 끊임없이 자기 연출을 감행함으로써만 살아갈 수 있는 자, 오연한 표정으로 모든 수치와 모욕을 견디며 살아가는 자일 뿐이다. 그녀와 함께하는 순간의 편안과 불쾌가 실은 같은 자리에서 비롯된다는 것, 세상이 만들어놓은 금기 역시 허상에 불과하다는 깨달음이 소녀들을 해방시키고 상대방을 구속하던 세상의 언어를 벗겨낸다. 그 언어가 사라진 자리에 남는 것은 사랑이다. 환상이 붕괴된 후에 등장하는 이 사랑은 더이상 자신을 기만하기 위한 환상으로 교묘하게 '발명'된 것이 아니라, 걷잡을 수 없는 해방감과 함께 폭발하듯 '탄생'한 것이다. 소녀들은 새롭게 발견한 이 사랑의 존재에 자신의 미래를 기대고 덧댐으로써 순식간에 성장한다. 그리고 이 성장은 엄마가 된 성인에 이르러서도 사랑이 탄생할 때마다 계속해서 이어진다.

4. 거짓말이라는 위대한 유산

환상과 두려움의 기원은 같을지도 모른다. 이를 추동하는 미지의 영역을 어떻게 받아들이고 어떻게 벗어날 것인가에 따라 성장의 모양은 달라진다. 이 소설집의 소녀들은 점액질의 시간을 거치는 동안 불현듯 탄생한 놀라운 사랑을 받아들이고, 밤을 또렷하게 응시하게 된다. "지저분하고 오염된 것, 우스꽝스러운 느낌"(60쪽)이 드는 것들이 더이상 두려움의 대상이 아니게 된다.

「밤이 지나면」에서 '정신 나간 여자'와 공모했던 '나'는 그 밤으로부터 돌아온 뒤 한동안 자신이 납치 '당했'었다는 사실을 부인하지 않음으로써 정상의 세계로 편입한 것처럼 보인다. 그런데 입원한 자신을 찾아와 자기가 겪은 불이익과 고통을 따지다가 양심의 가책을 느낀 듯 조용히 사과하는 같은 반 아이 '영예은' 앞에서 '나'는 눈물을 그치지 못하다가 "괜찮아, 너는 앞으로 상상도 하지 못한 그런 삶을 살게 될 거야"(56쪽)라는 말을 던진다. 이 말은 그 밤에 '나'의 공격 앞에서 무너져내리던 여자가 부서진 언어로 들려주었던 것이다. 이때 영예은이 "무언가 아주 무서운 말을 들은 사람처럼"(같은 쪽) 얼떨떨해지는 장면은 의미심장하다. 이 말의 내용보다 '예언'이라는 말의 형식이, 자신이 들은 말을 누군가에게 상처를 주는 언어로 뒤바꿔 사용하고 있다는 사실이 중요하다. 이 예언의 형식은 여자가 '나'에게 남겨준 유산이다. 제도에 포섭되지 않는 자는 그 위치를 역이용해 다른 이들의 삶을 규정하고 삶에 개입하는 힘을 가질 수 있다. 이혼하고 혼자 살기에 온갖 소문에 휩싸인 여자는 예지몽을 꾼다는 소문으로 인해 역설적으로 사람들의 내밀한 비밀을 알게 되고 위계에 반격할 수 있는 힘을 쥐게 된다. 다른 이들의 삶을 서사화하는 힘을, 바로 글쓰기의 힘을 얻게 된 것이다.

그 유산을 건네받은 소녀들은 그렇게 이야기꾼, 언어를 정교하게 세공하며 능수능란하게 배치해 허구를 직조하는 소설가가 된다. 「첫사랑」에서 자신의 사랑을 비극화하며 각색하는 과외 선생을 통해 무언가를 배운 '나'는 새로 온 과외 선생 앞에서 이야기의 욕망을 느낀다. "나는 그 이야기 속 사실들을 될 수 있는 한 여러 가지 방식으로 늘어놓고 싶었다. 그 사실들로 지어진 작은 집에 창문을 내고 내부를 속속들이 들여다보며 그 안을 체계적으로 구조화한 후 진정한 의미를 건져올리고 싶었다."(306쪽) 이 문장은 삶에서 '사실'이란 분명치 않으며, 이야기의 체계적인 구조화 속에서 사후적으로 '진정한' 의미를 가진 것으로 승인될 뿐이라는 사실을 드러낸다. 「이사」의 '나'도 자신의 삶을 훌륭한 무용담으로 연출할 줄 아는 언니를 동경하고 마침내는 '진짜' 사랑에 빠짐으로써 "어떤 상상을 지속할 수만 있다면 그건 실제로 있었던 일보다 훨씬 더 굉장한 효과를 낼 수 있다는 사실"(361쪽)을 알게 된다. 그래서 「불장난」의 마지막 장면에 이르러 선생의 지시에 따라 불장난에 대한 자신의 작문을 반 아이들 앞에서 읽게 되었을 때, '나'는 원고지에 쓰지 않은 부분들을 즉흥적으로 채워넣을 수 있게 된다. '나'는 비로소 세상을 속일 수 있게 된 것이다. 이때 느낀, 세상의 비밀을 안 것만 같은 고양감을 현재 시점의 화자는 다 믿지 않지만, 그럼에도 그는 "삶에서 가장 큰 용기를 필요로 하는 건, 바로 그런 착각과 기만, 허상에 기꺼이 몸을 내주는 일"(130쪽)이라고 덧붙인다. 우리는 알고 있다. 욕망을 금지당해왔고 고갈된 존재들에게는 기만과 광기로 이루어진 거짓말이야말로 가장 요긴한 재산일 수 있음을.

　합리적인 이성의 언어가 낮의 언어라면, 허상과 거짓의 언어는 밤의 언어일 것이다. 이 유산을 물려받은 소녀들은 더이상 밤을 두려워하지 않는다.「해변의 피크닉」에서 '나'는 충청도 사투리를 쓰는 여자에 대한 이야기가 유발하던 맹렬한 웃음이 "우리 스스로를 그 이야기 속에 포함시키지 않으려는 열망이 담긴 본능적인 행위였다는 것을"(240쪽) 깨닫게 된다. 그 열망에는 필사적으로 진짜 사랑과 가짜 사랑, 진짜 증오와 가짜 증오를 분리하려는 안간힘이 있다. 하지만 자신이 적어놓은 '음란하고 추잡한' 단어들을 마주하고 소리 내서 읽기 시작할 때, '나'는 세계를 그렇게 단순하게 나눌 수 없으며 자신이 더럽고 지저분한 세계 한복판에 있다는 사실을 통렬하게 깨닫는다. 그러나 우아함과 추잡함이 공존하는 모순된 삶의 통제권을 온전히 가질 수 없다는 자각은 '나'를 무력감에 빠지게 하는 대신, 어떤 외적 권위에도 호소하지 않겠다는 결단으로 나아가게 한다.

그렇게 소녀들은 뾰족한 밤의 언어를 손에 쥔 채, 자신들이 갇혀 있는 캄캄한 밤을 공포스럽지 않은 투명한 밤으로 바꿔낸다. 지저분하고 오염된 단어를 "경솔하고 무자비하게" 반복함으로써 "그 단어에 거대한 구멍이 뚫리고 텅 비어버"(60쪽)릴 때, 그들을 모욕해온 상징질서의 언어는 마침내 힘을 잃는다. 어둠 속에서 "마침내 그것—그것이 무엇이란 말인가?—은 실체를 획득해서 내 신체 안으로 침투하기 시작"(362쪽)하지만, 소녀들은 자신을 방어하는 대신 '그것'의 침투를 받아들인다. 아니, 맹렬하게 대응하듯 "눈 또한 감지 않기로 마음먹"(같은 쪽)는다. 밤을 또렷하게 응시하는 이 소녀들은 여성의 성장이 더이상 결핍과 상실을 담보로 하는 파멸적인 자기완성이 아니라, 현실의 권력과 질서를 재배치하는 정치학일 수 있음을 보여준다. 초월적인 광기와 공포에 집어삼켜지는 대신, 광기와 공포로부터 거짓말이라는 위대한 유산을 상속받는 이 영민한 소녀들을 보라. 이번 소설집에서 손보미는 이전 자신의 모든 작품을 갱신했을뿐더러, 한국문학사가 보여준 성장의 순간들을 다시 썼다. 소녀들의 에너지 속에서 사랑은 소용돌이치며 거듭 탄생하고, 투명해진 밤은 환하게 빛난다. 우리 시대 가장 섬세하게 세공된 단편 미학의 경이로운 성취가 여기에 있다.

작가의 말

「불장난」에 나오는 것처럼, 나는 초등학교 6학년 때(어쩌면 5학년 때였을지도 모르겠다. 기억이 정확하지 않다) 불조심에 관한 글을 써서 큰 상을 받았다. 소설에 나오는 것과 시기는 다르지만 방식은 똑같았다. 학교 대표로 두어 개의 글을 선정해서 시로 보낸 것이었다. 내가 받은 상은 시에서 삼등 정도에 해당됐고(이것 역시 정확한 기억은 아니다) 조례 시간에 전교생 앞에서 상을 전달받았다. 청소년 시절을 통틀어, 아니, 아니다. 그후에 소설가로 데뷔하기 전까지 글쓰기로 그렇게 큰 상을 받은 건 그때가 처음이자 마지막이었다. 부상으로는 소화기가 주어졌다. 담임선생님은 내게 말했다. "네가 아니었더라도, 다른 아이의 글을 보냈더라도 그 정도 상은 받았을 거야. 그러니까 소화기는 학교에 기증해야 한다." 오랜 시간 나는 이 말을 간직하고 있었다. 최근까지도 아무 맥락 없이 불쑥 이 말이 떠오를 때가 있었다. 음, 선생님에 대한 원망이나 부정적인 감정이 남아 있는 건 아니다. 다만, 이 말을 들었을 때 내가 느꼈던 감정이 내 안 어딘가에 새겨져 있는 것 같은 기분이 든다. 그때, 나는 선생님 앞에서 계속 미소를 지으려고 노력했다. 실망했다거나 기분이 상했다는 걸 들키면 안 된다고 거의 본능적으로 생각했던 것 같다. 집으로 돌아와서 소화기를 학교에 기증해야 한다고 했을 때, 부모님은 고개를 갸웃거렸다. "그건 네 건데." 나는 하나도 마음이 쓰이지 않는다는 듯 천연덕스럽게, 소화기 같은 건 필요하지 않다고 말했다. 그날 내가 깨달았던 건, 내게 주어진 것이 다른 누군가의 변덕스러운 선택에 의해 가능했다는 낭패감과 그러므로 내가 받은 무언가를 마땅히 내줘야 한다는 세상의 비정한 이치였던 것 같다.

이 글을 쓰면서 생각해보건대, 『사랑의 꿈』에 실린 소설들은 바로 그때 느꼈던 낭패감과 비정함을 바탕으로 쓰인 것 같다. 그런 것 같다.

언제나 그렇듯이 여기에 실린 소설들을 쓰던 시간과 공간을 기억할 수 있다. 다른 건 몰라도, 이 소설들을 쓰던 시간은 다른 누군가의 변덕스러움에 의해 주어진 것이 아니었다. 이런 식으로 말하는 게 가능한지 모르겠는데, 그것들은 온전히 나의 변덕스러움이 선택한 세계였다. 때때로는 신이 났고, 때때로는 좌절했으며,

때때로는 현기증이 났다. 때때로는 주눅이 들었고, 때때로는 고양되었다. 내가 통과한 시간들을, 이렇게 손으로 만질 수 있는 무언가로 남길 수 있어서 다행이라고 생각한다. 운이 좋았다.

나보다도 내 소설에 더 많은 애정을 보여준 편집자 덕분에 정말로 많은 힘을 얻었다. 언젠가, 이 힘을 갚을 날이 왔으면 좋겠다. 『사랑의 꿈』을 소중하게 읽어준 강지희 평론가님과 김혜리 기자님에게도 감사드리고 싶다. 소설가로 살아가는 나에게 끊임없는 지지와 사랑을 보내주는 가족들에게 표현할 수 없는 깊은 애정을 느낀다. 특히 내가 아침에 일하러 나갈 때마다 옆에서 구슬프게 우는 고로와 「해변의 피크닉」을 쓰는 동안 많이 아팠지만 결국 건강을 되찾은 칸트에게 고마움과 사랑을 보낸다.

2023년 봄
손보미

| 수록 작품 발표 지면 |

밤이 지나면 …… 『문학동네』 2019년 여름호

불장난 …… 『창작과비평』 2021년 가을호

사랑의 꿈 …… 『문학사상』 2019년 10월호

해변의 피크닉 …… 『문학과사회』 2020년 겨울호

첫사랑 …… 『문학수첩』 2021년 하반기호

이사 …… 『현대문학』 2021년 2월호

문학동네 연작소설집

사랑의 꿈
ⓒ손보미 2023

1판 1쇄 2023년 3월 18일
1판 4쇄 2023년 6월 5일

지은이 손보미
책임편집 김내리 | 편집 서유선 한인선 염현숙
디자인 김유진 이원경 | 저작권 박지영 형소진 최은진 오서영
마케팅 정민호 김도윤 한민아 이민경 안남영 김수현 왕지경 황승현 김혜원
브랜딩 함유지 함근아 박민재 김희숙 고보미 정승민
제작 강신은 김동욱 임현식 | 제작처 영신사

펴낸곳 (주)문학동네 | 펴낸이 김소영
출판등록 1993년 10월 22일 제2003-000045호
주소 10881 경기도 파주시 회동길 210
전자우편 editor@munhak.com | 대표전화 031) 955-8888 | 팩스 031) 955-8855
문의전화 031) 955-2696(마케팅) 031) 955-8864(편집)
문학동네카페 http://cafe.naver.com/mhdn
인스타그램 @munhakdongne | 트위터 @munhakdongne
북클럽문학동네 http://bookclubmunhak.com

ISBN 978-89-546-9150-5 03810

www.munhak.com